激流三部曲

家春秋

巴　金○著

人民文学出版社

图书在版编目(CIP)数据

春/巴金著. —2版. —北京:人民文学出版社,2013
ISBN 978-7-02-009647-3

Ⅰ.①春… Ⅱ.①巴… Ⅲ.①长篇小说—中国—现代 Ⅳ.①I246.5

中国版本图书馆CIP数据核字(2012)第315812号

责任编辑　王海波
装帧设计　刘　静
责任印制　张文芳

出版发行　人民文学出版社
社　　址　北京市朝内大街166号
邮政编码　100705
网　　址　http://www.rw-cn.com

印　　刷　北京新魏印刷厂
经　　销　全国新华书店等

字　　数　343千字
开　　本　680毫米×960毫米　1/16
印　　张　24.75　插页3
印　　数　1—13700
版　　次　1955年2月北京第1版　1962年8月北京第2版
印　　次　2013年6月第1次印刷

书　　号　978-7-02-009647-3
定　　价　36.00元

目　录

序

我居然在"孤岛"[1]上强为欢笑地度过了这些苦闷的日子。我想不到我还有勇气压下一切阴郁的思想续写我这部小说。我好几次烦躁地丢开笔,想马上到别处去。我好几次坐在书桌前面,脑子里却是空无一物,我坐了一点钟还写不出一个字。但是我还不曾完全失去控制自己的力量。我说我要写完我的小说。我终于把它写完了。

"我的血已经冷了吗?"我有时这样地问自己,这样地责备自己,因为我为了这部小说耽误了一些事情。

然而我还有眼泪,还有愤怒,还有希望,还有信仰。我还能够看,我还能够听,我还能够说话,我还能够跟这里的三百万人同样地感受一切。

我在阴郁沉闷的空气中做过不少的噩梦。这小说里也有那些噩梦的影子。我说过我在写历史。时代的确前进了。但年轻儿女的挣扎还是存在的。我为那些男女青年写下这部小说。

我写完《春》,最后一次放下我的自来水笔,稍微感到疲倦地掉头四顾,春风从窗外进来,轻轻拂拭我的脸颊。倦意立刻消失了。我知道春天已经来了。我又记起淑英的话:春天是我们的。

这本小说出版的时候我大概不在上海了。我一定是怀着离愁而去的。因为在这个地方还有成千成万的男女青年。他们并不认识我,恐怕还不知道我的名字。但是我关心他们。我常常想念那无数纯洁的

[1]孤岛:指当时的上海租界。

年轻的心灵,以后我也不能把他们忘记。我不配做他们的朋友,我却愿意将这本书作为小小的礼物献给他们。这是临别的纪念品。我没有权利请求他们将全书仔细翻阅。我只希望他们看到"尾声"里面的一句话:"春天是我们的。"

不错,春天的确是他们的!

巴　金

1938年2月28日。

一

"二小姐，我们太太请你去打牌，"倩儿走进房来笑嘻嘻地说。

高淑英正坐在窗前一把乌木靠背椅上，手里拿了一本书聚精会神地读着，她吃惊地抬起头来，茫然地看了倩儿一眼，微微一笑，似乎没有听懂倩儿的话。

"二小姐，我们太太请你就过去打牌！王家舅太太来了，"倩儿看见淑英专心看书的样子，忍不住噗嗤笑了一声，便提高声音再说一遍。她走到淑英面前，站在书桌旁边，等候淑英回答。

淑英把两道细眉微微一皱，推辞说："怎么喊我去打？为什么不请三太太打？"三太太张氏是淑英的母亲。

"我去请过了，三太太喊你去替她打，"倩儿答道。

淑英听了这句话，现出为难的样子。她放下书，站起来，伸一个懒腰，刚打算走了，马上又坐下去，皱起眉头说："我不想去，你就说我今天有点不舒服。"

"我们太太请你一定去，"倩儿知道她的心思，却故意跟她开玩笑，不肯走，反而追逼似地说了上面的话，一面带笑地看她。

淑英也微笑了，便带了一点央求的口气连忙说："倩儿，你去罢。大少爷就要回来了，你去请他。我实在不想打牌。"

倩儿会意地笑了笑，顺从地答应一声，就往外面走。她还没有走出门，又转过身子看淑英，说道："二小姐，你这样子用功，将来一定考个女状元。"

"死丫头,"淑英带笑地骂了一句。她看见倩儿的背影出了房门,宽慰地嘘了一口气。她不用思想茫然地过了片刻,然后猛省地拿起书,想接着先前中断的地方读下去。但是她觉得思想不能够集中在书上面了。印在三十二开本书上的四号字,在她的眼前变得模糊起来,而且不时地往隔行跳动。值得人憧憬的充满阳光与欢笑的欧洲生活渐渐地黯淡了。代替那个在她的脑子里浮现的,是她过去的日子和她现在的环境。她是一个记忆力很强的人。她能够记起许多的事情,尤其是近一年来的。的确,近一年来这个公馆里面发生了许多大的变化,每一个变化都在她的心上刻划了一条不可磨灭的痕迹,给她打开了一个新的眼界,使她知道一些从前完全不曾想到的事情。这些变化中最大的就是祖父的死,嫂嫂的死,和堂哥哥觉慧的出走,尤其是后一件事情给了她相当大的刺激。她从另一个堂哥哥那里知道那个堂哥哥出走的原因。她以前从不曾想到一个年轻人会把家庭当作可怕的地方逃出去。但是现在仿佛那个堂哥哥从家里带走了什么东西似的,家里的一切都跟从前不同了。她自己也似乎有了改变。一年前别人还批评她心直口快,爱说爱笑,如今她却能够拿一本书静静地独自在房里坐上几个钟头,而且有时候她还一个人在花园里带着沉思的样子闲步,或者就在圆拱桥上倚着栏杆看下面的湖水。在这种时候她的心情是很难形容出来的。好像有一个渴望在搔她的心,同时又好像有什么东西从她的心里飞走了,跟着过去的日子远远地飞走了,她的心上便有了一个缺口,从那里时时发生隐痛,有时甚至是无缘无故的。固然这心上的微痛有时是突然袭来的,但是过一下她也就明白那个原因了。她马上想到了另外一件事情,过后她又胆怯地把它抛开,虽然那件事情跟她有极大的关系,而且使她很担心,她却不敢多想它;同时她自己又知道即使多想也不会有好处。这是关于她的婚事的。她只知道一点,另外又猜到一点。她的祖父在日把她许了给陈克家的第二个儿子。庚帖已经交换过了。这门亲事是祖父起意而由她的父亲克明亲手办理的。下定的日期本来已经择好了,但是因为祖父突然病故就耽搁下来。最近她又听到要在年内下定的话。关于陈家的事情她知道得很少。但是她听说陈家的名誉很坏,又听说陈家二少爷不学好,爱赌钱,捧戏子。这是丫头翠环在外面听来的,因为她父亲克明的律师事务所同陈克家的律师事务所设在一个公馆里面,她父亲的仆人和轿夫知道一些陈家的事情。她的堂哥哥觉民同堂妹淑华也常常在谈话里批评陈家,有意无意地引起她对那件亲事的不满。其实她自己也不愿意在这样轻的年纪嫁出去做人家的媳妇,更不愿意嫁到那样的人家去。然而她觉得除了听从父亲的命令以外,也没有别的办法,她自己对那件事情又不能过问。她没有勇气,又不好意思。她只是无可奈何地挨着日子。这就是使她变得沉静的主要原因。忧郁趁势在她的心里生长起来。虽然在十七岁的年纪,她就已经感到前途的黯淡了。

　　这一切都是她的父母所不知道的。在这些时候给她以莫大安慰的,除了同隔房兄弟姊妹的聚谈外,就只有一些西洋小说的译本和几份新出的杂志,它们都是从她最大的堂哥哥觉新那里借来的。杂志上面的文章她还不能够完全了解,但是打动她的心唤起她的热情的处所却也很多;至于西洋小说,那更有一种迷人的魅力。在那些书里面她看见另外一种新奇的生活,那里也有像她这样年纪的女子,但她们的行为是多么勇敢,多么自然,而且最使人羡慕的是她们能够支配自己的命运,她们能够自由地生活,自由地爱,跟她完全两样。所以她非常爱读那些小说,常常捧着一卷书读到深夜,把整个自己都溶化在书中。在这件事情上没有人干涉她,不过偶尔有人用了"书呆子"、"女状元"一类的字眼嘲笑她。这不一定含得有恶意。她虽然不高兴那一类字眼,但是也不觉得受到了伤害。然而近来情形有些不同了。一些新的事情开始来纠缠她,常常使她花费一些时间去应付,譬如陪家里的长辈打牌就是一件。她对那种事情并不感到兴趣,但是婶娘们差了人来请她去,她的母亲也叫她去,她怎么能够拒绝呢?她平日被人强迫着做的事情并不单是这一样,还有别的。她就是在这样的环境里面生活的,而且以后的生活又是多么令人悬心。她想了一会儿,依旧没法解决这个问题。她觉得眼前只是一片阴暗的颜色,没有一点点希望。她心里有些烦躁了。她就放下书,没精打采地走出房去。

天气很好。蔚蓝色的浩大天空中只有淡淡的几片白云。阳光留恋地挂在墙头和檐上。天井里立着两株高大的桂树,中间有一个长方形的花坛,上面三株牡丹正在含苞待放。右边一棵珠兰树下有两个孩子俯在金鱼缸上面弄金鱼,一个女孩在旁边看。她的同胞兄弟觉英是十五岁的少年了,相貌也生得端正,可是不爱读书,一天就忙着同堂弟弟觉群、觉世一起养鸽子,弄金鱼,捉蟋蟀。另一个孩子就是四房里的觉群,今年有十岁了。她看见他们,不觉把眉尖微微一蹙,也不说什么话。觉群无意间抬起头,一眼看见了她,连忙往石阶上面跑,上了石阶便站在那里望着她笑。觉英立刻惊讶地站直了身子。他掉过头来,看见是他的姐姐,便安静地笑着叫一声"二姐"。他手里还拿着一个捞鱼虫的小网。

"四弟,你少胡闹点,爹回来看见你不读书又要骂你的!"她温和地警告觉英说。

"不会的,"觉英很有把握地回答了一句,依旧转过头俯着身子弄金鱼。

女孩是四房的淑芬,今年也有九岁了。她转过身子笑着招呼她的堂姐:"二姐,你来看,金鱼真好看!"

淑英含糊地答应一声,微微摇一下头,就从旁边一道角门走出去。这时觉群的同胞兄弟觉世,一个塌鼻头的八岁孩子,带跳带跑地从外面进来,几乎撞在她的身上。她惊恐地把身子一侧。觉世带笑地唤了一声"二姐",不等她说什么,就跑下天井里去了。淑英厌烦地皱了皱眉头,也就默默地走出了角门。那边也有一个小天井,中间搭了一个紫藤花架,隔着天井便是厨房,两三个女佣正从那里出来。她顺着木壁走到她的堂妹淑华的窗下。她听见有人在房里说话,声音不高。这好像是她的琴表姐的声音。她刚刚迟疑地停了一下脚步,就听见淑华在房里唤道:

"二姐,你快来。琴姐刚刚来了。"

淑英惊喜地把头一仰,正看见琴的修眉大眼的鹅蛋脸贴在纸窗中间那块玻璃上,琴在对她微笑。她不觉快乐地唤了一声"琴姐!",接着抱怨似地说了一句:"你好几天不到我们这儿来了。"

"三表妹刚才向我抱怨过了。你又来说!"琴笑着回答道。"你不晓得,我天天都在想你们。妈这两天身体不大好。我又忙着预备学堂里的功课。现在好容易抽空赶到你们这儿来。你们还忍心抱怨我!"

淑英正要答话,淑华却把脸贴在另一面玻璃上打岔地说:"快进来罢,你们两个隔着窗子讲话有什么意思?"

"你不进来也好,我们还是到花园里去走走,"琴接口道,"你就在花园门口等我们。"

"好,"淑英应了一声,微微点一下头,然后急急往外面走了。她走到通右边的那条过道的门口,停了一会儿,便看见琴和淑华两人转进过道往这面走来。她迎上前去招呼了琴,说了两三句话,然后同她们一道折回来,转了弯走进了花园。

她们进了月洞门,转过那座大的假山,穿过一个山洞,到了梅林。这里种的全是红梅,枝上只有明绿色的叶子。她们沿着一条小路走出梅林,到了湖滨。她们走上曲折的石桥。这时太阳快落下去了。天空变成一片明亮的淡青色,上面还涂抹了几片红霞。这些映在缎子似的湖水里,在桥和亭子的倒影上添加了光彩的装饰。

她们在栏杆前面站住了,默默地看着两边的景色。在这短时间里外面世界的一切烦扰似乎都去远了。她们的心在这一刻是自由的。

"琴姐,你今晚上不回去罢?"淑英忽然掉过头问琴。

"我想还是回去的好,"琴沉吟一下回答道。

"明天是星期,你又不上课,何必回去。我看二姐有话要跟你谈,"淑华接口说。

"你好几天不来了,来了只坐一会儿就要回去,你好狠心,"淑英责备琴说。

琴温和地笑了,把左手搭在淑英的肩头柔声说道:"你又在抱怨我了。看你说得怪可怜的。好,我就依你的话不回去。……看你们还有什么话好说?"

"依她的话?"淑华在旁边不服气地插嘴道。然后她又高兴地拉了淑英的膀子笑着说:"二姐,你不要相信她的话。她乐得卖一个假人情,其实她是为了二哥的缘故……"

"呸,"琴不等淑华说完就红着脸啐了一口,接着带笑地骂道:"你真是狗嘴里长不出象牙!这跟二表哥又有什么关系?我要撕你的嘴,看你以后还嚼不嚼舌头!"说着就动手去拧淑华的嘴。淑华马上把身子一闪。琴几乎扑了一个空,还要跑去抓淑华的辫子,却被淑英拉住了。淑英一把抱住琴,笑得没有气力,差不多把整个身子都压到琴的身上去了。

"饶了她这回罢,你看你差一点儿就碰在栏杆上面了。"

琴忍住笑,还要挣脱身子去追淑华,但是听见淑英的话,却噗嗤地笑起来,连忙从怀里摸出一方手帕去揩嘴。

淑华在旁边弯腰拍掌地笑着,笑够了便走到琴的面前,故意做出哀求的声音乞怜道:"好姐姐,亲姐姐,饶了妹子这回罢。我下回再也不敢多嘴了。"她一面说话,一面捏着自己的辫子偷看琴,脸上的表情是叫人一见就要发笑的。

琴把手帕放回衣袋里,举起手轻轻地在淑华的头上敲了两下,然后挽住她的膀子说:"哪个跟你一般见识!……话倒说得比糖还甜。哪个还忍心责罚你?……"

"琴姐!琴姐!……"有人从梅林那面走过来,发出了这样的叫声,打断了琴的话,使她们三个都吃惊地止住笑往那面看。原来五房的四妹淑贞移动着她那双穿青缎子绣花鞋的小脚吃力地走过来。在她旁边是淑华房里的婢女绮霞,手里提了一个篮子,里面盛着茶壶、茶杯和瓜子、花生一类的东西。她们看见那个十四岁的女孩走路的样子,心里有些难受,都带着怜惜的眼光看她。琴走过去迎接淑贞。淑贞的瘦小的脸上虽然擦了粉,但是也掩不住憔悴的颜色。她的略朝上翘的上嘴唇好像时时都在向人诉苦一样。她走到琴的身边就挽着琴的膀子偎着琴不肯离开。她们一起走进了湖中间的亭子。几个人动手把窗户全打开,原先很阴暗的屋子就突然亮起来,一片明亮的湖水在窗下闪光,可是天色已经逼近黄昏了。绮霞把篮子里的东西一件一件地拿出来放在大理石方桌面上。是一碟松子,一碟瓜子,一碟花生米,一碟米花糖。她又斟了四杯茶,然后抬起头对淑华说:

"三小姐,茶倒好了。"

"好,你回去罢,省得太太喊你找不到,"淑华不在意地吩咐道。

"嗯,"绮霞应了一声,留恋地在亭子里站了片刻,才往外面走去。她已经走出去了,淑华忽然想起一件事就把她唤回来,对她说:

"绮霞,等一会儿二少爷回来,你要他到花园里头来。你告诉他琴小姐来了,我们不在这儿就在水阁那边。"

"晓得,"绮霞敏捷地答应一句,就转身走了。

琴望着绮霞的短小玲珑的身子在弯曲的石桥上移动,顺口赞了一句:"这个丫头倒还聪明。"

"她也认得几个字。妈倒还欢喜她,"淑华接着说。

"不过她不及鸣凤,"淑英无意间淡淡地说出了这句话,她想咽住它却来不及了。鸣凤也是淑华房中的婢女,因为不愿意到冯家去做冯乐山的姨太太,一年前就投在这个湖里自杀了的。她跟这几位小姐性情很投合,琴和淑英尤其喜欢她。

"鸣凤,你为什么还提她?……"琴忽然变了脸色,瞅了淑英一眼,说了一句话就接不下去。她把两道秀眉微微蹙着,埋下头去看水,水面上映出来她的面庞,但是有些模糊了。

"妈为了鸣凤的事情常常难过。她很失悔。她常常对我们说待佣人要宽厚一点。绮霞又只是在这儿寄饭的,所以她的运气比鸣凤好,她在这儿倒没吃什么苦。可怜鸣凤,她在这儿过的大半是苦日子,我也没有好好待过她,……"淑华伤感地说,后来她的眼圈一红,就住了口,独自离开窗户,走到方桌旁边,抓了一把瓜子,捏在手里,慢慢地放在嘴边嗑着。

"鸣凤虽是丫头,她倒比我们强。看不出她倒是个烈性的女子。"淑英轻轻地叹息一声,然后像发泄什么似地带着赞叹的调子说了上面的话。她那心上的缺口又开始在发痛了。她仿佛看见"过去"带着眩目的光彩在她的眼前飞过,她的面前就只剩下一片阴暗。

"二妹,"琴听见她的叹声,就抬起头掉过脸看她,伸出手去挽她的颈项,柔声唤道。她含糊地应了一声"嗯"。琴继续关切地问道:"你好好地为何叹气? 有什么心事?"

"没有什么,"淑英不觉一怔,静了半晌,才摆摆头低声答道。"我不过想到将来。我觉得就像鸣凤那样死了也好。"她越想越伤感,忍不住迸出了两三滴眼泪。

琴因淑英的这番话想到许多事情,也有些感触。她踌躇一下,不知道说什么话才好。淑贞畏惧似地偎着琴,睁大她的细眼睛轮流地看琴和淑英,好像害怕谁来把这两个姐姐给她抢走似的。她不大了解她们的心理,但是这伤感的气氛却把她吓倒了。

亭子里很静,只有淑华嗑瓜子的声音。

琴心上的波涛渐渐地平静下去。她勉强打起笑容扳过淑英的身子晒笑地对淑英说:"你为何说这种丧气话? 你今年还只有十七岁!"

淑华趁这时候插嘴进来说:"先前大家还是有说有笑的,怎么这一阵子就全阴沉起来了? 四妹,你不要学她们。你过来吃东西,你给琴姐抓把松子过去。"

淑贞把头一扭,嘟着嘴说:"你抓过来罢。又没有几步路。"

"你好懒!"淑华笑道,她就抓了一把松子站起来,她的悲哀已经消散尽了。

"我自己来。二妹,我们过去,"琴连忙说道。她就挽着淑英的膀子走到方桌旁边。淑贞也跟着走了过来。

琴第一个坐下去,顺便拿了两块米花糖放在淑贞面前。淑贞对她一笑,就和淑英、淑华一起坐了,四个人正好坐了四方。

琴吃了几粒松子,喝了两口茶,就诉苦般地说:"我不来,你们抱怨我,说我忘记了你们。我来了,大家聚在一起,我满心想痛痛快快地玩一阵。谁知道你们都板起面孔不理我,各自长吁短叹的。等一会儿我走了,你们又会怪我了。做人真不容易,我以后索性不来了。"

"琴姐,真的吗?"淑贞吃惊地望着琴,连忙问道。

"四丫头真是痴孩子。琴姐在骗我们。你想她丢得开二哥吗!"淑华抢着回答道。

琴红着脸啐了淑华一口,正要说话,却被淑贞阻止了。淑贞忽然带了惊惧的表情侧耳倾听外面的声音,一边说:"听,什么声音?"

那是尖锐的吹哨声,像是从梅林里送出来的,而且渐渐地逼近了。

"二哥来了,"淑英安静地说。

"对,是他。"淑华做一个鬼脸,自语道:"幸好我们没有骂他。真是说起曹操,曹操就到。"

她刚刚把话说完,就看见她的二哥觉民和大哥觉新从梅林里出来,走上了石桥。觉民手里捏着一管笛,觉新拿了一支洞箫。

"大哥,"淑贞马上站起来,高兴地叫了一声。琴也起身往外面走去,立在亭子门口等他们。他们走过来跟她打了招呼。

觉新看见淑英,便诧异地说:"怎么,你在这儿? 听说你不舒服,好了吗?"众人听见这句意外的话,都惊讶地望着淑英。

"那是我在扯谎,"淑英噗嗤笑了一声,然后说。"你晓得我不高兴打麻将。我要不扯谎,就会给她们生拉活扯地拖去打牌,那才没有意思! 倩儿来请过你吗?"

"原来是这么一回事,你倒聪明,"觉新笑道,他的憔悴的面容也因了这一笑而开展了。"我刚刚回来,给四婶送东西去,见到王太亲母。她们已经打起来了。大妈、五婶都在那儿打,所以我逃掉了。……趁着琴妹在这儿,今晚上又有月亮,我们难得有这样聚会。我们好好地玩一下。今晚上就算我来作东。"

"我看还是劈兰罢，这样更有趣味，"淑华眉飞色舞地抢着说。

"好，我赞成劈兰，"琴难得看见觉新有这样的兴致，心里也高兴，就接口说。"顶多的出一块钱。四妹人小，不算她。"

"好极了，我第一个赞成！"觉民在旁边拍手叫起来。

"也好，我有笔有纸，"觉新看见大家都这样主张，也就没有异议，便从怀里摸出一管自来水笔和一本记事册，从记事册里撕下一页纸，一面把眼光在众人的脸上一扫，问道："哪个来画？"

"我来，"淑华一口答应下来，就伸手接了纸笔，嚷道："你们都掉转身子，不许偷看。"她埋头在纸上画了一会儿，画好了用手蒙住下半截，叫众人来挑。结果是觉新挑到了"白吃"。

"不行，大哥又占了便宜。我们重来过！"淑华不肯承认，笑着嚷了起来。

"没有这种事情，这回又不是我舞弊，"觉新带笑地反驳道。

"三妹，就饶了他这回罢。时间不早了，也应该早些去准备才是，"淑英调解道。

"二姐，你总爱做好人。"淑华抱怨地说。她又想出了新的主意："那么就让大哥出去叫人办，钱由他一个人先垫出来。"

"好，这倒没有什么不可以。我就去。垫出钱难道还怕你们赖账不肯还！"觉新爽快地答应下来。"我去叫何嫂做菜，等一会儿在水阁里吃。"说罢，他不等别人发表意见，就兴致勃勃地走出了亭子。

"自从嫂嫂死了以后，大哥从没有像今天这样高兴过，"淑英指着觉新的背影，低声对琴说。

"所以我们应该陪他痛快地玩一天，"觉民在旁边助兴地接了一句。

"而且像这样的聚会，以后恐怕也难再有了，"淑英说，声音依旧很低，却带了一点凄凉的味道。

琴诧异地看了她一眼，用责怪的口气与柔和的声音对她说："你今天为何总说扫兴的话？ 我们都在一个城里，要聚会也并不难。"

淑英也觉得不应该说那样的话,就低下头不作声了。她让琴跟觉民谈话,自己却拿了觉新先前带来的洞箫,走到窗前,倚着栏杆对着开始张开夜幕的水面吹起了《悲秋》的调子。水面平静得连一点波纹也看不见,桥亭的影子已经模糊了。箫声像被咽住的哀泣轻轻地掠过水面,缓缓地跟着水转了弯流到远处去了。夜色愈过愈浓,亭子里显得阴暗起来。水上淡淡地现出一点月光。

　　"三姐,点灯罢,"淑贞害怕地央求淑华道。淑华正在听琴讲话,就顺手推觉民的膀子说:"二哥,你去点罢。"觉民并不推辞,便走到右面角上一张条桌前面,拿过两盏明角灯,取下罩子,又从抽屉里取出火柴,擦燃了,去点灯架上的蜡烛,把两盏灯都点燃了。他一只手拿一盏,把它们放在大理石方桌上面。烛光就在屋里摇晃起来。他忽然注意到淑英还独自倚着栏杆吹箫,就拿起那管笛子,走到她背后,轻轻地拍一下她的肩头,说:"二妹,你不是不爱吹箫吗?"

　　淑英一面吹箫,一面掉过头抬起眼睛看他。他把笛子向她递过去,一边说:"箫声太凄凉,你还是吹笛子罢。"

　　淑英放下一只手,把箫一横,却不去接笛子,只略略摇摇头,低声说:"我现在倒喜欢吹箫。"

　　"你变得多了,"觉民借着明角灯的烛光把淑英的一对清明的凤眼看了半晌,感动地说了这句话。

　　淑英淡淡地一笑,埋下眼睛,若无其事地答道:"我自己倒不觉得。"

　　"这是很容易看出来的,这大半年来你的确变多了,"觉民充满了友爱关心地说。

　　淑英迟疑了一下才低声答道:"也许是的,不过这不要紧。"

　　觉民还没有开口,琴就在他背后接口说道:"你不能说不要紧。"琴马上走到淑英身边,抓起她的一只手来紧紧地握着,用同情的眼光看她,然后鼓舞地说:"二妹,你是聪明人,你不要焦心你的前途,你跟大表哥不同。"

"大哥这一年来瘦得多了,"淑英不回答琴的话,却伤感地自语道。

"那是自然的事情。但是你跟他不同,"觉民声音坚定地安慰她。

淑英感激地看了觉民一眼,又掉过脸去看琴。她微微地点头,轻声地接连说:"我晓得,我晓得。"过后就开颜一笑,提高声音说:"不要谈这些事情了。二哥,你把笛子拿给琴姐吹。我吹箫,你和三妹、四妹来唱歌。"

"好,那么就唱《苏武牧羊》,"淑华抢着说了。

琴从觉民的手里接过了笛子,横在嘴边吹起来,淑英也和着吹起了箫。箫的如泣如诉的低鸣,被悠扬的笛声盖住了。笛声飘扬地在空中飞舞,屋里四处都飞到了,然后以轻快的步子,急急地越过栏杆,飞过水面,逃得远远的。歌声更响亮地升起来。淑华姊妹的清脆的声音和觉民的高亢的声音一起在空中飘动,追逐着笛声,一点也不放松,于是它们也跟着笛声跑到远方去了。

夜是很柔和的。月亮被暗灰色的云遮掩了,四周突然暗起来。桥亭的影子带了烛光在水面上微微地摇动。花草的幽香缓缓地从斜坡那面飘过来,一缕一缕地沁入了人的肺腑。

《苏武牧羊》唱完了。大家停了片刻,又唱起一首《望月》来,接着又唱了一首《乐郊》。《乐郊》还没有唱完,就看见觉新拍着手从桥头走过来,绮霞提了一盏风雨灯走在前面。

"你们倒舒服,"觉新走到亭子门口,大声叫道,然后大步走进来,站在众人旁边。绮霞把风雨灯放在一个凳子上面,便走到条桌前拿起先前带来的篮子,再去把大理石桌上的茶壶和杯盘都收检了,一一放在篮子里面。

大家吹唱得起兴了,淑华和淑贞还想唱。觉新却接连催众人走,一面动手去关窗。觉民也吹灭了明角灯里的蜡烛,把灯放回在条桌上。众人便动身走了。

淑英手里捏着洞箫。琴拿着笛子。绮霞提着篮子,淑华顺手在篮里抓了一把瓜子慢慢地嗑着。觉民提着风雨灯在前面走。觉新走在最后。他们出了弯曲的石桥,就顺着梅林旁边的一条小路走。起初他们在湖滨,后来便转过一座假山,进了一带栏杆,然后走过一道架在小溪上的树干做的小桥,经过另一座假山旁边的芍药花圃,就转入一片临湖的矮树林。那里间隔地种着桃树和柳树,中间有一段全是桑树。桃花已经开放,白红两色掩映在绿树丛中,虽在夜晚也显得分明。

这时月亮已经从云围中钻出来了。树林中有一条小路。这里树种得稀疏一点,淡淡的月光从缝隙射下来,被树叶遮去了一部分,只剩下一些大的白点子。风雨灯给他们照亮一段路,慢慢地向前移动。他们是挨次走的。在后面的人就看不清楚灯光照亮的路。有时,觉民走得太快了,淑贞就捏紧琴的手胆怯地叫起来。觉新便安慰淑贞两句。觉民也把脚步放慢一点。快走出树林时,他们就看见灯光从水阁里射出来在湖上摇晃了。

“你们看我办事多快!”觉新夸耀地说。

“这算是丑表功,”淑华说着噗嗤笑起来。

“菜是何嫂做的?”琴带笑问道。

“那自然,包你好,”觉新短短地回答。这时他们已经走到了水阁前面。月光在淡灰色的瓦上抹了一层银色,像绘图似的,把一丛观音竹尖的影子投在那上面。

水阁门大开,从里面洒出来明亮的灯光。门前几株玉兰花盛开,满树都是耀眼的大朵的白花。一缕一缕的甜香直向众人的脸上扑来。

“好几天不来,玉兰花就开得这么好,”琴望着周围的景色沉醉似地赞了一句。

“这真是‘不到园林,怎知春色如许’了,”淑英无意地接了一句。她本来想取笑琴,但是说了出来又觉得失言,就红着脸不作声了。幸好众人并没有留意她的话。

在里面预备酒菜的黄妈、何嫂两人听见了外面说话的声音,连忙走出来迎接他们。觉民就把风雨灯递给黄妈。

众人趁着一时高兴就一拥而进,到了里面看时,一切都安排好了。中间那盏煤油大挂灯明亮地燃着，挂灯下面放了一张小圆桌，安了六个座位，众人抢先坐了。

桌上摆了六盘四碗的菜：冷盘是香肠腊肝、金钩拌莴笋之类；热菜是焖兔肉、炒辣子酱、莴笋炒肉丝几样，都是他们爱吃的。大家就动起筷子来。黄妈烫了两小壶酒，拿来放在觉民面前，笑容满面地叮嘱道："大家不要多吃酒，吃醉了没有人抬回去。"她特别关心地看了觉民一眼。

觉民笑道："我晓得。你管我比太太还严。你快去服侍太太吃饭罢。你放心，我不会多吃酒。"

"太太今天在四太太房里陪王外老太太吃饭。我在这儿服侍你们，何大娘就要出去照应海少爷，"黄妈笑眯眯地说。她忽然瞥见何嫂端了两大碗热气腾腾的焖豆腐走过来，便接过了一碗放在桌上，然后走开去把饭锅子放到煤油炉子上面。

"何嫂，这儿没有事情了，你回去罢。你打风雨灯去，等一会儿喊个底下人送来好了，"觉新用筷子去挟豆腐，连头也不掉地吩咐何嫂说。

"是，大少爷。我不要打风雨灯，我有油纸捻子，"何嫂应道，就匆匆地走了。

众人有说有笑地吃着。黄妈和绮霞两人在旁边伺候他们，绮霞走来走去地给众人斟酒。酒喝得并不多。觉新喝了两杯忽然有了兴致，就提议行酒令。于是明七拍、暗七拍、飞花、急口令等等接连地行着，大家嘻嘻哈哈地闹了两个钟头，除开淑贞外每个人都吃得脸红红的，却还没有尽兴。但是大房的另一个女佣张嫂突然打了一个纸灯笼从外面走进来，一进屋就嚷道：

"大少爷，太太喊你就去，有话说。"

觉新不大情愿地答应一声，推开椅子站起来。

张嫂看见淑贞正在跟琴讲话，就大惊小怪地打岔道："四小姐，你们的喜儿正在找你。五太太刚打好牌，五老爷回来，就同五太太吵架，吵得很凶。五太太要你去。"

淑贞谈得正高兴，听见张嫂的话，马上变了脸色，把嘴一扁，赌气般地答道："我不去!"张嫂睁大眼睛惊愕地望着她。

"四妹，五婶喊你去，你还是去的好。我们一起走罢。"觉新先前略有一点醉意，但这时却清醒多了。他劝淑贞回房去见她的母亲。他知道她要是不去，她的母亲沈氏一定不会放过她。

淑贞红了脸，欲语又止地过了片刻。她刚站起来又坐了下去，终于忍不住诉苦地说："妈喊我去，不会有什么好事情。每回爹同妈吵过架，妈受了委屈，就拿我来出气。我好好的，没有一点过错，也要无缘无故地挨一顿骂。"淑贞露出一脸的可怜相，求助地望着这几个堂哥哥和堂姊姊，眼圈红着，嘴在搐动，差不多要哭了出来。

"那么就不回去罢。你在这儿耍得好好的，何苦去受那场冤气，"觉民仗义地说。

"好，四妹，你就听二表哥的话索性不回去，等五舅母气平了时再说。她要是知道了怪你，我就去给你讲情，"琴坐在淑英和淑贞的中间，爱怜地侧过头去看淑贞，温柔地鼓舞道。接着她又对觉新说："大表哥，你一个人去罢。我把四妹留在这儿。"她看见张嫂还站在那里不走，就吩咐道："张嫂，你出去千万不要对人说四小姐在这儿啊。"

张嫂连忙答应了几声"是"，就站在一边望着觉新的带了点酒意的脸。觉新还留恋地立在桌子前把两只手压在圆桌上面，忽然发觉张嫂在旁边等他，就下了决心说："我走了。"黄妈给他绞了一张脸帕来，让他揩了脸。于是他跟着张嫂走了出去，张嫂打灯笼在前面给他照路。

众人默默地望着觉新的背影，直到灯笼的一团红光消失在松树丛中时，淑华才带了严肃的表情说："妈喊大哥去，一定有什么要紧事情。"

"不见得，说不定就讲五爸五婶吵架的事，"觉民淡淡地说了一句。

这时黄妈给众人都绞了脸帕，绮霞端上新泡的春茶来，在每人面前放了一杯。淑华看见桌上碗碟里还剩了一点菜，就对黄妈说："黄妈,你们把菜热一热吃饭罢。"她端起杯子喝一口茶,便捧着杯子站起来,走到炕床前面把茶杯放在炕几上。她觉得脸还在发烧,人有些倦,就在炕床上躺下去。

觉民也离开座位,走到琴的背后,帮忙她低声安慰淑贞。淑贞埋下头默默地玩弄着一双象牙筷。黄妈和绮霞两人添了饭坐下来拌着残汤剩肴匆匆地吃着。

淑英突然感到房里冷静,她默默地踱了两三步,就从炕几上拿起洞箫,一个人走到屋角,推开临湖的窗看月下的湖景。过了半晌她把箫放在嘴上正要吹,又觉得头被风一吹有点发晕,便拿下箫来,打算放回炕几上去。

"怎么这样清风雅静?我以为你们一定嘻嘻哈哈地闹得不得开交了。"这个熟习的声音使屋里的众人都惊讶地往门口看。出乎他们意料之外,大太太周氏(觉新、觉民、淑华三人的继母)拖着两只久缠后放的小脚颤巍巍地走了进来,淑英房里的丫头翠环提了一个灯笼跟在后面。众人看见周氏,全站起来带笑地招呼她。

"你们劈兰,为什么不请我?却躲在这儿吃?"周氏笑容满面地问道。

"我们没有什么好菜,就是请大舅母,大舅母也未见得肯赏脸。所以我们不敢请,"琴含笑答道。

"妈,你不是在四姊房里吃过饭吗?"淑华说。

"我说着玩的,"周氏笑道。她忽然注意觉新不在这里便诧异地问:"怎么你大哥不在这儿?"

"张嫂来喊他,说妈喊他去说话。难道妈在路上没有碰见他?"淑华同样诧异地说。

周氏怔了一下,然后猛省道:"啊,那一定是错过了。我本来要先到这儿来,翠环这丫头一口咬定你们在湖心亭,所以我先到了那儿,再从那儿到这儿来。这样就把你大哥错过了。你们看冤枉不冤枉?"她的话像珠子一般从口里接连地滚出来,好像不会有停止的时候似的。

但是它们却突然停止了。她喘了几口气,看见众人还站着,便说:"你们坐呀!"又见黄妈和绮霞站在桌子面前低下头望着饭碗,就对她们说:"你们坐下吃罢。"她们应了一声,却不坐下去,就拿起饭碗,依旧立着埋下头匆匆地几口把饭吃完了。绮霞先放下碗走开去倒茶。周氏扶着翠环的肩头,走到炕床前,在那上面跷起二郎腿坐了。她刚刚坐下,看见翠环还站在她旁边,便和蔼地对她说:"翠环,难为你,你回去罢,说不定你们太太要使唤你了。绮霞在这儿服侍我。……你出去告诉大少爷喊他再到这儿来。我等他。"她这样遣走了那个身材苗条的婢女。

"妈,你刚刚差张嫂来喊大哥去,怎么你自己又亲自跑来了?有什么要紧事情?"淑华望着她的继母担心地问道。

周氏喝了两口茶,休息一下,笑答道:"张嫂刚刚走了。我忽然想起到花园里头来看看你们耍得怎样,恰好碰见了翠环,我就喊她陪我来。我有一个好消息:刚才接到你大舅的信,他们因为外州县不清静[1],军人常常闹事,要回省来。下个月内就要动身,要请你大哥给他们租房子。"

"蕙表姐、芸表姐她们都来吗?那我们又热闹起来了,"淑华快乐地大声说。

"那自然,她们两姊妹去了将近四年,一定出落得更好看了。蕙姑娘早许给东门的郑家了,这次上省来正好给她办喜事,"周氏接口说。

"我记得蕙表姐只比二哥大一两个月,芸表姐和二姐同年,"淑华说。

"是呀!琴姑娘,不是你婆婆的丧事,你早就该出阁了。不晓得哪家少爷有这个福气?"周氏把她的胖脸上那一对细眼睛挤在一起望着琴微笑。她打定主意把琴接过来做媳妇,这件事情已经提过了,而且得到了琴的母亲的口头允诺。不过觉民目前还戴着祖父的孝,琴又在四个月前死了祖母(那个长住在尼姑庵里修道的老太婆),一时还不能

---

[1]不清静:即"不太平"、"不平靖"的意思。

办理订婚的手续。然而这件婚事决不会在中途发生变故。所以周氏现在很放心地跟琴开玩笑。众人马上笑了起来。

琴和觉民不觉偷偷地对望了一眼。两个人都红了脸,掉开头看别处。琴撒娇般地笑着不依周氏,一面说:"大舅母不该拿我开玩笑,我又没有得罪过大舅母。"

周氏也笑起来了。她连忙分辩道:"啊哟,琴姑娘,你真多心,我哪儿是拿你开玩笑?说实话,我真不愿意你出阁。我们家里几位姑娘跟你要好得胜过亲姊妹一样。你倘若嫁到别家去,她们一定要痛哭几场。"

琴听见这番话红了脸不作声。

"那么,妈,你就早点拿定主意索性把琴姐接到我们家来罢。"淑华看见母亲有兴致,就趁势把她盘算了许多日子想说的话说了出来。

"呸,"琴忍不住红着脸啐了淑华一口,但是眼角眉尖却露出喜色。觉民有点激动,睁着一双眼睛带了祈求的眼光望着他的继母,等着从那张小嘴里滚出来的像珠子一般的话。

周氏把这一切都看在眼里,她心满意足地微笑了。她得意地说:"是呀,我已经跟姑妈说定了。只是不晓得琴姑娘愿意不愿意。"

琴红着脸低下头去。她正在为难之际,忽然看见淑贞房里的年轻女佣喜儿跑得气咻咻地从外面进来。喜儿看见周氏在房里,就站住恭敬地招呼一声,然后向淑贞说:

"四小姐,太太喊你立刻就去。"

淑贞看见喜儿进来就变了脸色,又听见她的话,心里更不快活,脸上现出无可奈何的神气,噘着嘴说道:"我不去。"

"太太一定要你去。我到处都找不到你,回太太,太太动了气,拍桌子打掌在骂人,春兰挨了打,连我也挨了一顿好骂。四小姐,你还是去罢,你不去,太太又会喊春兰来喊的,"喜儿红着脸喘着气,半央求半着急地说。

"我不去!我不去!"淑贞挣扎似地摇摆着头接连说,于是赌气般地闭了嘴不作声了。

"四小姐……"喜儿又催促地唤了一声。淑贞不理睬她。喜儿还要说话,却被周氏打岔了:

"喜儿,你就回去对你们太太说我留四小姐在这儿耍。"

"你看四小姐这样害怕回去,你何苦再逼她,你就扯个谎,让她在这儿多耍一会儿罢,"琴也帮忙淑贞说话。淑英和淑华也都表示要喜儿独自回去。

喜儿更加着急起来,就放肆地说:"大太太,琴小姐,我们太太的脾气你们都是知道的。她生气的时候毫不讲道理。我倒不怕。不过四小姐还是早点回去好,回去晏了,惹得我们太太发火,会挨一顿好打的!"

琴看见淑贞又急又怕,像是要哭出声来又极力忍住的样子,便走去站在淑贞的背后,按了按她的肩膀,又紧紧捏住她的手。淑贞畏缩地偎着琴,不作声,时时仰起脸去看琴和周氏,好像把她们当作她唯一的救星一样。

喜儿的话说完了,周氏略略红了脸有些不好意思,便沉吟着,不再开口。琴有点气恼,但仔细一想,觉得喜儿说的也是实话,不便把她驳回,正在心里盘算有什么巧妙的办法使淑贞渡过这个难关。淑英、淑华都是愤愤不平,却也无法可想。只有觉民动了气说:"四妹,你就不回去,看五婶把你怎样!"他还想说下去,却被周氏警告似地瞅了他一眼,便把未说的话咽住了。

淑贞一分钟一分钟地拖延了一些时候,拚命抓住那一个微弱的希望,后来听完了喜儿的话,把过去的事情想了一想,知道再耽搁也没有用处,又把众人看一下,于是绝望地站起来,呜咽地说了一句"我去!"不顾众人就往门口一冲,跑出去了。

喜儿茫然地站着,不知道应该怎样做。

"四妹!"淑英第一个唤道,琴、觉民、淑华三个人立刻齐声叫起来。淑贞并不回头,也不答应,就往假山草坪那个方向跑,只看见她的影子在月光照着的地上摇晃。

"喜儿,你还不快点跟去!"周氏用责备的口气催促喜儿。这句话提醒了喜儿,她答应一声,就转身大步往外面走了。

"四姑娘人倒还可爱,"周氏忽然自言自语地说了这一句,接着叹了一口气。

"只是性情太懦弱,将来长大了也会吃亏的,"觉民严肃地接口说。

周氏沉默着,不表示意见,别人也不作声。只有淑英心里猛跳了一下,她觉得觉民的话好像是故意说来警告她的,她愈想愈觉得这种想法不错。

二

　　这晚琴就睡在淑英的房里。街上三更锣响的时候,觉民和淑华都散去了。接着响起了尖锐的汽笛声,电灯光渐渐地暗淡下去。翠环已经预备了清油灯,淑英便擦燃火柴,刚把灯草点燃,电灯就完全灭了。隔壁房里的挂钟突然响起来,金属的声音在静夜里敲了十一下。

　　房里剩了琴和淑英两人。琴坐在书桌前藤椅上随意地翻看一本书。淑英慢步走到右边连二柜前面,把煨在"五更鸡"上的茶壶端下来,斟了一杯茶,掉头问道:

　　"琴姐,要不要吃茶?"

　　琴回过头看淑英,微微地点头答道:"给我一杯也好。"她站起来放下书走去接茶杯。

　　淑英本来要给她端过去,现在看见她走来,便站着不动,等她来了,说声:"你当心烫,"就把杯子递给她,然后掉头去给自己也倒了一杯。

　　"你每天什么时候睡?"琴喝了一口茶,把茶杯捧在手里,忽然问道。她走回到藤椅前面坐下了。

　　"总是十二点钟光景,有时候要到一点钟,"淑英顺口答道,便端起茶杯走回到书桌的右端,在窗前那把乌木靠背椅上面坐了。

　　琴有点惊讶,就带着怜惜的眼光去看她。淑英背了灯光坐着。琴看不清楚她的脸,不过觉得有一对忧郁的眼睛在眼前晃动,琴的心被同情打动了,便关心地说:"为什么睡得这样晏? 看书也不必这样热心。你太用功了。"

淑英叹了一口气,过了一会儿才答道:"我哪儿说得上用功?我不比你,我看书也不过是混时候罢了。其实晚上不看书早睡,也睡不着。躺在床上总要想好多事情,越想越叫人苦恼。他们都说我变了。……我想我的性情的确太懦弱。然而我又有什么办法呢?"她的声音带着悲戚的调子绝望地抖了一阵。月光从窗外窥进来,但是在清油灯光下淡了,只留下一点影子在窗台上。

"二表妹,"琴爱怜地唤了一声。她接着说下去:"你不该这样想,一个十七岁的姑娘就悲观,你不害羞吗?你从前的确不是这样。你不该整天胡思乱想,无端地自寻烦恼,无怪乎他们要说你变了……"

"然而不止是我变了,许多人、许多事情都变了,"淑英悲声地打岔说。"我也明白你的意思。我也想不悲观,然而环境不允许你,你又待怎样?譬如陈家——"她刚说到这里就住了口。她觉得心里一阵难受,便站起来,走到琴的身边轻轻地按住琴的肩头,换过话题说:"我心里闷得很。琴姐,你陪我出去走走。"

"这夜深,还往哪儿去?"琴掉过头看她一眼,触到她的愁苦的眼光。琴的心也被搅乱了,便伸出右手去捏淑英的那只手,半央求半安慰地说:"二表妹,你就该宽心一点。不要再到外面去了。夜晚外面冷。还是好好地睡罢。我们在床上多谈一会儿也是好的。"

"不,我心里烦得很,"淑英皱了皱眉说,她的脸红红的,两只凤眼里露出了深的苦恼。"也许我今天不该吃酒,到现在我还觉得脸上发烧,不晓得要怎样才好。我一时不能够静下心来。琴姐,你就陪我出去走走罢。"她说着就央求地拉琴的膀子。

"好,我就陪你出去走走。"琴同意地站了起来。她注意到淑英只穿了一件夹袄,觉得有些单薄,便说:"你应该多穿一件衣服,外面恐怕很凉。"

"不要紧,我里面穿得有紧身,"淑英答道。但是她也从衣柜里取出一件夹背心套在夹袄上面,又拿了一件夹背心给琴,要她也穿上。

然后两个人轻手轻脚地掩上房门，走到外面来。

夜很静。月亮已经偏西了。天空中嵌着无数片鱼鳞似的白云。天井被月光照亮了一大半。她们穿过天井，站在桂堂前。桂堂两边房屋都是寂然无声。对面一排房间也隐在黑暗里，只有在周氏的后房内一团微弱的灯光从黄色窗帷里透出来。那里还有唧唧哝哝的话声。

"大舅母还没睡觉，"琴低声说。

"她大概在同大哥、三妹他们谈闲话，"淑英小声回答。她们轻轻地走出了角门，走过淑华的窗下，忽然听见后面起了脚步声，她们站住回过头去看。翠环正走着快步子追上来，看见她们回头，便低声唤道："二小姐，你们这夜深还走哪儿去？"

淑英看见翠环，略为一怔，但忽然有了主意，就问道："翠环，太太睡了吗？"

"太太、老爷都睡了。我到二小姐房里，看见你们不在那儿，才跑出来找你们，"翠环低声答道，她带了关切和好奇心望着淑英，不知道她们这夜深还要做什么有趣的事情。

"你来得正好。你跟我们到花园里头去走走，"淑英忽然高兴地说道。

"还要去？难道你今天还没有耍够？"琴惊讶地说了这两句，瞅了淑英一眼，也就不再说话来阻止了。

翠环听见淑英说要到花园里去玩，心里很高兴，马上悄悄地带笑说："那么，我去打个灯笼来。"

"你不要回去，怕惊动了老爷、太太反而不好，"淑英连忙阻止道。"我们就这样走。横竖有月亮，我们也看得见路，"她说着就挽起琴的膀子向前走了。翠环高兴地跟在后面。

"二表妹，怎么你这一会儿又忽然高兴起来了？我看你近来太使性，我应该劝劝你，"琴觉得她有点了解淑英的心情，她更为淑英担心，就说了这些话。

"琴姐，你不晓得。我一会儿笑一会儿哭，我觉得都是假的。我每天每夜都像在做梦一样，我常常忘记了我自己。我今天不敢想明天，"淑英伤感地在琴的耳边说，把身子紧紧地偎着琴，好像想从琴那里得到一点温暖似的。

琴借着挂在墙壁上的油灯的微光去看淑英的动人怜爱的瓜子脸，这张脸上罩了一片愁云。眉尖蹙着，凤眼里含着一汪泪水。这愁容似乎使淑英的脸显得更美丽了。这种凄哀的美，在淑英的脸上琴还是第一次见到，这使她忽然想起了一个死去的人。这眼睛同眉毛跟那个人的明明是一样。"梅，"她几乎要叫出了这个名字。于是死去的好友钱梅芬的影子在她的眼前一晃。她的心也有些酸痛了。同时淑英的话又隐约地在她的耳边响起来。为什么今天淑英说话也像那个人？这念头使她在悲痛之外又感到惊惧。但是她还能够控制自己的感情。她怜惜地、声音带了点颤动地对淑英说：

"二表妹，怎么我才说两三句话就使你伤感起来？你不应该这样想法。你的确变得多了。你为什么不相信你自己？难道我们就不能够给你帮一点忙，不能够给你分一点忧？你有话尽管说出来，让我们大家商量，不要藏在你一个人的心头，只苦了你自己。"

琴的这番话，尤其是琴说话的调子使淑英感动，这是她不曾料到的，然而现在却意外地来了。琴说得那么自然，那么有理。琴似乎了解她的深心，所以琴的话也能触到她的深心。先前的一刻她的心上还仿佛压着一块石头，如今忽然轻松多了。眼泪一下子淌了出来。她觉得眼前突然明亮了，她好像在黑暗中抓住了一个希望，在无助的绝望中找到了一个支持。她渐渐地静下心来，面容也开展了。她感激地望着琴微微一笑，低声说："琴姐，我依你的话，以后不再使性子了。"

翠环看见她们站在花园门口讲那些话，她只顾听着，不敢去插嘴，后来又见淑英微笑了，便放下心，催促道："二小姐，快走罢。你们要讲话还是到里面去讲好些，免得碰见人……"她的话还没有说完，就听见过道那边起了男人的脚步声。她们三个人同时吃了一惊，连忙跨过门槛，走进花园的外门，静悄悄地沿着觉新窗下的石阶走了几步。她们听见脚步声进了觉新的房里，无意地掉头去看，一个黑影子飘进了那个悬着白纱窗帷的房间。

"大少爷，"翠环低声说。

"不要响，"淑英连忙轻轻地叮嘱道。

她们三个人俯着身子、轻手轻脚地走到花园的内门口。翠环轻轻地拉开了门闩，让两位小姐进了花园，然后小心地把门掩上。她们还听见觉新在房里咳嗽的声音。

她们走入月洞门，便转过假山往右边走去，进了一带曲折的回廊。没有灯光，但是夜晚相当亮。月光在栏杆外假山上面涂抹了几处。天井里种了一片杜鹃花，跟着一阵微风在阴暗中摇动。四周静得连草动的声音也仿佛听得见。一切景物都默默地躺在半明半暗里，半清晰，半模糊，不像在白昼里那样地具体了。空气里充满了一种细微的但又是醉人的夜的芳香。春夜是柔和的。她们走一步就像在踏入一个梦境，而且是愈进愈深了。她们只顾默默地走着，只顾默默地领略。大家都不说话，好像害怕一发出声音，就会把梦吓走一般。

她们走进了竹林，听见淙淙的水声，仿佛就流在她们的心上，洗涤着她们的心，把尘垢都洗净了。竹林中有一条羊肠小路，月光从上面直射下来。天空现在是一碧无际，那些鱼鳞似的云片也不知消散到何处去了。她们踏着石子，走到竹林尽处。一个小溪横在面前，溪上架了一道木桥，通到对岸去。溪水从旁边假山缝里流下来，溪床上杂乱地铺着一些落叶和石子。

"琴姐，"淑英忽然欣喜地挽着琴的膀子唤道。"你看水多么清凉。"

"嗯，"琴应道，一面惊疑地看淑英。

"我想洗洗头发，"淑英低声说道。

"算了罢，二表妹，时候不早了，水很凉，"琴温和地阻止道。

"我闷得很，洗洗也好。好在这儿又没有别人看见，"淑英像一个娇养的孩子那样固执地说。她把头摇摆了两三下，就伸手到背后去把辫子拿过前面，开始解那上面的洋头绳。

"二小姐，我来替你解罢，"翠环看见这情形连忙说道。她就伸手去抓了淑英的辫子过来，一缕一缕地解着，一面解，一面还说："可惜梳子、篦子都没有带来，"很快地便解完了。淑英的一头黑鸦鸦的浓发在冷月的清辉下面完全披开来，是那么柔软，那么细致，那么光亮，配上淑英的细长身材越发显得好看，连翠环也禁不住接连称赞道："二小姐的头发真好。"

琴带了赞美和怜爱的眼光看淑英。这个少女的美丽的丰姿仿佛第一次才完全展现在她的眼前，把她的爱美的心也打动了。她痴痴地望着淑英，也说了两三句赞扬的话，但是她马上又为淑英的处境而感到惋惜了。

淑英就跪在溪边，俯下头去，让头发全倒垂在水上，一面用水搓洗它们。

"琴小姐，你也有一头好头发，你也洗一洗罢，让我来给你把辫子打开，"翠环说着就要去解琴的辫子，琴看见翠环好意地央求，又见淑英在那里洗头，觉得这没有什么不可以，就说："好，等一会儿我也来替你解，"便让翠环替她把辫子解了。她还要替翠环解时，翠环却抵死不肯。

淑英略略洗了一会儿就站起来，用手去抹头发，一面自语道："的确有点凉。"翠环看见便摸出手帕来替她把水揩了。

"二小姐，你的头发真好，"翠环一面揩，一面羡慕地赞道。

"这讨厌的东西，我倒想把它剪掉，"淑英不假思索地答道。

"剪掉它？"翠环惊讶地叫起来。

"蠢丫头，这有什么大惊小怪的？"琴刚把头发上的水抹去了，听见淑英和翠环两人的谈话，猛然把头往后一扬，头发带着剩余的水点马上披到背后去，同时水花往四处溅。她本来跪着，说了这句话，这时就斜着身子坐在地上，一面把头发分成一缕一缕的，用手帕裹着去抹，一面抹一面还说下去："学堂里头已经有人剪过了，我亲眼看见的。"

"我不相信。那才难看勒！"翠环一面理淑英的头发，一面回答琴的话。

"你不相信,要是我有一天把头发也剪掉了,那多痛快!"琴的心忽然被理想载起走了,她差不多忘了自己地得意地说。她俯下头去看水,水里也有一个清亮的天,上面再压着她的脸庞,流动的溪水把天激荡了,把她的脸庞也激荡了。

"琴小姐,你想把头发剪掉?你跟我开玩笑罢,"翠环越发惊诧地说;"你那一头好头发剪掉真可惜。快不要说这种话,我们公馆的人听见了会笑你的。"

翠环天真地说道,她完全不明白琴的心理,她不知道她的话对于琴好像是迎头的一瓢冷水。琴的梦被她打破了一半。琴微微地皱一下眉头,也不说什么话,就站起来,走到翠环身边,有意无意地抓起翠环的辫子看了看,叹息般地说了一句:"你有理……"话似乎没有说完,她却不再说下去了。

"琴姐,"淑英偏着头轻轻地唤道,她投了一瞥忧郁的眼光在琴的脸上。琴刚刚转过脸去看她,两个人的眼光遇在一起了。琴心里一阵难受,就掉开头。淑英的轻声的话却继续送进她的耳里来,淑英半羡慕半安慰似地说:"你比我究竟好多了。"但是在这声音里荡漾着一种绝望的苦闷。

这句话很清楚地进了琴的心里,没有一点含糊。它把她突然提醒了。她知道淑英说的是真话。她们两个人的处境不同。于是她记起这些时候来她所见到、所听到的一切。她对淑英抱了更大的同情,而且她更加爱她的这个表妹了。这一来她也就忘记了自己的不如意的事。她又抬起头去看淑英,温柔地低声问道:"二表妹,你是不是担心着陈家的事情?"

这时翠环已经捂完了淑英的头发,淑英就过来在琴的旁边斜着身子坐下。她低着头弄头发,一面苦恼地半吞半吐地说:"我也不大清楚……大概是无可挽回的了。"

"为什么三舅和三舅母就这样糊涂?偏偏给你挑选了这个人户?"

琴气愤地说。

淑英叹了一口气,慢慢地答道:"其实不论挑哪一家都是一样。横竖我对自己的事情完全不能够作主。"声音有点凄楚,和呜咽相近。

"我们老爷真没有眼睛,好好的一个女儿偏偏要送到那样的人家去!"翠环感到不平地插嘴说。她也在旁边坐下来,接着又直率地央求琴道:"琴小姐,你是客人,我们老爷、太太待你很客气。你就去替我们二小姐劝劝太太,看有没有法子好想。"

淑英微微地摇头,说了一句:"你真是痴想!"她不禁为翠环的简单的想法失笑了。过后她又忧郁地说:"太太不会懂得我。她好像也不太关心我。而且她事事都听老爷的话,老爷说怎样就是怎样。她从来不顶撞一句……"

淑英的话还没有说完,翠环就理直气壮地打岔道:"二小姐,老爷、太太究竟是你的爹娘,他们都是读书明理的人,不能够把女儿随便嫁出去就不管!"

"然而你要晓得人家陈家有钱啊,陈老爷又是有名的大律师,打官司的哪个不找他?"琴讥讽地说。

"哼!有钱有势,老爷、少爷一起欺负一个丫头,生了儿子,还好意思让少爷收房,这种丢脸的事情哪个不晓得?"翠环一时气愤,就这样骂道。

"翠环!"淑英觉得翠环的话说得粗野了,就严厉地唤道,又抬起眼睛责备地瞅了她一眼。翠环自己也明白说错了话,便红着脸不作声了。然而她的话却像一根针扎在淑英的心上,淑英的心又隐微地痛起来。

"二表妹,事情不见得就完全绝望,我们还可以想个办法,"琴不能忍受这沉寂,就开口安慰淑英道。她的话是顺口说出来的,并没有经过仔细的思索,这时候她并不曾打定主意。

淑英听了这句话,眼睛一亮,但过后脸色又阴沉了。她绝望地、无助地说:"我还有什么办法可想? 我们都很懦弱,我们的命本来就是这样,你看四妹,她比我更苦。她现在就过着这种日子,她将来更不晓得会有什么样的结果。"她愈说愈伤感,声音也愈悲痛,后来快要哭出来了。她想止住话头,但是止不住,她略停一下忽然爆发似地悲声说:"二哥今晚上批评四妹性情懦弱,我觉得他是在警告我。我又想起了梅表姐……她一生就是让人播弄死了的。"她说到这里再也忍不住就俯下头去,压在她自己的膝上,低声哭起来,两个肩头在飘散的长发下面微微地耸动。翠环看见这样,便移上前去挽住她的肩膀轻声唤她。

琴看见这情形,猛然想起来,一年前钱梅芬咯着血病到垂危的时候也曾对她说过跟这类似的话。而且梅也曾悲叹地诉说过自己的母亲不了解、不关心、弟弟又不懂事的话。淑英的情形也正是这样,淑英只比梅多了一个顽固的父亲。现在淑英被逼着一步一步地接近梅的命运了。看着一个比自己更年轻的生命被摧残,并不是容易的事。梅的悲惨的结局还深深地印在她的脑里,过去的回忆又时时找机会来抓住她的心。这时她忽然在淑英的身上看见了梅的面影。她的心不觉微微地战抖起来。淑英的啜泣接连地送进她的耳里。这样的声音在静夜里听起来,更微弱,更凄凉,里面充满了绝望的哀愁。她觉得有一种比同情更强的感情在她的心深处被搅动了。于是她忘记了一切地抱住淑英,把身子俯在淑英的肩上,把嘴放在淑英的耳边。她差不多要吻着淑英的发鬓和脸颊了。她一面扳淑英的头,一面爱怜地小声说:"二表妹,你不要伤心。哭也没有用,多哭也不过白白地毁了你的身体。我和二表哥一定给你帮忙,我们不能够看着你的幸福白白地给人家断送。"

"二小姐,琴小姐说的才是正理。你不要哭了。好好地收了眼泪。我们还是回到房里去罢,"翠环顺着琴的口气劝道。

这些同情的和鼓舞的话在淑英的心上产生了影响。她略略止了悲,抬起身子,就把头靠在琴的胸膛上,一面用手帕揩脸上的泪痕,一面冷冷地说:"你们的意思我也懂得。不过想别的办法现在恐怕也来不及了。琴姐,我们家里的规矩你是知道的。我觉得除了湖水,就没有第二个挽救的办法。不过我又不愿意学鸣凤的榜样。我还留恋人间，我舍不得离开你们。"她说话时把眼光掉去看了溪水几次。

"二妹，你怎么又想起鸣凤来了？你千万不要起这种愚蠢念头！"琴怜惜地责备道，她把淑英抱得更紧了。"你不比婉儿，他们要嫁你没有那么容易！而且也不会这样快。这中间难保就没有变化。你们的家规虽说很严，那也不过是骗人的。况且你们家里还出了一个三表弟，他难道就不是你们高家的子弟？为什么他又能够从家里逃了出去？还有二表哥，他又怎么能够摆脱冯家的亲事，到了万不得已的时候你还可以学学他们！"热情鼓舞着她，许多有力的论证自然地涌上她的心头，她很畅快地说了出来。先前使她苦恼的那些不愉快的思想一下子都烟消云散了。她的两只大眼睛突然发亮起来。琴提到的婉儿原是淑英母亲张氏房里的丫头，一年前代替投湖自杀的鸣凤到冯家去当了姨太太的。

淑英把这些话都听进了耳里，她也觉得这些论证是真实的、有力的，她没有话可以反驳。于是她的心变得轻松了。她的脸也亮了一下。她掉过头感激地看了看琴。她的凤眼里还含有泪水。但是两道弯弯的细眉却已经开展了。琴对着她微微一笑，她也微笑了。只是她又胆怯地说："不过我害怕我没有他们那样的勇气。"

"不要紧，勇气是慢慢儿长成的。现在时代不同了，"琴安慰地在淑英的耳边说，就伸手抚摩淑英的头发，从这柔软的、缎子一般的黑色波浪里仿佛透露出来一股一股的幽香，更引动了她的怜爱，她柔情地说："好妹妹，你只管放心。刚才翠环说得好，三舅父和三舅母究竟是你亲生的父母。连我们都心疼你，难道他们就那样硬心肠不成？你只管拿出胆子来。我不相信他们会硬到底。……而且你还可以拿爱慕去打动他们的心。"

琴的怜爱的表示和柔情的话语把淑英的心上的重压完全去掉了。淑英不觉侧起头对琴笑了笑。她充满了感情地说："琴姐，我真不知道应该怎样感谢你！我究竟是年纪轻，不懂事。我先前还好像落在冰窖里面,现在给你提醒,就完全明白了。我现在不悲观了。"

"好,这才是聪明的想法,"琴听见这些话也很高兴,就鼓舞地夸奖道。

翠环在旁边插嘴说:"琴小姐,你看我们二小姐给你一说就高兴了。她平常整天都是愁眉苦脸的,你来了她才有说有笑。要是你来得勤一点,她也不会变成这样。"

"是呀,琴姐,要是你多多来跟我谈谈话也要好一点,"淑英接口道。"在我们家里只有二哥跟我最谈得拢。可是他很忙,他又常常到你们家去,我同他见面的时间也不多。大哥有他自己的心事。三妹是个乐天派,一天家有说有笑的,就是不了解别人。我心里有什么事也找不到人来商量。翠环还算跟我合得来。她倒常常维护我。不过她也想不出什么好主意。"

月亮进入了薄云堆里,周围突然显得阴暗了。溪水的声音掩盖了淑英这段话的尾声。对岸长满青苔的天井里一座茅草亭静静地露出它的轮廓,但是茅草顶在冲出云围的月亮的清光下面豁然显现了。夜渐渐地凉起来,人坐在地上也感到冷意,寒气又从袖管里侵入她们的身上。翠环第一个打了冷噤,同时她也感到疲乏,就站起来一面拍掉腿上的尘土,一面说:"二小姐,我们回去罢,夜深了,天气更冷了。"

琴正要跟淑英说话,听见翠环这样说,便附和道:"也好,二表妹,我们回去罢。久了恐怕大家都会着凉。"她说了,便轻轻地推淑英的身子要她站起来。

淑英不说话,一下子就站起来,拍了拍身上的尘土。琴也跟着站起了。这时月光大明,云又散落在后面。月光照在青苔地上就像打了一道霜。

"我以后会常来的,"琴肯定地说,她看看淑英,又看看翠环,忽然诧异地问道:"二表妹,翠环来了还不到一年,怎么跟你这样要好?"

"二小姐看得起我,不把我当成下人看待。她心地厚道,待我很好,我们性情也合得来,所以我愿意死心塌地服侍她,"翠环抢着代淑英回答了。

"这大概就是缘分罢，"淑英微笑地加了一句。接着她又说："我从前没有好好地待过婉儿，现在我也很后悔。"她望了望对岸的景物，再说一句："还过去走走吗？"

"二小姐，不要去了，"翠环连忙阻止道。"对面天井里青苔很滑，不好走。还是回去罢。"

琴伸手去捏了捏翠环的袖子，便说："你怎么不多穿一件衣服？应该冷了。"然后她又对淑英说："二表妹，我们回去，翠环身上的衣服单薄，恐怕受不住。"

"我不要紧，"翠环答道，但是她又打了一个寒噤。

淑英点了点头，就转身往竹林里走去。

三

　　琴睡得正好,忽然被睡在旁边的淑英的叫声惊醒了,淑英搂着琴不住地摇动琴的身子,悲痛地嚷道:"琴姐,救我! 救我!"

　　"二表妹,二表妹,什么事情?"琴惊惶地摇撼淑英的肩头,接连问道。

　　淑英含糊地应了一声。她松了手,睁开眼睛,茫然地望着琴,她的额上满是汗珠。她定了定神,于是恍然明白了。她不觉嘘了一口气,又微微一笑,低声说:"我做了一个可怕的梦。"

　　"你梦见了什么? 你把我吓坏了,"琴温和地说。"你看,你眼睛里头还有眼泪,"说着她伸手去揩淑英的眼睛。

　　淑英让琴给她揩了眼泪。她并不作声。清油灯的光射进帐子里面来。帐子外面,在六个方凳子拼成的床铺上,翠环正酣睡着。窗外天开始发白了。四周静悄悄的。

　　"告诉我,你做了什么梦?"琴亲密地在淑英的耳边说。

　　"我梦见……"淑英说了这三个字就闭了口,她有点不好意思。但是琴的安慰而鼓舞的眼光触到她的脸上,她觉得自己不再害羞了。她放胆地但是还带了一点惊惶地说下去:"我梦见我到了陈家……身边全是些陌生人……一个熟人也看不见……他们的相貌都是凶神恶煞的……我怕起来……我想逃走……他们围住我……我后来想起你……不晓得怎样我又跑在一座荒山上,他们在后面追赶我,我跑了好久……忽然看见你站在前面,我唤你,你并不理我。我跑不动了。我就抱住你喊起来。我就醒了。"她的脸上带着激动的表情,仿佛梦中的景象还留在她的脑子里一样。她的眼光里忽然露出一点点疑惑,但是这疑惑马上又消失了。她半开玩笑半央求地轻声对琴说:"琴姐,你不会不理我罢。"

"我不理你?"琴微微笑了。她想用微笑来掩饰她的感动,但是她的声音却带了一点伤感的调子,她说:"二表妹,你把心放开一点。不要总想那些事情。人说日有所思,夜有所梦。你何必这样自苦。你未必连我也不相信?"

淑英揩了一下眼睛,感激地答道:"我也晓得。有时候我也很明白。不过我的性情太软弱了。我很容易往悲观方面想。而且人事变化也太快,这一年来变得太多了。我想起去年我们的聚会,真觉得往事不堪回首。我恐怕到了明年又会觉得不如今年了。这样想来我觉得人生真没意思。"在她的声音里有一种彷徨、绝望的悲哀。

"二表妹,我不许你再说这种话,"琴看见淑英还要说下去,连忙伸手去蒙住淑英的嘴。这些话刺得她的心怪不舒服,也正是她所不愿意听的。她便爱怜地责备淑英道:"你不应该这样想。你我姊妹都很年轻,都还不能够说就懂得人生。你不过境遇差一点,事情不如意,心里不痛快,所以看见一切都觉得可悲。其实你的境遇也不见得就怎么坏。三舅母也就只有你一个女儿,她不会不心疼你。事情还可以慢慢设法。我在花园里头对你说的话,你该记得。你是个聪明人,怎么连这一层也不明白?"

淑英不答话,却把琴的话仔细地想了一番,她没有话分辩了。琴的同情和关切把她心上忧郁的重压搬去了,把她先前的梦景也驱散了。她觉得心里很畅快,感激地把身子偎着琴,头挨过去,在琴的耳边低声说:"你看我真蠢,你反复地提醒我,我还是不明白。你真好,你真是我的好姐姐。我再要不依你的话,那真是辜负你一番好意了。"她的嘴差不多吻到了琴的面颊。

琴听见这样的话心里也高兴,爱怜地夸奖道:"这才是我的好妹妹。我原说你是明白人。你看,连我都心疼你,何况三舅母?我们再睡一会儿罢,天亮了。"琴说到最后不觉打了一个呵欠。

"琴姐,你同二哥的事情不会有变化罢?"淑英没有睡意,她因为感激琴的关心,因为更喜欢琴,所以就想到了这件事,而且很兴奋,便低声问道。

"有变化?你听哪个说的?"琴反问道。

"没有什么,不过我有些担心,"淑英连忙解释道。

"你放心。你不记得昨天晚上大舅母在花园里头说的话?妈同大舅母都答应了,大表哥也会给我们帮忙。不会再有变化的。我这方面,妈很了解我。只等二表哥明年毕业,那时我也早戴满了孝,我们就可以……"琴很有把握地答道,她很平静,而且没有犹豫,但说到"可以"两个字,就把下面的话咽住了。她略略停一下,然后转过话题说:"不过我担心我升学的问题。'外专'开放女禁的事情没有希望了。我一时又不能够到上海、北京去。即使能够去,也要等到二表哥毕业后跟他同路走。那时节还不知道有没有变化。我又不能够抛下我妈。为了这件事情我倒不知道如何才好。"她的调子有些改变,不像先前那样地稳定、平静了。她自己也觉察到这一点,便换过语气加了一句:"不过我并不悲观,我总要想个办法。"

淑英还想答话,却听见乌鸦在屋脊上刮刮地叫了几声,接着翠环在凳子上翻了一个身,一面含糊地说:"二小姐,你们这样亲热,话一晚上都讲不完。"

"翠环,什么时候了?"淑英便问道。

翠环一翻身坐起来,揉了揉眼睛,一面穿衣服,一面答道:"我不晓得。天已经大亮了。好久没听见打钟,想必钟停了。"她穿好衣服又走去吹灭了灯,就站在桌子前面问道:"琴小姐,你睡得还好吗?"

"我睡得倒好。只是我们刚才讲了好多话,吵得你不好睡罢,"琴把帐子拉开一点,侧过头对翠环说。

窗户都关着,玻璃上的纸窗帘也不曾卷起,所以房里还很暗。

"琴小姐,你倒跟我说客气话,真叫我当不起!"翠环噗嗤笑了,她便把被褥叠好,接连地打了两个呵欠,还说:"你们不要讲话了,好好地再睡一会儿罢。我去打扫三老爷的书房去。"她把凳子放回原处(是后房里面的就搬进后房去),又把被褥搬进了后房,放在一个立柜的最下一层。

淑英和琴又谈了两三句话,也就迷迷糊糊地睡去了。她们睡得很好,直到淑华和觉民来叫门的时候才惊醒过来。她们匆忙地穿衣服。翠环正在收拾隔壁房间,听见响动,就连忙过来给淑华和觉民开了门。这时琴和淑英已经穿好了衣服。翠环便挂起帐子,铺床叠被。

"二姐,快九点钟了,你们还没有起来。你说你们一共睡了多少时候?"淑华看见她们忍不住得意地嘲笑道。

"我们一共也不过睡了五六点钟,"琴含笑道。她看了觉民一眼。

"我不相信,"淑华笑着争辩道。"你看,你们睡得连头发都散开了。"

"你不晓得,我们昨晚上又到花园里去了来,你不信,你问翠环!"淑英也笑着分辩道。她又故意夸耀地说:"昨晚上月亮很好,我们耍得真痛快。"

"当真的?"淑华望着琴闪了闪眼睛,然后挨近去扯着她的衣袖撒娇般地说:"琴姐,你们去,为什么不喊我一道去? 你们不该躲开我!我不依你们!"

"我本来不想去,全是二表妹的意思,"琴指着淑英答道。"我们走出来,看见大舅母后房里面还有灯光,又听见唧唧哝哝的声音,知道你在跟大舅母讲话,所以我们也不好约你去。"

淑华没有话说了,就催促道:"那么你们快点收拾好,我们好出去耍。二哥在等着!"

觉民也就说:"好,昨天的事情不提了,你们快点去洗脸,我在这儿等你们。"

"也好,不过不许你开我的抽屉乱翻东西,"淑英说。

觉民忽然笑起来,走到书桌前面去,一面说:"你这句话倒把我提醒了。你前回答应给我打的书签子到现在还没有给我,让我自己来找罢。"他说着便去开抽屉。

"不行,不能够由你自己动手!"淑英连忙说,就跑去拦阻觉民。但抽屉已经被他打开了。觉民很快地抓起一本书,三条书签的繸子从书页中露出来。淑英着了急要去抢回那本书。但是觉民把手举得高高的,她的手挨不到。她便掉头对淑华说:"三妹,你来给我帮忙。"

淑华微笑地旁观着,听见这句话,果然就去拖住觉民的另一只膀子。觉民力气大,挣开了她们的手,向着门口跑去。淑华去追他,他就揭了门帘出去了。淑华立在门口。淑英急得跺脚,没有办法,便央求地唤道:"二哥,你回来!"觉民站在窗下,故意不答应。翠环先到后房里去把镜奁、脸盆等物都预备好了,就出来唤琴进去梳洗。琴看见觉民同淑英抢东西,不便去帮忙,就在旁边带笑地望着。后来觉民跑了出去。她知道他还在窗下,又见淑英着急地唤他,他不答应,她便唤道:"二表哥,你进来,我有话跟你说。"

琴的话果然有效,觉民掀了门帘探一个头进来,忍住笑问道:"什么事情?"

琴还没有答话,淑华连忙扑过去,伸手去抢觉民手里的书。觉民把身子一闪,又跑开了。

淑英看见这情形急得要哭出来了,便大声央告道:"二哥,你进来。书签子都送给你。你快把书还我罢。"

觉民拿了书进来,一直走到淑英面前把书交还给她,哂笑道:"哪个要看你的日记?我不过跟你开开玩笑罢了。你就这样孩子气。看你急得要哭出来了。现在连书签子也还你。看你好不好意思!"

淑英接过来,放了心,不觉微微地一笑,就从书页里取出那三条书签,全递给觉民:"你拿去罢,免得你说我小器。"

觉民故意不伸手去接,却摇摇头说:"我不要了。"

淑英有点不好意思,就把手缩回去,冷笑道:"自然我打的不及琴姐打的好。"

觉民噗嗤笑了,便伸出手去,说:"给我罢。不过我试试你,看你是不是真心愿意给我。你就说起闲话来了。"

淑英故意板起面孔，不理睬他。

琴却在旁边插嘴质问道："二表妹，这跟我有什么关系？我刚才还给你帮过忙，你为什么要牵扯到我？"

淑英忍不住抿嘴笑了，就把书签交给觉民，一面掉头对琴说："你不要怪我，你应该怪二哥，全是他一个人不好。"

众人都笑起来。觉民也笑了，他解嘲似地分辩道："为什么全是我一个人不好？刚刚得到你三条书签子，你就要派我个不是。总之，你们吵嘴，还是我一个人倒楣。"

"不要说空话了。你们快去梳头罢，"淑华在旁边催促道；"你们听，外面还有卖蒸蒸糕的梆梆声。我们要二哥去喊人买几碟进来。二姐也可以放心，免得他偷看你的日记。"

淑英和琴两人都赞成这个提议。觉民也不争论就答应了。他把书签揣在怀里，还故意说了一句："二妹，谢谢你的书签子，"才满意地走了出去。

"琴姐，我真——"淑英望着觉民的背影在门外消失了。不觉低声说道，但是刚说了这四个字，就突然住了口，脸上立刻起了一层淡淡的红云。她默默地把日记放回在抽屉里面。琴瞅了她一眼，还不大明白她咽住的是什么样的话。至于淑华和翠环两人，她们更不知道了。

"你们快去梳头罢。琴姐，我给你梳；翠环给二姐梳。早点收拾好，好到外面去耍。"淑华又催促了一次。

于是她们四个人一起走进了后房。

琴和淑英两人并肩地坐下来。淑华站在琴背后，给琴梳了头，挽了一条松松的大辫子，扎着淡青洋头绳，用刨花水把头发抿得光光的；琴自己还淡淡地敷了一点白粉。翠环也给淑英梳好了头，淑英也未满孝，所以也扎淡青头绳。她们还没有收拾好，觉民和绮霞就把蒸蒸糕端进房来了。一共三碟，用一个朱红漆盘子盛着，还是热气腾腾的。淑英的胞弟觉人跟在后面，口里嚷着："二哥，我吃蒸蒸糕。"觉民递了一个给他，说一句："当心烫啊。"觉人接着，说："不烫，不烫，"就放到口里去了。

淑华立刻拿起一块蒸蒸糕放在口里,一面问道:"绮霞,太太起来没有?"

"太太在梳头。大少爷早起来了,领了孙少爷到花园里头去了,"绮霞答道。

"琴姐,你们快点,我们去找大哥去,"淑华不能忍耐地催促道。

"二哥,我还要吃,"觉人伸起手向着觉民说。

觉民把手伸到碟子里去。淑华连忙说:"七弟,吃了这一个就走罢。蒸蒸糕没有了。琴姐还要吃。"觉民又递一个给觉人。碟子里还剩了两个糕。觉人不作声。淑华端起碟子,送到琴和淑英的面前,说:"一人一个,快吃罢。"

琴把糕拿在手里,唤道:"七表弟,过来。"这个不到五岁的孩子嚼着糕走到琴面前。琴把糕放在他的手里,说了一句:

"请你吃。你乖乖地出去耍。"

"多谢琴姐……"觉人含糊地说了一句,高兴得要跳起来了。

隔壁有人在叫:"翠环,翠环。"

"翠环,你去罢,太太在喊你,"淑英对翠环说。"等一会儿你在花园里头找我们。"

翠环应了一声,又望着觉人说:"七少爷,我带你去找袁奶妈,"便牵着觉人的手走出去了。琴和淑英收拾好了,众人便往外面房间去。大家刚刚坐定,便看见翠环回来说:

"太太吩咐过,请琴小姐今天就在这儿吃早饭。"她说完,站住望着琴微笑。

淑华轻轻地说了一声:"糟了。"她把眼睛掉过去看觉民。他们两兄妹带了失望的表情对面望着。

琴微微地皱一下眉头,含笑答道:"好,你给我谢谢你们太太,我就在你们这儿吃早饭。"

"那么你在我们那儿吃午饭,"淑华抢着说道。

"要是四太太、五太太也请,又怎么办呢?琴小姐只有一个身子,"绮霞笑着插嘴道。"我看不如禀明我们太太早点用花轿把琴小姐接过来罢,省得大家争来夺去的。"

众人笑了起来,琴红着脸笑骂道:"死丫头,你也来打趣我。我回头告诉你们太太去。"

"三小姐,你快替我向琴小姐告饶罢,"绮霞故意做出央求的调子对淑华说。"告诉太太,倒不要紧,我不过挨一顿骂罢了。回头琴小姐真的生了气,气出病来,可不得了!"

琴笑着瞅了绮霞一眼,骂道:"你还要嚼舌头!"

"绮霞,听见没有?叫你少嚼舌头。你不要看琴小姐是个客人,不好意思打骂你,就尽管欺负她。将来琴小姐真的做了我们家二少奶奶,她会报仇的。那时节连我也不敢讲情了,"淑华笑着说。

众人哄然笑了。翠环极力忍住笑,走到隔壁房里去。

琴更不好意思,红着脸啐了淑华一口,笑骂道:"呸,三表妹,你不帮我,倒反而帮她。好,你们主仆串通起来拿我取笑,我下次赌气不再来了。"

淑华顽皮地摇摇头,笑着说:"我们不怕你不来,二哥亲自去请你,就不由得你不来。你再不来,就索性打花轿去接你。"

"三妹!"觉民在旁边唤道,他责备地瞪了淑华一眼,叫她不要再说下去。

淑华惊讶地掉头去看觉民。她知道他的心理,却有些不服气,就装着不懂的样子说:"奇怪,怎么二哥也生气了?"

"那自然,你得罪了琴姐,她若是真的不肯来,岂不把二哥急坏了吗?所以二哥也生气了,"淑英接口说。

觉民又笑又恼,连忙答道:"你们不要好强。我不信你们将来就不坐花轿!"

淑华姊妹一时语塞,琴在旁边暗暗地笑了。

"二哥太偏心,总是帮琴姐欺负我们,"淑华做出生气的样子说。

"欺负?这个罪名太大了。好妹妹,我几时欺负过你?"琴笑着质问道。

淑华还没有回答,觉民却接下去嘲笑说:"你不要伤心,将来会有人来帮你的。"

淑华气得没有话说,就拿手指在脸颊上划着羞觉民,一面说:"真不要脸。你还好意思说这样说那样……"

淑华还没有把话说完,就听见隔壁房间里起了骂人的声音,因为中间还隔着一间屋子,听不大清楚,只知道是克明在骂人。众人怀了紧张的心情静听着。

"……你一天不好好地读书……先生说你的书生得很……明天喊人把鸽子都捉来杀来吃了……你再不听说,等我哪天有工夫结实捶你一顿!"这几句断续地特别提高声音说出来的话,清清楚楚地送进了这个房间。

"爹又在骂四弟了,"淑英愁烦地说。"四弟这个人也奇怪,说起玩耍来,他样样都懂。就是不肯读书。爹拿他也没有办法。爹常常骂他,他也不在乎,就当作耳边风一样。爹骂起人来虽然凶,过后也就忘记了。所以他的脾气永远改不好。"

"骂是没有用的。我说应该把他送进学堂里去。一天在书房里读些似通非通的圣贤书,自然会把人弄糊涂的,"觉民带了点气愤地发议论。

"轻声点!"琴做了一个手势在旁边关心地说。

"我们出去罢,"淑华觉得气闷,说道。

淑英站起来附和道:"好。房里气闷得很。"

他们一行五个人慢慢地走出房来,经过桂堂,走过克安夫妇住房的窗下,正要穿过角门出去,忽然觉英红着脸箭一般地从后面飞跑过来,好像要冲过他们前面抢先跑出去似的。

"四弟!"淑英看不顺眼,不觉厌烦地唤了一声。

"二姐,"觉英带笑应道,他就站住了。他的脸上没有一点羞愧或懊恼的表情,仿佛刚才挨的一顿骂并没有引起他的反应似的。

淑英本来想对他说几句话,但是看见他的这种神情就不再说什么了,只是默默地把眉头皱着。

"四表弟,你有什么事情,跑得气咻咻的?"琴知道淑英的心理,随便找了一句话来问觉英。

"琴姐,四爸有个朋友送了四爸一只绿鹦哥,会说话。说是要值二三十块钱。现在挂在花园里头晚香楼前面。你不去看看?"觉英眉飞色舞地答道。他不再说话,就抢到前面去,一下子跳过角门往外面飞跑去了。

淑英看见觉英的背影消失了,不觉低声叹息道:"唉,你们看,刚刚挨了骂就像没有事情一样。真是一点羞耻心也没有。"

"他还小,"琴含糊地说了这三个字。

"这就是我们高家的教育!"觉民嘲讽地插嘴道。

他们走出角门。淑华看见喜儿同倩儿一路谈着话往厨房里去,就唤了一声:"喜儿!"

喜儿掉过头答应一声,便让倩儿一个人进厨房去了,自己走下石阶,穿过紫藤花架走到淑华的面前,那张白胖白胖的圆脸上露出笑容,用她那又尖又响的声音问道:"三小姐,什么事情?"

"你们太太起来没有?"淑华问道。

"没有,我们太太每天总要等饭摆上桌子才起来,"喜儿扁一扁嘴,答道。

"四小姐呢?"琴接口问道。

"四小姐起来了。不晓得有什么事情在房里哭得很伤心。我劝也劝不好。琴小姐,你去劝劝罢,"喜儿央求似地说。

"也好。你去罢,"琴吩咐道。等喜儿掉转了身子,她便对淑华姊妹说:"那么你们先到花园里去,在晚香楼等我。我去把四表妹也约来。"

"我也去,"淑华说。

"不,我一个人去就好了,"琴答道。她同众人一起走到花园门口,众人进了花园,她却转身往过道那边走了。

四

　　琴进了淑贞的房间。淑贞坐在窗前拿着一只青缎子的鞋面在绣花。她听见琴的脚步声便抬起头,看见是琴,惊喜地唤声:"琴姐,"就放下鞋面站起来。她的脸上并没有泪痕,但两只眼睛却肿得像胡桃一般。脸上也没有擦粉,她的瘦小的脸庞愈显得憔悴了。

　　琴心里一软,觉得有些难过,就安慰她道:"四表妹,大清早,你就哭成了这个样子,究竟是为了什么事情?何苦来!"

　　淑贞听见这话,鼻头一阵酸痛,忍耐不住,眼泪就滚了出来。她轻轻地悲声说:"妈一点也不体贴我,就只拿我当出气筒。昨晚上骂了我半夜。今早晨她睡在床上,又把我喊去,说不准我进书房读书了。她教我勤快地做针线,绣花……"她说到这里再也接不下去,就坐在藤椅上,把头俯在书桌上面抽抽噎噎地哭起来。

　　琴被淑贞这一哭,把心里也搅乱了。她极力压抑住悲痛的感情,走到淑贞的身边,扳起她的头,摸出手帕来替她揩眼泪,一面柔声劝道:"不要哭了。任何事情都有办法可想。五舅母也许是一时动气,过了两天多半会后悔的。你也不要认真才好。"

　　淑贞想止住哭,却不能控制自己的感情,她把头靠在琴的胸前,断断续续地说:"你不晓得妈的脾气。她比哪个都任性。她一点也不体贴我。她恨我!"

　　琴不禁微微地笑了,她更柔和地说:"四表妹,你真是个小孩子。你怎么会有这种念头?五舅母是你的母亲,哪有做母亲的恨女儿的道理？你不要这样胡思乱想！"

"你不明白。她恨我，我晓得她恨我！"淑贞激动地分辩道。"妈亲口对我说过她恨我，因为我不是一个男人，将来不能够替她出一口气。妈还怪我长得不好看。妈恨爹，因为爹总是欺负她。她要一个儿子来替她出气。我偏偏是一个女儿，我又没有哥哥弟弟。所以她恨我……"

琴不能够再静静地听下去了。淑贞的这番话给她打开了一个新的眼界，使她知道一件新的事情。这个女孩的不幸的生活这时候才在她的眼前完全展开。这样的一种生活甚至是她以前想象不到的。淑贞受过了那样的苦，而且以后还要继续受更多的苦。她能够拿什么话安慰淑贞，帮助淑贞呢？她自己也有点惶惑了。她的平日很灵活的脑筋这时候也显得不够灵活了。她觉得心里有点纷乱，她觉得自己的心情也有点改变，她害怕淑贞的绝望的悲痛会传染给她。她不能够抗拒淑贞的话。她没有别的办法，就伸手掩住了淑贞的口，说道："四表妹，不要这样说。我们以前还不晓得你有这么大的痛苦。"她放开那只掩口的手，温和地、怜爱地轻轻抚着淑贞的头发，揉着淑贞的脸。"五舅母虽然不喜欢你，你也不要灰心。你要原谅她。她也很孤寂。你好好地待她，她说不定会回心转意的。况且即使她不喜欢你，还有我们，我们爱护你，你是我们大家的好妹妹……"

淑贞经这一劝，心里轻松多了。她觉得琴说的话都有道理，而且单是听见琴的温和、亲切的声音就足以减轻她心上的悲哀的重压，同时增加她对琴的信赖。然而还有一件事情搅乱她的心，她仰起脸去看琴，一面说："但是妈不许我以后再进书房读书……"

琴不等她说完，就接口说道："那也不要紧。横竖在书房里跟着那个冬烘先生读书也得不到什么有益的知识。你高兴读书，你二哥、二姐和我，我们都可以教你。这比在书房里读《女四书》《列女传》之类强得多了。"

"那是再好没有的了，"淑贞到这时才破涕为笑，她欣喜地说。过后她又带了感激的眼光望着琴称赞道："琴姐，你真好。怪不得我们都依恋你。你一个星期不来,我们就像失掉什么东西似的。你一来我们大家都高兴,连大哥也有说有笑的。只要你常来,我不会再哭得像今天这个样子。"

"五舅母还没有起来罢,"琴忽然想起就问道。

"妈先前醒过一回,后来又睡着了。现在大概还没有醒。她平时总要捱到吃早饭时候才起来,"淑贞答道。

"那么我们先到花园里头去。二姐她们都在等你。我特意来约你的,"琴邀请地说,就要拉她出去。

"我不去。你一个人去罢,"淑贞挣脱了琴的手埋下头答道。

"为什么不去?我以为你一定去的,"琴惊讶地问道。

淑贞红着脸迟疑半晌才说:"我的眼睛哭肿了,怎么好出去见人?"

"我道是什么,原来是这点小事情。"琴不觉失声笑了起来。"不要紧,没有人会笑你的。倒是我忘记了。我去喊人打脸水给你洗洗脸,你收拾一下再出去。"

"让我去,我去!"淑贞说着就走出去。过一会儿她和沈氏最近从育婴堂领来的十三岁的小丫头春兰一道进来。春兰端了一盆脸水,放在脸盆架上,又给淑贞搬出镜奁来。淑贞洗了脸,琴拉着她对镜敷了一点粉,然后吩咐春兰把东西收检好。她们一道走出了房间。

她们走过了堂屋,经过左上房的窗下进了过道,觉新的房门就开在过道上。她们走过觉新的门前,听见觉新在房里教海臣认字。琴把门帘一掀往房里走去,淑贞也跟着进了觉新的房间。

觉新看见她们进来,连忙推开海臣,站起来让座。他又叫海臣招呼了"琴孃孃"。

琴看见海臣就想起他的母亲,于是李瑞珏的丰腴的面庞在她的眼前晃了一下。但是她马上用最大的努力镇定了心。她并不坐下,却弯着身子跟海臣讲话,海臣的天真的话驱散了她的哀思。

"琴妹,你们昨晚上又到花园去赏了月来,我知道,"觉新带笑地对琴说。

淑贞不知道这件事,所以惊讶地望着琴,有点莫名其妙。

琴含笑地微微点头,说道:"那是二表妹因为心里烦拉我去的。你既然晓得,为什么当时不喊我们?"

"我看见你们像小偷那样弯着身子轻脚轻手地走,不好意思喊你们,所以没有作声,"觉新嘲笑似地说。"你们回来的时候我也晓得。"

"你怎么晓得?难道你那个时候还没有睡?"琴惊问道。

"我一晚上很少睡过四点钟,这半年来都是如此。"觉新的声音依旧很平稳,但是琴觉得声音里充满了绝望的哀愁。

"大表哥,你太苦了。你应该请个医生看看才对,"琴带着同情的关切说。

觉新不觉叹了一口气,他自语似地答道:"找医生看也没有用处。我的病自己知道得很清楚。梅死了,珏也死了。三弟走了。为了三弟的事情,我到现在还常常受人埋怨。珏的第二个小孩上个月又在他外婆家里死了。我心上的伤痕只有我一个人知道。我纵然形如槁木,心如死灰,我也如何能够忘记!倘使不是为了海儿,我不知道我是不是还会活到今天。"他说到这里眼圈一红,便把脸掉过去望窗外。

琴害怕惹起觉新的悲痛,一时找不到适当的话来说,又想起淑英姊妹在花园里等她,便对觉新说:"大表哥,我们到花园里头走走,好吗?"

觉新猛省地回过头来,对琴说:"我晓得二妹同二弟在花园里头等你。你去罢,我刚刚从花园里出来,我不去了。"

"那么我们就把海儿带去,"淑贞正拉着海臣的手问长问短,听见觉新的话便这样说。

"好,你们把海儿带去罢,"觉新立刻答应了。

琴和淑贞两个带了海臣走出房来。她们每人牵着海臣的一只手进了花园,穿过竹林,跨过小溪上面的木桥,经过一带曲折的栏杆,进了松林,出来就到了湖滨。

她们走上圆拱桥便看见觉民、淑英、淑华都坐在晚香楼前面天井里绿色磁凳上面讲话。觉英也在那里,他和绮霞兜起衣襟在拾地上的玉兰花片。

淑华看见她们,便站起来向她们打招呼。淑英走过来牵海臣。觉民依旧坐着对她们微笑。

她们下了圆拱桥,又走到天井里面。一阵微风把玉兰花香吹进了她们的鼻端。她们走着细石子路。两旁的土地上长满着青苔,洁白的玉兰花瓣落了一地。绮霞看见她们走近,就站直身子,把衣兜里的花瓣抓了一大把在手里,然后放下衣襟,让剩余的花瓣落在地上。她小心地走到石子路上来。觉英依旧躬着腰拾花瓣,连头也不抬一下。

晚香楼门前屋檐下果然挂了一只绿毛红嘴的鹦鹉。琴和淑英两个牵着海臣的手走过来,海臣看见鹦鹉,就挣脱她们的手,跑上石阶去。

鹦鹉看见人,便嘎的一声从架上扑下来。但是它的脚被链子拴住了,它飞不开。它扑了两三下,叫了两三声,依旧飞回架上去。它望着下面的人,在架上跳了两跳,忽然伸起颈子很清脆地叫道:"春香,客来了,装烟倒茶。"

海臣第一个哈哈地笑起来,众人都笑了。海臣高兴地"鹦哥鹦哥"地叫着,时而调逗鹦鹉,时而跑过来拉着琴的手央求道:"琴嬢嬢,你教鹦哥讲话?"又去央求淑英:"二嬢嬢,你教鹦哥唱歌。"

"绮霞,绮——霞,"淑英和琴都还没有开口,淑华却插入来教鹦鹉念绮霞的名字。她教了好几次,鹦鹉却完全不理她。她气得转过背,刚刚走下石阶,鹦鹉又在后面叫起来:"春香,客来了,装烟,倒茶。客走了……"

众人又是一笑。淑华更加生气了,她回转身子骂了一句,把手一扬,鹦鹉惊叫一声,又把翅膀扑了两下。

淑贞站在琴的旁边,她挽着琴的膀子笑了几声。众人在鹦鹉架下面站了好一会儿。后来还是觉民忍耐不住,在石阶下大声嚷起来:"我们划船去! 老是在这儿看鹦哥有什么意思!"

"划船？我来一个！"觉英听见说划船，高兴得跳起来，他一下子就散开衣襟，把先前费力拾起来的玉兰花片毫不顾惜地完全抛弃在地上。

"划船去！"淑华拍一下琴的肩头兴奋地对她们说。

"琴嬢嬢，快，快！划船去！"海臣听见说划船，很欢喜，就去拉琴的衣襟，又把两手伸去缒着她的膀子，要拖她去划船。

众人都赞成划船，便走下石阶，到了草地上，然后往湖滨柳树荫处走去，觉英已经先跑到那里去了。

柳荫深处泊着三只小船，都是用链子锁在柳树上面的，园丁老赵正坐在树下打盹。那是一个须发斑白的老人。他看见他们过来连忙站起招呼。

觉民吩咐他把船解开，他恭敬地做了。

"老赵，还要一只，一只不够！我要划！"觉英刚看见解了一只船，生怕他们不让他划，便抢先说。

老赵笑了一笑，便又解开另一只船。众人下了船，分坐了两只；琴和觉民、淑贞带了海臣和绮霞坐一只；淑英，淑华和觉英坐一只。老赵放了船，觉民和觉英两个划着桨，船便缓缓地往圆拱桥下面流过去了。

觉民的船先过了桥洞，觉英的船稍微落后一点。觉英便挽起袖子用力动着桨，几下就追过了觉民的船。他得意地回过头去看觉民，一面挑战地说："二哥，你敢跟我比赛吗？"

"哪个高兴跟你小孩子争？你要快，你一个人先去好了，我不来！"觉民摇摇头带笑地答道。

觉英一生气，就真的起劲地划起桨来，他用力太大，水花接连地跟着桨往船上飘溅，坐在他后面的淑华溅了一身的水。

"四弟！当心点！"淑英责备地说，瞪了他一眼。

"四弟！你作死啦！你要充军，你一个人去，我们不跟你一路！"淑华又是气又好笑，这样地骂起来。

"四弟，你不会划，何必冒充内行！你还是让三姐来罢，"觉民在另一只船上高声嘲笑道。

觉英受了挖苦说不出话来，他侧脸看看觉民，又回头看看淑华，又望了望坐在船尾的淑英，就停了桨赌气地对淑华说："好，你来划！"等淑华真的拿起桨来要划了，他又阻拦说："不行。你要划，我们的桨就会碰到。我要一个人划才过瘾！"

觉民的船上起了哄然的笑声。琴和淑贞逗引着海臣拍掌笑了。

"那么就让你划一会儿。等一会儿一定让我来划，不许赖呀！"淑华笑道。

"我不赖，我不赖！"觉英高兴地答道。这时觉民的船已经远远地走在前面了，只听见一阵清脆的笑声从那只船上掠过水面送到这里来。觉英急得脸通红，抱怨淑华道："都是你不好！"便动着桨追上去。

"不许充军呀！"淑华嘲讽地警告道。"你要是再把水溅到我身上，我一定不依你！"

"不会的！"觉英一面划桨一面说。

这一次觉英倒划得很平稳。船在慢慢地转弯，沿着峻峭的石壁走，把临湖的水阁抛在后面矮树丛中去了。

觉民的船正靠在钓台下面。他们看见这只船驶来，便拍手招呼。觉英也把船靠过去。两只船紧紧地挨着。

"上去走走罢，"觉民仰起头看钓台，自语似地说。

"时候不早了，走远了，等一会儿恐怕翠环来找不到，"琴接口说。

"不要紧，我们在上面坐坐就下来。三婶房里早饭吃得晏，"淑华道。她站起身子伸了一个懒腰，船动了一下。她不坐下去，便跨上觉民的船，一只手扶着琴的肩头，第一个把脚踏上了石级。

众人看见她这样做，都不再表示异议，就陆续下了船，把链子系在木桩上。

他们登完了石级转一个弯便到了钓台，那是用石头造的，临湖一带是亚字栏杆，栏杆前面是一长排石凳。他们就在石凳上坐下。

钓台后面是一片斜坡，有几株合抱的大槐树把枝柯伸了过来。阳光当顶,浓荫满地。画眉、翠鸟等鸟雀在树间飞舞鸣叫。

众人凭着栏杆眺望前面景物,平静明亮的湖水像半根玉带把对岸环抱着。一眼望过去对岸全是浓密的树木。在水阁旁边有一处种了几十株桃杏,红白色的花朵掩映在一簇簇的绿叶丛中,愈显得艳丽夺目。花树中间隐约地露出来几处房屋、庭院和假山。

起了一阵微风,水面上现出一层一层的皱纹。同时下面松林中却起了一阵波动,于是远远地波涛击岸般的声音就送上了钓台。众人静静地在石凳上坐了一会儿,只有海臣和觉英不时说几句话来打破静寂。

"我真愿意这一刻就能够延长到永久!"淑英若有所思地叹息一声,自语道。

琴正把海臣抱在膝上,听见淑英的话,抬起头看了她一眼,又埋下头去逗海臣说话。

"那除非是梦,"淑贞悄然答应一句。

觉英忍不住笑起来,就在淑贞的头上轻轻地敲一下,嘲笑道:"四妹,你说话倒像大人一样。哪儿学来的?"

"本来她的年纪也不小了,应该像大人了,"淑英皱着眉头抢白觉英道。

觉英不理她,却跑开去拾了几块石子来,从台上往湖里抛去。一个人自得其乐地玩着。

琴和觉民两个依旧在逗海臣说话。淑贞在旁看着。淑华看见觉英高兴地掷着石子,忽然想起一件事情便问道:"四弟,你今天怎么不上学?"

"我向先生告了假,"觉英不在意地答道。

"你逃学,我要去告诉爹!"淑英插嘴道。

觉英回过头来,对淑英笑了笑,很坦白地答道:"我不怕,爹今早晨才骂过我。"

淑英就赌气不作声了。觉英更得意地掷着石子。他忽然看见通湖心亭的那道石桥上有一个穿竹布衫的少女的影子,连忙定眼一看,知道是翠环,便停止了掷石子,自语似地对众人说:"翠环来喊我们吃饭了。"

淑英还以为他说假话来骗她。但是她注目去看,看清楚了翠环,就站起来对琴说:"琴姐,翠环来请你去吃饭了,让我来牵海儿。"她把海臣牵在手里,走出了钓台。她无意间瞥见一只画眉站在蔷薇花架上昂起头得意地叫着。海臣一眼看见画眉鸟马上就向那边跑去。

"慢点!当心地上滑!"淑英一面嚷着,一面追过去。

画眉看见人就飞起来,飞到槐树枝上停了片刻,又振翅飞起,转过斜坡往下面飞去不见了。

海臣穿过蔷薇花架,进了一个藤萝编就的月洞门,里面是一个小小的院落,有一带廊庑和三间敞亮的平房,院里堆了两三块山石,种了几株芭蕉。

海臣刚跨进月洞门,听见淑英在后面唤他转去,又看见里面没有什么有趣的东西,便退出来。淑英已经赶上来了,用两只手把他抱起来,走出了蔷薇花架。

觉英已经上了船。其余的人还站在槐树荫下等候淑英,看见她带了海臣出来,便和她一道走下石级,往船上去了。

五

琴在周氏的房里吃了午饭。饭后,天还没有黑,众人坐在窗下闲谈。周氏安闲地躺在一把藤椅上。她不大说话,却怀着好意听年轻的一代人起劲地谈论。绮霞捧了一只银水烟袋站在她旁边给她装烟。

琴和淑英三姊妹,还有觉民,都在这里。有的坐在竹椅上,有的坐的是矮凳。旁边还有一只茶几,上面放着一把茶壶和几个茶杯。黄妈提了一壶开水来把茶壶冲满了。她刚刚走开,觉新就牵着海臣来了。淑贞站起来把她坐的竹椅让给觉新,自己走到琴身边去,琴把身子略微移动,淑贞便偎着琴坐了。

“海儿,到婆这儿来,”周氏看见海臣,胖脸上露了喜色,便坐起来,伸出手唤道,她回头对装烟的绮霞说:“不要装了,你去端个凳子给四小姐坐。”绮霞答应一声,捧了烟袋进房里去了。

海臣本来要到琴那里去,现在听见周氏唤他,便往周氏那边走去。他靠了周氏的膝头站着,周氏抚摩着他的头,拉着他的手问了几句话。

“三弟刚才有信来,”觉新刚刚坐定,便低声对琴说。

众人脸上的表情都有了一点改变。淑华忍不住第一个说道:“在哪儿?快给我看!”

“在三爸那儿,”觉新答道。

“怎么会在三爸那儿?你把三弟的信拿给三爸看?”觉民惊讶地问道。声音里略带一点不满。

"我每封信都拿给三爸看。他这样吩咐过的,"觉新无可奈何地答道。

"我认为并没有给三爸看的理由。三弟的信又不是写给他的,是写给你,写给我们的,"觉民严肃地说。

"但是三爸是家长,他的话我们不能不听,"觉新带点忧郁地说。

琴看了看淑英,淑英微微红了脸埋着头在弄衣角。琴瞅了觉民一眼,不等他开口就插嘴问觉新道:"三表弟在上海还好吗? 他信上说的什么? 他为什么总不给我写信?"

"三哥上个月不是有信给你吗? 我都看见的!"淑华接口对琴说。这时绮霞端了一个矮凳出来,就放在琴的旁边,招呼淑贞坐了。

觉新接着说道:"他说过两天就给你写信。他倒很好。他的信也不长。不过……"他沉吟了一下低声对觉民说:"他寄了一篇关于大家庭的感想的文章来,叫我看了交给你拿去发表。这个我没有给三爸看。我知道三爸看了一定会抱怨我。三弟上一封信里写了几句激烈的话,三爸看了就不高兴。他抱怨我不该把三弟放走,他说三弟将来一定会变坏的,我也有责任。"

"这叫做自作自受。你为什么要把信给他看?"觉民不了解觉新的心情,却也抱怨他说。

觉新不理睬,好像并没有听见觉民的话似的。他偷偷地把周氏看了一眼,看见她只顾调逗海臣,并不注意他们讲话,就轻声说:"不过我担心的不是三弟会变坏,倒是怕他将来会变成革命党。所以我有点……"他突然闭了口,不再说下去了。

"革命党"三个字在淑华、淑贞的耳里是完全陌生的,她们不知道这是什么意思。淑英略略知道一些,那是从她最近读过的西洋小说上面知道的。但是她还不能够十分了解。真正了解的只有觉民和琴,然而琴也被这三个字吓住了。

"不见得罢,"琴略略皱一皱眉头,疑惑地低声说。但是她又严肃地问觉新道:"那篇东西在哪儿? 给我看看。"

"你带回去看罢,我等一会儿给你,"觉新低声答道。

"我去拿,在抽屉里罢?"觉民急于想看那篇文章,就站起来对觉新说。

"嗯。你就在我房里看,不要给别人看见,"觉新小心地嘱咐道。

"我晓得,"觉民应了一声,便在茶几上端起一个茶杯喝了两口冷茶,然后放下杯子吹着口哨往过道里去了。

觉新掉过头茫然地望着他的背影。

"大哥,"淑英忽然恳求地唤道。"你下次给三哥写信的时候,请你托他打听打听上海学堂的情形。"

"你替哪个打听的?"觉新回过头惊奇地问道。

淑英没有即刻回答,她似乎没有料到觉新会问这样的话。但是琴却在旁边自语似地插嘴说:"也许是为她自己打听的罢。"

"二妹,你自己……?"觉新惊讶地望着淑英激动的脸色问道。

淑英略略抬起头看了觉新一眼,她的脸色渐渐地变了,最后她淡漠地答道:"我不过随便说句话。我自己打听来做什么用呢?琴姐知道的。"

琴带着同情的眼光看了看淑英,她起初有点莫名其妙,但是后来也就明白了淑英的心情。她不说什么,却走去倒了半杯茶自己喝了,然后又斟了一杯走到淑英旁边,把茶杯递给淑英,一面说:"二表妹,你吃杯茶罢。"淑英先不去接茶杯,却仰起头看琴。琴对着淑英微微一笑,眼光非常柔和。淑英默默地望着琴,脸上的忧郁也渐渐地淡了。她连忙伸出手去接了茶杯,同时还说道:"琴姐,难为你。"

"你们在耍什么把戏?这样鬼鬼祟祟的!"淑华看见这情形,不知道究竟是怎么一回事,心里有些纳闷,忍不住大声问道。

"这又奇怪了。偏偏你一个人心眼儿细。我不过给二表妹倒杯茶,有什么鬼鬼祟祟的?"琴带笑地望着淑华回答道。"你要吃茶,我也给你倒一杯。"她便往茶几那面走去。

"啊哟,我不敢当,"淑华故意做出惊惶的样子大声说。"我没有福气使唤一个这样阔气的丫头,看把我折煞了。还是让我自己来倒罢。"她说着就站起来,走到茶几前面,争着去拿了茶壶在手里。

"三女,你怎么跟你琴表姐争茶壶呢? 她现在还是客人,你应该让她点,"周氏故意开玩笑地说。她还怂恿海臣到琴的身边去,她对他说:"快,快,你快到琴嬢嬢那里去,劝劝她们不要打架。"

海臣真的到琴的身边去了,拉着琴的衣襟唤她。

琴听见周氏的话有点不好意思,就搭讪着说:"我好心好意地给三表妹倒茶,哪儿是跟她争茶壶? 大舅母看错了……"还没有说完,琴看见海臣走过来,就蹲下去抱起他,跟他讲话。

淑华听见继母的话,不觉失笑了。这时她刚刚喝了一口茶,听见琴的话,又看见海臣走过来,她忍不住噗嗤一笑,把一口茶全喷在自己的衣服上。她连忙放下茶杯,一面咳嗽,一面摸出手帕揩了水迹。

"阿弥陀佛,"淑英在背后低声念道。

"哪个在念佛?"淑华故意掉头望着淑贞问道。

"二姐,"这许久不说话的淑贞含笑答道。

"这叫做眼前报应,"琴忽然掉过头说了这一句,就站起来,牵着海臣的手回到座位上去,让海臣站在她的膝前。

"报应还在后头勒!"淑华冷笑道。

"已经够了,"淑英说。

"善有善报,人家的好报还在后头! 佛爷连人家的终身大事也管的,"淑华报复地说了,自己第一个笑起来。

众人都笑了,只有淑英和琴没有笑。琴装着不曾听见的样子,只顾埋头逗海臣。淑英略略红了脸,也想装出不在意的样子,就往四面看。她忽然注意到觉英站在天井里,对着屋檐嘟起嘴"屋啊","屋啊"地叫。觉群、觉世两个堂兄弟和堂妹妹淑芬在他旁边,聚精会神地望着屋檐上的什么东西。她心里更加不舒服,便叫一声:"四弟!"

觉英应了一声,抬起头看她一眼。他依旧站住不肯动。

"四弟,你又在做什么?"淑英气恼地问道。

觉英笑了笑,又嘟起嘴"屋啊""屋啊"地叫起来。

"他在唤鸽子。二妹,你管他也没有用,他不怕你,"觉新看见觉英不理淑英,便皱了皱眉头,温和地劝慰淑英道。

忽然起了一阵扑翅膀的声音,一只背上带黑花的白鸽从屋檐上飞了下来。它在天井里石板上跳来跳去。觉英和觉群、觉世马上跑过去捉它。淑芬顿着脚接连地嚷着:"快!快!"鸽子带跳带扑地奔逃。这时天色已经阴暗了,那只鸽子大概看不清楚周围的景物,它在石板过道两边的几个花盆中间跳了几转,终于被觉英一下子抓住了。

"捉到了,捉到了!"觉群、觉世两个高兴地嚷着。

"四弟,"淑英忍不住又严肃地叫了一声。

觉英兴高采烈地跑到石阶上面来。觉群、觉世和淑芬都跟在他后面。淑芬不住地嚷着:"四哥,给我看。"觉英不理睬她。他匆忙地朝着周氏唤了一声"大妈",接着又招呼了琴。然后他把手里捏着的鸽子给淑英看,一面得意扬扬地说:"这只'马蹄花'是公的,而且是红沙眼。不晓得是从哪儿飞来的。到底给我捉住了。"

觉英一只手捏着鸽子,那只美丽的生物在他的手里变得服服贴贴的,也不挣扎一下。淑英嫌厌般地把头一扭,说:"我不要看。"淑贞和淑华却很感兴趣地看着那只新奇的小生物。海臣也跑过去要觉英把鸽子放在他的眼前给他看。

"四弟,你放了它罢。人家好好地飞着,你为什么一定要把它捉来关起?"淑英不愉快地对觉英说。

"那不行。这样好的鸽子,哪个舍得放走!"觉英固执地答道。他又对觉群说:"五弟,你去给我拿把剪刀来,我要剪掉它的翅膀。"

觉群答应一声,就跑进过道到后面去了,不到一会儿的工夫他拿了一把剪刀回来。

觉英用左手捏住鸽子,右手拿起剪刀,又叫觉群拉开一只翅膀,便齐着羽毛剪去,差不多把翅膀剪去了一半。然后他又去剪另外的一只。

"真作孽呀!"淑英闭着眼睛憎厌地说。

觉英剪好了两只翅膀,把剪刀递还给觉群,于是一松手把鸽子往地上一掷。鸽子在地上扑两下。海臣连忙跑去捉它,居然捉到了。他很高兴,就嚷起来,却又被鸽子挣脱了去。鸽子跳下了石阶。它想飞,但是飞不起来。它只顾扑着、跳着。觉世先跑去捉它,后来觉英和觉群都跳下石阶去追它。觉英一下子就把它捉在手里了。

"四爸! 四爸!"海臣在阶上看见觉英捉到了鸽子,便高兴地大声唤道。他要觉英把鸽子拿过来给他玩。觉英并不理他,却捏着鸽子兴高采烈地带跑带跳出了拐门往外面去了。觉群和觉世也跟着跑出去。淑芬也跑到外面去了。

"海儿,过来,不要跟你四爸去闹,"琴说着就去把海臣拉过来,抱起他坐在她的膝上。

"他倒方便,剪了一地的羽毛就走掉了,"淑华抱怨地说。

淑英皱了皱眉尖,叹了一口气,抱歉似地站起来,自语道:"我去喊翠环来扫罢。"

"何必喊翠环? 喊绮霞来扫就是了,"觉新接口说。绮霞正站在堂屋的侧门口,靠着门框听他们谈话,这时听见觉新的话,便急急地走进上房里去,拿了撮箕和扫帚出来,把地上的羽毛扫干净了。

"老四这种脾气真没法改,"周氏把头摇了摇,闲谈似地对淑英说。"二姑娘,你们两姐弟性情差得真远。你那样用功,他那样爱耍。你爹也不大管他,就让他去。"

"爹不晓得骂过他多少次,打也打过的,他那牛性子总改不掉,"淑英答道。她的话还没有说完,觉民就从过道里走出来,他问道:"你们在说哪个?"

"四弟,"觉新接口答道。他看了觉民一眼,低声说:"你看过了?"

觉民点了点头,便走去对淑英说:"二妹,你又谈四弟的事情。你何苦自寻烦恼?你每回谈起四弟都要生气,又何苦来?"

"我想他年纪再大一点,说不定会变好的,"琴顺着觉民的口气安慰淑英道。

"我也晓得，"淑英低声答道。"不过我常常想，要是我有一个好一点的弟弟，我的处境也许比现在好……还有七弟，虽然才四岁多，就已经淘气了。"她还想说下去，忽然觉得心里难受，她好像看见忧郁慢慢地从心底升上来，她害怕自己到后来不能够控制，就闭了口，埋着头不再说话了。

夜已经来了。众人看不见淑英脸上的表情，但她的声音却是听见了的，然而知道这声音里面含着什么样的东西的人就只有觉民和琴两个。觉新只在声音里听到了一点点寂寞和忧郁，这就引起了他的同感。他觉得心里微微地起了一阵痛。他在镇压自己的悲哀。他想不到找话去安慰淑英。

琴的心被同情激动着，虽然海臣缠着她，要她讲故事，但是她的心却在淑英的身上。她不仅同情淑英，而且她自己的隐痛也被淑英的话触动了。她不禁感慨地说："可是我连一个这样的弟弟也没有。这样看来，还是你好一点。"她是把这些话用安慰的口气来说的。

"琴姐，你何必叹气？四弟不就是你的弟弟？我们弟兄很多，只要你不嫌弃，都可以看做你的弟弟，"淑华笑谑地说。

琴懂得淑华的意思，也就不分辩了。她装出不在意的样子开始对海臣讲故事。

"三妹，人家在说正经话！你总爱开玩笑！"觉民听不入耳，就正言对淑华说。

"我没有跟你说话，不要你来岔嘴！"淑华赌气把嘴一噘，这样说了。但是脸上还带着笑容。

觉民不答话，对淑华微微一笑，便去听琴讲故事。淑华也不再作声了。琴慢慢地用很清晰的声音讲述一个外国的童话，一个睡美人的故事[1]，不仅海臣的注意力被她的叙述完全吸引了去，连淑贞也聚精会神地倾听着。这样的故事在海臣

---

[1]《睡美人》：法国查理·贝罗尔(1628—1703)编写的童话。

的脑子里完全是新奇的,所以在她叙述的当中他时时拿各种各样的问话打岔她。

周氏和觉新两人没有听琴讲故事,他们在一边谈话。他们谈的便是周家搬回省城来的事。房子已经租好,周氏看过也很满意,现在正叫人在那里打扫,周家到时便可搬进去住。他们又谈着周家的种种事情,后来又谈到觉新的两个表妹身上。

"蕙姑娘的亲事是从小就定下的。男家是她父亲的同事,还是上司做的媒,当时就糊里糊涂地定下了。后来才晓得,姑少爷人品不大好,脾气坏。外婆同大舅母都不愿意,很想退掉这门亲事。但是大舅又不肯丢这个面子。男家催过几次,都被外婆借故拖延了,不晓得怎样现在却到省城来办喜事。"周氏虽然只是在平铺直叙地说话,但声音里却含了一点不满。蕙是大的一个,第二个叫芸,是觉新的二舅母的女儿。

"蕙表妹年纪并不大,我记得今年也不过二十岁,"觉新压住心里感情的激荡,故意用平淡的声音说。

"二十岁也不算年轻。本来依男家的意思,蕙姑娘十六岁时就应该嫁过去的。那位姑少爷好像只比她大两岁,"周氏答道;她也同情那个少女,但她的同情却是短时间的,她说过这番话以后,自己不久就会忘记了,所以她不会想到她的话会给觉新一个打击。这不仅是因为觉新关心那个少女,主要的还是觉新在这件事情上面看见了自己一生演过的悲剧。知道又多一个青年被逼着走他走过的那条路,就仿佛自己被强迫着重新经历那惨痛的悲剧。他的心里发生了剧痛,像一阵暴风雨突然袭击过来似的。他极力忍耐,过一会儿那痛苦又消失了。

琴还在讲故事,几个年轻人都静静听着,只有海臣仍旧时时发出一些奇怪的问话。淑英本来也在听琴讲故事,但后来她却注意到周氏同觉新的谈话,最后就专心去听他们讲话了。不过她依旧是在偷偷地听。她并不参加他们的议论。他们的话使她想到一些别的事情,她也感到痛苦。她要不想那些事情,却又不能够。到这时候她不能再忍耐了，便站起来轻轻地走过去，就靠了觉新坐的那把竹椅站着，突然鼓起勇气用战抖的声音发问道："大妈，既然周外婆同舅母都不愿意，为什么不退婚呢？这样不苦了蕙表姐一辈子？"

觉新听见这问话，连忙惊讶地回过头看她。月亮进了黑云堆里，天色很阴暗。但是借着从堂屋和上房两处射来的电灯光他看见了她的一对凤眼，水汪汪的，好像就要哭出来一般。

周氏略略抬头看了淑英一眼，但是她并没有注意到什么。她微微地叹一口气，然后答道："人世间的事情就是这样安排的。不如意的事多得很。一切全凭命运，谁也怨不得谁。横竖做女人的就免不了薄命。大半的女人都这样经历过来的，岂止你蕙表姐一个？你不看见你梅表姐的事情？我们又有什么办法可想？我只求来生再不要做一个女子。"周氏就用这样的话把她自己的隐微的悲哀遣走了。她没有想到她的话会在淑英的心上产生什么样的影响。她甚至想不到淑英为什么要拿那样的话问她。

淑英是怀了求助的心思来向她问话的。然而这个答复却像一个拳头打在她的额上，她的眼前一阵暗，一个希望破灭了。而且破灭的似乎还不止一个希望。"我只求来生再不要做一个女子。"这句话在她的耳边反复地响着。这太可怕了，单是一句话就可以把她的全部希望毁灭了。她以前没有听见过这样的话。这太不公道了。为什么女子就不如男子呢？为什么做一个女子就免不了薄命？就应该让别人给她安排一切？为什么命运就专门虐待女子？她不能够相信，她不能够相信命运。但是她又有什么办法呢？事实不是分明地摆在眼前吗？然而她并不甘心。她还想找话来质问周氏。可是她的思想却变得迟钝了。她一时说不出话来。

"妈这话我不赞成。这不能够说是命运。"觉民虽然在听琴讲故事，但是周氏们的谈话他也断续地听了几句进去。周氏回答淑英的话他是听见了的。他知道这句话对于淑英是一个不小的打击，他便掉头去看淑英，正遇着淑英的求助的、绝望的眼光。淑英的眼里还含了一汪泪。他的心被爱怜打动了。他忍不住带笑地开始反驳他的继母的话。他的主要目的还是在安慰淑英。"做一个女子并不就是倒楣的事。男女都是一样的人。不过气人的是大多数的女人自己年轻时候吃了苦,后来却照样地逼着别人去吃苦,好像是报仇出气一样。所以事情就没有办法了。……"

周氏并不生气,她不过微微一笑。等觉民的话告了一个段落,她才放慢了声音平静地说:"你真是读新书读呆了。讲新道理,我自然讲不过你。然而做女人的从来就讲三从四德。人家都这样讲,这样做,要是你一个人偏偏标新立异,人家就要派你不是了。人年纪大了,就明白一点,多懂点人情世故,并不是报仇出气。"

觉民摇摇头,心里很不满意,但是脸上还勉强留着笑容。他还想反驳继母的话,却又害怕真的争论起来,一时不能够控制自己,说出了冲犯她的话。他便不开口了。觉新望着觉民的脸。但是他的眼睛似乎看不见什么。不,他看见了过去的幻影。每个影子都拖了一盘铁链。每盘铁链上都系了一张字条,写着:"三从四德。"一个女人的面庞,两个女人的面庞在他的眼前晃了过去。他痛苦地嘘了一口气。

琴的故事还没有讲完,但是她后来却趁着海臣发问的时候注意去听周氏们的谈话。这时她忽然掉过头去撒娇似地大声反驳周氏说:"大舅母的话也不对。若是没有人标新立异,世界上哪儿还有进步?"

"琴姑娘,我不懂你那些新名词,我说不过你,我是个老古董了,"周氏并不存心跟那些比她小一辈的人争论,而且她缺乏年轻人的热诚,对于自己的主张也并不热心拥护,所以她用一句笑话把话题支开了。

"老古董?妈,你怎么会是老古董?"淑华听见继母的话就噗嗤笑起来,大声说,把众人都惹笑了。

"老古董?哪个是老古董?"一个清脆的声音突然响了起来,来的是淑贞的母亲沈氏。她抱了一只雕花的银水烟袋,穿着滚宽边的短袄。觉新连忙站起来,唤了一声"五婶",就把座位让给她。

"妈说妈是老古董,"淑华带笑答道。"五婶,你相不相信?"

"啊,你妈哪儿是老古董? 老古董明明在爷爷的房里。你碰它一下,可就值价了。其实让它摆在那儿不去理它,它一点用处也没有,"沈氏坐下来,一本正经地说,她感到一种满足。

"我晓得你在说哪个!"淑华得意地笑道。"你说陈——"

"三妹,"觉新嗔怪地瞅了淑华一眼,阻止她说下去,她便闭了口。

"对啦,"沈氏毫不在意只顾得意地说。"三姑娘,你真聪明。要是我们贞儿有你一半聪明也就好了。"她说到这里就向四面望了一下,用眼光去找淑贞。淑贞不敢答话,胆怯地偎在琴的身边。

"五舅母这句话说得不公平,四表妹原本也是很聪明的,"琴看见淑贞的畏缩的样子,觉得可怜,便仗义地说。

"琴姑娘,你不晓得,我们贞儿今年十四岁了,可是连麻将也不会打。你说她笨不笨?"沈氏理直气壮地说。她吹起纸捻子接连抽了几口烟。火光一闪一闪地照亮了她的脸。烟袋里的水声有规律地响着。

众人都不作声。显然大家都不以她的话为然,但是也不便反驳她。觉民很不满意,就独自轻轻地吹起口哨。琴听见沈氏的话不觉起了一阵恶心。但是她极力忍住了。她对淑贞反而更加怜爱。她暗暗地抓起淑贞的微微战抖的手,紧紧地握着。

"琴嬢嬢,再摆[1]一个,再摆一个,"海臣捏住琴的另一只手央求道。

"下回再摆罢,今天摆一个就够了,"琴放了淑贞的手,把两手伸去抱住海臣的肩膀,俯下头温和地对他说。

"不够,不够,"海臣摇摇头坚持地说。

"海儿,你不要再吵琴嬢嬢了。琴嬢嬢讲了好多话,太累了,让她歇一会儿罢,"觉新在旁边阻止道。

"嗯,"海臣应了一声。过后他又拉着琴的手说:"琴嬢嬢,你累吗? 好,你歇一会儿,下回来你给我

[1]"摆"和"讲"同义。下文的"龙门阵"即"故事";"摆龙门阵"即"讲故事"。

多摆一个,要更长的。"

"好。你真听话,这才乖嘞,"琴一时高兴就捧起海臣的脸,在他右边脸颊上吻了一下。海臣受了夸奖,心里非常快活,便得意地说:"爹爹说我乖,婆婆也说我乖,我会听话,我不爱哭。"

淑华第一个噗嗤笑了,她接着说:"海儿,到我这儿来。我给你摆个好听的'龙门阵'。"

海臣把头扭一下,扁了扁嘴答道:"我不要听你的'龙门阵'。你只会摆《孽龙》[1] 摆《熊家婆》[2],我听过八十道了。还是琴嬢嬢摆的好听。"

众人笑起来。觉民连忙带笑称赞道:"说得好,说得好。"

"好,你记住,下回你再找我摆龙门阵,我就撕掉你这张小嘴,"淑华笑骂道。

刚刚在这时候,大房的袁成从外面走了来向周氏说:"太太,姑太太差人来接琴小姐回去。"他的瘦长的身子站得笔直。

"晓得了。是张升吗?你喊他在门房里等一会儿罢,"周氏不去问琴的意思,就吩咐道。

"是,"袁成垂着两只手恭敬地答道。

"大舅母,我还是现在就走罢,"琴连忙说,她就站起来。

"琴姐,"淑贞马上抓住琴的一只膀子,十分依恋地轻轻唤道。她的手微微颤动,声音也微微颤动,好像琴一去就会把她的什么宝贵的东西也带走似的。

"琴嬢嬢,你真要回去吗?你就住在我们家里,大家在一起耍,多有趣。你天天给我摆龙门阵,好不好?把姑婆婆也接来,"海臣天真地拉着琴的袖子絮絮地说。

"海儿,你说得真好。我回去过两天就会再来的。我家里故事书很多,下回我带几本来,一定多给你摆几个龙门阵,"琴抚着海儿的短头

[1] 小孩吞了珠子变成龙的故事。我曾经把它改写成一篇叫做《隐身珠》的童话。

[2] 熊冒充外婆去吃外孙女的故事。跟法国贝罗尔编写的童话《小红帽》差不多。

发,爱怜地说。

"书没有带来不要紧,你不要自家回去,就喊袁成去拿来好了,"海臣依旧天真地说话,使得琴也忍不住微笑了。

"好倒好,不过我明天早晨就要上学,"琴回答道。

海臣沉吟了一下,便正正经经地说:"上学是很好的事情。爹爹说好人都要上学。我长大了也要做个好人。爹爹每天教我认字。爹爹说,我好好地认字,好好地听话,妈妈也高兴。爹爹说,妈妈在天上,她天天看得见我,我看不见她。我想天上一定也很有趣。妈妈一定很快活。她一定也想我。我想我总有一天会看见她。我要告诉她好多好多话。"他指手画脚地说,脸上带着认真的表情,好像在叙述一件重大的事。他没有一点悲哀,但是他的话却引起了好些人的痛苦的回忆。觉新起初满意地微笑着,后来暗中垂泪了。

"你妈妈一定也很喜欢你,"琴勉强挣出了这一句,一把抱起海臣来,紧紧地抱着他,半晌不说话。

觉新伸手揩了一下眼睛,忽然注意到那个中年仆人还恭恭敬敬地站在旁边,便吩咐道:"袁成,你去罢。你喊张升在门房里多等一会儿。现在还早得很。"

"是,大少爷,"袁成恭敬地应道,便转身走了。他走了十多步路的光景,又被沈氏叫了回来。

"袁成,外面有胡琴的声音,一定是唱戏的瞎子走大门口过,你赶快去把他们喊进来!"沈氏吩咐道。

"是,"袁成恭敬地应了一声,就放开大步往外面走了。

"琴嬢嬢,你不要走,要唱戏啰,"海臣高兴地对琴说。

这时候众人才注意到从外面送进来隐约的胡琴声,檀板声,碰铃声。那些乐器凄凉地哭着,婉转的哭声无力地在空中飘荡,使这春夜也带了悲哀的情调。众人的心逐渐地被这些声音吸引去了,好像它们把他们带到一个地方,带到他们的失去了的回忆那里去。众人茫然地倾听着这些声音,各人沉溺在自己的回忆里。只有海臣是高兴的;淑华是激动的;沈氏是平静的。但是外面的声音突然停止了。

"琴姑娘,你不忙走,我请你听瞎子唱戏,我今天打牌赢了钱,"沈氏兴高采烈地说。

"好,多谢五舅母,我就等着听一两折戏再走,"琴陪笑道。她刚把话说完,觉英、觉群、觉世、淑芬四个人从外面跑了进来。觉英跑上石阶,向着淑英、淑华两个问道:"哪个喊瞎子来唱戏?"

"五婶今天打牌赢了钱请客,"淑华顺口答道。她接着反问觉英:"你们今天不读夜书?"

"今天先生有事情,放学,"觉英得意地回答。

"四爸,五婆婆请琴嬢嬢听戏,"海臣在旁边说。

淑英看见九岁的淑芬跟着三个哥哥在外面跑,便对她说:"六妹,你还不回屋去? 你跟着四哥他们跑来跑去,四婶晓得会骂你的。"

"不要紧,妈不会骂我,"淑芬气咻咻地带笑回答,她昂起头,小脸上露出得意的笑容。她走到淑英的身边,摇着淑英的膀子说:"二姐,你心肠真坏。你们听瞎子唱戏,倒喊我一个人回屋去!"

淑英皱了皱眉,正要回答。何嫂动着她的两片鲢鱼脚从过道里走出来,唤道:"孙少爷,去睡罢。"她走到琴的面前去牵海臣的手。

海臣留恋地看了琴一眼,把身子一扭,嘴一扁,回答道:"我不睡。我要听唱戏。"

"现在不早了。你再不睡,明天早晨又爬不起来。走,好好地跟我去睡,"何嫂坚持地说,但声音依旧是温和的。

"琴嬢嬢,你喊她过一会儿再喊我去睡。我不想睡,我要陪你耍,"海臣不回答何嫂的话,却伸起头,低声对琴说。

琴惊讶而又爱怜地望着他,正要说话,却被觉新抢先说了:"海儿,你乖乖地跟何嫂去睡。戏你又听不懂。你把琴嬢嬢缠了很久,你让她歇一会儿罢。你是我的乖儿,你要听爹爹的话。"

琴连忙说:"不要紧,我很喜欢他。让他多耍一会儿也好。"她的手依旧在抚弄海臣的膀子和头发。

"爹爹,我听话,我就去睡,"海臣看了觉新一眼,温顺地答道。

"你不多耍一会儿?"琴怜悯地问道。

海臣摇摇头,声音清晰地答道:"我不要,我要去睡觉。"

"真乖,我们孙少爷真懂事,"何嫂在旁边称赞道。她又对他说:"我们走罢。你给琴嬢嬢请个安。"

"琴嬢嬢,"海臣唤道,他真的就蹲下去请了一个安,然后站起来,对琴说:"你二天来,多带两本故事书。你早点喊我,我陪你多耍一会儿。"

天井里突然热闹起来。三个瞎子用竹竿点着路从拐门走进。他们后面跟着一群人,大半是公馆里的奶妈和女佣。四房的杨奶妈抱着淑芳,丁嫂牵着觉先,三房的袁奶妈牵着觉人。

"去给婆婆、五婆婆请安,"何嫂牵着海臣的手嘱咐道。

海臣跟着何嫂去给周氏、沈氏都请了安,又招呼了他的爹爹,然后跟着何嫂往过道那边走了。他两三次回过头来看围着瞎子的那一群人。

瞎子们站在天井里等候主人吩咐。他们在低声谈话。

"五太太,瞎子喊来了。请五太太吩咐在哪儿唱,"袁成走上石阶,垂着双手恭敬地向沈氏问道。

"大嫂,你说在哪儿唱好?"沈氏客气地问周氏。

"在老太爷窗子底下,好不好?"周氏说。

"好,你喊他们在老太爷窗子底下唱,"沈氏掉头吩咐袁成道。

"是,"袁成应了一声,就走下石阶,把瞎子们引到堂屋那一面的窗下。那里原有一张方桌和两把椅子,沈氏的丫头春兰又回到房里去端了一根板凳来,三个瞎子围着方桌坐了。奶妈、女佣们也各自端了几根板凳放在阶下,几个人挤着坐在一根板凳上面。天井里显得更热闹了。觉英、觉群、觉世、淑芬四个小孩带笑带嚷地在堂屋里穿来穿去。

瞎子坐定了,拿出戏折子请主人点戏。春兰穿过堂屋走过来把戏折子递给沈氏。

"给大太太看罢，请她先点。"沈氏一挥手，要春兰把戏折子交给周氏看。

"五弟妹，你点好了，我不会点，"周氏推辞道。

春兰把戏折子拿在手里望着沈氏微笑。沈氏便说："那么，你拿给琴小姐点罢。"

"我更不会点，还是五舅母点好，"琴连忙说。

"琴姑娘，你就点一折罢，"沈氏怂恿道。

琴没有办法，只得拿起折子翻了一下，她不知道应该点什么戏才好，便把折子递还给春兰，低声说："我实在不会点，你还是拿给你们太太点罢。"她的话还没有说完，淑英忽然走过来，在她的耳边小声说："琴姐，你就点《宝玉哭灵》。"

琴惊讶地掉头看了淑英一眼，然后把戏名对春兰说了。春兰又穿过堂屋到那边窗下去告诉了瞎子。

于是胡琴声响起来，接着是檀板和碰铃的声音。先前一刻在那边人声嘈杂，一下子就静了下来。众人注意地倾听着，等待着。

> 贾宝玉到潇湘泪如雨洒，
> 秋风冷苍苔湿满径黄花……

一个男人的声音合着拍子悲哀地响起来。这声音是十分柔软的，它慢慢地穿过堂屋飘到左上房窗下，又慢慢地飘进每一个人的耳里，到了每个人的心坎，变成了绝望的哀泣。

那个中年的瞎子继续唱着，调子很简单，但是他似乎把感情放进了声音里面，愈唱下去，声音愈凄楚。好像那个中年人把他的痛苦也借着戏词发泄了出来。他的声音抖着，无可奈何地抖着，把整个空气也搅乱了。在这边没有一个人说话。众人都渐渐地沉落在过去的回忆里面，而且愈落愈深了。

在戏里贾宝玉不断地哭诉着：

兄爱你品行高温柔秀雅，

兄爱你貌端庄美玉无瑕……

他愈哭愈伤心，于是——

贾宝玉只哭得肠断声哑，

并不见林妹妹半句回答……

　　觉新咳了一声嗽，站起来，沿着厢房走去。淑英从怀里摸出一方
手帕去擦眼睛。这个动作被琴看见了。琴默默地望着淑英，心里也有
些难过。她不想再听下去，但是声音却不肯放松，它反而更加响亮了。

　　觉新沿着厢房前面的石阶慢慢地踱着。他埋着头走，不知不觉地
到了拐门口。忽然从外面飘进来一个黑影，把他吓了一跳。他听见一
个熟习的声音在唤他"大哥"。他定了神看，原来是陈剑云。

　　陈剑云是高家的远房亲戚，觉新的平辈，所以习惯地跟着觉民们
称觉新做大哥。他不过二十几岁，父母早死了，住在伯父家里，在中学
毕业以后，因为无力升学，就做一点小事，挣一点薪水糊口。

　　"剑云，你好久没有来了，"觉新惊喜地说。"近来你的身体怎样？
还好罢？"

　　"还好，谢谢大哥问。不过近来兴致不大好。又怕你们忙，所以不
敢到你们府上来打搅，"剑云谦虚地答道，他的黄瘦的脸上露出笑容，
接着他又问道："琴小姐在这儿吗？"

　　"在这儿。五婶请我们听戏，你到上面去坐坐罢，她们都在那儿，"
觉新温和地说，便邀剑云到左上房窗下去坐。

　　剑云迟疑了一下，连忙说："我就在这儿站站也好。你到上面去坐
罢，不要管我。"他不等觉新答话，忽然低声问道："这折戏是哪个点
的？"他皱了皱眉头，仿佛想起了什么不如意的事情。

“琴妹点的，”觉新顺口答道，他并不去思索剑云为什么要问这句话。

剑云听见琴的名字就不作声了。他痴痴地望着周氏的窗下。月亮从云堆里露出来，天井里比先前亮一点。他看见了坐在那里的几个人的轮廓。他知道那个斜着身子坐在竹椅上面的女郎就是琴。琴的面貌和身材长留在他的脑子里面。他决不会看见她而不认识。琴的面貌在他的眼里不住地扩大起来。他的心跳得厉害。他的脸也发烧了。他为一种感情苦恼着，不知道应该怎样做才好。他有些后悔不该到这个地方来了。

觉新不明白剑云的心理，但是他知道剑云的性情古怪，而且境遇不好。他有点怜悯剑云，就带了关切的声音说：“我们到上面去坐罢，你吃杯茶也好。”

“嗯，”剑云含糊地答道，他的耳边还荡漾着那个唱紫鹃的瞎子的假装的女音。过后他忽然猛省地掉头去看觉新，一面说：“好。这折戏就要完了，等唱完了再去，免得打岔她们。”

“那也好，”觉新说了这三个字，就不再作声了。

“大哥，我托你一件事情，”剑云沉吟了半晌，忽然吞吞吐吐地对觉新说。

觉新惊讶地掉过头来看剑云，朦胧的月光使他隐约地看见了剑云脸上的表情。这张黄瘦脸依旧是憔悴的，不过似乎比从前好一点。眼神倒很好，但是从两只眼睛里射出来求助的痛苦的光。他知道剑云一定遇到了什么不如意的事情。

“什么事？”觉新同情地问道，他希望不会有重大的事故。

“我的饭碗敲破了，”剑云短短地答道，声音里充满了苦恼。

“啊，”觉新知道剑云以前在王家做家庭教师，因为生肺病辞职，后来身体养好一点，就到一家报馆做事，还不到三个月，现在又失业了。觉新也替剑云着急，便安慰道：“这不要紧，另外想法子就是了。”

“所以我来请你给我留意一下。有什么管理员、家庭教师、报馆里的事情,不论钱多少,我都愿意干,只要有碗饭吃就行了,"剑云听见觉新的话便鼓起勇气接下去说。

"好,你放心,我一定给你想个办法,"觉新听见这番话,很感动,便不假思索,很有把握似地一口答应下来。

"那真该千恩万谢了,"剑云感激地看了觉新一眼,低声答道。

戏突然完结了。众人的心马上松弛了许多。接着来的不是宁静,却是一阵喧闹。觉新趁这时候把剑云拉到左上房窗下,跟众人见了礼。觉新把椅子让给剑云坐,他死活不肯。绮霞从屋里端了一个春凳出来,他才坐下了。

瞎子又传话过来请点戏。沈氏这次让剑云点,剑云不肯。后来还是沈氏自己点了一折《瞎子算命》。这是一折开玩笑的戏,公馆里有不少的人听过它。所以戏名说出来的时候,从觉英起,许多人都快活地笑了。

这折戏里唱词不多,大半是对话,而且是带了一点性的谐谑味的。但是奶妈、女佣们却时时满意地在那边哄然大笑。杨奶妈、喜儿和陈姨太用的钱嫂三个人的笑声特别响,特别尖。拐门口也站了几个人:仆人苏福、袁成、文德和觉新的轿夫老王等都进来听《瞎子算命》。

外面,在街上,锣声突然响起来,是二更时分了。金属的声音压倒了那个瞎子装出的小家妇女的娇语。琴讨厌这折戏,正苦于没法躲过,就以锣声为借口对周氏们说出了要走的话。

周氏还没有答话,淑英姊妹听见琴说要回去,心里有些难受,便极力挽留她,纵使能够多留住琴一刻,她们也高兴。她们怕的是琴去了以后她们就会落回到单调寂寞的生活里去。然而她们三姊妹这时的感觉也并不是完全相同的:淑英在琴的身上找到一个了解她而又能安慰她、鼓舞她的人,琴一走,虽然是极短期间的分别,也会使她感到空虚,感到惆怅;淑华因为琴的来得到快乐,她觉得大家在一起游玩闲谈,很有趣味而又热闹,琴走了以后她又得过较冷清、寂寞的日子,所以她觉得留恋;至于淑贞,这个懦弱的女孩没有得到父母的宠爱,而琴很关心她,爱护她,琴是她的唯一的支持和庇荫,跟琴分别自然会使她充满恐惧的思想。

琴因为要预备第二天的功课,坚持着要早些回家去,便对她们说了一些解释的话。淑华还缠住她不肯放她走,觉民知道琴的心思,却出来给琴解围,他说:"三妹,你就让她早点回去罢,横竖她下个星期还要来。现在打过二更了。她回家去还要预备功课。"

"三妹,听见没有? 二哥说话多么有道理!"淑英在旁带了醋意地对淑华说。

"不行,二哥说话也不算数,"淑华昂起头得意扬扬地答道。

在对面,《瞎子算命》也唱完了,沈氏的注意力松弛了许多,她才来听淑华姊妹讲话。周氏躺在藤椅上面不作声,她似乎睡着了。其实她却在听她们讲话。剑云坐在阴暗的角落里,怀着颤抖的心听进了琴说的每一个字。他很激动。虽然没有人注意他,而且不会有人看见他的脸,但是他的脸烧得厉害,连耳根也通红了。他一面还断续地在想一些梦一般的事情。

"三妹,不要争了,就让琴姐早些回去罢。横竖她今晚上要回去的。本来天下没有不散的筵席,"觉新忽然彻悟似地对淑华说,他也感到一种无可奈何的寂寞心情。

淑华不再作声了。绮霞还站在旁边等候周氏吩咐。周氏便说:"绮霞,你还不去喊张升给琴小姐提轿子?"绮霞答应一声,连忙走了。这时瞎子又传话过来请点戏,沈氏要周氏点,周氏随便点了一折《唐明皇九华宫惊梦》。

琴听见戏名略略皱一下眉头,便站起来向众人告辞,说是要到大厅去上轿。周氏却阻止她,要她等着轿子提进来,在里面天井里上轿。琴后来答应了。觉民从怀里取出一卷稿纸趁众人阴暗中不注意的时候偷偷地递给琴。琴明白这是先前说过的她的三表弟觉慧从上海寄来的文章,便接过来揣在怀里。

中门开了,两个轿夫提了一乘轿子进来,张升打一个灯笼跟在后面。轿子放在天井里石板过道上,张升打起轿帘等着琴上轿。淑英三姊妹陪着琴走下石阶。琴走进轿子,张升挂起下轿帘,又把上轿帘也放了下来。轿夫们抬起轿子,但是琴还揭起上轿帘伸出头来看她们。

胡琴声吵闹似地响了起来。一个须生的响亮的嗓子唱着《惊梦》的第一句:

贤妃子比从前玉容稍减。

"完了,这一天又过去了,"淑英望着轿子出了中门,不觉叹一口气,低声自语道。

六

　　第二天早晨淑英梳洗完毕,到她父母的房里去请安。克明在书房里写信,看见她,含笑地问了两三句话。张氏在后房里刚刚梳好头,吩咐王嫂在收拾镜奁。淑英请了安,就站在母亲后面,看了看母亲的梳得光光的一头黑发,笑着说:"妈,你的头发比我的还多,又细又软,真好。"

　　"好什么! 妈三十几岁了,你还跟妈开玩笑,"张氏的端正的脸上露出了笑容。接着她又说:"我有点事情跟你商量。我们到外头去说,好让王嫂收拾后房。"她便站起来同淑英走到了外面,那是克明夫妇的寝室。张氏在靠壁放的方桌旁边一把椅子上坐下,淑英端了一个矮凳,坐在母亲的面前。她心里有点紧张,猜不到母亲要谈什么事情。

　　"二女,你晓得我大后天过生,"张氏含笑说。淑英连忙带笑地点头答道:"我自然记得。"张氏又说下去:"外婆刚才打发人来接我去耍。我打算多住几天,正好躲过生。我刚才跟你爹讲过,他要我大后天早晨回家来敬神。那么我就这样:后天晚上还是不回来,大后天早晨回来一趟,敬了神,仍旧到外婆家去。那天你舅母陪我出去逛商业场,买点东西。她要请我在外头吃早饭。我今天就把七娃子同袁奶奶都带去。你就留在家里看家。"

　　"妈,你放心,我会照料家里的事情,"淑英笑着说。"不过我也想陪你过生。"

　　"那么大后天我带你到外婆家去也好,"张氏接下去说。"不过我想起一件事情。上回我到冯家去给冯老太太拜生,婉儿对我说过我过生那天她要来给我拜生。虽说只是一句话,不晓得她能不能来,不过我倒很想念她。"

"婉儿真的说过要来吗?"淑英惊喜地问道。她站起来,走到母亲的身边,轻轻地靠住母亲的左边膀子。

"二女,你真是!她不说,难道我还说假话?"张氏含笑责备道。

"婉儿要来,我就在家等她,"淑英爽快地答道。

"万一她真的来了,你就陪她到外婆家来吃午饭。横竖外婆家人不多,又没有生人,"张氏接着说。

"不过连一个表姐表妹也没有。婉儿去了也实在没有什么要头,"淑英说。她平日不喜欢去外婆家,因为外婆同舅母都喜欢男孩,她们待觉英、觉人比待她好。而且舅母只生过三个表弟,在外婆家连一个跟她谈话的人也找不到。

"二女,你总有你的古怪想法。人家是来给我拜生的,又不是来耍的。要说来耍,冯家一定不放她出来,"张氏不以为然地说。她看见翠环走进房来,便吩咐翠环:"你出去要文二爷给我喊两乘轿子来。我要带七少爷、袁奶妈到外老太太家去。"

翠环答应一声,正要出去,张氏又吩咐:"你顺便喊声袁奶妈,要她给七少爷换好衣服,不吃早饭就走!"

张氏果然在她生日那天的早晨一个人回来了。克明一早就叫人抬了空轿子去接她。堂屋里点好了香烛,张氏穿得整整齐齐,走到铺上红毡的拜垫前,恭恭敬敬地磕了三个头。周氏、克安夫妇、沈氏、觉新、淑华、淑贞都来跟她和克明道喜。淑英姐弟早换上了新衣服,也来向她和父亲磕了头请了安。大家在堂屋里谈些闲话。张氏又回到桂堂旁边自己的房里同克明谈了一阵,又向淑英、翠环、王嫂吩咐了一些话,并不等吃面,就坐上轿子走了。

克明跟着就到律师事务所去了。他下午要出庭辩护一个刑事案件,他先到事务所去准备一下。

淑英看见父母都不在家,厨房里准备了寿面,便招呼淑华、淑贞姊妹到她这里来吃面。她们三个再加上觉英,每人坐了一方,翠环和王嫂在旁边伺候他们。他们刚刚端起面碗,用筷子挑面,吃了两三口,就听见倩儿同喜儿两个人齐声在窗外唤:"二小姐,二小姐!"她们一边走一边高兴地在讲话。淑英应了一声,就放下碗来。翠环说了一句:"多半是婉儿来了,"就往外跑。觉英仍然大口地吃着面。他的三个姐姐都放下碗等候着。

翠环果然把婉儿同倩儿、喜儿三个人接进来了。婉儿刚走进房,亲热地叫了一声:"二小姐,"接着说:"我来给太太拜生,不凑巧太太出门去了。"她到了淑英面前,就要躬下身子去请安。淑英连忙把她拉住,含笑说:"现在不行那个礼了。我们还是拜一拜罢。"

"二小姐,我服侍过你,我应该请安嘛,"婉儿带笑说,这张画眉涂脂的清秀的长脸虽然比从前瘦了一些,但是这一笑又使淑英姊妹想起以前那个活泼的少女来了。

"现在你不是丫头了。婉儿,我是个直性子。你一定要请安,我就不理你!二姐、四妹都不理你,"淑华着起急来,说着就从背后抱住婉儿的身子,一面催淑英:"二姐,快拜嘛!"喜儿也在旁边说:"婉儿姐,你就听小姐的话不要客气了。"淑英果然拢手拜了拜。婉儿也只好照淑华的意思万福还礼。接着她又向淑华、淑贞、觉英行了礼,最后还同倩儿、喜儿、翠环也都拜过了。

"婉儿姐,你真是多礼啊!"倩儿高兴地笑着说。

"是啊,"喜儿接下去说,她满脸笑容地望着婉儿:"婉儿姐不惟多礼,你看人家打扮得多齐整,多好看,就跟新娘子一样!"她笑起来,一张白白的圆脸真像一轮满月。

"呸!"婉儿羞红了脸,啐了喜儿一口,"人家好心跟你见礼,你还要糟蹋[1]人!"

淑英看见婉儿穿了一件玉色湖

_____

[1]糟蹋:用在这里,等于"挖苦"。

绉滚宽边的袖子短、袖口大的时新短袄，系了一条粉红湖绉的百褶裙，便叫翠环陪着婉儿到她房里去宽下裙子，再回到饭厅来吃面。婉儿跟着翠环走了。倩儿、喜儿两个也和她们同路出去。

"二姐，看见没有？"淑华等到婉儿走出去了，马上对淑英眨了眨眼睛突然问了一句。

"你说看见什么，我不懂，"淑英莫名其妙地反问道。

"婉儿的肚子，"淑华又端起面碗含笑地答道。

"三姐，你说啥子[1]？"淑贞惊疑地问。

"我晓得，有喜[2]了，"觉英得意地插嘴道。

"不要你插嘴！少爷家管这种事。真不要脸！"淑华生气地斥责道。

觉英吃完了面放下碗，不慌不忙地说："那么你们小姐家就好意思管人家的肚子！"他噗嗤地笑了起来。

"四弟！你还要顶嘴！"淑英厌烦地大声说。

"算了，你们人多，我只好让你们了。后会有期！"他故意一拱手就自鸣得意地跑出去了。

"不晓得从哪儿学来的这些！"淑华摇摇头骂了一句。

淑英并不答腔。她手里拿着碗，眼睛望着婉儿去的那道门，低声自语道："她以后该可以过点好日子罢。"

"好日子？二姐，你也太忠厚了。你想，那个老东西还有人心肠吗？……"淑华的话还没有说完，淑贞着急地在旁边低声打岔道："三姐，快不要说，她来了。"淑华也听见了脚步声，就闭了嘴。

婉儿同翠环一面谈话，一面走进房来。淑英和淑华拉她坐在上位，仍然是一个人占一方。"你们怎么这么久才来，是不是几个人在那儿讲私房话？"淑华问道。婉儿微微一笑，并不回答。王嫂从厨房端来一大碗热气腾腾的少子汤面，放到婉儿的面前。婉儿本来要从碗里挑出一半面来，可是淑华硬逼着她吃

---

[1]啥子：即"什么"的意思。
[2]"有喜"和"有恭喜"都是"怀孕"的意思。

完了这一碗。她们一边讲话，一边吃，在桌上讲话最多的人是淑华。她把高家的大小事情都对婉儿说了。她和淑英都向婉儿问了好些话，可是婉儿回答得很简单。

她们离开了餐桌到淑英的房里去。淑贞说是有事情，要先回屋去一趟，就走了。淑华第一个在书桌前的藤椅上坐下，淑英和婉儿坐在书桌左右两端的乌木靠背椅上面。她们刚刚坐好，翠环就端了茶杯送来。婉儿连忙站起，说："不敢当。"接着翠环又送了一只水烟袋到婉儿面前。

"翠环姐，我不会吃烟。你这样客气，真是折煞我了！"婉儿又站起来带笑地说。她又望着淑英："二小姐，你看，她把我当成了外人，我二天不敢来了。"

淑英和淑华都笑了。淑英对翠环说："翠环，你怎么想得到拿水烟袋！"她又对婉儿说："你不要怪她。我们想念你，都盼望你多来耍。你看你半年多不来了。"

"二小姐说得是。婉儿姐，两位小姐都很想念你，"翠环带笑说，她走出房吃面去了。

"我们还担心你把我们忘记了，"淑华插了一句。

"哎哟，二小姐，三小姐，我哪儿会忘记你们？"婉儿笑着分辩道。"我没有家，你们公馆就是我的家。我哪儿会不想回公馆来？"她的脸色开始在变了，声音也开始在变了。"不过我现在是他们家的人，哪儿由得自己作主？今天若不是来给太太拜生，还走不出来勒！我昨天想得好好的：早些打扮好就动身。哪个想到我们那位老太太过场[1]特别多。她一天单是洗脸梳头裹脚，就要两三点钟。六十岁的人了，那张起皱纹的脸，那几根头发，洗了又洗，梳了又梳，还要擦胭抹粉。从前没有我，她也过去了，现在偏偏要我服侍她。今天好容易把她服侍得高兴了，才肯放我出来。若不是她，我早来就见到太太了。"婉儿的眼圈已经红了，声音也有点嘶哑。但是她也只把眼睛掉向窗外过了片

---

[1]过场：跟"花样"的意思差不多。

刻。她并没有流眼泪。她愤恨地加了一句:"都是那个老妖精害的。"

"不要紧,妈说过要我陪你到外婆家去,"淑英带笑地解释道,她轻轻地咬了一下嘴唇皮,她也在替婉儿生气,不过她不愿意在这时候多谈这种不愉快的事情,增加婉儿的烦恼。

"二小姐,我看我去不大方便罢,"婉儿沉吟地说。

"妈说过要你去,你难得出来一趟,横竖我陪你去,没有什么不方便,"淑英热心地说。

"我担心回去晏了,会——"婉儿有点为难地说。

"你怕什么! 我若是你,就索性痛痛快快地要它一天,回去让两个老东西骂他们的。他们总骂不死你!"淑华气恼地打断了婉儿的话。她站了起来。

"三妹,你默倒[1]人人都像你:天不怕地不怕的!"淑英含笑地责备淑华道。她不同意淑华的意见。但是淑华的话使她觉得心里畅快了些。

"三小姐的话也有理。我有时候就是这样想法:管你打骂,我把心一横,啥子也不管。你打你的,我还是我自己的。就是靠这样想法,我才没有给他们折磨死,"婉儿带着怨恨地说,她昂着头吐了一口长气,她戴的一副绿玉长耳坠接连地摆动了好几下。

"你说他们还打你?"淑华又坐下来,惊疑地问道。她把藤椅挪到书桌角上,身子略向前俯,等着婉儿的回答。

婉儿脸上发红。她掉头朝四下看了看,她埋下脸,用右手去挽左边的大袖口。淑华和淑英首先看见的是手腕上的一只金圈子[2],然后是白白的手膀上两条两三分宽的青紫色伤痕,再往上一点,还有些牙齿印。婉儿激动地小声说:"二小姐,三小姐,这还是最近的伤。以前的我都数不清了。"

淑英看得毛骨竦然,淑华看得怒气冲天。淑华忍不住突然顿一下脚,把头朝上一仰,大声说:"二姐,

---

[1]默倒:即"以为"的意思。
[2]金圈子:即金手镯。

真气死我了!"

"轻声点。三妹,你怎么了?"淑英吃惊地说。婉儿马上把她的时髦衣服的袖子拉下来,感激地唤了一声:"三小姐。"

"婉儿,是那个老妖精欺负你吗? 你快说,我们请三爸帮你打官司!"淑华着急地问道,她在椅子上有点坐不住了。淑英也跟着问婉儿:"是冯老太太打的吗?"

婉儿摇摇头,低声答道:"冯老太太阴险,就数她的名堂[1]多。她折磨起人来,真有本事。她骂人,啥子下流话都骂得出。不过她不打人。在人前,她还会装一副菩萨相。我的伤都是冯老太爷打的。他不但打人,他还要咬人。我从没有见过像他这样的怪物! 他高兴的时候,就把你当成宝贝一样,还肯花工夫教你读诗写字。他发起火来,简直不是人,是禽兽。乱打乱咬,啥子事都做得出来。我膀子上的伤就是他拿窗棍子打出来的! 牙齿印也是他咬出来的。有时候我真恨死他。不过恨也不中用。他们人多,老太爷,老太太,老爷,太太,孙少爷……都是一鼻孔出气的。我又是孤零零一个人,又无亲无戚——"

"你不要这样说,我同二姐都是你的亲人。你听我的话,我们帮你打官司,去告冯乐山,我们请三爸出庭辩护!"淑华激动地打岔说,她觉得全身的血都往上冲,她忍了一肚皮的气,找不到地方发泄。她恨不得冯乐山就站在她面前,好让她重重地打他两个嘴巴! 一定要打出紫红的伤痕才能够消去她心头的恨! 但是房里只有她们三个人,淑英已经包了一眼眶的泪水,连一句气愤的话也不敢说。婉儿又在抱怨自己"是孤零零一个人!""要是琴姐在这儿就好了!"她忽然想道。接着她又想:我为什么不能够帮忙呢? 于是她想起了打官司,而且她又想起淑英的父亲是有名的律师。

"三小姐,你快不要提打官司的话!"婉儿摇摇头,睁大了眼睛望着淑华,痛苦地提醒道。"那个老东西,"(说到这里她咬了一下牙齿,泄露出她对一个人的憎恨。)"有钱有势,做大官的朋友多,人人尊敬他。今

---

[1]名堂:即"花样"的意思。

年还有一位叫啥子王军长的到他公馆来吃饭打牌，送他好些礼。他得意起来，还冲壳子[1]，说督办见了他，也要让三分。说起打官司，他好多钱都是打官司打来的。"

"奇怪！他不是律师，又不是讼棍，怎么靠打官司发财？"淑华感到兴趣地追问道。这时翠环从外面进来，在连二柜前的方凳上坐下了。

婉儿带着苦笑地"哼"了一声，又说："我也说不清楚。有一回一位丁老太太到冯家来吵过一次，把那个老东西骂得真惨。听说她是他一个老朋友的太太。男人死了，剩下孤儿寡母。那时候冯家还没有多少钱。丁家钱很多。丁太太一个女流，少爷又只有几岁，没有可靠的人管家务。冯老太爷是一位绅士，又是丁家老爷的好朋友。丁太太就请他帮忙经管银钱的事情。丁家借了好多钱给他，借钱不写一纸借据这且不说，他还狠心把丁家所有好田的红契全骗到自己手里，忽然翻脸不认人，啥子都不承认，逼得丁家没有办法只好请律师打官司。他就找陈克家出庭辩护。陈克家是他的好朋友，跟丁家请的律师也很熟。冯老太爷花了一笔钱，官司打赢了。丁家打了两年官司，连住的公馆也卖出去了。冯老太太每次跟冯老太爷吵嘴，总要骂他：欺负孤儿寡妇，丧天害理。他就不敢还嘴了。真想不到，这种人到处都有人尊敬他。连三老爷也那样尊敬他！不晓得三老爷知不知道这些事情？"

淑英叹了一口长气，淑华吐了一口闷气，翠环注意地听着，但是常常侧过头去看淑英。婉儿说到陈克家的名字时，淑华跟着她念了一遍这个名字，淑英心里一惊，翠环同情地看了淑英一眼。淑华吐了一口闷气以后，仍然觉得心里很不舒服。她想不到世界上还有这样的人和这样的事！而且做过这样事情的人居然是一位到处受人尊敬的绅士！她的三叔和亡故的祖父都把这个人当作圣贤一样尊敬。她原先还以为她在家里看见的那些事情就是最肮脏的了，她平日讨厌的四叔、五叔再加上四婶、五婶和陈姨太就是最坏的人了。现在她才知道这些人跟冯乐山比起来，还差得太远。做坏事越大，越受人尊敬，她不

---

[1]冲壳子：即"吹牛"的意思。

能了解这种反常的现象。但是她知道了一件事情：她没法帮忙婉儿打官司。她想象中的"打官司"完全不是这样，那只是她个人的梦想。但是她不服气。她看见婉儿用手帕在揩眼睛，淑英说了一句："三老爷多半不知道，"就埋下头不响了，翠环默默地站起来，到她们面前拿开茶杯换新茶。这样的沉默使她难受。她又顿一下脚气恼地说：

"陈克家，冯乐山……这都是一丘之貉！三爸不会不知道。不打官司了！我真恨！"

淑英抬起头来吃惊地抱怨道："三妹，你在哪儿学来的顿脚？好好地吓人一跳！你到底恨哪个？"

"我恨，我都恨！我恨我不是一个男人！我若是男人，我一定要整冯乐山一下！"淑华挣红脸答道。

"三小姐，你真是跟别人不同，"婉儿用羡慕的眼光看了淑华一眼，她的眼睛已经揩干了。她换了一种带点幸灾乐祸的报复口气说："不过你也不必多怄气。报应就要来了。冯老太爷的儿子前两个月害瘫病，起不了床，屙屎屙尿都在床上。两位孙少爷跟陈克家的二少爷很要好。听说他们三个在外头吃喝嫖赌，无所为为。冯老太太欢喜他们，老太爷也不敢打骂，只好暗暗生气。他们总有一天会气死他的！……"

"就跟五爸气死爷爷一样，"淑华忽然高兴地打岔说。

"三妹，小声点！"淑英听见陈家二少爷的事情心里很不好过，接着又听见淑华的话，就厌烦地警告道。

"二姐，你今天怎么啦？你让我痛快地说几句，好不好？"淑华故意跟淑英顶嘴，她的脸上现出了得意的笑容。

"人家是为你好。你不在乎，我就不管，惹出事情来你担当！"淑英皱了皱眉头，温和地抱怨道。她害怕再听人谈这种叫人心烦的事情，便吩咐翠环："你出去喊人雇两乘轿子来，我们要到外老太太家去。"翠环答应着正要出去，淑华连忙接下去说：

"不要急，多要一会儿，我还要跟婉儿讲话。"

"我看你有多少话讲不完！等轿子来了，你们的话也应该讲完了罢，"淑英说，她又向着翠环说："翠环，你不要听她！你快去！"翠环就走出去了。

婉儿站起来，掉转身子，向窗外看了片刻，桂堂还是一年前的那个样子。她一面看一面伸起右手在脑后那个长髻上抽出银针，在黑油油的头发上轻轻地挑了两下，又往下抹了两下，然后把银针插回到髻上去。她放下右手的时候，手腕上的金圈子亮了一下。

"你几个月了？"淑英走到她身边在她的耳边小声问道。

婉儿略略地吃了一惊，侧过头看淑英，她看见淑英的眼光停在她的肚子上，她马上红了脸，眼睛望着窗外，轻轻答道："四个多月了。"

"你要保重身体啊！他们待你是不是好一点？我看你穿的、戴的都不错，"淑英关心地小声问道。

婉儿又侧过头看淑英，仍旧小声答道："老太爷打得少些了。老太太还是那样凶。他们那位媳妇整天说刻薄话，挖苦人。不过我也不怕。……"

"说得好，我赞成！"淑华站在她们背后不大注意地听她们讲话，听到这一句，就故意大声称赞道。

婉儿和淑英两个人一齐转过身来。婉儿望着淑华继续说下去："我初到冯家的时候，哭得真多，常常哭肿眼睛，挨骂又挨打。饭也吃不下，人也瘦了。只怪自己命不好，情愿早死，重新投胎做人。那时候我真想走鸣凤的路。现在我也变了。既然都是命，我何必怕他们！该死就死，不该死，就活下去。他们欺负我，我也不在乎。我心想我年轻，今年还不到二十岁，我总会死在你们后头。我会看到你们一个一个的结果。二小姐，你刚才说起我出门穿戴都不错。别人看起来，金圈子，宝石耳坠，银首饰样样都有。不过回到冯家，一进屋立刻要把这些值钱首饰交还给老太太检起来。少一样也不行。我到冯家以后一共也不过出三回门，就是回来看太太小姐。以后要来也不容易。在家，有大喜事要我出来见客，也要戴这些值钱首饰。他们要你戴，你不戴也不行。别人看起来，冯家待我多好，我真是有口难辩！"

"这就是伪君子，假善人！我就恨这种人！"淑华生气地骂了一句。她接着又鼓励般地对婉儿说："你说得对！冯家两个老怪物大你四十岁，一定死在你前头。他们这种人不会有好结果的！"她刚说到这里就听见有人在说："看不出三小姐还会算命！"这是翠环在跟她开玩笑。她噗嗤地笑了一声，知道轿子已经雇来，淑英和婉儿就要动身了。

"我又不是瞎子，我哪儿会算命？我从来就不相信命！"淑华昂着头含笑地望着翠环，得意地说。她接着又对正在系裙子的婉儿亲热地说："婉儿，你以后多来耍嘛！"淑英到后房去了。

婉儿系好了裙子感激地答道："只要他们放我出来，我一定来！三小姐，这半年多我从没有像今天这样高兴过。这些事讲出来了，心里头也痛快多了。"她愉快地笑了。

七

一天午后,天气温暖,淑英吃过早饭,陪着母亲谈了几句话,回到自己房里来,觉得身子有些疲乏,便拿了一本小说往床上躺下去。她勉强看了两三页书,但是眼皮渐渐地变得沉重起来,她不知不觉地把手一松,不久就沉沉地睡去了。

"二小姐,二小姐。"

淑英梦见自己同琴表姐正在花园里湖心亭上听婉儿讲话,听见有人唤她,便含糊地应了一声,依旧闭着眼睛。她还不曾醒过来,但是接着一个噗嗤的笑声把她惊醒了。她惊讶地睁开眼睛看:一个穿竹布衫子的身材瘦小的少女抿着嘴在对她笑。

"二小姐真好睡!铺盖也不盖一床,看着了凉生病的,"绮霞带笑说。

"不要紧,天气这样暖,哪儿会着凉?"淑英说着伸了一个懒腰,就坐起来。她一面问道:"什么事情?是不是来了客人?"

"是,周家外老太太来了。二小姐,我们太太请你就过去,"绮霞答道。

"那么蕙小姐同芸小姐也都来了?"淑英惊喜地问道。

"自然。还有两位舅太太,还有枚少爷,满屋子都是客人,闹热得很,"绮霞兴高采烈地回答道。

"好,让我换件衣服就去,"淑英站起来,去开了立柜门,在那里面取出一件淡青湖绉的夹衫。她又问绮霞:"三太太呢?"

"三太太刚才带翠环去了。我先去请她,过后才来请你。二小姐,你快点去罢,"绮霞兴奋地催促道。

"你看我这样子好去见客人吗?难为你给我打盆脸水,等我收拾一下就去。"淑英说了便拿着衣服往后房走去,绮霞也跟着她走进后房,又拿了面盆出去打了脸水来。

淑英洗了脸,擦了一点粉,把头发抿光,又换好衣服,便和绮霞一道出去。

她们走到左上房窗下,听见嘈杂的人声从房里送出来。淑英忽然有点胆怯,迟疑地停了脚步。但是绮霞抢先地跨上石级,两三步走进里面去了。淑英也只得跟着她进去。

周氏房里装满了一屋子的人,大家有说有笑地谈着。淑英刚跨进门槛,就看见好几个人站起来,五颜六色的衣服几乎使她的眼睛花了。她听见一个声音叫"二姐",那是淑华的声音。她连忙带笑走过去。

房里的客人都是她见过的,四年的分别不会使她完全忘记了那些面容。她先给周老太太请了安,又给两位舅太太请了安,然后跟两个表姐和一个表弟都拜过了,就在她的母亲张氏身边一个方凳上坐下来。

周氏、张氏继续陪客人讲话。淑英就趁这个时候偷偷地看那几个客人。周老太太的头发花白了,那张黄瘦的脸还是和从前一样,一张略扁的嘴说起话来却很有精神。大舅太太陈氏有一张方方正正的脸,是一个丰满的中年妇人,穿了一件浅灰色团花缎子的夹袄,系了一条红裙子。二舅太太徐氏比较年轻一点,身材短小,面孔带圆,穿的是一件浅蓝色滚边的夹袄,系着一条青裙子。她因为居孀,脸颊上没有擦红粉。那个有一张瓜子脸,凤眼柳眉,细挑身材,水蛇腰,穿一件滚边玉色湖绉短袄系粉红裙子的是蕙小姐。更年轻的一个是芸小姐,她的衣服同蕙的一模一样。她和蕙还是差不多一样的高矮。一张脂粉均匀的圆圆脸上带着非常天真的表情。她爱笑,笑起来的时候颊上便现出两个很可爱的酒窝。蕙的脑后垂着椭圆的发髻,芸却梳了一根松松的大辫子。还有一个枚少爷，年纪比觉英大一点，脸长长的，上面没有血色，穿着不大合身的青缎子马褂，杏黄色团花袍子。他规规矩矩地坐在角落里，把两只手放在膝上，低着头，垂着眼，不跟人讲话，也不去看别人。

淑英看见枚少爷的这种神情，脸上浮起微笑。她又把眼光掉去看蕙。蕙在凝神地倾听周氏讲话，嘴角露着微笑，但是脸上还带了端庄的表情，眉尖微微蹙着，眼角挂了一线愁思。淑英忽然想起了周氏告诉过她的那件事情，她更想到这个少女的命运，心里有些难受，不觉痴痴地望着这张美丽的面孔出神。

"蕙儿，你不跟你二表妹、三表妹多讲讲话？不见面的时候你想念的了不得。见了面，理也不理，又不好意思了！"周老太太忽然带笑地对蕙说。

蕙含笑地应着。她掉过脸来，眼光落在淑英的眼睛上，和淑英的眼光遇着了，两人相对微微一笑。淑华正在跟芸谈话，也闭了嘴，惊讶地看众人。

"我们二女也是这样，"张氏陪笑道。她又掉过头对淑英说："蕙表姐、芸表姐是远客，你当主人的不好好地陪她们谈谈心，倒像哑巴一样只管坐在这儿发呆！"

"是，不过妈也说得太过于了。人家刚刚坐下来，正在听周外婆讲话，还来不及开口嘛！"淑英笑着分辩道。

"蕙姑娘，芸姑娘，你们不要客气。你们姊妹家好几年不见面了。现在尽管谈你们的私房话，我们不来打搅你们。你们在这儿又不是外人……"周氏温和地、亲切地对蕙和芸两姊妹说。她的话还没有说完，便听见窗外有人说话的声音，接着张嫂报告：

"四太太、五太太来了。"

房里马上起了骚动，所有的人全站起来，高身材的王氏和矮小的沈氏穿着整齐的素净衣服走进了房里。淑贞畏怯似地跟在后面。主客们互相招呼着行了礼，又让座，过了一会，大家才谦逊地坐下去。张嫂给王氏、沈氏斟了两杯茶端上来，又提着壶在客人的茶碗里添了水。

大家刚坐定，谈了两三句客套话。周氏又请客人宽去裙子，张氏、王氏、沈氏都附和着，客人们就都把裙子宽除了。绮霞把裙子一一折好，叠在一起，郑重地放在床上。

客人们重新坐下，不像先前那样地拘束了。周氏便叫绮霞和翠环捧了水烟袋来给客人装烟。周老太太和二舅太太都是抽烟的。她们每抽了一袋烟就停下来跟主人谈话。她们所谈的无非是外州县的生活；她们所爱听的也就是四年来省城里的种种变动，和一般亲戚的景况。

后来周氏偶然提起觉新，周老太太就称赞道：

"他办事情比他的大舅还能干。我们这回全亏得他。收拾房子，买家具，一切安排布置全是他一手办理，真难为他。"

周老太太还没有把话说完，忽然注意到翠环把烟袋送到她的嘴边，同时扬起纸捻子，预备吹燃，她就收住话，略略掉过头去，伸手把烟袋嘴放在口里抽了一袋烟，然后吩咐翠环道："不要装了。"

张氏看见周老太太抽完了烟，便陪笑道：

"大少爷自来就爱办事。我们亲戚家里有什么事情，总要找他帮忙。他给别人办事比替自己办事还热心。"

"这真难得，"二舅太太附和道。她看见周老太太停止了抽烟，便也把给她装烟的绮霞打发走了。

"好倒好，不过他现在精神大不如前了。我看他平日也太累了一点，"周老太太沉吟了一下，然后关心地说，"他的样子比从前老些了。"

"是啊，大少爷的确比从前老些了。他以后也应该多多养息，"大舅太太顺着周老太太的口气说。接着她又对周氏说："大妹，你可以劝劝他少累一点。"

"我也劝过他几次。不过他总说他忙一点心里倒舒服。其实说起病来他又没有什么大病，就是精神差一点。以前还看不出什么；自从去年少奶奶去世以后，他平日总是没精打采的，笑也不常笑。近来还算好一点了，"周氏带了点忧郁的调子答道。

周老太太注意到周氏的声音有了一点改变，她不愿意再这样谈下去，便换了语气说："这也难怪他，他们原是那样美满的一对夫妻。不过年轻人究竟不同，再过两三年他也就会忘记的。海儿年纪小，要人照应，要人管教，那时他光是为了海儿也会续弦的。"

"太亲母说的是，"张氏谦和地附和道。

"不过大哥说过他决不续弦，"淑华忽然冒失地插嘴说。

"三妹，"淑英在旁边警告似地唤了一声，她要阻止淑华说完这句话，却已经来不及了。

周氏嗔怪地看了淑华一眼，众人也都惊奇地把眼睛掉向淑华那边看。淑华也明白自己的话说得冒昧，就掉开头不作声了。

"这也不过是一句话。他也不是一个倔强的人。我看，他一满孝，就会续弦，"周氏连忙掩饰道，她知道觉新的性情，他将来不会做出什么奇特的事情来。在这一点上她很放心。

"这才是正理，"周老太太点头赞许道。"其实大少爷人倒是非常明白。我前天跟他谈起蕙儿的事情，他说话比他大舅还清楚。他大舅简直是个牛性子，蕙儿的事情全是他大舅弄出来的。依我的脾气我决不肯……"她说到这里，声音开始改变了。周氏觉察到这一层，她又看见蕙红着脸垂下头又羞又窘的样子，心里有些不忍，连忙发言打断了周老太太的话：

"这件事情妈还提它做什么？生米已经煮成了熟米饭，大哥定下这桩亲事，自然也是为了蕙儿的终身幸福着想。"

"是啊，婚姻的事情全是命中注定的。这不会有一点儿差错。太亲母很可以放心，"沈氏陪笑地接下去说。

"现在还有什么放心不放心？大女刚才说得好：生米已经煮成了熟米饭。我也没有别的好办法。我只唯愿蕙儿嫁过去过好日子，"周老太太苦笑地说。

蕙被众人（连女佣和丫头都在内）的偷偷送过来的眼光看得更不

好意思,极力装出没有听见那些话的样子,头埋得更低,两眼望着自己的膝头,两手微微翻弄着衣角。后来她无可奈何,只得端端正正地坐在那里,像一个新娘似的。她的堂妹芸看见这情形,心里有点不安,但也只好装着不听见的样子,低声跟淑华、淑英姊妹谈话。

淑英把这一切都看在眼里,她的心被同情抓住了。她把嘴伸到她母亲的耳边,偷偷地说了几句话。张氏一面听话,一面点头,然后掉头含笑地对蕙说:

"蕙姑娘,芸姑娘,你二表妹请你们到花园里头去耍。你们表姊妹分别了好几年,一定有不少的私房话说。"

蕙听见这番话,抬起头看张氏一眼,却遇到淑英正往她这面送过来的眼光,她含笑地回答张氏道:"是,我们在外州县也常常想念二表妹,三表妹……"

"外婆,我们陪蕙表姐、芸表姐到花园里头去,好不好? 她们四年不来了,一定也很喜欢到花园里头看看,"淑华不等蕙讲完,就顺着张氏的口气站起来,像一个受宠爱的孩子似地央求周老太太道。

"我正有这个意思。三姑娘,就请你领你两个表姐去。你们年轻人原本应该跟年轻人在一块儿耍。跟我们老年人在一块儿,把你们太拘束了。"周老太太兴致很好地答道,过后她又吩咐她的两个孙女说:"蕙儿,芸儿,你们两个好好地陪着表妹们去耍。不过也不要太麻烦她们。"

"我们晓得,"芸抿着嘴微微笑道,"婆,我们又不是小孩子,我们不会吵架的。"

众人听见这句话都笑起来。张氏连忙接口说:"太亲母也太客气了。她们陪表姐耍也是应该的,哪儿说得上麻烦?"

"好,二姑娘,你就带着你三妹、四妹,陪你两位表姐到花园里头去罢。你们今天尽管耍个痛快,我们不来搅你们,"周氏对淑英说道。

淑英应了一声,含笑地站起来。淑华更高兴,带着满脸喜色离开座位,邀请地对蕙和芸说:"蕙表姐,芸表姐,我们走罢。"芸即刻起立,蕙迟疑一下,也站起来了。

"把翠环带去,喊她带点茶水、点心去,"张氏掉头对淑英说。

"那更好了,"淑英笑着应道。她刚要动身,却听见窗下有人大声说话,这是觉新的声音。她便站住等候他。

"大哥回来了,"淑华自语似地说,她们几姊妹又重新坐下了。

觉新牵着海臣的手走进房来,他给几个客人行了礼,又叫海臣也行了礼,然后站在连二柜前面,跟客人讲话。

周老太太看见海臣,很高兴,她只顾笑眯眯地望着他,一面拉着他的手问这问那。海臣很大方地回答着,这使她更高兴。她从桌上碟子里抓了两三只蜜枣给他。他先回头看了看他的父亲,看见他的父亲带笑地点头,才把蜜枣接到手里来。他还说了道谢的话。周老太太又问:"你今年几岁?"

"六岁,"海臣答道,同时他还用手指头比了这个数目。其实他只是过了六个年头,论实在岁数却只有四岁半。

"真乖。他上学吗?"二舅太太羡慕地望了望海臣,嘴边露出寂寞的微笑,向觉新问道。

"还没有上学。我自己每天教他认几个字,他还聪明,也认得不少了,"觉新答道。

"爹爹天天教我认字。爹爹说我的字搬得家。外祖婆婆,你不信,你考我,好不好?"海臣听见他的父亲在人前称赞他,非常高兴,便拉着周老太太的手得意地说。

"海儿,你听话,你不要缠外祖婆婆,"觉新连忙嘱咐道。

周老太太掉过头看后面,指着背后一只对联上的一个字问道:"好,我就考你一个字。这是什么字?"

"云,"海臣把头一扬,冲口说出这个字。他得意地动着头,过后又加上一句:"天上起云的云。"

"果然搬得家,"周老太太俯下头,爱怜地在海臣的脸颊上抚摩了一下,称赞地说。

"你再考我,再考我,我都认得,"海臣更加得意起来,拉着周老太太的手央求道。

"海儿,够了。你不要在这儿闹。喊绮霞带你出去找何嫂,"觉新在旁边阻止道。

海臣马上回头看了看觉新,答应一声,便放了周老太太的手,但依旧站在周老太太面前,望着那只对联,自语似地低声读着那上面的字。周老太太看见他的这举动,更加喜欢他,又拉起他的手问话。

"妈,我已经喊人预备好了:水阁里摆了两桌牌。茶水也都预备了。现在就去吗?"觉新想起一件事情便对周氏说。

"你刚才回来,怎么就晓得外婆她们来了?"周氏惊喜地问道。

"妈忘记了,不是前天说定的吗? 所以我今天特别早些回来。我下了轿子,先到花园里去吩咐底下人把一切都预备好了才进来的。我晓得人多一桌一定不够,所以摆了两桌,"觉新答道。

沈氏等着打牌已经等得不耐烦了,屋子里人多,又很闷,谈话也很单调。她巴不得谁来提起打牌,这时听说觉新已经把牌桌子摆好了,不觉高兴地赞了一句:"大少爷办事情真周到。"

"大少爷来一角,刚刚八个人,好凑成两桌,"王氏平日也爱打麻将,现在听说要打牌就很有兴致地说。

觉新微微地皱一下眉毛,但是马上又做出笑容,说:"我今天不打,还是请蕙表妹来打罢。"他说着把眼光掉去看了看蕙。

蕙和芸跟淑英姊妹在一个角里低声讲话,她们都不注意长辈们在谈论什么事情。她们谈得很高兴,蕙听见了觉新的话,便转过头对觉新淡淡地一笑,推辞说:"我不大会打牌,大表哥,还是请你打。"

觉新在这笑容里看出了一种似浅又似深的哀愁。她的声音里也像带了点恳求的调子。他的心动了一下,仿佛受到了一个打击。他起初一怔,后来就明白了。他爽快地答应下来:"好,那么就让我来打。"

"这很好。你可以陪我打'字牌'。我不大喜欢打麻将。蕙儿好几年没有同她的几位表妹见面,她也应该陪她们谈谈,"周老太太刚刚把海臣放走了(海臣吃着蜜枣,走到了二舅太太面前,因为她招手唤他去。她只有一个女儿,所以她很喜欢男孩子),便对觉新说了上面的话。她又对蕙说:"蕙儿,你们起先就说到花园里头去,怎么到现在还在这儿唧唧哝哝的?"

在这些谈话进行的时候,淑英叫了翠环到身边来,低声吩咐了几句话。翠环不作声,只点了点头。她趁着众人不注意的当儿偷偷地溜走了。淑华望着淑英快活地微笑着。淑贞知道淑英差人去请琴表姐,她的脸上也露出满意的颜色。

蕙看见觉新的脸部表情,又听到他的话,觉得他是在体贴她,她有些感激。这感激使她想到别的一些事情,看见别的一些幻景,于是顽固而无情的父亲、软弱而无主见的母亲、脾气不好的未来丈夫一齐涌上她的心头,她觉得一阵心酸,待到连忙忍住时,泪珠已经挂在眼角了。她马上咳一声嗽,把头埋了下去。

觉新第一个看见这情形,他的悲哀也被勾引起来了,但是他反而装出笑容对蕙说:"蕙表妹,你们不打牌,就请先去罢。"他又催促淑英道:"二妹,你们快些去,尽管坐在屋里头做什么?"

"大哥,你还要催我?"淑英笑起来说。"我们本来已经要走了,看见你回来才又坐下来的。这要怪你不好!"她说完便站起来。

"现在不用你们先去了。我们大家一路走,"张氏接着对淑英说。她马上又转过脸朝着周老太太欠身道:"太亲母请。大舅太太,二舅太太请。大嫂请。"

众人都站了起来,屋子里全是人头在动。大家还在谦让。这一来淑英们倒不便先走了,她们只得等着一起到花园去。翠环从外面走进来,溜到淑英身边,低声说了两句话,除了淑华外没有人注意到她们。

"二舅母,等我来牵他,"觉新看见二舅太太还把海臣牵在手里,俯下头去回答海臣的问话,觉得过意不去,便走去对二舅太太说了上面的话,把海臣带回到自己的身边。

众人鱼贯地出了房间,转进过道往花园门走去。自然是周老太太走在最前面,绮霞搀扶着她。大舅太太和二舅太太跟在后面,其次是高家的几位太太,再后才是蕙和芸以及淑英几姊妹。翠环跟在淑贞背后,在她的后面,还有倩儿、春兰、张嫂、何嫂和三房的女佣汤嫂。觉新手里牵了海臣,陪着他的枚表弟走在最后。这位枚少爷今年十六岁了,却没有一点男子气,先前在房里时一个人畏缩地坐在角落里,不开口,也不动一下,使得别人就忘记了他的存在。这时候他和觉新在一起走,路上也不大开口。只有在觉新向他问话的时候他才简短地回答一两句。觉新问的多半是关于他在外州县的生活和读书的计划。在外州县时他的父亲聘请了一个五十多岁的教读先生管教他。回到省城来,他的父亲也不肯放他进学校去读书,大概会叫他到高家来搭馆。

"你自己的意思怎样?你不想进学堂吗?"觉新问道。

"我没有意见,我想父亲的主张大概不会错,"枚少爷淡漠地低声回答。

觉新诧异地瞪了他一眼,心里不愉快地想:——怎么又是一个这样的人?我至少在思想方面还不是这样怯懦的!就说道:"你就不仔细想一想?现在男人进学堂读书,是很平常的事情。光是在家里读熟了四书五经,又有什么用?"

这时他们走进了曲折的回廊。枚少爷听见觉新的话,不觉抬起头偷偷地瞥了他一眼,但马上又把头埋下去,用了一种似乎是无可奈何的声音说:"爹的脾气你还不晓得。他听见人说起学堂就头痛。他比哪个都固执不通,他吩咐我怎样,我就应当怎样,不能说一个'不'字。他的脾气是这样。不说妈害怕他,连婆也有些拗他不过。"

这声音软弱无力地进到觉新的耳里,却意外地使觉新的心上起了大的激荡。他不再掉头去看枚少爷,但是枚少爷的没有血色的脸庞依旧分明地浮现在他的眼前。他觉得他了解这种人,他看得清楚这种人的命运。一种交织着恐怖和怜悯的感情抓住了他。这真实的自白给他揭开了悲剧的幕,使他看见这个青年的悲惨、寂寞的一生。而且他在这个青年的身上又见到他自己的面影了。

"姐姐的亲事也是爹一个人作主的。婆跟妈都不愿意。这回到省城来办喜事,也是爹一个人的主张。姐姐为了这件事情偷偷地哭过好几晚上,"觉新还没有答话,枚少爷又自语似地继续说。他先前在房里简直不肯开口,现在却说了这些。声音依旧很低,并未带有愤怒的调子。这只是无可如何的绝望的哀诉。

众人慢步地在前面走,人声嘈杂,各种颜色的衣服在晃动。海臣不能够忍耐这两个人的沉闷的谈话,便仰起脸央求觉新道:"爹爹,我到前面孃孃她们那儿去。"觉新含糊地答应一声,就松了手。海臣快活地叫了一声,带跑带跳地到前面去了。

"我真羡慕小孩子。他们那样无忧无虑地过得真快活!"枚少爷望着海臣的消失在人丛中的背影,充满渴望地自语道。但是他马上又低声加了一句:"我今生是无望的了。"

这两句话像一瓢冷水对着觉新当头泼下来,一下子把他心上的余火全浇熄了。他痛苦地看了枚少爷一眼,那个瘦削的头,那张没有血色的脸这时显得更加惨白瘦小了。连嘴唇皮也是干枯而带黄色的。那一套宽大的袍褂不合身地罩在枚少爷的瘦小的身上,两只手被长的袖管遮掩着,一个瘦小的头在马褂上面微微地摆动。这一切使得这个十六岁的青年活像傀儡戏中的木偶。这个形象很可以使人发笑,但是觉新却被它感动得快要流泪了。他忍不住悲声劝道:

"枚表弟,你怎么说出这种话来!你今年也才只有十六岁。你怎么就有了我这样的心境!我看你身体也不大好。你有什么病痛吗?你也该达观一点。你以后的日子还长,不能跟我比。"

"唉,"枚少爷先叹一口气,然后答道:"这两三年来我就没有断过药。可是吃药总不大见效。现在还在吃丸药。其实好像也没有什么大病。不过常常咳嗽,觉得气紧,有时多走几步路,就喘不过气来。胃口不好,做事也没有精神。爹总怪我不好好保养身体。我自己也不晓得应该怎样保养才好。"

"你还说没有什么大病!"觉新惊惧地说,这些话是他不曾料到的,但是从枚少爷的没有血色的嘴里吐出来,他又觉得它们是如此真实,而且真实得可怕了。同情使他忘了自己,他关心地说下去:"我看你这个病应该好好地医治一下。省城里有好的医生。我看请西医最妥当。"

"西医?"枚少爷摇摇头说,好像听见了什么不入耳的话似的。"爹最讨厌西医。我看西医治内病是不行的。爹说,过几天再请一两位中医来看看。"

觉新沉吟了一下。他不满意枚少爷的答话,但也不加辩驳。他知道辩驳是没有用处的,十几年的严厉的家庭教育在这个年轻人的身心两方面留下了那么深的影响。对于这个,觉新比任何人都更了解。而且他自己就有过这种经验。他的过去的创痛又被勾引起来。他的心微微在发痛。他连忙镇静了自己。他勉强使自己的嘴唇上浮出淡淡的微笑。他安慰枚少爷道:"大舅叫你好好地保养身体,这的确有道理。你应该达观一点,也不可太用功……"他还没有把话说完,忽然听见前面有人在叫:

"大哥,大哥。"这是淑华和淑英的声音。

这时觉新和枚少爷正走在竹林里的羊肠小路上。叫声是从小溪旁边发出来的。她们在那里等候他。他应了一声,便急急地走上前去。周老太太们已经走过木桥往前面走了。女佣们也跟了去。留在溪边的是淑英、淑华、淑贞三姊妹,还有蕙和芸两位客人。翠环站在桥上,俯着身子用一根竹枝在水里拨动什么东西。海臣拉着淑英的手,靠在栏杆上面看。

"大哥,快来!"淑华大声催促道。

"什么事情?"觉新惊诧地问。

"蕙表姐的首饰掉在水里头了,"淑华着急地说。

"怎么会掉在水里头?"觉新略略皱一下眉头疑惑地说。他掉眼去看蕙,她站在桥头,半着急半害羞地红着脸不说话,却偷偷地把眼光射过来瞥了他一眼。

觉新连忙大步走上木桥,站在栏杆前面俯下头去看。他看不见什么。他接连地问:"在哪儿? 在哪儿?"

"大少爷,在这儿,"翠环一面说,一面用竹枝拨动下面的石子。

觉新的眼光跟着竹枝的尖头去看,下面水很浅,清亮得像一块玻璃。石子和树叶像画中似地摆在溪床上面。在一块较大的带红色的鹅卵石的旁边,偏斜地躺着一枝蓝色的珠花。

"等我来,"觉新挽起袖子自告奋勇地说,就从翠环的手里夺过了竹枝。他去拨珠花,他站在桥上不好用力,而且竹枝下得不很准确,有几次竹枝触到了珠花,但是它只动一下,移了一点位置,又躺下去了。他的额上出了汗。众人焦急地望着,都没有用。

"爹爹,这是三孃孃不好,她弄掉的。要她赔蕙孃孃的东西!"海臣在旁边拉着觉新的衣襟说。

淑华好像没有听见似的,并不理睬。她只管望着溪水出神。倒是蕙觉得过意不去,便走到觉新背后劝阻道:

"大表哥,难为你,你弄不起来,就不要弄了。这点小东西不要紧。"

觉新便把手放松,让竹枝也跌进了水里,然后掉转身子说:"这不难,我去喊个底下人来弄。"

"我去喊袁二爷来,"翠环接口道。她便下了木桥,预备走出去。但是竹林那边一个人吹着口哨潇洒地走过来。她不觉冲口说了一句:"二少爷来了!"便站住了。她想:二少爷也许有办法。

众人一齐掉头去看:来的果然是觉民,然而另一个人影突然从觉民的背后转出来,一冲就跑到了前面。这是觉英。

"什么事情?"觉英跑得气咻咻的,挣红脸大声问道。

"你在跟哪个讲话? 这样大的人还不懂礼节,见了蕙表姐、芸表姐,也不招呼一声!"淑英抱怨地说。

觉英听见这话,就带笑地招呼了他的两个表姐。这时觉民也走了过来,跟蕙、芸两姊妹见了礼。

淑华把珠花的事情告诉了觉民。觉民安静地听着。觉英俯在栏杆上望着水面微笑,自语道:"我有办法。"

"你有办法？没有人相信你的话!"淑华冷笑道。

"我不要你相信!这件事情本来跟我不相干,"觉英得意地甚至带了幸灾乐祸的神气说。

"这很容易,"觉民含笑说。他转过脸正经地吩咐觉英道:"四弟,你脱了鞋子、袜子下去捡起来!"这句话使得众人的脸都因喜悦发亮了。

"我不去,水冰冷的,"觉英故意噘着嘴答道。但是他的眼角和颊上的笑容依旧掩饰不住。

"好,你不下去,我下去!"觉民好像下了决心似地,沉下脸说,就俯下身去解皮鞋带。

"我下去,我下去,"觉英慌张地抢着说。他害怕觉民真的抢先下去,便连忙跑到溪边,脱了脚上的布鞋,除去袜子,都堆在地上,然后挽起裤脚,一下子跳进了水里。水只淹过他的脚背。他两三步就走到那块鹅卵石旁边,躬着身子去把珠花拾了起来。他站在水里,右手拿着带水的珠花舞动,一面得意扬扬地说:"你们看,这是什么？你们也有求我的时候。"

"四弟!"淑华大声唤道,"快上来!"

觉英笑着不理睬。

"四弟,快点上来,穿好鞋袜,免得着凉,"淑华半关心半生气地叫道。

"四爸,四爸,快点上来!"海臣拍着小手起劲地唤道。

"慢慢来,何必着急？没有我,你们连屁也找不到!"觉英眉飞色舞地说。

"死不要脸的!"淑华咬牙笑骂道。她朝竹林那边望了一下,忽然正正经经地自语道:"三爸来了。"

觉英马上变了脸色,也不问是真是假,就跑上岸来,摸出手帕揩了揩脚,连忙穿好鞋袜。他手里捏的珠花被淑华一把抢去了。淑华把它揩干净,就递还给蕙。蕙接过来微微一笑,说声"难为你",便把它插在发髻上。

"三爷爷没有来,"海臣望着觉英带笑说。

"哄狗一跳,"淑华嘲笑道,众人也都笑了。

"给狗哄一跳,"觉英气红了脸,解嘲似地说。

"四弟,我是狗,那么你是什么?"淑华追问道。

"我就是我!"觉英昂然答道。"三姐,你真正岂有此理! 你闯了祸,我跑下水去把东西捡起来,你不给我道谢,反而出口伤人。我们请大哥断个公道。"

"我不管这种闲事,"觉新摇摇头微笑地说。

"好,我给你道谢。我请你吃顿笋子熬肉[1],"淑华嘲笑地说。众人又噗嗤笑了起来。

"我不吃,你自己吃罢,我晓得你最爱吃的,"觉英反唇讥笑道。

"三妹,你真是! 亏得你有耐心跟他这种人斗嘴,"淑英觉得又好气又好笑,忍耐不住劝阻淑华道。

"我哪儿是跟他斗嘴? 我是在教训他!"淑华答道。

"好大的口气!"觉英第一个噗嗤笑了。他接着说:"我倒忘记了。二姐,三姐,我是来喊你们的。你们的先生来了,喊你们读书去。"

"剑云来了? 他为什么不到这儿来?"觉新问道。

"他晓得这儿有女客,不好意思进来。他在你屋里头看书,"觉英答道。

"读书? 哪儿有这样早? 真讨厌,刚刚进了花园,耍都还没有耍,就喊人去读英文!"淑华自语似地低声抱怨道。接着她对淑英说:"二姐,今天告假罢。"她不等淑英答话便吩咐觉英道:"你去告诉剑云,请他明天来。今天我们有客。"

"我不去,像这样天天告假,我也不好意思去说,"觉英故意挖苦道。

---

[1]"吃笋子熬肉":即"挨板子"。

"三表妹,你们还是去读书罢。不要因为陪我们要耽误你们的功

098

课,"蕙客气地说。

"二表妹,三表妹,你们有事情尽管去做,不要管我们。我们还认得路。我们自己也会耍。我们在湖畔等你们来一起划船,"芸含笑地说。

"你们不要客气。我们哪儿说得上读书?不过请个先生来教教英文混混时候罢了。其实还是大哥他们出的主意,因为剑云找事情找不到,大哥才请他来教我们读英文,"淑华解释道。

淑英并不同意这个说法,她正要开口,却被一个叫声打岔了。

"大少爷,大少爷!"从前面天井里送过来尖锐的叫声。

"你们看,汤嫂浩浩荡荡杀奔前来了,"觉英笑着低声说。

众人连忙掉头去看。一个身材高大的女人在长满青苔的天井里艰难地移动着她的一双小脚,身子摇摇晃晃地走过来。她张着她的大嘴尖声叫道:

"大少爷,请你去打牌。周外老太太她们都坐好了,就等你去。蕙小姐,大舅太太有事情,要你也去一趟。"

"啊,"觉新猛省地说了一声,他现在记起了打牌的事情,连忙答道:"好,我就去。"他又掉头问蕙:"蕙表妹,你去吗?"蕙点了点头。他便和她一起匆匆地走过木桥往天井那边去了。汤嫂的摇晃的大影子跟在他们的后面。

"喂,你们到底读不读书?"觉英故意追问道。

"好,你不去,我也不敢劳动你,"淑华答道。她转过头去向翠环吩咐道:"翠环,你出去对陈先生说,我同二小姐今天有事情,告一天假,请他明天来罢。"

翠环应了一个"是"字,正要往竹林那面走去。

"翠环,"觉民忽然唤住了她,"等我去。你还是在这儿服侍小姐她们罢。"

"你去?"淑英疑惑地问道。

"我去约他到花园里头来耍。人家辛辛苦苦地特为跑来伺候你们小姐读书，你们随便就打发他回去。这种事情只有你们小姐家做得出来，"觉民对她们的这种行为不满意，就板起面孔讥笑地说。

"伺候我们读书？二哥，你不应该挖苦我们，"淑华听见觉民的话，生气地分辩道。

淑英不开口，羞惭地埋下头去。

"挖苦你们？二哥还算客气勒！你们读英文，读了半个月就告了一个星期的假。我看不如索性把先生辞了罢。人家每个月拿八块钱的束修，教你们这样的学生，也不好意思。我看你们读书也是白读，你们姑娘家读英文有什么用？横竖少不了你们的陪奁！其实你们再读一年半年的英文，也不见得就认清楚二十六个字母，"觉英看见他的两个姐姐受窘，心里很高兴。他平日常常因为逃学或者做别的顽皮的事情被她们嘲笑责骂，现在就趁这个机会来报复，他附和着觉民，而且更厉害地挖苦她们道。

"我没有跟你说话，哪个要你来岔嘴？'姑娘家'，好大的口气！有你说的！我问你，你怎么又不在书房里头读书？你出来做什么？"淑华红着脸噘着嘴赌气地说。

"我跟你们一样，向先生告了假，"觉英眨了眨眼睛笑答道。

觉民本来就要转身走了，听见觉英的那些话便又站住。他关心地看淑英的脸。淑英默默地站在桥上，倚着栏杆，低下头望溪水。她的脸通红，眉尖蹙着，眼角仿佛有泪花在发亮。他的心软了。他趁淑华跟觉英争辩的时候，走到淑英身边低声唤道："二妹。"淑英不理他，连头也不动一下，就好像没有听见一般。他一点也不动气，依旧柔声地说下去："我并不是故意挖苦你。我很同情你。我会帮忙你的。你不要介意我的话，好好地陪客人耍罢。"他说毕看见有一片树叶缠在她的头发上，便伸手去给她拔出来抛在地上。

淑英的肩头耸动了一下，过了半晌，她才用很轻的声音答道："我晓得。你去罢。"她没有听见脚步声，知道他还没有走，又用同样低的声音问道："你今天没有到姑妈那儿去过？"

"没有。我下了课到报社去过一趟，"觉民低声回答。

"我们差人请琴姐去了，"淑英依旧不回过头，低声说。

"她一定来的，而且还可以住一天，正好明天放假，"觉民柔和地说，便走下桥头，一个人吹着口哨进了竹林中的羊肠小路。

这时觉英已经不跟淑华争辩了。他看见一只花蝴蝶在他头上飞过，舞着红黑斑点的黄翅膀，忽高忽低地飞到溪边黄色野花上面停住了，便轻脚轻手地跟着去捉它。他刚一伸手，蝴蝶又飞了起来。它就在他周围盘旋飞舞，时时停在野花上面，他总是捉不到。后来从天井里茅亭那面又飞来了一只更美丽的蝴蝶。海臣看得很起劲，就拉着翠环的手也跑到溪边去了。

"真没用！芸表姐，等我们去扑了它来，"淑华看见两只蝴蝶飞上飞下，迎风舞翅，很好看，便拉着站在她身旁的芸，过了桥往野花丛生的溪畔轻轻地跑去。到了那里她和芸都摸出手帕来，扑了几下，没有用，她们倒扑出汗来了。海臣高兴地嚷着跑来跑去。翠环便到桥头去跟淑英讲话。她们又扑了一阵，芸有点疲倦，就用手帕揩了揩汗，笑着拦阻淑华道："三表妹，不要扑了，我们去找姐姐去。"淑华哪里肯依，她依旧起劲地扑着。一只蝴蝶掠过水面往对岸飞走了。另一只蝴蝶忽然在花丛中失了踪迹。溪水淙淙地流着。

"三姐，快，快！"觉英忽然叫道。这时矮胖的袁奶妈牵着觉人来了。觉人看见蝴蝶就挣脱袁奶妈的手，往前跑。袁奶妈在后面大声说："七少爷，慢点！"

那只黑红斑点的黄翅蝴蝶忽然从花丛中飞起来，正要飞过觉英的头上。淑华连忙把手帕一扬，然后往下一甩，凑巧打在蝴蝶身上，它跟着手帕落在溪边沙地上面。淑华刚要俯下身子去捉它，却被觉英手快抢了先，他捏住蝴蝶的翅膀把它拿起来。淑华伸手去抢，他闪开身子，拔步就往天井那面跑。

"四爸，四爸！给我看！我要看！"海臣着急地嚷着，便追上去。

"四哥，四哥，我要！"觉人从另一面追觉英。

翠环在桥头看见海臣追觉英，便慌忙地跟着跑去，一面叫道："孙少爷，不要跑，看跌跤的。"

"袁奶妈，你好生看着七少爷嘛!"淑英看见觉人一个人在跑，便提高声音提醒在后面慢慢走着的袁奶妈。

"我晓得，"袁奶妈不大高兴地回答了一句。

"四弟，你回来，我不抢你的!"淑华在后面大声说。

觉英不回答，一面跑，一面哈哈大笑。

"三表妹，让他拿去罢，一只蝴蝶，跟他争做什么!"芸含笑地拦阻淑华道。她们一面说话，一面沿着溪边向桥头走去。

"不过他太顽皮了。他没有一件事情不叫人生气!"淑华气愤地答道。

"你们的兄弟太顽皮。我们的那位又太不顽皮了。他在家里也是阴沉沉，不声不响的。我同姐姐都不大跟他讲话，"芸带了点感慨地说道。她忽然掉头往四周看，才觉察到枚少爷不知道在什么时候走开了。"三表妹，你看他在这儿的时候，我们大家都忘记了他这个人……"

芸说到这里忽然听见前面帕塔一声，接着站在桥头的淑英噗嗤笑了，她便住了嘴，连忙抬头一看。原来觉英踩滑了青苔，失了脚，直伸伸地扑在地上，手里捏的蝴蝶也飞走了。她们齐声笑起来。

"好! 好! 哪个喊你不给我?"觉人远远地站住，得意地拍手笑起来。

"阿弥陀佛，真是眼前报应，"淑华笑道。

觉英一声不响地爬起来，听见后面的笑声，很不好意思，头也不回地穿过茅亭转弯走了。

海臣还想跟去，就拉着翠环的手站在天井里，回过头来向淑英招手，一面着急地嚷道："二孃孃，快点来，快点来，快点来，到前头去!"

"二姐，我们走罢。到水阁找蕙表姐去，"淑华和芸手牵手地走到桥头，对淑英说。

淑英微微一笑，便走下了桥头。

八

　　水阁里灯烛辉煌,众人散了席不久又打起牌来。那里一排共是三个大房间,在中间的屋子里女佣和丫头们将就着席上的残汤剩肴吃过了饭,忙着在收拾桌子。左边房里摆了一桌麻将牌。张氏和沈氏正陪着周家两位舅太太兴高采烈地打麻将。在右边房里是周氏、王氏和觉新陪着周老太太打字牌。年轻的一代人都到别处玩去了,只有枚少爷和剑云两个还在房里看牌。觉新午饭后上桌子就没有和过牌,觉得有些乏味,加以他坐在周老太太的下手,周老太太素来发牌慢,使他更觉气闷,他禁不住要想别的事情。他渐渐地不能够把心放在牌上面了。后来他无意间打出一张牌,让周氏和了一副十六开的"满园红飘台"去。牌摊下来以后,王氏从对面嗔怪地看了他一眼。他装着没有注意到的样子。他又觉得头有点胀痛,恍恍惚惚地付了钱。这时该他"坐底"休息了。他便站起来,对站在他旁边看牌的剑云说:"你帮我打几牌,我去去就来。"剑云颔首应了一个"好"字,便在他的位子上坐下。他不再说什么话,一个人慢慢地走出了水阁。

　　"大少爷,你慢点,外面黑得很,我给你打个灯罢,"翠环在后面唤道。

　　觉新听见这句话便在门口站住了,略略掉一下头问道:"你在这儿还有什么事情吗?"

　　"没有了。我要到二小姐她们那儿去,慢一点儿也不要紧。绮霞、倩儿、春兰都留在这儿装烟,"翠环答道,她把一盏风雨灯点燃了,提着它走出水阁来。

外面窗下右边石阶上,安置了炉灶,上面放着两把开水壶。旁边有一张小条桌,老汪坐在桌子前面,手里拿了一本唱书,借着桌上那盏明角灯的微弱的光亮低声念起来,微微地摇摆着他那个剃得光光的头。

"汪二爷,有开水吗?"翠环大声问道。

"啊。"老汪猛省地抬起头来,看了翠环一眼,连忙带笑地答道:"翠大姐,等一会儿就开了。"

"那么请你送一壶到湖心亭去,二小姐她们都在那儿,"翠环叮嘱道。

"好。等水开了我就送去,"老汪注意到觉新在旁边便站起来恭敬地答道。

翠环侧头望了望觉新,问一句:"大少爷,走吗?"便提着风雨灯走下阶来。觉新也跟着她到了下面。

天空并不十分黑暗,几片大云横抹在深灰色的画布上,在好些地方有亮眼睛似的星星在闪烁。夜是柔和而温暖。水阁里的牌声、笑声和谈话声飘了出来,在空中掠过,渐渐地消失在远处去了。只有灯光还依恋地粘在柔软的土地上,使得那些假山和树木上面也有了一点光彩。

翠环提着风雨灯走在前面,觉新在后跟着。他们转过一座假山,到了湖滨,便沿着一带松林走去,再转进了松林。松林里面却是完全黑暗了。风雨灯发出一圈白光,照亮了一小块地方,觉新的脚步紧紧跟着这光亮走。两个人都不说话,只顾急急地走路。松林里时时有"沙沙"的声音,仿佛有什么东西在枝上跳动,翠环因此略微惊诧地回头看过几次。她看见觉新埋头沉思的样子也就放心了。

两人走出松林,头上又是浩大的天空。先前,空气似乎有点压迫人,这时候却仿佛舒畅了许多。他们走完一带曲折的栏杆,进了一道小门。那座茅草搭成的凉亭突然在粉白墙壁的背景里显露出来。亭前几株茶花倒开得很繁,花色有红有白,点缀似地摆在繁茂的深绿色树叶丛中。觉新并没有心肠去看景色。他依旧垂着头移动脚步。他似乎沉溺在深思里面,而其实他又不曾确定地思索一件事情。他的思想不停地飘动着,从一件事很快地又跳到另一件事,从一个人影马上又跳到另一个人影。他的心情是不会被那个在前面给他打风雨灯的翠环知道的。翠环在长满青苔的天井里小心地下着脚步。她看见这座茅亭,看见这些茶花和桂树,她开始想起一件事情。她走到小溪旁边木桥前面,淙淙的流水声突然在她的耳畔清脆地响起来,她抬头望了望对岸的竹林,回忆在她的脑子里展开了。她有点激动,忍不住冲口唤了一声"大少爷"。

"嗯,"觉新含糊地答应一声,抬起头惊讶地看了翠环一眼。他奇怪她要对他说什么话。

翠环提着灯上了桥。她欲语又止地过了片刻。她有点胆怯,不敢把她心里的话马上向觉新吐出来。然而接着觉新的"嗯"字来的沉默,像一个等待回答的问题压迫着她。她过了桥正要走进竹林时,忽然鼓起了勇气说道:

"大少爷,你不给二小姐帮点忙,想点法子?"

"给二小姐帮忙?"觉新听见这句意外的话更加惊讶地问道,"你说的什么事情?"

"二小姐的亲事,大少爷,你是晓得的。"翠环的勇气渐渐地增加了,她的声音虽然还带一点颤动,但比起先前的要坚定多了。她充满了信心地说下去:"陈家姑少爷不成器,在外头闹得不成话,好多人都晓得。我们老爷没有眼睛,活生生地定了这门亲事,把二小姐的一辈子轻轻易易地断送掉了。大少爷,你跟二小姐很要好,你能不能够想点法子?"

"啊。"觉新一面跟随着灯光往前面走,一面注意地倾听翠环说话。这些话是他完全料想不到的,却把他大大地感动了。这仿佛是一把钥匙,打开了一口古老的皮箱,现在让人把箱里的物品一件一件地翻出来。那是他的痛苦的回忆,那是他的过去的创伤。他默默地走着,他的脚步下得更沉重了。他似乎落进了一个更深沉的思索里。等到翠环的声音突然停止时,他才猛省似地叫出这一个"啊"字。

翠环看见他不答话,又带了哀求的调子说:"大少爷,你不怜恤二小姐,还有哪个来怜恤她? 只有你能够给她想一个法子……"

觉新不等她说完,忽然插嘴说:"三太太有办法,你喊二小姐去求她罢。这一定有用处。"这两句话也是顺口说出来的,他似乎用它们做遁辞。

"大少爷,你还不晓得我们太太的脾气,"翠环带着怨愤的口气说,"我们太太不大心疼二小姐,她这个人什么事情都不大放在心上。老爷说什么好,就是什么好。"

这时他们跨出了那一道小小的竹篱门,阶下一些怪石拦着他们的路。他们绕着怪石往前走去。觉新忽然自语似地说:"我也没有一点办法。"这声音凄凉地在空中抖了许久。他觉得自己用尽力量了。

翠环看见自己说了那许多话,却得到这样的一个回答,心里有点气,便不再作声了,只顾放快脚步赌气似地往前面冲。

他们走进了一带回廊,觉新渐渐地知道了她的心情,倒觉得自己有些不是了,便搭讪地赞了一句:"翠环,看不出你倒这样维护你二小姐。"过后他又说:"你服侍二小姐,你也该多多地劝她把心放开一点。"

"是,"翠环简短地答道。但是她马上又觉得跟大少爷赌气是不合理的,便换过语调接下去说:"大少爷说得是。我也劝过二小姐。二小姐素来待人厚道,她从不把我当成底下人看待。不过我多劝她也没有用。她近来常常愁眉苦脸长吁短叹的,有时候还从梦里哭醒转来。只有大少爷,你同二少爷、琴小姐在的时候,二小姐才肯多笑几次。大少爷,你该晓得二小姐就只有靠你们给她帮忙。如果你们也没有法子……"翠环愈往下说,声音里带的感情的成份愈多,淑英的带着愁烦表情的面庞在她的眼前渐渐地扩大起来,使她看不见别的一切。淑英的命运,淑英的处境,那个年轻女子的苦乐祸福抓住了她的全部思想。这种关心的程度已超过"同情"这个字眼所能表示的了。她后来就仿佛在为争自己的幸福而挣扎,为摆脱自己的恶运而求救。所以在觉新的耳里听来,后面的两句话就跟绝望的哀号差不多。他忽然以为翠环在哭了,其实是他自己在心里哭。他不能够再往下听那些也许会更刺痛他的心的话,他就开口来打断她的话头。哀求似地唤了一声"翠环"。等那个少女猝然咽住话回头来看他时,他硬着心肠吩咐道:"你不要往下说了。"过后他又辩解似地自语道:"你们不了解我,你们大家都不了解我。"

翠环听见这样的全然意外的话,连忙掉过头来看他。她这匆匆一瞥,又是在黑暗里,当然看不出他脸上的表情。她不知道是否她的话触犯了他。她有点惶恐,她还想对他说一两句解释的话,但是他们已经走出了花园的内门,再走两三步就到觉新的窗下了。

"翠环,你回去罢,二小姐她们在等你。我用不着灯了。"觉新看见从自己房里透出来的一片灯光带着花纱窗帷的影子映在前面一段石板地上,便叫翠环站住,打发她回到花园里去。

翠环答应一声,便站住了。她迟疑地望了觉新两眼,忽然问道:"大少爷还有话吩咐吗?"

"没有了,这趟倒难为你,"觉新把头略略一摇,温和地答道。他离开了翠环,一个人往前面大步走去,走过他的窗下,出了花园的外门,再转进过道,然后进了自己的房间。

他掀起门帘,一只脚跨进门槛,便看见一团黑影俯在写字台上面。那个影子听见脚步声吃惊地抬起头掉过脸来,不觉惊喜地唤了一声"爹爹"。这是他的海儿。孩子正跪在凳子上面,便立刻爬下来,跑去迎他。

觉新的脸上浮出温和的微笑,先前那许多不愉快的思想一下子全飞走了,仿佛他又把那口古老的皮箱紧紧地锁住了似的。他爱怜地握着海臣的手,俯下头亲切地问道:"海儿,你还没有睡?"

"爹爹,我在看书,"海臣亲密地而且认真地回答道,他温顺地跟着觉新走到写字台前面,不住地仰起脸看觉新,眼睛里闪着喜悦的光。

海臣爬上了凳子,把摊开在写字台上的一本图画书送到觉新的面前。觉新在旁边那把活动椅上坐下来。

"爹爹,你看,这一队翘胡子的洋兵那么凶……"海臣指着一页大幅的图画兴奋地对觉新说。"这是我们的兵。大炮,轰,轰!飞艇,呜,呜!……爹爹,是不是我们打赢的?"

觉新呆呆地望着海臣,他似乎没有听见海臣的问话。他的爱怜横溢的眼光就在海臣的圆圆的小脸上扫来扫去。海臣完全不觉得他的注视。他越是多看海臣,他越是不忍把眼光掉开。渐渐地他的眼光在摇晃了,好像有什么东西挣扎着要从他的眼眶里迸出来。他预料到会有一阵感情的爆发,但是他极力忍住。等到海臣闭了口,他突然感觉到房里的静寂,又觉得海臣的一对浓黑的眼珠在他的脸上旋转,他才出声问道:"你一个人在这儿看书,你不害怕?何嫂呢?她到哪儿去了?"这声音泄露了他的感情:爱怜,担心,烦愁,悲痛。

"何嫂到厨房去了,她就回来的,"海臣天真地回答。他看见觉新只顾望着他不说话,便接下去:"爹爹,我不想睡,我要等你回来。你回来就好了。你打牌赢吗?"他又略略翘起嘴说:"我要到花园去看你打牌,何嫂不带我去。她说晚上花园里头有鬼。她骗我。爹爹不怕鬼,我也不怕。妈妈在,妈妈会领我去的。"

觉新连忙把眼睛掉开去望窗外,勉强做出温和的声音说:"你不要埋怨何嫂。小孩子家晚上进花园是不好的。"

"爹爹,房子里头空得很。人太少,你又不在,我睡不着,"海臣开始带了诉苦的调子说。

觉新再不能够忍耐了,他把海臣从凳子上抱过来,紧紧地抱在怀里摇着,用脸颊去挨海臣的短发,呜咽地说:"乖儿,睡了罢。"眼泪从他的眼角流下脸颊来。

海臣不能够了解觉新的心情。他知道这动作是父亲疼爱他的表示,但是他却不明白父亲为什么会突然有这种动作。他并不去深想这个。因为他的思想停留在别的事情上面。他从觉新的怀里伸出头来。觉新的眼泪落到了他的额上。他不觉惊叫道:"爹爹,你怎么哭了?"

觉新伸出一只手去揩眼睛,一面做出平静的声音答道:"乖儿,我没有哭。我眼睛里头落进了灰尘。"

"我给你吹吹看,"海臣说着便伸直身子,把两条腿跪在觉新的膝上,伸出两只手要去拨觉新的眼皮。

觉新扭一下头,又将海臣的手捏住,把它们放了下来。他爱怜地说:"乖儿,你好好地坐着,不要动。我的眼睛不要紧,已经好了。"

海臣顺从地坐下来。他坐在觉新的膝上,把眼睛往四面看了看,忽然做出庄重的面容问道:"爹爹,妈妈真的不会再来看我们吗?"

"乖儿,我不是对你说过妈妈到天上去了吗?她在天上很快活,"觉新悲声答道。

"爹爹,我想妈妈,妈妈到底晓不晓得?你也想妈妈,我也想妈妈,她在天上很快活,做什么不回来看看我们?妈妈向来很喜欢我,我很想她。我晚上睡不着,我轻轻喊妈妈,我想妈妈听见我在喊她,她会回来看我。爹爹,妈妈真忍心不回来看我们?"海臣侧着身子挽住觉新的左膀,两只小眼睛瞪着觉新的堆满愁云的脸,他带着深思的样子正正经经地追问觉新道。

觉新不能够回答海臣。他默默地把这个孩子紧紧抱着。他的眼光越过孩子的头,望到挂在对面墙上的一张女人的半身照相。泪水湿了他的眼睛。那个女人的面庞变得模糊了。他要忍住泪水,但泪水却不由他控制畅快地流了出来。他不愿意给孩子看见他的眼泪,便把心一横松了手,装出稍微严厉的口气吩咐孩子:"不要多说话。时候不早了,你去睡罢,爹爹还有事情。"

海臣胆怯地偷偷看觉新一眼,失望地含糊答应一声,便不再言语了。但是他并不走下去。觉新沉默着。后来何嫂进了房间。她看见海臣坐在觉新的膝上,便说:"孙少爷,我们去睡罢,"她一面走过去抱他。

海臣看见何嫂走过来，并不理睬她，却猛然掉转身子往觉新的怀里一扑。他把嘴一扁，哀求地说："爹爹，我不要睡。你陪我耍一会儿。我睡了，你又走开了。"

孩子的凄惨的声音在房里无力地响着。何嫂缩回两手，呆呆地站在旁边，不作声。觉新紧紧地抱着孩子，让孩子的脸压在他的肩上，他咬紧牙关，不言语，只对何嫂摇了摇头。

何嫂轻轻地嘘了一口气，便走进里面房间去了。

海臣还在觉新的怀里低声抽泣。他的头在觉新的肩上微微地颤动。觉新轻轻地抚着海臣的身子，然后抬起泪眼看墙上那幅照相。他的心里忽然起了一阵酸痛，他自语似地小声说："珏，你看见了罢。你叫我怎样办？你保佑、保佑海儿……"

海臣并不曾听清楚觉新的话。他抽泣了一会儿，便抬起头来自己用手揩去眼泪，亲热地对觉新说："爹爹，我不哭了。你教我认字。"他掉过身子伸手去拿桌上的图画书。

觉新连忙把海臣的手拉回来，温和地阻止海臣道："今天不要认字了。乖儿，时候不早了，你睡罢。"

海臣亲热地看了觉新一眼，忽然问道："爹爹，你不去打牌吗？"

"不打了。爹爹在这儿陪你。你好好地睡罢，"觉新摇摇头和蔼地答道。

海臣又看看觉新，微微一笑，顺从地说："爹爹，我睡了。"他把头靠在觉新的怀里，闭上了眼睛。觉新轻轻地抚拍他。他起初还略略动着身子，睁开眼睛看觉新，但是不久就沉沉地睡去了。

过了一会儿觉新俯下头去看海臣的脸。海臣正和平地酣睡着。嘴微微张开，唇边还挂着微笑。但是觉新看来，这微笑却是很寂寞的。他把自己的嘴放近海臣的耳边，爱怜地柔声唤道："海儿。"海臣没有答应，连动也不动一下。他把这寂寞的睡脸注视了许久，然后抬起头来，向四面望了望。房里空阔而静寂。屋角立着两只书架的黑影。

在一张精致的小方桌旁边孤寂地摆着孩子用的小逍遥椅。电灯光似乎也比平时更黯了。他又埋下头去看海臣,他拼命地凝视这个孩子,他恨不得一口把孩子吞在肚里。孩子似乎完全不知道他的这种心情。那张小嘴上依旧挂着寂寞的微笑。他想:不晓得孩子梦见了一些什么事情。但是他愈看这张脸,便愈激动。他觉得他的心好像要从喉管里跳出来了。他抬起来,长长地嘘了一口气。他的眼光又去找墙上的照相。依旧是那张温柔、美丽的面庞。她的一双明亮的眼睛从墙上看下来,这时候她的眼睛也似乎带了悲哀的表情。他的心又隐隐地痛了。他忘了自己地低声唤道:"珏,珏。"那一对眼睛并不霎动一下。他再要仔细地去看那双眼睛,但是他自己的眼睛已经模糊了。

"睡着了吗?"一个女人的低声在觉新的耳畔意外地响起来。他惊讶地掉头去看。说话的是何嫂,她刚从里面走出来,他完全没有注意到。她站在旁边,伸出两只手,等着抱海臣进去。他看见何嫂,并不答话,却回过头去看海臣,而且把海臣抱得更紧,仿佛害怕何嫂会把孩子给他抢走似的。

何嫂并不曾觉察出这个情形。她接着又说:"大少爷,让我来抱进去。"

觉新又抬起头把何嫂看了一眼。这一次他完全明白了。他默默地点了点头,小心翼翼地轻轻抱起孩子,让何嫂接过去。他看见孩子已经躺在何嫂的怀里了,还郑重地吩咐一句:"你小心点。"

"晓得,"何嫂一面答应着,一面小心地抱着海臣往里面房间走去。

觉新望着何嫂的背影在门槛里面消失了。他又掉头望了望四周。他心里彷徨无主。他勉强站起来,想回到花园里去。但是他对于那种压迫着他的空阔和冷静的感觉完全失去了抵抗力。他觉得身子一阵软弱,支持不住,便又坐下去,把头俯在写字台上面,暗暗地哭起来。

刚刚在这时候窗外石阶上响起了三个女子的脚步声。一个少女的声音在窗下叫了一声:"大哥!"觉新在房里似乎没有听见。一个女子提着风雨灯往后面走了,另外的两个却转入过道,走进觉新的房里。

"大哥,"淑英惊诧地唤道,"你不去打牌?"她看见他的肩头在耸动,便关心地问道:"你不舒服吗?"

觉新抬起头来,他的脸上满是泪痕。他回答道:"我并没有什么。剑云在替我打着。我等一会儿就去。"他并不避开淑英的眼光。但是他意外地发见蕙站在淑英的背后时,便显得有点窘了。

"你哭了?"淑英看见觉新的泪痕,忍不住半惊讶半同情地问道。

觉新对她们苦笑一下,解释般地说:"我刚才跟海儿讲了几句话。他说起他妈妈的事情。我过后想起来有点伤心,就哭了。"他说着便摸出手帕揩眼睛。

"这真是何苦来! 你自己的身体也很要紧,"淑英带笑地责备道,但是她的微笑里含得有悲哀。"好好地何苦还去想那些事情?"

"这也难怪大表哥。像大表嫂那样好的人。哪个人不依恋? 想起来真叫人……"蕙接口说下去,她说到后一句时,忍不住抬起眼睛望了望墙上那张照相。一个活泼的少妇的影子在她的脑里动起来。她埋下头,那个影子马上消失了。在她的眼前摆着觉新的被灯光照亮了一半的泪痕狼藉的脸。她的眼圈一红,心里难过,她连忙咽住下面的话,略略掉开了头。

"蕙表妹,请坐罢,"觉新勉强做出笑容对蕙说,"你好几年没有在我屋里坐过了。你看看跟从前像不像?"

"好,蕙表姐,你就坐一下罢,"淑英偷偷看了蕙一眼,然后温和地招呼道。她又对觉新说:"大哥,我去喊人给你打盆脸水来,洗洗脸。"她说着就要走出去。

"二妹,你不必出去,何嫂就在里头,"觉新连忙阻止道。他提高声音叫了两声"何嫂"。何嫂在里面答应着。他一回头看见蕙仍然站在写字台旁边,便笑问道:"蕙表妹,你不坐?"

"不要紧,我站站就走的,"蕙淡淡地答道。

"多坐一会儿也好。我晏点去也不要紧。横竖剑云爱打牌,就让他多打一会儿，"觉新恳求地挽留道，空阔而冷静的房间在他的眼里突然显得温暖而有生气了。

何嫂从里面走出来，唤了一声"大少爷"。

"给我绞个脸帕来揩揩脸，"觉新猛省地抬起眼睛吩咐了这一句，然后回头去看蕙，他的清瘦的脸上浮出了忧郁的微笑。他关切地问道：

"你身体好像也不大好。我看枚表弟身体很坏。你没有什么病痛罢？"

蕙摇摇头，低声答道："还好。"淑英瞅了蕙一眼，插嘴说："病是没有的，不过她身体弱。虽然比枚表弟稍微好一点，然而也得小心保养才是。"

觉新笑了笑，淡淡地说："你现在对我生疏多了。上一次你离开省城的时候，你还是个小姑娘。你常常拉住我问这问那的。你还记得吗？"

蕙的脸上起了一层淡淡的红晕。她埋下眼睛低声答道："我都记得。不过那时也不算小了。"

"你的事情我也晓得。枚表弟还告诉我，你为这件事情哭过几个晚上……"觉新继续说下去，但是声音有些改变了。这时何嫂绞了脸帕过来递给他，他接着揩了脸，把脸帕递还给何嫂，又吩咐了一句："倒三杯茶来。"何嫂答应着往里面房间去了。她很快地端了一个茶盘出来，把上面托着的三杯茶依次放在三个人的面前。她带着好奇心偷偷地看了看三个人，便轻轻地走开了。

"大哥，你何苦又提起这种事情？你难道要把我们也惹得流眼泪？"淑英忍不住皱起眉头嗔怪似地对觉新说。

觉新怜惜地看了淑英一眼，然后又把眼光停在蕙的脸上。他忽然换了颤动的声音说："你看我们三个人落在同样的命运里面了。看见你们，就好像看见了我自己的过去。我是不要紧的。我这一生已经完结了。三弟最近还来信责备我不该做一个不必要的牺牲品。他说得很对。可是你们还太年轻，你们不该跟着我的脚迹走那条路。我觉得这太残忍了。"他很激动，仿佛就要哭出来似的，但是他突然用了绝大的努力把感情压住了。他用一种似乎是坚决的声音收住话头说："我不说了。再说下去我又会哭起来。说不定更会把你们也惹哭的。……你们坐罢。"

蕙依旧靠了写字台站着，把一只膀子压在面前那一叠罩着布套的线装书上。她抬起泪眼唤了一声："大表哥。"她想说什么话，但是嘴唇只动一下又闭紧了。只有她那感激的眼光还不停地爱抚着觉新的突然变成了阴暗的脸。

房里接着来了一阵沉默。静寂仿佛窒息了这三个人的呼吸。他们绝望地挣扎着。

"蕙表姐，我们走罢。"过了一会儿淑英的声音忽然响起来。"让大哥休息一会儿。我们快去把东西捡好拿来，同他一起到花园里去。我们已经耽搁很久……"

但是沉重的锣声像野兽的哀鸣似地突然在街中响了。夜已经很静。每一下打击敲在铜锣上就像敲碎了一个希望。

"怎么就打二更了！"淑英惊讶地自语道。接着她又失望地对蕙说："那么蕙表姐，你真的就要回去了？"

"我以后会常来的，"蕙留恋地望了望淑英，安慰地说。

淑英想了一下，忽然欣喜地挽住蕙的膀子说："蕙表姐，你今晚上就不要回去。琴姐今晚上也在我们这儿睡。"

"不行，"蕙摇摇头，忧郁地答道。"我不先跟我父亲说好，是不行的。"

"我去跟周外婆说，她可以作主，"淑英依旧固执地抓住那个就要飞走的希望。

"这也没有用，"蕙略带悲戚地说。"连婆也拗不过我父亲。"

街中的锣声渐渐地低下去，似乎往别的较远的街道去了。蕙刚刚说完话，翠环就提着风雨灯从外面走进房来。

"二小姐,你们把东西捡齐了吗? 我们快走罢,打过二更了,"翠环一进房间就笑吟吟地说道。

"还没有,"淑英笑答道,"我们立刻就去!"她又央求觉新道:"大哥,你陪我们到大妈屋里去一趟。"

"也好,"觉新答应了一句,便跟着她们到周氏的房间去了。

淑英和蕙两个把白天脱下的裙子等物叠在一起,包在一个包袱内。淑英打算叫一个女佣把包袱提到花园里去。觉新却自告奋勇,说他愿意打风雨灯。她们拗不过他,就让他从翠环的手里接过灯来,由翠环捧着包袱。于是他们一行四个人鱼贯地走出房间,又从过道转进了花园的外门。

九

　　觉新们刚刚跨过竹林前面的小溪,忽然看见对面粉白墙角现出了一团阴暗的红光。翠环回过头低声说:"多半是绮霞来了。"

　　"一定是来催我们的,"淑英接口道。她的话刚完,前面就响起了叫"翠环"的声音。一个短小的黑影子提着一只红纸灯笼走过来。

　　"嗯。绮霞,你来做什么?"翠环大声问道。

　　"三太太喊我来催二小姐的,"绮霞大声回答,便站住等候淑英走近。

　　淑英到了绮霞身边,问道:"牌打完了吗?"

　　"麻将已经完了。周外老太太一桌还有一牌,"绮霞回答道,她便跟在淑英后面走。

　　众人赶到水阁时,连字牌的一桌也散了。许多人聚集在右边屋子里谈闲话。琴、芸和淑华们也都在那里。

　　"二女,喊你做事,你就这样慢条细摆的!"张氏看见淑英进屋来就抱怨道。

　　淑英不好意思地瞥了她的母亲一眼,从翠环那里接过包袱来放在一个空着的凳子上,正要动手打开它。周氏却吩咐绮霞道:"绮霞,你把包袱拿出去,交给外老太太的周二爷。"

　　绮霞答应了一个"是"字。但是大舅太太们却阻拦着,客气地说要系上裙子,不过经主人们一劝,也就让绮霞把包袱提出去了。绮霞出去不久便空着两手进来说:

“太太，袁二爷来说轿子都来了，就在花园大门口。”

“那么我们动身罢，”周老太太说，她第一个站起来。众人跟着全站起了。

于是房间里起了一阵忙乱。众人相互地行礼：拜的拜，请安的请安，作揖的作揖。过后，女佣和丫头们有的提风雨灯，有的打灯笼，有的拿明角灯，前引后随地拥着周老太太一行人走出了水阁，沿着湖滨走去。

众人走过了松林。路渐渐地宽起来，后来转入一带游廊。一边是藤萝丛生的假山，一边是一排三间的客厅，全是糊着白纸的雕花窗户。窗前种了一些翠竹。门是向大厅那面开的。这时还有辉煌的灯光从窗内透出来。里面似乎有人在谈话。

众人走出游廊，下了石阶。前面有一点光，还有人影在动，原来袁成打了一个灯笼，苏福空着手，两个人恭敬地站在阶下等候他们。

“袁成，花厅里有客吗？”周氏看见袁成便问道。

“是，三老爷在会客，是冯老太爷，”袁成垂着手恭敬地答道。

冯老太爷！这四个极其平常的字像晴天的霹雳一样打在淑英的头上，淑英几乎失声叫了出来。琴正在听蕙讲话。淑英在后面离琴有一步的光景。琴便把脚步下慢一点，暗暗地伸出手去握淑英的手。淑英不作声，只是用感激的眼光看琴。恰好琴也回头来看淑英。两对彼此熟习的眼光在黑暗中遇在一起了。琴鼓舞地微微一笑，立刻把头掉了回去。淑英的战抖的心稍微镇静一点。但是“冯老太爷”这个称呼给她带来的不愉快的思想和悲痛的回忆却还不能够马上消去。少女的心并不是健忘的。不到一年前淑华房里的婢女鸣凤因为不愿意做冯乐山的姨太太就在这个花园里投湖自尽。但是这样也不能够使祖父不把淑英房的婢女婉儿送到冯家去做牺牲品。前些时候淑英母亲张氏的生日，婉儿还到公馆里来拜寿。婉儿痛苦地诉说了自己在冯家的生活情形，也讲到陈家的事。这些话淑英的母亲也听见过了，父亲也应该知道。然而这依旧不能够叫父亲不听从冯乐山的话，父亲仍然要把她嫁到陈家去。冯乐山,这个人是她的灾祸的根源。现在他又来了,而且同她的父亲在一起谈话。……她不能够再想下去。她茫然地看前面。眼前只是幢幢的人影。她忽然觉得这一切仿佛都是空虚的梦。她的心又隐微地发痛了。

"冯乐山,他又跑来做什么?"觉民忽然冷笑道。冯乐山,著名的绅士,孔教会会长,新文化运动的敌人,欺负孤儿寡妇、出卖朋友的伪君子(他已经知道这件事了)!他恨这个六十一岁的老头子比恨别的保守派都厉害。一年前他曾经被祖父强迫着同冯乐山的侄孙女订婚,后来还是靠着他自己的奋斗才得到了胜利。如今冯乐山又来了。他想这个人也许就是为了淑英的事情来的。于是他的心被怜悯、同情、友爱以及愤怒占据了。然而在这时候他并不能够做什么事情,而且他的周围又全是些飘摇无定的影子。他用爱怜的眼光去找淑英。淑英就在他的前面,他看见了她的细长的背影。

"二弟,你说话要当心点!"觉新听见觉民的话,惊恐地在旁边警告道,他暗暗地伸手拉了一下觉民的袖子。这时他们已经跨过一道大的月洞门,走入了石板铺的天井。一座假山屏风似地立在前面。

觉民先前的那句话是低声说出来的,所以并未被前面的人听见。但淑英是听见了的。她明白觉民的意思。然而这句话只给她添了更多的焦虑和哀愁,就被她默默地咽在肚里了。她并没有回过头去看觉民,因此觉民用爱怜的眼光找寻她的时候,就只看见她的微微向前移动的背影。觉新的话把觉民的眼光从淑英的背影拉到觉新的脸上来。觉民看了觉新一眼,正要答话,但是突然照耀在他眼前的电灯光又把他的眼光吸引去了。他在无可奈何的绝望中忽然起了一个念头:"我一定要帮助她!"他觉得眼前一片亮光。他的愤怒和绝望一下子都飞走了。

"轿子!轿子!"袁成和苏福走在前面,他们跨出月洞门,便带跑带嚷地叫起来。假山外面接着起了一阵喧哗。原来那里是一片广阔的石板地,六乘轿子横放在那里,十二个轿夫和三四个仆人聚在一起讲话,听见了招呼轿子的声音,连忙分散开来,每人站在自己的位置上,把轿子略微移动了一下。

"提周外老太太的轿子!""提大舅太太的轿子!……"太太、女佣、婢女、仆人的声音打成了一片,接连地这样嚷着。在一阵忙乱之后客人们陆续进了轿子。枚少爷趁着他的两个姐姐依恋地向淑英姊妹告别的时候,走到觉新的身边,庄重地低声对觉新说:"大表哥,你哪天到我们家里来? 我有好多话从不敢对人说,我要一起告诉你。我晚上常常整夜睡不着觉。我很害怕。"急促而战抖的声音泄漏出来他的畏惧和惊慌。过后他又惊疑地往四处看,他害怕有人会把他的话听了去。

"好,我过两天一定来看你。你好好地养息养息罢,"觉新感动地答道。他还想对枚少爷说一两句话,但是袁成在催枚少爷上轿了。

枚少爷又向众人行了礼,然后匆忙地走进轿去。等轿夫们抬起他走出花园转入公馆的二门时,周老太太的轿子已经出了大门而走在街上了。

周氏一行人跟着轿子出了花园门,走上大厅,再转进拐门,往里面走去。

冯乐山的三人抬的拱杆轿搁在大厅上。花厅里面灯光明亮。淑华走到门前,在门缝里偷偷地张望了一下。琴也过去把脸贴在一幅板壁上,从缝隙去张望里面,她看见那个留着灰白色短须的老头子坐在炕床上,正摇摆着头得意地对高克明说话。他那根香肠似的红鼻子在电灯光下发亮。他在吹嘘自己的诗文。她想:"大概正事已经谈完了,"便掉头走开了。觉民也弯着身子在旁边看。她轻轻地在他的袖子上拉了一把,等觉民回头看时,她已经到了淑华的身旁。她在淑华的耳边说:"走罢。"淑华刚刚掉转身子,便听见克明威严地在里面大声叫起来:"送客!"

淑华对琴做了一个怪脸,连忙拉着琴一道往拐门那面跑去,她的母亲和婶娘们都已经走进里面去了。觉新也陪着剑云到他的房间里去谈话。除了她们两个和觉民外,只剩下淑英和淑贞在拐门前面阴暗里躲着等候她们。

克明刚叫了一声"送客",门房里就起了一个大的应声:"有!"接着三房的仆人文德用一个箭步从门房里跳了出来,直往花厅奔去。接着一个跟班和三个轿夫也带跳带跑地走出了门房。跟班的手里提着一盏马灯。

文德打起门帘,冯乐山戴着红顶瓜皮帽,穿着枣红缎袍、玄青缎子马褂,弯着腰从里面走出来。克明恭敬地跟在后面,把他一直送上轿子,还深深地弯下腰去。

"三爸太讲礼节了,"淑华低声笑着说。

"快走罢,"淑英听见淑华出声说话,更加着急起来,便催促道。她马上拉着淑贞往里面走了。琴和淑华也不再迟疑就跟了进去。

她们刚走到觉民的窗下,就听见克明的快步子在后面响起来。她们便让开路,站在一旁,等他过去。

"三爸,"淑华带笑唤道。琴含笑地叫一声"三舅"。淑英也唤了一声"爹"。

克明突然站住了。他带笑地点头应了一声,接着问琴道:"琴姑娘,你妈好吗? 今天为什么不来?"

"妈很好,谢谢三舅问。妈本来也想来,后来因为有事情,就不来了,"琴客气地答道。她接着又说:"三舅近来很忙罢,身体倒很康健。"

"还好。近来接的案子不多,也没有什么事情。就是应酬忙一点,"克明谦和地答道,从他的神气看来,他似乎很高兴。这时觉民慢步走到旁边来听他们讲话。

"三舅刚才会的客是冯乐山罢,"琴看见克明兴致好便接着问道。

"不错。琴姑娘,你怎么会晓得他?"克明惊讶地反问道。

琴微微一笑,她用这笑容来掩饰她的嫌厌的表情。她极力做出平淡的声音说:"冯乐山今年做了孔教会会长,在我们学堂里头演说过一次。他说女子无才便是德,与其把女子送进学堂读书,还不如教她们学髦儿戏。说得个个同学都不高兴。"

"这也难说。乐山先生是一位德高望重的长者,他的学问在省城里也是数一数二的,"克明忽然正经地说。

琴哑口无言了,她不好意思地埋下头去。觉民在旁边忍不住插嘴说道:"不过这样大的年纪还讨姨太太捧戏子,总不是好榜样。而且他——"

"老二,你不能这样说。他究竟是你的长辈! 连我也尊敬他!"克明不等觉民说完,就动了气板起面孔打断了觉民的话。他掉过头吩咐他的女儿淑英道:"二女,你好好陪你琴姐耍,"于是扬长地往里面走了。

觉民气恼地望着克明的背影在阴暗中转进了过道,低声骂了一句:"真糊涂!"

"二哥,"这些时候不开口的淑英忽然带着央求的调子痛苦地说。她似乎在央求觉民不要再说这一类的话。

觉民听见淑英的声音,有点感动,心一软,立刻换了温和的语调说:"二妹,我不再说了。你晓得我不是故意——"

淑英不等他说完,就用颤抖的声音打岔道:"二哥,我并不怪你。我只怕,我怕我自己……"她激动得不能够说下去,在中途突然停止了。

"二哥,你为什么不请我们到你屋里去坐坐?站在黑暗里说话怪没有意思,"淑华这些时候没有机会插进来说话,觉得气闷,终于忍不住这样说了。

"好罢。现在就来请也不晏,"觉民听见这话正合他的意思,马上顺着她的口气答道。

"琴姐,你先走,我去叫人倒几杯茶来!"淑华掉头对琴说。她便向着左上房高声唤道:"绮霞! 绮霞!"

"嗯!"绮霞在左上房里答道。

"你给我们倒几杯茶来,在二少爷屋里头!"淑华大声吩咐道。

"晓得! 就来!"绮霞在房里大声应道。

"三妹,你总爱这样使唤人!这种脾气要不得!"觉民刚刚踏上石阶,一只脚跨过了门槛,忽然回过头来责备淑华道。这时琴和淑英、淑贞都已经进了房里。

"这就叫做江山易改,本性难移!"淑华不服气,冷笑地答了一句。

"好,好,我就不说你。等你将来嫁个凶狠的姑少爷,那时候看你有什么办法?"觉民故意报复地说。

"这跟你有什么相干?这是我自己的事。我不怕。我自己有主张!"淑华强硬地顶撞道。

"好,要这样才好!"琴在房里轻轻地拍手笑起来。觉民和淑华两人也忍不住噗嗤笑了。他们便走了进去。

众人都坐下了,谈着一些闲话。淑英一个人忽然沉默起来,她在思索刚才淑华说的一句话,她在思索一件事情。绮霞端了茶盘进来,把茶杯放在每个人的面前。然后她拿着空茶盘站在琴的旁边,听琴说话。

"绮霞,琴小姐今晚上在我屋里头睡,你先去把床铺好,"淑华吩咐绮霞道。

"嗯,"绮霞应了一声,迟疑一下刚要出去,忽然外面响起一件瓷器落在地上打碎的声音,立刻又是木器和墙壁相撞声。这些声音似乎是从对面厢房里送过来的。众人惊疑地互相望着。淑贞突然变了脸色,寒战似地微微抖起来。

"五老爷又跟五太太吵架了,"绮霞激动地自语道,没有人理睬她。觉民厌烦地站起来,在房里踱了两步,他看看淑英的脸,又看看淑贞的脸。

"高静之,你凭良心说,你哪点对得起我沈书玉?我娘家哥哥刚刚搬到外州县去了,省城里没有人,你就不把我放在你眼睛里头!你就欺负我一个人!"沈氏的夹杂着愤怒和悲伤的声音在对面厢房里突然响起来。

"不晓得为着什么事情?"琴悄然自语道。

"他们的事情哪个神仙才晓得！十天里头总有七天吵嘴！"淑华接口说道。

"你把我的金银首饰都出脱干净了，我没有向你算过帐。你还不宜好。你在外面租了公馆，讨了'监视户'[1]做小老婆，我也不管你。如今你胡闹得还不够，你居然闹到家里头来了。你这个没有良心的东西！"

"你敢再骂！你敢再骂！"淑贞的父亲克定厉声嚷着，一面把手在桌子上重重地拍了一下。接着他又怒吼道："这是我的家！我高兴怎样就怎样！"

"你好不要脸！"沈氏尖声回骂道。"你的家？你的家在外面。这是我的家！喜儿是我的人！"

"不管她是哪个的人，只要她自己情愿，你就不配说话！我高兴这样做，你敢把我怎样？"克定理直气壮地吼道。

"喜儿是跟我陪嫁过来的丫头。她是我的人。我早就不放心你这个色鬼，所以早早把她嫁出去。现在她丈夫才死几个月，你就来欺负她！喜儿又不是西施，亏你看得上？你是什么老爷？你把你们高家祖宗三代的德都丧尽了！"沈氏数数落落地骂着，这中间夹杂了克定的不断的"你敢再说"这一类的威胁。但是她依旧勇敢地说下去。

"不管你怎样说，她总比你漂亮。你照照镜子，看看你那副尊容：塌鼻子、血盆大口。我看见你，就是气！我喜欢她，我要讨她！"克定强辩地嚷道。

"我的尊容怎样？那是我父母生就的！你敢说！你——你，你欺负人家孤零零一个居孀的寡妇，家里又没人！你做老爷的勾引老妈子！爹过世不到一年，你的孝还没有满，你就在家里头胡闹！高静之，你读书读到牛肚子里头去了！"沈氏更加气恼地骂着，拿起一件磁器用力往地上一掷，哗啦一声磁器立刻碎了。

"好，你敢打东西，你怕我不敢！"克定叫嚷着，他也随手抓了一

---

[1]"监视户"：即"下等娼妓"。

件磁器打碎了。

淑贞忽然哇的一声俯在桌上哭起来。

“二哥，我们出去看，”淑华兴奋地对觉民说，她便往外面走。觉民本来在房里踱着，就跟了出去。绮霞也跟着他们走了，剩下琴和淑英在房里安慰淑贞。

对面克定的房里灯光辉煌，嵌在纸窗中间的玻璃被绘着兰草的纸窗帘遮掩了。窗外阶上阶下站了不少的人，男的女的都有，大半是女佣和仆人，都伸着头颈静静地倾听。也有两三个人交头接耳地在议论。觉新和剑云背着手在天井里慢慢地踱着。觉民和淑华两人都走到窗下去，在那里他们才听见房里还有一个女人在小声地哭。

“这是我陪嫁过来的东西，我不准你打！”沈氏继续骂道。

“我偏要打！我打了！看你又怎样！”克定凶狠地答道。他又把一件东西打碎了。“这是我的家，你不高兴，你就给我滚！”

“滚？你敢喊我滚？说得好容易！我是你用三媒六礼接来的！除非我死，你就把我请不走！”

“我就要你死！”克定凶恶地吼着。

“好，你要我死！我就死给你看！”沈氏疯狂似地叫着，就向着克定冲过去，把头在他的怀里撞。春兰吓得脸通红地从右厢房跑出来，口里嚷着“不得了！”跑过天井，进了过道，往后面去了。

在房里克定要推开沈氏，沈氏却抓住他不肯放，两个人扭住一团，一进一退，一退一进的。站在窗外的男女仆人中间有几个已经跑进房去劝解了。

觉民和淑华依旧站在外面。觉新连忙跑进了克定的房间。他着急地叫“五爸”，“五婶”，但是没有人理睬他。女佣们拖住沈氏的膀子，仆人们拉开了克定。

“好，你要我死，我去请三老爷他们来评个是非，看我该不该死！”沈氏带着哭声说，一下子挣脱了女佣们的手，披头散发地往外面跑。觉新跟着跑出来，在后面唤她。她不答应，就一直往堂屋跑。钱嫂同张嫂也跑去追她。

克安从过道里出来,刚走过堂屋就被沈氏看见,扑过去一把抓住他的膀子哭诉道:"四哥,你给我断个公道!你看你五弟做的好事情!"

"五弟妹,什么事情?你放了我。有话可以慢慢说,"克安意外地被她抓住,有点莫名其妙,便慌张地这样说,一面把膀子挣开了。

"你去问你的好兄弟!他公然在我屋里头勾引我的老妈子!他还要逼我死!四哥,你说有没有这个道理!"沈氏的声音有些破哑了。

王氏跟在她的丈夫后面走来,看见沈氏披头散发、眼泪和鼻涕湿成一片的那种可笑又可怜的样子,又看见阶下站了不少的女佣和仆人,都伸着头好奇地在张望,她有点惭愧,觉得好像就失掉了自己的身份似的。她便走上前去,拉住沈氏,温和地劝道:"五弟妹,你何苦生气?有什么事情有我们给你作主,五弟不敢欺负你。你还是到我屋里头去歇一会儿再说。"

"四嫂,那不行。今天晚上非弄清楚不可!不然我以后怎么好过日子!"沈氏看见有人来劝,觉得自己理直气壮,讲话的口气也更强硬了。她挣扎着要回到自己的房里去,一面还拉着王氏,要她同去。"四嫂,你也来断个公道!你看他干得好事情!他晓得今天我在花园里头陪客,却躲在屋里跟喜儿偷偷摸摸地干那种肮脏事情,到底给我碰见了。我对他轻言细语,他反而骂我!四嫂,你说有没有这个道理?如今连我自己的人也来欺负我!……好,高静之,我就做给你看!我喊那个'监视户'立刻给我滚出去!"

"你敢动喜儿一下,我就要你的命!"克定又在房里拍桌打掌地吼起来。

"四嫂,你听!好凶!"沈氏刚说到这里,忽然瞥见周氏动着两只小脚颤巍巍地走过来,就招呼道:"大嫂,你也断个是非。你说他应不应该这样待我?"

"五弟妹,我都明白了,有话慢慢好讲。你不要生气。你到我屋里去坐坐罢。你的事情有我们作主,"周氏摇动着她那张大圆脸,声音像一盘珠子滚着似地说。然后她又掉过头去对站在她旁边只顾抚摩自己的八字胡的克安说:"四弟,你快去把五弟喊住,叫他知趣点,不要再胡闹了。"她看见觉新和剑云两人也在旁边,便对觉新说:"明轩,你快去把三爸请来。"觉新刚刚走开,三太太张氏也来了。于是,这三个做嫂嫂的女人便带劝带拉地把沈氏拥进周氏的房里去了。克安一个人站在天井里迟疑了一会儿,才往克定的房间走去。

淑华兴奋地跑回了觉民的房间。她一进屋,就叫道:"琴姐,我们到妈屋里去听五婶讲话! 快,快!"

琴正在跟淑英低声讲话,淑贞注意地在旁边听着,她们看见淑华一面嚷着走了进来,都惊讶地抬起头去看她。

"你要去,你一个人去罢。我们有话商量,"琴摇摇头,淡淡地说。过后她又偏着头继续对淑英讲话。

淑华不肯一个人去,却走到淑英的身边,央求淑英道:"二姐,你去!"淑英把头一扭低声说:"我不去。"她便又走到琴的面前,一面拖她的膀子,一面敦促道:"你们有话留着等一会儿再商量也不晏,这件希奇的事情却不可错过。"

琴又一次抬起头,责备似地看她一眼,过后声音朗朗地说:

"这有什么希奇? 不自由的婚姻,结果都是如此。"

十

　　克定知道他的妻子悄悄地到嫂嫂的房里去了,他的气也平了一点。他看见喜儿还站在屋角双手捧住脸向着墙壁低声在哭,她的肩头一耸一耸的。这个样子引动了他的怜惜。房间里陈设凌乱,地上到处是磁器的碎片,还有两个凳子倒在地上。他并不去管这些,却走到喜儿的身边,唤了一声"喜儿",伸手去拉她的膀子。喜儿正在惧怕和羞愧中找不到路,想不到克定还会来亲近她。克定的这个举动使她有了主意,她趁势把身子靠在他的怀里,把脸压在他的胸前,哀求地说:"老爷救我!太太凶得很!"

　　克定搂着她,一面扳开她的手。那张白白的圆脸上一双眼睛肿得像胡桃一般。克定俯下头去用手帕揩她的眼泪,一面温柔地说:"你不要害怕。有我在这儿。太太再凶,她也不敢动你的一根头发。我索性把你收房,看她敢说什么话!"

　　喜儿受到克定的爱抚,又听见这样的话,这都是她完全没有料到的。她不知道应该怎样做才好。她忽然又害羞起来,把脸贴在克定的胸上,接连地说:"请老爷给我作主。"

　　克定的愤怒已经完全消失了。他不再说话,正把右手伸到喜儿的突起的胸部上去,门前忽然响起了一声咳嗽。克定大吃一惊,连忙缩回手掉头去看。他看见克安站在房门口,似笑非笑地望着他和喜儿两人。喜儿也看见了克安。她羞得满脸通红,就飞跑地躲进后房里去了。克定见是克安,倒也放了心,便唤一声"四哥",踏着地上的磁器碎片向克安走去。在路上他顺便把倒卧的凳子扶起来放端正了。

克安也走了两步，到了克定的面前。他掉头看看后面，又看看窗外，知道旁边没有别人，便低声抱怨克定道："你怎么这样不小心！在家里头这样闹，实在不像话，也不能怪五弟妹。万一再给她碰见又要大闹了。"

克定倒若无其事地坦然答道："她碰见又有什么要紧！她至多请了三哥来，我也不怕。"

"我说你也不对。这真是人心不足蛇吞象！你外面有了一个礼拜一，人也很标致，还是你自己挑选的。想不到你还这样贪嘴。喜儿那种做惯了丫头的，又粗又笨，有什么意思？你做老爷的也应当顾点面子，"克安继续责备道，不过语气很缓和。

克定知道克安并不是来责备他的，而且克安本人也有把柄在他的手里，他不怕克安，反而得意地讥笑道："有什么意思？你还要问我？你就忘记了你同刘嫂的事情？你自己那个时候是怎样的？"

克安红着脸没有话说了。他从前跟一个姓刘的年轻女佣发生过关系，每逢他的妻子带着孩子回娘家的时候，他就把刘嫂叫到房里陪伴他，甚至要她擦脂抹粉地打扮起来。后来这件事情被王氏知道了，她去禀告了老太爷。克安挨了一顿臭骂，刘嫂也就被王氏开除了。这是六七年前的事情，克安已经忘得干干净净，现在一经克定提说，想起来，他也觉得惭愧。但是他又不便因此责备克定，或者跟克定争吵。他便借故报复，挖苦他的兄弟道："你也太性急了。刚刚跟弟妹吵过架。屋里头弄得乱七八糟。你不怕有别人看见，就跟喜儿亲热，真不雅观。"

克定笑笑不答话。克安又说："其实你也卤莽一点。起先给弟妹认个错，赔个礼，答应把喜儿开消[1]，就算了。这岂不省事？我真看不出喜儿有哪点好？"

"把喜儿开消？你真是在做梦！我本来无所谓，今天她这样一

[1] 开消：即"辞退"的意思。

闹,我一定要把喜儿收做姨太太,"克定昂着头得意地说,接着又向后房高声唤道:"喜儿,喜儿!"

克安惊奇地望着克定,不知道他要做出什么花样。喜儿激动地从后房跑出来,看见克安还在房里,便离克定远远地站住了。

"你过来,"克定温和地说。喜儿朝着克定走了两三步,低着头站在他的面前。克定满意地望着她,说道:"喜儿,你愿不愿意跟我?当着四老爷的面,你说!"

喜儿抬起头,又羞又喜地看了克定一眼,脸涨得通红,说了一个"我"字,就接不下去。克定带笑在旁边催促:"你说!你说!"

"五弟!你也太胡闹了!这成个什么体统?"克明的严厉的声音突然在房里响起来。喜儿又羞又怕,马上溜到后房里去了。克安的脸上也现出了尴尬的神情。克明站在房门口,手里抱着水烟袋,脸上带着怒容。他咳了两声嗽,喘息地责备克定说:"爹过世也还不到一年,你身戴重孝,就干出这种下流事情!你越闹越不像样,你越闹越不成话!事情传到外面去,看你还想不想做人!"

克定低着头让克明厉声责斥,一声也不响。克安渐渐地装起若无其事的安闲样子,掉头往各处看。春兰躲在房门外偷偷地看了一阵,吐出舌头做一个怪脸,就走开了。

"你说你哪点对得起爹?爹把你养到这样大。他在生你没有做过一件叫他高兴的事情。现在他的灵柩才下葬。你就忘乎其形天天在外面胡闹。你胡闹得还不够,还要闹到家里来,闹到我眼前来。你连一点廉耻心也没有!亏你还是个读书人!"克明愈说愈动气,两只眼睛不住地翻白眼,气喘得很厉害,一张脸变得铁青。他支持不住,在方桌旁边一把椅子上坐下来,接连咳了几声嗽,还吐了一口浓痰在地板上。

克定低着头让克明责骂,他完全不回答。只有在克明喘气的时候,他才略略抬起头偷偷地看了看克明。

"现在就一声不响了?真没有出息!好,这回算是初次,我也不为难你。你快去给五弟妹赔个礼,把喜儿开消了就算了。听见没有?"克明看见克定低头不语，以为克定已有悔意，又认为克定怕他，便严厉地吩咐道。他相信克定一定会听从他的吩咐。

克定忽然抬起头冷笑一声，把嘴一扁，说："三哥，爹在，我还让你几分。爹死了，又不同了。各人都是吃自己的饭，你也不必淘神来管我。五弟妹生不出儿子，我讨个'小'，也是应该的。我要把喜儿收房，将来她生下儿子，接续我的香烟，这也是对得起祖宗的事情。爹也讨过'小'，难道我就不可以？你三哥是不是要断绝我的香烟？"他索性抄起手来挑战似地望着克明。

"你……你……你……"克明听见这些话，勃然变了脸色，将水烟袋放在桌上，右手在桌面上猛然一拍，然后站起来，走过去用右手第二根指头指着克定的鼻子说了三个"你"字。克定看见克明来势凶猛，以为克明要动手打人，便胆怯地退了两步。但是克明却把手缩了回去。他两眼圆睁地望着克定喘息了一会，咳了两声嗽。克安趁着这个机会走近克明讨好地劝道："三哥，你身体也不大好，何苦为这种小事生气。你还是回屋去休息休息罢。"克明慢慢地停止了喘息。他掉头看了克安一眼，也不说什么话，忽然长长地叹了一口气，就拿起水烟袋，默默地走出去。克安和克定目送着他的背影。

"五弟，你也太不通人情，少讲两句不好吗？你这样气三哥，会把三哥气死的，"克安低声抱怨说。

"这怪不得我，哪个喊他来管闲事？爹死了我什么人也不怕，我还怕他？让他碰一鼻子灰回去也好。我就讨厌他的道学气！"克定得意地答道。

"道学气？我才不相信。人都是一样的。就拿三哥来说罢，你把他同翠环关在屋里试试看，如果他不来那一手，我就不姓高！说不定他早已打算好了，"克安不服气地说。他说到翠环，眼前就有一个苗条的身子晃了晃，他的心动了一下，笑了笑，但是马上又收了笑容做出正经面孔来。

"你何必吃这种干醋？你屋里头不是也有一个吗？"克定嘲笑

地说。

"你说——倩儿吗?"克安压低声音说。"她虽然不及翠环好看,不过——你四嫂防得很紧,总不让她到我身边来,好像我会吃人一样。"声音里泄露出他的不曾得到满足的渴望。

"那么杨奶妈呢?"克定又笑着问道。

"杨奶妈,那不过是逢场作戏。人家是有夫之妇啊……"克安带着神秘的微笑半吞半吐地答道。

克定忍不住噗嗤笑了。他说:"刚才五弟妹骂我是色鬼。其实你不见得比我差多少。"

"你怎么这样说? 这才是我们读书人的本色。没有红袖添香,读书还有什么趣味? ……"克安一本正经地说。

"算了罢,不要讲你那些名士风流的大道理了,"克定哈哈地笑起来,打断了克安的话头。接着他又在克安的耳边低声说了两句话,然后两个人对望着笑起来。

笑声送出了窗外。觉民和剑云在天井里凸出的石板过道上一面闲步,一面谈话。他们听见笑声,不觉掉头去看窗户。房里似乎没有动静。除了灯光外,他们就看不见什么。

"就跟小孩子一样,"剑云低声说。

"真不要脸!"觉民摇摇头骂了一句。

剑云胆怯地四下望了望,连忙阻止觉民道:"轻声点。给别人听见又会惹是生非的。"

觉民不理睬,却叹了一口气,自语地说:"三弟倒走得好。他走得远远的,什么也看不见,听不见。现在我也忍受不下去了。"

"你同琴小姐的亲事到底怎样?"剑云关心地问道。他不能压下自己的感情,他不能使自己的声音不颤抖。

"这是没有问题的,"觉民直爽地答道。"成问题的倒是仪式。我和琴都反对用旧式订婚结婚的仪式。然而这种主张我们家里又难通得过。我想等琴满了孝再说。只有这件事情才把我留在家里头。否则,我也会跟着三弟跑了,不过……我们自己的事虽没有问题,然而看见别人受苦受罪,我心里也很难过。譬如二妹的事情,你想,像她这样的女子嫁到陈克家那种混蛋的家里去,以后日子怎么过? 五爸的花样你已经见过了,"他把窗户指了一下,"陈克家的儿子不会比他好。"

"二小姐自己是不情愿的,"剑云的眼光跟着觉民的手指向窗户看去,他的心忽然隐隐地发痛,他不愿意觉民知道他的感情,但是他又不能把悲愤全吞在肚里,便无可如何地随意说了上面的一句话。他的眼睛在黑暗中微微地湿了。

"不情愿,又有什么关系? 他们从来就不把女子当作人看待!"觉民气恼地说。

剑云沉吟半响,他看见一线希望在眼前飞过。他终于鼓起勇气对觉民说:"你不可以给二小姐帮忙吗?"他的声音略带颤抖,他不敢看觉民。

"帮忙?"觉民像不懂这两个字的意义似地念了一遍。

"我是没有办法的。心有余而力不足。你跟我不同,你有办法,"剑云感动地接下去说,似乎有一种力量鼓舞着他,使他忘记了自己,觉民从没有看见他这样兴奋过。"如果你也不帮忙,那么还有哪个来帮忙。连我一个外人也不忍心看她嫁到陈家去,何况你是她的哥哥。"

这些话给觉民带来了苦恼,觉民苦苦地思索,想不到一个办法。他忽然掉过头去看剑云,烦恼地问道:"那么你以为我应该怎样帮忙?"

剑云被觉民这样一问倒窘住了。他以前就没有想到这个问题。这个问题突然跑来,他便觉得自己束手无策。他只得沮丧地摇头说:"我不晓得。"过后他又加了一句:"我想你应该有办法。"

这个回答等于白说,但是对于觉民却成了一个刺激,一个鼓励。觉民想,既然剑云这么相信他,他就应该显得自己是一个跟剑云完全不同的人。他应该有办法! 他正在思索。

堂屋里起了脚步声和谈话声。从周氏的房里走出来一些人。王氏陪着沈氏一面走一面谈话,她们的后面跟随着倩儿和春兰。她们一行人跨出堂屋的门槛往沈氏的房间走去。淑华一个人从堂屋的正门出来,下了石阶,走到觉民和剑云的身边,低声带笑说:"五婶回去了。"

觉民被她一打岔,略微一怔,剑云却接口问道:"那么喜儿又怎么处置? 五爸五婶就不会再吵架?"

"五婶这个人真没有用。她太软。只要五爸对她和气一点,她天大的气也就没有了。每回都是这样,无怪乎五爸要欺负她,"淑华不平似地答道。

"这回的事情到底不同,恐怕不容易了结罢,"觉民忽然无心地这样说了。

"这倒不见得,"淑华很有把握地摇摇头说。"四婶刚才已经把她劝好了。她好像没有事情一般。只要五爸不闹,便闹不起来。你难道还不晓得五婶的脾气? 她虐待起四妹来,翻起是非来,真可恶。不过看见五爸常常欺负她,又觉得她可怜,叫人替她干着急! ……"她说到这里忽然住口把眼睛掉去望克定的房门。克安夫妇正从那里面出来,一路上带笑地低声谈着话。倩儿跟在他们的后面。房里克定的响亮的声音叫了两下:"喜儿。"沈氏低声说了一句话。后来一定是喜儿在房间里出现了,克定又说(声音稍微低了一点):"喜儿,你来给你太太赔礼!"

天井里众人注意地听着,听到喜儿唤"太太"的声音。

"我不敢当,"沈氏似乎赌气地说了这句话,但是声音里并没有带怒气。

接着克定温柔地说了几句话,声音低,外面的人听不清楚。后来他又提高声音催促喜儿:

"你还不快给太太赔礼? 你给太太磕个头。"

沈氏这次完全不作声。喜儿却真的跪下去叩头了。

接着克定又在说话。沈氏起初沉默,后来忽然说:"只怕三哥不答应。"

"三哥?"克定轻蔑地大声说,"我才不怕他。他刚才在这儿碰了一鼻子的灰冲起走了。他还好意思再来说话! 也没有见过做大伯子的替弟媳妇吃醋出主意的道理。倒是四哥明白事理。"

"你听,你听,"淑华触动觉民的膀子说。

"听什么?"一个声音意外地在她后面响起来。淑华吃了一惊连忙回过头去,正看见觉新的忧郁的眼光。

"五爸跟五婶不吵了,"淑华简短地答了一句,她又继续去捕捉从那个房间里逃出来的话,但是已经失掉了一些,她只听见:

"……只要你每天晚上好好地在家里,我也就不……"沈氏忽然放低声音说了两三句,后来又把声音提高:"也好,喜儿究竟是我自己的人,我也……"

"五婶想用喜儿来拉住五爸,真是在做梦,"觉民忽然厌恶地说。

"真做得出。我看三爸会活活给他们气死!"觉新愤慨地自语道。

觉民冷淡地看觉新一眼,觉新的话不曾引起他的同情,却反而给他带来痛快的感觉。他要说什么话,但是被沈氏在房里叫唤"春兰"的声音打岔了。春兰从觉民房里出来,慌慌张张地跑进沈氏的房间去。接着淑英的清脆的声音突然在觉民的房门口响了。琴、淑英、淑贞三人走出左厢房,淑英高兴地唤着"二哥"。

剑云没有看清楚淑英的面庞,但是听见了她的愉快的声音,他的心忽然痛苦地颤抖起来。他想到他先前跟觉民谈过的那些话,他悄然说声"我走了",匆忙地一点头,就向阴暗的拐门走去,不见了。

没有人挽留他,没有人注意他。琴和淑英姊妹走下天井。淑华看见淑贞畏缩地偎在琴的身边,有点可怜她,便安慰地说:"四妹,不要紧,五爸同五婶已经和好了。"

淑贞不答话,却低下头,琴知道淑贞心里难过,不愿意人提到她父母的事情,便提议道:"我们到三表妹屋里头去坐坐。"

淑贞巴不得琴说这句话。淑英自然也同意。淑华并不愿意立刻回到房里去,但是她经琴再三催促,也只得收敛了自己的好奇心陪伴她们进左上房去了。留下觉新和觉民两人在空阔的天井里。

十一

　　早晨十点钟光景,琴在淑华房里刚刚梳洗好,听见窗下有人在叫:"翠环,倒茶来,琴小姐来了。"她惊讶地卷起窗帘去看,不觉微微地笑了。在克安房间的檐下挂着鹦鹉架,翠环正站在天井里仰起头调逗鹦鹉,这叫声就是从鹦鹉的嘴里发出来的。

　　"哈,哈,说得好,"觉英从外面走进天井来,手里拿了一张芭蕉叶,一路随手撕着,把纤细的丝条随便抛在地上。

　　"四少爷,你又这样子,叫人家扫起来添麻烦,"翠环抱怨地说。

　　"你管不到我。我高兴怎样就怎样!"觉英得意地答道。

　　"我要告诉太太去,"翠环赌气说。

　　"好,我不怕,你就去告罢,"觉英毫不在乎地说。

　　翠环也不再说什么,装出没有听见的样子,微微低下头向厨房那面走去了。

　　"翠环!"觉英看见她的苗条的背影慢慢地移动着,忽然唤了一声。

　　翠环站住了,转过身子问道:"什么事情?"

　　觉英嬉皮笑脸地望着她,慢腾腾地说了一句:"你看见喜儿吗?"

　　翠环马上变了脸色,把身子一扭,也不答话,就冲进了厨房。

　　"哈,哈,"觉英抛掷了手里剩余的芭蕉,拍掌笑起来。他又对鹦鹉说:

　　"鹦哥,你喊:'翠环,客来了,装烟倒茶。'……"

　　鹦鹉扑着翅膀在架子上跳来跳去,又伸着颈项简单地叫了两声。

"四弟,你又在这儿耍! 你还不进书房去!"淑英从角门里走出来,看见觉英一个人在那里调逗鹦鹉,便责问道,声音很温和。

"二姐,我就去,"觉英含笑地答道。"你管我比爹还严。我不要,你要我学枚表哥的榜样吗?"

"你总有话说! 你在别的事情上有这样聪明就好了,"淑英忍不住笑着责备说。

"二姐,你说我哪一点不聪明?"觉英看见淑英的脸上现出笑容,更加得意起来,顽皮地说。

"二姐,你不要理他,你跟他说话简直是对牛弹琴!"淑华在房里大声插嘴说,她在窗前站了一些时候了。

淑英和觉英一齐掉头看这面,贴在左右两扇玻璃窗上的琴和淑华的脸庞都被他们看见了。

淑英向她们笑了笑,说:"你们起得好早!"

"好早? 哼,要吃早饭了,"觉英冷笑道。"'对牛弹琴',说得好。三姐,我是牛,你就是牛姐姐,你也是牛。……"他忽然仰起头去看天空自言自语道:"我的鸽子,一定是高忠在放我的鸽子。"他又指着天空对她们说:"你们听,哨子真好听。"于是他一个人放开脚步跳上石阶往外面跑去,并不理睬正在对他讲话的姐姐。

淑英微微地抬起头望天空,她的眼光避开紫藤花架看到了那一段蔚蓝的天。天是那样的清明,空气里仿佛闪动着淡淡的金光。几只白鸽列成一长行从那里飞过。白的翅膀载着点点金光,映在蔚蓝色的背景里,显得无比的鲜明。但是它们很快地飞过去了。只有那些缚在它们尾上的哨子贯满了风,号角似地在空中响着。

"翠环,倒茶来,琴小姐来了!"

淑英听见这奇怪的声音,吃了一惊,掉头去看,看见了挂在檐下的鹦鹉架,才知道这是鹦鹉在学人说话,也就宽心地微笑了。

"二表妹,你来罢,"琴在房里唤道。

"我就来,"淑英答了一句,但是过后她又说:"琴姐,还是你同三妹出来好。这样好的天气在花园里走走也是好的。"

琴回头看了看房里的情形。绮霞正在替淑贞梳头。她便回答淑英说："二表妹,还是你先到我们这儿来好。四表妹昨晚一夜没有睡好觉,现在才起来。"

"好,那么我来罢,"淑英答道。她的笑容渐渐地消褪了。淑贞的带愁容的女孩面孔像一条鞭子在她的头上打了一下,把眼前的景物全给她改变了。昨夜的事情她记得很清楚。她们在淑华的房里谈话。淑贞因为她的父母吵架的事情,又害怕,又羞惭,又烦恼,不愿意回到自己的房里去睡。琴和淑华商量好把淑贞留在淑华的房里,她们用种种的话安慰淑贞。后来淑贞就在淑华的房里睡。这个女孩的境遇素来就得到做堂姐的淑英的同情。她想着淑贞的事情,虽然马上受到一阵忧愁的袭击,但是她也常常因此忘记了自己的痛苦。她觉得淑贞的命运还赶不上她的,她究竟比淑贞幸福。她这样一想仿佛给自己添了一点勇气。她的心情也有些改变了。她暂时忘记了那些时常来袭击她的不愉快的思想,却打算怎样帮助她那个更不幸的堂妹妹。

淑英一面想着淑贞的事情,一面用她的稳重的慢步子沿着淑华的窗下往外面走去。刚走了几步,她忽然听见厨房里起了吵闹声。她便站住略略掉过头去看厨房。这是两个女佣在相骂,中间还夹杂着厨子的声音。

"我不怕,我偏要动!我看你敢把我怎样?三老爷等着要开水泡茶。你有本事,你去向三老爷说!"说话的是三房的女佣王嫂。

"你不怕,难道我就怕?三老爷再凶,也管不到我,我又不是他用的人!我是老太爷在时就来的。"这是钱嫂的又尖又响的声音。

"呸,你还有脸皮提老太爷!哪个不晓得!自从老太爷过世后,你们那个老妖精十天有九天不归屋。哪个明白她在外头干些啥子事?"王嫂气势汹汹地骂道。

"好!大家听见的!你骂陈姨太!你喊她做老妖精!好!我们一起去见她!你有本事你当面去骂!哪个不去,才不是人!……"钱嫂似乎扑过去扭住了王嫂，一面喘着气断续地嚷道。她的声音更尖了。这两个女人几乎要厮打起来，但是被人拉开了。

"你不要撒娇，老娘不怕你！老娘就跟你去！话是老娘骂的！不消说一个陈姨太，就是十个，老娘也不怕！……"王嫂得意地大声嚷着。

淑英把眉尖微微一蹙，不等王嫂闭嘴就烦厌地叫道："王嫂！"

厨房里没有应声，但是吵闹声暂时停止了。淑英又叫了一声。

"王大娘，二小姐在喊你，"翠环的声音从厨房里送出来。

王嫂含糊地应了一声，但是她并不走出来。钱嫂又开口吐出一些骂人的话。

翠环匆忙地从厨房里出来。她看见淑英茫然地站在对面阶上，有些诧异，连忙走过去，带着温和的微笑问道："二小姐，你喊王大娘做什么？"

淑英把手略略挥动一下，急急地说了一句："你快去挡住她，不要她再吵架。"

"我也这样说。大清早四老爷、四太太还没有起来，把他们吵醒——"翠环陪笑道，她还没有把话说完，就被另一个女人的声音打岔了。

"二小姐，请你把王大娘喊住一下，我们老爷太太都还在睡觉，"说话的是四房的女佣李嫂，她刚从四老爷的房里走出来，看见淑英在跟翠环讲话，便跨过天井，走到淑英的面前。

淑英微微红一下脸，眉毛蹙得更紧，她略略点一下头，轻声答道："我晓得。"她回头看见翠环还在旁边，恰恰这时王嫂又在厨房里大声嚷起来，仿佛那两个女人真的要扭在一起厮打了。她便催促翠环道："你快去，你快去！你说，她再要不听话，我就把老爷请来。"

翠环答应了一个"是"字，慌慌忙忙地往厨房那面走了。李嫂带着笑恭敬地说了一句："难为二小姐，"也走开了。淑英转身走了两步，打算到淑华的房里去。

"你们这些狗娘养的闹些什么！大清早就这样乱吵乱叫。连一点王法也没有！你们都给我滚！你们这些狗娘养的！你们这些混帐东西，都给我滚！……"

淑英又掉转身子去看。她的四叔克安抄着手站在厨房门前。他只穿了一件湖绉夹紧身。他的脸色是黄中带黑，八字胡没有梳好，两边脸颊上一片青色的须根，脸也不曾洗，像是刚刚起床似的。

厨房里突然十分清静了，连一个人说话的声音也没有。

"你管不到我。我吃的不是你的饭。没有你骂的！"钱嫂不服气，在厨房里叽哩咕噜地自言自语。她一面说话一面往外面走，还不曾跨出门槛，就被克安大声喝住了。

"什么？你在放些什么狗屁？"克安的脸色变得更加难看。

他的眼光火箭似地射在钱嫂的脸上。王嫂和别的女佣都带了畏惧的脸色望着克安。

钱嫂板着脸不理他。她装着不听见的样子正要跨出门槛。克安就抢上前去，不由分说在她的颧骨高高的左右两边脸颊上接连地打了两下。他把手缩回来的时候，口里还吐出一句："我×你的妈！"

钱嫂被这意外的两个嘴巴打得向后退了一步，两边脸颊被打得通红。她伸手摸了摸脸颊，流出了眼泪来。她忽然变了脸色向克安扑过去。她抓住克安的膀子带哭带嚷地叫道："好！你动手打人！我又不吃你的饭，你凭哪点配打我？你打嘛，你打嘛！我要跟你拼命！"她说着，把鼻涕和眼泪一起在克安的袖子上面揩来揩去。

这个举动是克安料不到的。他有些窘，不知道要怎样应付才好。别的女佣连忙拥上去拉钱嫂，钱嫂还带哭带嚷地挣扎着，但是终于被拖开了。她那件新竹布短衫已经揉得起皱，上面还有些眼泪和口水。上纽绊也拉开了三个。

克安气得脸发青，瞪着眼睛呆呆地站在厨房门口，喘着气。他的夹紧身被钱嫂的鼻涕、眼泪、口水弄脏了。这时四太太王氏头不梳脸不洗地从房里赶了来。她温和地劝解道："四老爷，你何苦跟那种下贱人一般见识,还是进屋去歇一会儿罢。"

克安看见他的妻子来劝他,倒反而更加起劲了。他一面顿脚一面气愤地嚷道:"不行。我非把她开消不可。她居然要跟我拚命,这太没有王法了!李嫂,你去请陈姨太来!"

李嫂恭敬地应了一声,就动着两只小脚往角门那面走了。

"我不怕。你把陈姨太请来我也不怕!青天白日你凭哪点敢打人?"钱嫂的声音已经嘶哑了,她的一只膀子还被人拖住,但是她却挣扎着继续大声叫骂:"骂人家下贱,亏你说得出口!老娘又不偷人、骗人,哪一点下贱?不像你们有钱人家,玩小旦,偷丫头,吃鸦片烟,这些丧德的事情,你们哪样不做!老太爷死了还不到一年勒!高公馆,外面好气派,其实里面真脏,真臭!……"

"要造反了!要造反了!给我打,给我打,这个狗×的东西!"克安气得不能再忍耐了,不等钱嫂说完,就忘了自己地大声骂起来,要冲进厨房去打钱嫂。王氏半羞惭半着急地用两只手把他的膀子拖住,激动地叫着:"四老爷,四老爷!"

淑英依旧站在对面阶上,她的心跳得很厉害。憎厌和绝望的感觉苦恼着她。她不要看这眼前的景象,但是她却又茫然地望着对面那个厨房。她甚至忘记了她刚才打定主意要到什么地方去。淑华和琴已经从里面出来了。淑华走得快,她到了厨房门口,还帮忙王氏去拖克安。琴却默默地站在淑英的身边。

"给我把陈姨太找来!""给我把陈姨太找来!"克安疯狂似地接连嚷着。

"我不怕,你把你先人请来,我也不怕!我怕你,我才不是人!"钱嫂咕噜地骂着。

"四老爷,你进屋里头去坐坐罢,有话以后慢慢儿讲。何苦为一个下贱的老妈子生气。你进屋去,等我去把陈姨太请来慢慢儿说……"王氏在旁边柔声劝道。

"不用你们请,我自家来了。有话请说,"陈姨太皮笑肉不笑地从后面插进来说,原来早有人给她报了信,她特地赶到这里来的。

"陈姨太,你来得正好,你看这个没王法的'监视户',连我也打起来了!你马上就把她开消,叫她滚!"克安看见陈姨太,就像见了救星似的,眼睛一亮,立刻掉转身子嚷道。

陈姨太竖起眉毛,冷笑一声,张开她的薄嘴唇说:"我道有啥子了不得的大事情,原来这点儿芝麻大的小事。四老爷,你也犯不着这样生气,钱嫂是个底下人,喊她过来骂一顿就是了。你做老爷的跟老妈子对嘴吵架,叫别人看见,也不大像话。"她说完并不给克安留一点答话的时间,便侧过头向厨房里大声叫道:"钱嫂,你还不快回去!不准你再跟四老爷吵架!你也太不晓得体统了!"

钱嫂噘着嘴不情愿地答应一声,但是并不移动身子。

克安气得脸一阵青一阵白,两只眼睛直望着陈姨太的擦着白粉、画着眉毛的长脸,口微微张开吐着气,好像就要把她吞下去一样。等陈姨太把嘴一闭,他便暴躁地叫起来:"不行,非把她马上开消不可!叫她马上就滚!"

陈姨太冷笑一声,平静地说:"四老爷,你要明白,钱嫂是老太爷用的人。"

"不管她是哪个用的,非给我马上滚不可!"克安沉下脸命令似地对陈姨太说。

"没有这样容易的事。她走了,哪个给我做事情?"陈姨太动气地抢白道。

"陈姨太,我不管哪个给你做事情,我只问你:你究竟叫不叫她滚?"克安厉声追问道。他的脸色越发黑得可怕了。两只眼睛血红地圆睁着。憎恨的眼光就在陈姨太的脸上盘旋。

"我偏不叫她走!她是老太爷在时用的人,你做儿子的管不到!"陈姨太也变了脸色尖声回答说。

"放屁!你是什么东西?……"克安劈头骂起来,就要向陈姨太扑过去,却被王氏拦住了。王氏半生气半惊惶地说:

"四老爷,你忍耐一点儿,不要跟那个横不讲理的人一般见识。……"

"什么叫做'横不讲理'? 你放明白点! 不要开口就骂人!'什么东西!'你才是什么东西!"陈姨太插嘴骂道。

王氏轻蔑地看了陈姨太一眼,把嘴一扁,盛气凌人地答道:"没有人跟你说话,哪个要你插嘴? 老太爷已经死了,你还是一身擦得这样香,是擦给哪个闻的?"

"你管得我擦给哪个闻? 我的事你们管不到!"陈姨太挣红了脸反骂道。

"我偏要管! 你不要凶,豆芽哪怕长得天那样高,总是一棵小菜!"王氏顿着脚回骂道。

克安对他的妻子说:"你不要睬这个泼妇,她是见人就乱咬的。"

陈姨太立刻变了脸色,一头就往克安的怀里撞去。克安不提防被她撞了一下,他连忙用手去推她。她却抓住他的衣服不肯放,还把脸不住地在他的胸上擦。她一下子就哭起来,带了眼泪和鼻涕嚷道:"哪个是泼妇? 哪个是泼妇? 你说我是'小','小'又怎样? 我总是你们的'庶母'嘛! 老太爷死了还不到一年,你们就欺负我。好,我不要活了,我拿这条命来跟你们拚了吧!"

"哼,看不出你还会撒娇,"王氏冷笑道。

克安被陈姨太扭缠着,不知道怎样做才好,他现出了窘相。他用力推她也推不开,她却索性把他紧紧地抱住了。

女佣、奶妈和厨子、火夫之类都围过来像看把戏一样地旁观着。觉新也早来了,他站的地方离他们很近,但是他并不上前去劝解。后来他看见他们实在闹得不像话,便悄悄地溜进角门找他的三叔克明去了。

淑英在对面阶上实在看不下去。她带着悲痛和嫌厌的感情微微掉过头去,她的眼光和琴的眼光遇着了。她连忙把头掉回去,好像不敢多看琴似的。

"二表妹,你看这就是你的家庭生活。你还没有过得够吗?"琴忽然伸手去捏住淑英的右手,同情地问道。

淑英感觉到一阵感情的爆发,她不能够控制它。眼泪淌了出来。她便埋下头去,心里彷徨无主,呜咽地断续答道:"我也过得够了。我不能够再忍耐了。琴姐,你说我应该怎样办?"

"怎样办?你还不肯相信我昨晚上说的那些话?"琴关切地并且鼓励地说。

淑英不答话。她在思索。对面厨房门前的戏剧渐渐地逼近尾声了。克明和觉新两人从角门里出来。克明带着严肃的表情走到克安的面前,板起面孔用沉痛的声音责备说:"四弟,你们这样闹,还成个什么体统?昨晚上五弟才闹过一场,今早晨你们又找事情来闹。我先前听见你们吵闹的声音,我还装作没有听见的样子,我以为你们会适可而止。谁知你们越闹越不成话。爹死了还不到一年,你们几个就闹得这样天翻地覆的,给别人看见像什么话!你们是不是打定主意大家分开,把爹一生辛辛苦苦挣来的这份家业完全弄掉?这种败家的事情我可不答应!"克明愈说下去,他脸上的表情愈严厉。他的锐利的眼光轮流地在克安和陈姨太的脸上盘旋。陈姨太已经放开了克安,站在旁边,一面揩眼睛,一面还在低声抽泣。等克明把话说完,她立刻拖住他的膀子,把脸挨到他的身上,哭诉道:"三老爷,请你给我作主。他们这样欺负我,我以后怎样过日子?老太爷,老太爷,你死得好苦呀!……"于是伤心似地号哭起来,把眼泪、鼻涕和脸上的粉全揩在克明的爱国灰布夹袍的袖子上面。

"三哥,你看,这像个什么东西?"克安鄙夷地指着陈姨太对克明说。

"你不要再说了,你跟四弟妹快进去罢,"克明责备地看了他一眼,挥着那只空着的膀子说,声音比先前的稍微温和一点。

克安夫妇也有些疲倦,不想再闹下去,听见克明的话觉得正好借此收场,也就不再分辩,含糊地答应一声,埋着头悄悄地走开了。

"陈姨太,你不要哭,有话到屋里慢慢地说,"克明看见克安夫妇走了，便略略俯下头温和地劝陈姨太道。

陈姨太也渐渐地止了哭。克明把头掉向四面看，看见淑华站在旁边，便对她说："三姑娘，你把陈姨太搀扶进屋去，好生劝劝她。"说罢他就抽开了身子，还伸手在自己的两只膀子上拍了一下，好像要拍掉陈姨太身上发出来的那种浓烈香味似的。

淑华料不到克明会叫她做这件事情，她有些不愿意，但又不便推辞。她抬起头偷偷地往对面阶上看了一眼，淑英、淑贞和琴还站在那里。她失悔不该一个人跑到这边来。不过她也不说什么抱怨的话，默默地过去搀扶陈姨太。陈姨太也不再吵闹了。她摸出一方手帕来揩眼睛，不好意思地埋下头，跟着淑华往角门那边走去。她们刚刚走了两步，钱嫂连忙从后面追上来，得意地说："三小姐，让我来。"她便伸手去搀扶陈姨太。淑华看见她过来搀扶，觉得正合自己的心意，便点了点头，把自己的手缩了回去。

陈姨太的影子消失在角门里面了。女佣、厨子、火夫之类也都回到厨房里去做自己的事情。克明和觉新两人在天井里紫藤花架下一面踱着，一面低声谈论。周围的一切又恢复了平时的状态。鹦鹉依旧在架上扑来扑去，想弄掉脚上的铁链。觉英带着觉群、觉世两个兄弟气咻咻地从外面跑进来，但已经看不见热闹的景象了。淑芬一个人站在厨房门口，正感到没趣味，看见他们，马上便跑过去，结结巴巴地对他们讲起先前那一场吵闹来。

淑贞默默地挨着琴，把她的一只膀子紧紧地挽着。身子畏怯地微微颤动。淑英忽然低声叹了一口气。

"二表妹，"琴亲切地唤了一声，稍停她又说："你该明白了罢。"

淑英默默地转过身来，把一只手抓住琴的肩头，她的脸上堆满了阴云，她的眼光无力地在琴的脸上飘动。但是她看见琴的坚定的、并且是充满爱怜的眼光，她的脸部的表情就开始改变了。起初是她的眼睛发亮，然后这光亮逐渐地把那些灰暗的云一一拨开，于是一个晴明的天空出现了。淑英的心起先似乎到了绝地，但是如今一下子就发见了一个广大的天空。她的心豁然开朗了。那些轻的、重的哀愁,先前逐渐地堆积在她的心上的,如今全飞走了。她觉得她的前面还有希望在闪耀,她仿佛还看见一线亮光。她记起了昨天晚上琴在觉民的房里对她谈过的那些话。她有了一点勇气。她放下手来。她带了一点快乐地对琴说:"琴姐,你放心,我相信你的话。我决不学梅表姐。""说得好! 这才是我的好妹妹!"一个男子的声音在后面响了起来。这是觉民,他带着笑容站在她们的背后,手里捏了一份报纸。

淑英听见觉民的话,脸微微发红,她不好意思地略略埋下头去,但是心里很高兴。

琴看见觉民,笑问道:"你几时回来的? 我们起先喊绮霞去请你来,说你到外面去了。"

"我到报社去了一趟,刚刚回来。这是今天刚印出来的,"觉民说着就把手里拿的最近一期的《利群周报》递给琴,他还加了一句:"三弟那篇批评大家庭的文章,就登在这期。"

觉民说的就是觉慧从上海寄来的那篇关于大家庭的文章,琴已经读过了原稿,所以也不大留意。她接过报纸,随意地看了一下。

"在哪儿,给我看看!"淑英听见说有一篇批评大家庭的文章,而且是她的三哥写的。她恨不得马上就读到它。她把头伸过去,脸靠着琴的脸,贪婪地用眼光去吞食纸上的字迹,她一面跟着他们慢慢地向着花园那边移动脚步,一面埋头读那篇文章。她读一句,心跳一下,似乎每个字都是她从自己的心里吐出来的。她以前完全没有想到这种种的理由,也没有留心这种种的事情,现在从这篇文章上读到它们,她没有一点惊奇,她觉得这些都是很显明的,而且她很早就感觉到的。她渐渐地激动起来,一阵热气使她的心温暖了。她匆匆地读完了文章,但是她还觉得没有读够。她恳切地望着觉民说:"把这份报给我,我还要仔细地读一遍。以前的,我也只是断断续续地读过几期,你给我找个全份罢。"

"你先把这张拿去,"觉民满意地含笑答道。"我有全份,不过给朋友借去了,等到我去要了回来,就拿给你看。"

"这也好,可是你千万不要忘记啊,"淑英兴致很好地提醒他说。

琴听见淑英的话,便抬起头去看觉民,两人对望着,会意地一笑。琴把手里拿的《利群周报》递给淑英。淑英郑重地接了过来,现出高兴的样子。

淑贞依旧畏缩地偎在琴的身边。她不大了解他们的谈话,也不知道他们为什么忽然都现出高兴的样子。但是看见大家都高兴,她也就渐渐地感到了一点温暖。

"琴妹,明天下午我们在少城公园开会,讨论周报的事情。大家想请你去,好不好?"觉民忽然想起一件事,低声对琴说。

琴迟疑一下,就点头答了一句:"也好。"过后她又提议说:"其实二表妹也可以去看看。"

"我真的可以去吗? 我很想看看你们怎样开会,"淑英惊喜地拉着琴的袖子问道。过后她又失望地说:"不行,我害怕。我们姑娘家这样抛头露面也不大好。而且爹也不会答应我去。"

"不要怕,琴姐天天抛头露面,也没有给人吃掉。二妹,你去央求三婶,她会答应的。你可以偷偷跟我们一路去,不让三爸晓得。其实我们开会,也没有什么看头。这并不是正式开会,只是报社里几个朋友随便谈点闲话。不过你关在家里,太闷了,到公园去走走也好,"觉民同意地说。"等一会儿剑云会来的,我请他陪你去。若是你害怕,我们再把大哥也拉去。你们可以另外占一张茶桌子,不跟我们坐一桌。我们开会你们可以在旁边看,别人不会认得你。二妹,你看这个法子好不好?"

"好极了!"有人在后面拍手嘻嘻哈哈地笑起来。

"三妹!"淑英冲口吐出了这两个字,便惊讶地回头去看,众人也都回过头去。果然是淑华,她满脸笑容地站在他们后面。

"三妹,你在笑什么? 你总爱这样嘻嘻哈哈的! 你喊出来给人家听见也不好,"觉民抱怨道。

"我生就是这样的脾气,这有什么办法呢?"淑华依旧带笑地答道。"你怕什么? 不会给人家听见的!"

"不过三表妹,你也不应该躲在后面偷听,不给我们晓得。你这种脾气应该改掉才好,"琴接着说。

"你自然是帮忙二哥的,我不给你辩,"淑华故意把头一扭嘲笑道。

"呸! 人家在跟你说正经话!"琴红了脸带笑地骂了一句,就掉开头不再理淑华了。

"我也要去,"淑华正经地说。

"我也想去,不晓得可以不可以,"这许久在旁边不作声的淑贞忽然鼓起勇气说。她抬起两只眼睛注意地望着觉民的嘴唇。

觉民把眉头一皱,沉吟地说:"这许多人去,恐怕有问题。"

"我不要紧,妈不会阻拦我,"淑华坦白地答道。

"但是四妹就有问题,五婶不会答应她。而且人多了,传出去给三爸晓得,连二妹也去不成了,"觉民担心地说。

"那么,我不去了,"淑贞赌气似地说。一阵失望的表情笼罩着她的瘦小的脸。她的嘴一扁,眼圈一红,差不多要哭出来了。她连忙埋下头去。她的眼光触到了她那双在大裤脚下面露出来的小脚。她又把眼光移到她的几个姐姐的脚上去。摆在她眼前的都是未经包缠过的天然脚。只有她自己的一双却已经变成高耸的、畸形的东西了。过去说不尽的痛苦突然涌上了她的心头。未来的暗影又威胁地在她的眼前晃动。她气得眼泪直流,便从怀里摸出手帕揩眼睛。

众人不知道她这时的心情,以为她单是为了不去公园的缘故伤心,心里都有些难受。

"四表妹,不要伤心。我们一起去。五舅母这两天没有心肠来管你。万一她有什么话,由我来担当好了,"琴俯下头去温柔地在淑贞的耳边说。

"好,大家都去。这点小事情不必管他们答应不答应,先做了再说! 万一给他们晓得了,也不过挨两句骂而已。我们还怕这个做什么?"觉民下了决心毅然地说道,他脸上的表情是很严肃的,他不再有顾虑了。

"四表妹,你听见没有? 大家都去!"琴看见淑贞不作声,便顺着觉民的语气,继续柔声安慰道。

"先做了再说,……"淑英猛省似地低声念道。她好像在思索什么事情。

"我的脚……"从淑贞的口里忽然迸出了这三个字。以后又是断续的抽泣。

"你的脚? 怎么,你的脚痛吗?"琴关切地问道。她连忙埋下眼光去看淑贞的一双挨了许多板子流了许多眼泪以后缠出来的小脚,这双畸形的脚在公馆里是很出名的。淑贞的母亲沈氏曾经拿这双小脚向人夸耀过。也有些人带着羡慕的眼光赞美过它们。只有淑贞的哥哥姐姐们才把它们看作淑贞的痛苦生活的象征。他们曾经投过许多怜悯和嘲笑的眼光在这双脚上。但是如今这双小脚也成了他们所看惯的东西了。所以连琴也不能够马上就明白"我的脚"这三个字的意义。

淑贞没有答话。众人站在花园的外门口,把淑贞包围着,在问这问那。

"大少爷,大少爷!"绮霞慌慌张张地从过道那面出来,带跑带走地一路嚷着。

"绮霞,什么事情? 你这样慌张!"爱管闲事的淑华自然不肯放过这个机会,连忙跑过去拦住绮霞问道。

"孙少爷生急病,急惊风,在太太屋里,"绮霞张惶地断续说,便撇开淑华往后面走去。

众人听见海臣突然生急病,完全忘记了方才的事情,一起往周氏的房间急急走去。

周氏的房里黑压压地挤满了一屋子的人,空气很紧张。有的人从外面进来,有的人慌张地跑出房去。

"拿保赤散!"

"保赤散很灵验。"

"三太太那儿有。"

"绮霞去拿了!"

"医生来了吗?"

"医生为什么还不来呀?"

"刚刚去请了,就会来的。"

人声这样地嘈杂。琴和淑英姊妹连忙挤到前面去。

何嫂坐在床前一把椅子上,海臣躺在她的怀里。那张可爱的小脸因为痛苦做出来可怕的怪相。小嘴里接连地发出"唔,唔"的声音,跟着这声音他的手和脚痛苦地搐动起来。

"海儿! 海儿!"觉新带着满头汗珠从外面跑进房来。他远远地瞥见了海臣的身子,便推开众人,一下子冲上去,他几乎扑倒在何嫂的身上。

"海儿,你怎么了?"他把头俯在海臣的脸上,他急得哭出来了,眼泪一滴一滴地落下去。

海臣不回答。他的眼睛半开半闭着,他已经不能够辨认他的父亲了。他除了拘挛地舞动手脚,痛苦地叫出"唔,唔"的声音外,什么也不知道了。

"妈,我怎样办?"觉新抬起泪痕狼藉的脸绝望地摊开手顿着脚,望着周氏抽泣地说。

"这不要紧。你不要着急。……啊,保赤散来了。吃了保赤散就会好的,"周氏镇静地安慰觉新说。

周氏从绮霞的手里接过了保赤散,便上前去把它喂给海臣吃了。

觉新这时心里徬徨无主,不知道应该做些什么事情。他茫然地掉头四顾,忽然疯狂似地叫起来:"医生呢? 为什么不请医生?"

"医生就来了,已经去请过了,"人丛中有一个女人的声音这样回答。

"医生为什么还不来?"觉新依旧顿着脚焦急地说。他掉转身子向外面走去。他刚走了两步又回转来。他仍旧站在何嫂面前。他刚刚看了海臣一眼，马上又把眼光掉开。他到处看了看。过后他抬起头望着天花板，含着眼泪，微微张开嘴，祷告似地低声说："珏，……珏，你保佑保佑海儿罢。"

"王师爷来了！"一个声音响亮地敲在他的心上。他的全身都震荡着这个声音。他连忙掉过头去看房门口。

王云伯，一个黑发长须的医生，被仆人袁成领着走进了房间。众人连忙让出了一条路。医生安闲地走到海臣面前。绮霞马上端了一个凳子来，请他坐，他便在何嫂旁边坐下了。

医生伸出手去按脉，一面向何嫂讯问病状，何嫂激动地说：

"起先还耍得好好的，后来忽然抱着头喊痛。我问他哪儿痛。他只抱着头'痛呀，痛呀'喊个不住。后来就成了这个样子。"

医生频频地点着头。他又问了几句话，都得到满意的回答，便站起来。他的严肃的脸上忽然露出了笑容。他客气地对周氏说："孙少爷的病不要紧，吃了保赤散也很好。我看是发肝风，因为肝热太重，所以发肝风。这不是重病，不要紧，再吃一两副药就更好了。太太，请你们放心，等我来开个药单子。"

"难为先生费心。请到那边签押桌[1]去开单子罢，"周氏欠身答道。

医生坐在书桌前写好了药方，便由觉民陪着出去了。

淑华已经封好了脉礼，看见医生出去，连忙把它交给绮霞，低声催促道："快，快送去。"

"嗯，"绮霞仓卒地答应一声，就往外面飞跑。

"绮霞！"周氏忽然叫道。但是绮霞已经听不见唤声了。

"绮霞送脉礼去了。妈喊她有什么事？"淑华接口说。

"那么喊张嫂去罢，喊个大班[2]去把药立刻检来！"周氏不假思索地答道。

"我出去喊！"觉新说了这四个字，不等别人答话，便抓起药方往外

[1]签押桌：即从前的写字台。
[2]大班：即"轿夫"。

面跑了。

这天的傍晚,觉民、琴和淑英、淑华姊妹在觉新的房里闲谈,何嫂抱了海臣从外面进来。海臣看见琴便亲热地唤了一声:"琴嬢嬢。"

琴高兴地答应了一声,站起来,伸手去轻轻地捏了一下海臣的脸颊,笑问道:"你今天早晨在做什么?"

海臣微微笑着,歇了片刻,才清晰地说:"今天把你们吓倒了。"

"你为什么要吓我们?"琴温和地问。

海臣想了一下,然后摇摇头认真地说:"我以后再不这样了。"

十二

轿子在公园门口停住了。西式的垣墙里面有一棵大树,把它的浓密枝叶的绿影乱撒在门前阳光照耀的地上。觉民一行六个人踏着树影进了里面。

两个被绷带把一只手吊在颈项下面的军人摇摇摆摆地从里面走出来,经过他们的身边,轻佻地看了看琴和淑英,自语似地吐出几个下流的字眼,扬长地去了。后面忽然拥进来一群学生,大半是穿制服的。他们都侧过脸来用好奇的眼光看这几个女子。

"我害怕,人这么多,我想回去,"淑贞拉着琴的袖子胆小地说。

"怕什么? 他们是人,我们也是人,他们又不会吃人,"琴转过脸去轻声安慰道。

淑华一面走,一面好奇地往四面看。她对于这里的任何东西都感到兴趣,尤其是那座高耸的辛亥保路死事纪念碑和来来往往的人。春天的风温暖地吹拂她的脸。她的周围是那么大的空间。她不觉得有什么东西拘束着她。她一点也不害怕。她得意地责备淑贞道:

"四妹,是你自己要来的。刚到了这儿,就说要回去,你真胆小。我不怕。我觉得很好耍。"

淑贞的脸上微微发红,她显出很可怜的样子,低下头不响了。她依恋地挽住琴的一只膀子慢慢地走着。

琴爱怜地看了淑贞一眼,含笑安慰道:"四表妹,你不要害怕。我们都在这儿。我会保护你的。"

淑贞不作声,琴像逗小孩一般地接着又说:"你不是常常说起要看孔雀吗?我们等一会儿就到动物陈列所看孔雀去。孔雀开屏真好看。"

"嗯,"淑贞抬起头感激地看了琴一眼,含糊地答应一声。过后她又鼓起勇气朝四周看了看:地方是这么大,许多人往前面去,许多人向这面走来。每个人都像是自由自在的。她的脸上也渐渐地露了一点喜色。

"二妹,你觉得怎样?你也是头一次,我相信你不会害怕,"觉民忽然在淑英的耳边轻声问道。

缓缓地走着的淑英对这问话感到一点惊讶。她这时的感情是相当复杂的,她仿佛就落在一个变化万千的梦里,但是一下子被她的哥哥觉民的话惊醒了。她凝神地往前面看,她把眼睛抬得高高的。进入她的眼帘来的是一片绿树。含着丰富生命的春天的绿色爱抚着她的眼睛。她的眼睛突然一亮。她又把头抬得更高。上面是一望无际的蓝天,清澄得没有一片云。微风和缓地飘过她的身边,温柔地沁入她的胸中,好像把腹内的浊气都给她洗去了似的。她在领略这个情味,她在辨别这个情味。

"二妹,我在跟你说话,你怎么不应一声?"觉民继续低声发问道。

淑英猛省似地掉头去看觉民,微笑地答道:"我还不能说。我说不出来。……"过后她把声音放低又说了四个字:"我不害怕。"

"这才是我的好妹妹,"琴在旁边欢喜地赞道。"我原说我们二妹并不止是一位千金小姐。"

"琴姐,你又挖苦我!"淑英低声抱怨道。但是她看见了琴的含着关切和欣慰的眼光,知道琴真心地为她的这句话感到欣喜,她自己也感动了。她有些激动,同时又觉得愉快。她声音略带颤抖地说:"我全靠你们。你们给我帮忙。以后……"她一时接不下去,便咽住了其余的话。

"我晓得。你放心。以后的事情,只要你自己拿定主意,我们当然帮忙,"琴明白淑英的意思便暗示地答道。

"二小姐,你不必担心。你的事情是有办法的,"剑云鼓起勇气感动地插嘴说。但是他的声音很低,他害怕淑英会听不清楚。他一时不知道应该说什么话才好,就索性闭了口。

"我也晓得,"淑英低声答了四个字。人不知道她是在回答琴,还是回答剑云的话。她还想说下去,但是淑华却在旁边催促道:

"快点走。你们只顾讲话,就不看眼前了。人家都在看我们。"

淑英抬头看前面,果然遇见了一些迎面投掷过来的好奇的眼光。那些眼光对于她是很陌生的,它们在她的脸上搔着,又移到她的身上,就像穿透了她的衣服似的,她立刻窘得红了脸,低下头不作声了。

淑贞胆小地挽住琴的膀子,默默地偎着琴,好像连移动脚步的勇气也失掉了似的。她埋着头,眼光时时落在她那双畸形的小脚上。

"四表妹,怕什么? 快些走!"琴低声催促淑贞道。

淑贞含糊地应着,但仍然现出畏惧的样子。她看看琴,又看看淑英。

"四妹,不会有人欺负你。这儿比不得在家里,你忍耐一点罢。我们出来一趟很不容易,你要欢欢喜喜地多看看才好,"淑英怜悯地看了看淑贞柔声劝道。

淑贞默默地点了点头,她鼓起勇气跟着她们往前走。但是她的眼光仍旧落在地面上。她不敢抬起头正眼看前面。

淑华毫不在意地带着好奇的眼光四处看。她知道别人的眼光停在她的脸上,她并不红脸,依旧坦然地走着。她没有一点烦恼。她满意地观察这个新奇的环境。她不大关心淑贞的事情。

他们走过一个斜坡,一阵锣鼓声隐约地送进他们的耳里来。接着他们听见一个响亮的声音,唱的是京戏里的须生。这是从前面茶棚里留声机上放出来的。

"刘鸿声的《辕门斩子》,"淑华得意地自语道。

没有人注意她的话。也没有人留意茶棚里的京戏。觉民忽然指着茶棚说:"就在这儿,锦江春。"

觉民指的那个茶棚搭在一个微微倾斜的草地上,三面空敞,另一边靠着池塘,池畔种了好几株柳树,碧绿的柳丝有的垂到了水面。茶棚里安置了许多张矮矮的桌椅,坐了不少的客人。

觉民就向这个茶棚走去,剑云陪着淑英们跟在后面。嘈杂的人声迎面扑过来。淑贞忽然变了脸色站住了。她低声说:"我要回去。"

"你回去,你找得到路?"淑华笑问道。

淑贞沮丧地埋下头不回答,无可奈何地慢步走着。

"四表妹,我原先跟你说好的。有我在这儿,你一点儿也用不着害怕。"琴看了淑贞一眼,鼓舞地牵起淑贞的手来,淑贞也就柔顺地放快了脚步。

离茶棚不远了,觉民忽然听见一个声音在后面唤:"觉民,觉民。"他连忙回过头去看。

来的是一个瘦长的青年,穿着一件灰布长衫,一张黑黄色的长面孔,上面却嵌着一对光芒四射的眼睛。

"存仁,你才来?"觉民含笑地点了一个头,亲切地说。他就站住,等那个人走到他的身边来。

那个人应了一声,看见琴在旁边,便带笑地招呼道:"密斯张也来了?好久不看见了,好罢。"过后他又惊讶地看了看淑英三姊妹,但也不问什么,就开始低声跟觉民讲话。

琴客气地招呼了那个青年。淑英们看见有人来,就连忙避开,跟觉民离得远远的。连淑贞也离开了琴转到淑英、淑华两个人身边去了。琴注意到这个情形便走到淑英身边低声说:"这就是黄存仁。去年二表哥逃婚的时候就住在他家里。全亏得他帮忙。"

"哦,"淑英漫然应道,但是她忍不住偷偷地看了黄存仁一眼。这是很平常的相貌。这个名字她也听见觉民说过。她只知道黄存仁是他两个堂哥哥的同学,而且是跟她的堂哥哥在一起办《利群周报》的。昨天她刚刚读了新出版的一期《利群周报》,报上的文字使她十分感动,给她打开了一个新的眼界,给她唤起了一些渴望。虽然只是一些简单的道理,但是她在那些文章上却得到了绝大的支持。琴提起觉民逃婚的事情,这是她亲眼看见的,这又是一个不可消灭的明显的证据,给她证实那个眼界和那些渴望并不是虚伪的东西,连像她这样的人也可以达到的。她的心里充满了奇特的感觉,都是她以前不曾感觉到的。她也许是被希望鼓舞着,也许是被焦虑折磨着。她自己也不能明确地知道。她很激动,不觉微微地红了脸,动作也显得更不自然了。

琴没有注意到这个。淑华听见琴说这是黄存仁,就只顾好奇地注意去看他,不觉得有一点拘束。只有剑云默默地在旁边观察淑英的一举一动。她的脸部表情的变化他都看见;不过他不能够了解她红脸的原因,或者可以说是他自以为了解了,而其实是误解。他的脸色很阴沉。他的心里有两种感情在斗争,也许不止两种:妒嫉、懊恼、关切、怜惜,这几种感情他都有。他压抑着它们,不使它们爆发出来,他只是暗地里咀嚼它们。他已经有了这样的习惯。但是目前他却没有时间了,因为他们已经到了茶棚前面。出现在他眼前的是许多个陌生的人头和许多对贪婪的眼睛。他厌烦地嘘了一口气,这使得那个略略现出受窘样子的淑英也惊讶地侧过头来看他。他觉察到淑英的眼光,心里很激动。但是他仍旧装出不注意的样子,抬起眼睛去看前面,找寻适当的座位。

"陈先生,你时常到这儿来罢,"淑英温和地低声问道。

"哦,"他料不到她有这句问话,不觉张惶地吐出这个字。他连忙客气地答道:"我也不大来。"

池畔一株柳树下面一张桌子刚刚空出来,几把竹椅子凌乱地摆在四周,一个堂倌用抹布在揩桌面。剑云眼快看见了那张桌子,心想:那儿是再好没有的了。他便指着那里低声对淑英说:"二小姐,你看那张桌子好不好? 我们快点去占住。"

淑英还不曾答话,淑华便抢着说:"很好,我们快去。"

剑云急急地穿过茶桌中间,带跑带走地到了那张桌子前面。

觉民和黄存仁走进茶棚就看见了他们的朋友张惠如和另外三个社员坐在池畔左角的茶座上。三张桌子拼起来,四周放了几把藤椅。张惠如笑容满面地坐在那里,一面吃花生米,一面高声讲话。他看见觉民和黄存仁一路进来,便走过来迎接他们。

"琴妹,你怎么样?先到哪边坐?"觉民忽然向琴问道。

淑贞又走回到琴的身边,暗地里把琴的一只手紧紧捏住。她的瘦小的身子微微地抖动。

琴俯下头看了淑贞一眼,便含笑地回答道:"我先陪四表妹她们坐坐。横竖隔得很近。"

觉民也不说什么,就向着张惠如那面走去了。

淑贞不住地拉琴的手,声音打颤地说:"琴姐,我们走那边绕过去,走那边绕过去。"

"四妹,你总是像耗子那样怕见人!早晓得,还是不带你出来好,"淑华不耐烦地奚落道。但是声音也并不高,茶棚里的京戏把它掩盖住了,不会被里面的人听见。

琴又瞥了淑贞一眼,她明白淑贞的心思,便依着淑贞的话从旁边绕到前面去。这样她们就避开了那许多贪婪的眼睛。

剑云坐在竹椅上等她们。他看见她们走来,便站起含笑地向她们招手。她们走到茶桌前面,桌子上已经摆好了茶壶、茶杯和盛着瓜子、花生的碟子,她们刚坐下,堂倌从里面绞了热脸帕来,她们接过随便揩了揩手。

"堂倌样子真讨厌,为什么这样贼眉贼眼地看人?"淑华等堂倌进去以后低声笑骂道。

"你不晓得,女客到这儿吃茶的本来很少,像你们这样的小姐恐怕就没有到这儿来过,所以连堂倌也觉得希奇,"琴接口解释道。

淑华刚刚端起杯子喝了一口茶,听见琴的话,毫不在乎地答道:"那么以后我们更应该多来,来得多了,他们看惯了,也就不觉得希奇了。"

"不过要给三爸碰见,那才不好,"淑贞端端正正地坐在椅子上带了一点焦虑地说。

淑英凝神地望着水面。她这时完全不用思想。她似乎在使她那习惯于深思的脑筋休息。但是她听见淑贞的话,就像给人迎头浇了一瓢冷水,觉得满身不自在起来。她的眼前出现了暗雾。她暗暗地咬着自己的嘴唇皮,想把突然袭来的一种不愉快的思想扫去。

"你放心,三爸不会到这儿来的,"淑华安慰地说。

"还是三表妹说得对,世间难得有这么巧的事。我们既然来了,乐得痛快地耍一天。"琴看见淑英的忧郁的表情,便用这样的话安慰淑英和淑贞。过后她又掉头去看觉民的那一桌。这时候那边的人似乎已经到齐了。他们在起劲地讨论什么问题。说话的声音并不响亮,但是谈话的神情很热烈。觉民刚刚说完了话,正抬起眼睛往她这面看。两个人的眼光对望着。两个人的眼角马上挂起了微笑。觉民微微地点着头,要琴过去。琴便带着鼓舞的微笑回过头对淑英说:

"二表妹,我们到那边坐坐,好不好?"

淑英略略地抬起脸来看琴,她的眼睛忽然发亮了,她的嘴唇微微一动,她要说什么话,却没有说出来。她偷偷地把眼光射到觉民的那一桌上去。那许多正在热烈地讨论的陌生的年轻人!她的脸上又起了一阵红晕。心跳得更厉害。她想镇静自己,却没有用。她便摇摇头对琴说:"你去罢,我不去,我就在这儿看你们。"

琴站起来,走到淑英身边,俯下头在淑英的耳边说:"你去坐一会儿也好,不要紧的。胆子放得大一点。你坐坐听他们说话也很有意思,又用不着你自己开腔。你不必害羞。去,去,跟我去。"琴说着就伸手去拉淑英的膀子。淑英想着要到那边去同那许多勇敢活泼的青年坐在一起,这好像是自己的一个幻梦,但是她忽然又胆怯起来,红着脸低声央告道:"琴姐,我不惯,我害怕。还是你一个人去罢。"

琴想了想就爽快地说:"也好,我去去,等一会儿就回来。"她望着淑英笑了笑,又看了看淑贞,安慰地说:"四表妹,你好好地耍,我就回来。"她看见淑贞规规矩矩地坐在那里,垂着手动也不动,便从碟子里抓了一把花生米放到淑贞面前,还说:"你不要做客,随便吃点东西罢,又不是在亲戚家里。"

"我晓得,"淑贞答道。她看见琴要转身走了,忽然低声问了一句:"琴姐,孔雀在哪儿?"她的一对小眼睛一闪一闪地望着琴的面颜。

琴微微地笑了。怜悯的感觉像一根小刺轻轻地在她的心上戳了一下。但是她极力忍耐住了。她用十分柔和的眼光看淑贞,一面亲切地说:"我等一会儿就回来陪你去看孔雀。"她便向觉民那面走去。

觉民这些时候常常暗暗地留意琴的举动,现在看见琴走过来,便站起等候着她走近。这一桌的讨论也因了琴的走来而暂时停顿了。

众人跟琴打了招呼。这张桌子上连觉民一共是十一个人,除了一个二十六七岁面容苍老而带着沉毅表情的男子外,其余的人琴都见过。觉民把那个陌生人介绍给她认识了。方继舜,这个名字是她熟悉的。她知道他是停刊了的《学生潮》周刊的编辑,他在那上面发表过一篇题作《道德革命》的长文,接连刊登了三期,中间因为攻击到孔教会的几个重要分子,省城里的大名流、老绅士之类,曾经引起一般保守派的责难,要不是由于当时的学生联合会几次抗议(《学生潮》是学生联合会的会刊),他早就会被高等师范开除了。这件事情是经过一番斗争的。斗争的结果,方继舜本身并没有受到什么损害,他不过辞去了《学生潮》的编辑职务,由另一个思想较为缓和的同学来接替他。这是两年前的事情,但是到现在还不曾被许多年轻人忘记,虽然《学生潮》已经停刊。琴自然不会忘记。而且冯乐山就是被方继舜攻击到的名流里面的一个。她知道冯乐山,她不久以前还在高家看见过,又听见淑华转述的婉儿说的那些话。她因为种种的事情憎恨那个伪君子,假善人。事实使她相信方继舜的攻击是合理的。方继舜说的也似乎就是她所想说而说不出来的话,方继舜居然勇敢地写出来了。旧社会的压力并不曾使他屈服。他现在还是那么坚定地站在她的面前。他对她露出温和的笑容,用清晰而稳重的声音向她说话。她感动地,甚至带了一点崇敬的感情来回答他的问语。

　　众人让了座位给琴。她在觉民旁边一把椅子上坐下来。她觉得非常放心，就仿佛坐在一群最可信托的朋友中间。其实大部分在座的人她也只是见过三四面，她跟他们并不曾有过深长的谈话。但是她从觉民那里知道了不少关于这些人的事情。所以她能够像觉民那样地信赖他们。她不觉得有什么拘束。

　　谈话依旧继续下去。谈的是周报社的事情。一部分重要的事已经谈过了。这时候轮到了改选工作人员的问题和周报社发展的计划。会议没有什么形式，连主席也没有。然而方继舜无形中做了主席。许多问题都由他提出来，而让众人讨论决定。大家随便取着自己喜欢的姿势坐在桌子的四周，各人自由地发表意见，并不站起来，说话态度也不类似演说。会议很像朋友们的谈心，但是在亲切之外又十分认真，而且热烈。不同的见解是有的，然而也只有简短的辩论，却没有争吵。

　　琴注意地听他们谈论，感到很大的兴趣。她以前还不曾有过这样的经验。这许多充满热情和喜悦的面孔，这许多真挚的谈话，这种渴望着做出一件有利于社会的工作的牺牲的决心，这种彼此信赖的深厚的友谊，这些人聚在一起并不谈自己的事情，也没有露出为自己打算的思想。这些人好像是同胞弟兄，但是同胞弟兄间也很少有这样深的友爱。她那几个维护旧礼教反对新文化的舅父中间的关系，她不是已经看够了吗？这一点点认识在她的心上投掷了一线光明，一个希望。她的心因为真实的喜悦而微微地颤动了。她时时抬起眼睛去看淑英，她希望淑英也能够坐到这边来，而且得着她所得到的这个印象。她看见淑英正偷偷地朝这面看，淑英的脸上也露出感动的表情。她便投了一瞥暗示的眼光过去，要淑英也到这面来。淑英微微一笑，有点不好意思地摇了一下头。她也用微笑来回答。她又看了看淑贞，淑贞在对她招手。她点点头。觉民也跟着投一瞥鼓舞的眼光到淑英的脸上。淑英用感谢的眼光来回看他。这些举动被别的茶座上的人看见了，人们好奇地带了轻佻的样子旁观着。

方继舜的沉着有力的声音又把觉民和琴的注意力吸引去了。现在轮到了改选工作人员的时候。刚才决定了把固定的工作人员的数目从四个增加到七个。这是黄存仁提出来，而且得到众人赞成的。改选工作人员的手续很简单。要在这十多个人中间选出七个人来，并不是困难的事情。先由各人自由地提出一些名字，然后由大家通过，决定。

这件事情进行得很顺利。每个人都举出自己认为是最适当的人来，而被提名的人也从没有站起来说一句推辞的话，仿佛这是一个义务。旧的工作人员并没有变动。张惠如依旧做周报的编辑。黄存仁现在专任会计的职务，不过又被推做了经理。方继舜本来代替黄存仁做了几期周报的编辑，这次就正式被选做编辑。另外还添了一个叫做陈迟的青年来分担张还如（张惠如的兄弟）的庶务工作。同时，还要增选两个新的编辑。

"觉民，我举觉民，"这个名字是黄存仁叫出来的，他的声音越过几张茶桌，飞到了淑英姊妹的耳边。

"听，在推举二哥了，不晓得推举他做什么事情，"淑华忽然惊讶地对淑英说。她侧耳倾听着，觉得很有趣味。

淑英没有理睬。她听见了他们的谈话的一部分，她知道他们推举觉民做周报的编辑。她看见人家看重她的堂哥哥，她也很高兴。

在那边茶座上觉民听见黄存仁叫出他的名字，他很激动，想站起来推辞，但是又觉得不应该，别人都没有说过一句推辞的话。于是这个名字通过了。他被推举出来同方继舜、张惠如一起做周报的编辑。他很兴奋，好像他被派定了去担任一个重大的使命一样。他想到那个职务，想到那些事情，他有点害怕，怕自己的能力不够，不能把事情办得好；他又有点高兴：他平日就渴望着做一件不为自己打算的事情，他平日就嫌自己只在周报社里帮一点小忙，没有多做事，现在他有了机会,而且是同方继舜、张惠如一起,他们会指导他怎样适当地贡献出他的力量。此外他还有别的感觉。总之他这时候的心情是很难形容出来的,连他自己也把握不定。

还少一个担任编辑职务的人,因为这次决定了增加两个编辑。觉民的名字通过以后,张惠如便抢着说:

"还少一个编辑,我推举密斯张。"

"密斯张蕴华,我也推举,"黄存仁马上热心地附和道。

琴惊疑地往四面看。众人的面容都是很庄重的。她疑心她听错了话。但是"张蕴华"三个字很清晰地送进了她的耳朵。这是她的名字。他们竟然推举她做《利群周报》的编辑,这是她想不到的事情。她起初不知道她应该怎样做才好。她没有那种经验,她觉得自己的能力太差。她虽然在周报上发表过两篇文章,但论调也是很浅薄的。她只读过一些传播新思想的刊物,纵然读得十分仔细,可是知道的究竟有限。她觉得自己幼稚,缺点也很多,没有资格做编辑。而且她还有一些顾忌。她想到母亲的不赞成和亲戚的非难。她正在沉吟不决的时候,众人已经把她的名字通过了。许多人的眼光都集中在她的脸上。虽然这都是含着友爱和鼓舞的眼光,但是她也窘得红了脸。她埋下眼睛不看人,勉强地推辞道:

"你们不要选举我。我不行,我做不好。我能力不够。"

"听,琴姐在说话,他们也推她做编辑,"在另一个茶座上,淑华正在听剑云对淑贞讲话,忽然掉过头看一下,高兴地对淑英说。

淑英微微地红着脸应了一声"嗯"。她凝神地望着琴。她也很兴奋,仿佛她自己也被选举做了编辑似的。她起了一些痴想,她觉得这时候她就是琴。她在揣想她应该怎样做,她又揣想假使她如何做就会感到快乐或痛苦。她又想她跟琴的差别在什么地方,为什么她不会做一个像琴那样的女子,而且她是不是能够做到琴那样。她愈想下去,思想愈乱。她的思想好像是一团乱绳,越是去理它,纠缠越多。她有时遇见一道电光,有时又碰到几大片黑云。

剑云这些时候一直在跟淑贞讲话。淑贞问他一些事情,他便向她解说。他说话慢,因为他有时候暗地里留心去看琴的动作,有时又偷偷地观察淑英的表情。他知道琴是快乐的。但是淑英始终不大讲话,他很替她担心。他想用话来吸引她的注意。他对淑贞讲的话,大半是关于公园的种种事情,她们在公馆里不会知道,他一半也是说给淑英听的。淑英并不知道他的这种用意。她的注意力反而被另一张桌上琴和别人的谈话吸引去了。

"做什么? 他们推举琴姐做什么?"淑贞觉得莫名其妙,着急地问剑云道。

"做编辑,"淑华得意地抢着回答。

"编辑,什么叫做编辑?"淑贞正经地追问道。

淑华自己回答不出来,就不耐烦地抢白道:"编辑就是编辑,连这个也不懂,还要问什么?"

淑贞碰了一个钉子也就不再作声了。

"琴小姐真能干,他们都钦佩她,"剑云很感动,赞叹地自语道。

这句话很清晰地进了淑英的耳里,而且进了她的心里。她有些高兴,又有些难受。她微微地咬着嘴唇,在想她为什么就不能够做一个像琴那样的女子。这个思想仿佛是一个希望,它给了她一点点安慰和勇气。但是接着一个大的阴影马上袭来,一下子就把希望掩盖了。她的眼前仿佛就立着许多乱石,阻塞了她往前面去的路。绝望的念头像蜂螫般地在她的柔弱的心上刺了一下,她觉得她的心因疼痛而肿胀了。

她的这种表情被剑云看见了。剑云不知道是什么样的不愉快的思想在折磨她,便关心地柔声问道:"二小姐,你心里不大舒服吗?"

淑英猛省地掉过脸来看他,漫然地应了一声"哦",过后才勉强笑答道:"我还好,难得出门,在这儿坐坐也觉得爽快些。"

"我看你脸上带了一点愁容,是不是又想到什么不快活的事情?"

剑云欲语又止地沉吟了半晌，终于鼓起勇气说了上面的话。

淑英惊疑地看了剑云一眼，然后埋下头望着桌面，自语似地说："不快活的事情实在太多了，不过——"她突然咽住了下面的话，低声叹了一口气。

"其实，二小姐，像你这样的人不应该这么想。"剑云看见她的愁容比想到自己的痛苦还更难堪。他是一个把自己看得十分渺小的人。他安分地过着孤寂的、屈辱的生活，没有一点野心，没有一点不平。他常常把他的生存比作一个暗夜，在这暗夜中闪耀着两颗明星。第一颗是琴。后来的一颗就是淑英，这还是最近才发见的。这两颗星都是高高地挂在天际，他不敢挨到她们。他知道他是没有希望的。他崇拜她们，他甚至不敢使她们知道他的虔诚。第一颗星渐渐地升高，升高到他不能够看见她的光辉了。在他的天空中发亮的就只有这第二颗星，所以他更加珍爱她，看得比自己的生命更贵重。他说话不像在安慰，仿佛是在恳切地央求："你年纪很轻，比琴小姐还年轻。现在正是你的黄金时代。你不比我们。你不应该时常去想那些不快活的事情。你是个绝顶聪明的人，你不会不晓得忧能伤人。"他望着她的略带愁容的脸，他心里感到一阵绞痛。许多话从心底涌上来。但是他的咽喉却似乎突然被什么东西阻塞了。他觉得她的求助似的眼光在他的脸上掠过，他觉得他的全身的血都冲到了脸上。他不能够再注视她的脸。他便把眼睛抬起去看池溏里在阳光下发亮的水面。但是在那水面上他看见的依旧是那一张带着哀愁的温淑的少女的面庞。

"陈先生，你的意思我也很明白，"淑英感激地笑了笑，声音平稳地说，但是在剑云的耳里听来，就像是哀诉一样。"只怪我自己太懦弱、太幼稚。我常常想不开，常陷在无端的哀愁里面。只有琴姐同二哥有时候来开导我。不过琴姐不能够常常到我们家来；二哥的事情又多，不常在家。我平日连大门也不出。整天在家里看见的就只有花开花谢，月圆月缺，不然就是些令人厌烦的事情。所以我过的总是愁的日子多，笑的日子少。"她越说下去，声音越拖长，越像是叹息。她说到最后忽然埋下头，静了片刻，使得剑云痛苦地想：她在淌眼泪了。但事实上她并没有流泪。她慢慢地把头抬起，像小女孩似地微微一笑。她又说："我的梦很多。近来也做过几个奇怪的梦。说来也好笑，我有时居然痴心盼望着会有一两个好心肠的人来救我。我怕我这样乱想下去将来会想疯的。"

淑英虽是对剑云说话，但是她的眼睛总要偏开一点去看淑贞，或者看柳树，看水面。剑云的眼光却时时在她的脸上盘旋，有时轻轻地触到她的眼角，又马上胆怯地避开了。他始终注意地听她说话。他从没有像这样地激动过。几个念头在他的心里战斗。他的心仿佛拼命在往上冲，要跳出他的口腔。他想说一句话，他预备着说一句话。他的嘴唇动了好几次。但是他的心跳得太厉害了，他不能够说出一个清楚的字。他的脸色一下子变得通红，汗珠从额上沁出来。他觉得她们几姊妹都用了惊愕的眼光在看他，他觉得她们都已经知道了他的秘密，她们会生他的气。他不知道要怎样做才适当。他有点着急，又现出张惶失措坐立不安的样子。他端起茶杯刚刚喝了一口，突然呛咳起来，便把杯子放回到桌上，埋下头摸出手帕掩住口咳了几声嗽。这时淑英姊妹才惊觉地带了关切的眼光来看他。淑英给他换了一杯热茶，放在他面前，温和地说："陈先生，吃杯热茶，就会好一点。"

"二小姐，难为你，"剑云挣扎着吐出了这句话，过后止了咳，又揩了鼻涕，连忙端起杯子喝了两口热茶。他又停一下，嘘了一口气，再大口地把茶喝光了。

"陈先生，你应该好好地养息身体。我们很少看见你笑过，你是不是也有什么不如意的事情？"淑英看见剑云放下杯子便关心地问道，她说后一句话的时候声音很低，而且不大清楚。

剑云探索地看了她一眼，他的眼光里露出感谢的意思。他还来不及答话，却被淑华抢着说了去：

"大哥说他很用功读书，所以身体不大好。"

剑云苦涩地笑了笑，分辩道："我哪儿说得上用功？有时候一个人闲着没有事情,要要又没有兴致,只得翻翻书消遣。翻的也只是那几本书。说用功哪儿比得上你们?"

淑英的嘴边露出了羞惭的微笑,她说:"那我们更应该惭愧了。我跟你学英文,常常因为心情不好,打不起精神,总没有好好地温习过。碰到这样不争气的学生,真是辜负你一片苦心了。"

"二小姐,这哪儿是你的错?全是我教书不得法。你不抱怨,就是我的万幸了,"剑云惶恐似地说。

"琴姐还不来,"淑贞翘起小嘴不耐烦地自语道。

留声机先前沉默了一会儿,这时有人到柜台那边去点戏,于是那使人厌烦的吵闹的锣鼓声又响了起来。

琴在那边会议席上想辞掉编辑职务,黄存仁第一个发言挽留她:

"密斯张不要推辞了。这不是能力的问题,这是责任的问题。要说能力不够,我们大家都是能力不够。今天被选到的还有六个人,并不见有哪一个推辞过。"

黄存仁说话时,态度诚恳。他读过琴的文章,他还从觉慧(那时他还没有逃出家庭)、觉民两人的口里先后知道了不少关于琴的事情。他对她有很大的好感,所以他希望她能够同他们大家在一起工作。

"存仁的话很对,密斯张不要再推辞了,"张惠如立刻响应道。

琴还想说话,觉民却在旁边低声对她说:"你就答应下来罢。横竖我也在,大家可以帮忙。学学做点事情也好。姑妈那里,不让她晓得,就没有问题。"

琴亲切地对觉民笑了笑,沉吟半晌,便同意地点了点头。两边脸颊依旧发红。两只眼睛抬起来承受众人的鼓舞的眼光。她声音清脆地说:

"那么我不推辞了。不过我的能力的确不够,还要请大家时常指教我。"

她红着脸微微笑一下,就故意偏过头去跟觉民讲话。

黄存仁他们接着说了两三句谦虚的话。以后大家便继续讨论别的事情。

讨论进行得很顺利。各人把自己想说的话全说了出来,而且说得很清楚。这些见解都是跟实际很接近的,没有多余的空话,也没有无谓的争论。众人兴奋地同时也亲切地谈论着,每个人都表示了极大的关心,仿佛在谈个人切身的事。他们决定了怎样筹集周报社的基金;怎样增加周报的篇幅和印数;怎样扩大地征求社员;怎样募捐创办图书馆……等等事情。

琴并不插进去说话,她只顾注意地听着、看着。她表示出很大的关心。这眼前的一切,对于她似乎是完全陌生的,但是她又觉得是十分自然的,而且又正是她所盼望的。这小小茶棚的一角仿佛变成一所庄严的寺院,她也成了一个虔诚的香客了。一种幸福的感觉从她的心底升上来。过去的许多阴影和未来的种种可能的障碍都被她暂时忘掉了。她好像就立在天堂的门前,一举步便可以得到永生的幸福一样。她怀着这种心情抬起头去看淑英的一桌。她看见淑英、淑华两人在跟剑云谈话。她遇到了淑贞的焦盼的眼光。她的幸福的感觉被这眼光驱走了一半,代替它的是同情,对于淑贞、淑英姊妹的同情。她立刻想起她已经在这边坐了许久了。她带了点不安地看觉民。觉民的眼光同她的遇在一起,他便对她说:"你到那边去罢。"他好像猜到了她的心思似的。

"嗯,"她轻轻答应一声,便站起来向众人说了两句抱歉的话,然后向淑英那一桌走去。好几个人带了赞美的眼光看她的垂着辫子的背影。

琴刚刚走到茶桌前面,淑贞就热烈地把她的左手紧紧握着。淑贞的小眼睛里包了泪水。她感动地看了淑贞一眼,怜惜地说:"你看,你又要哭了。为了什么事情?"

"我没有哭,我等你好久你都不过来,"淑贞像得到救星似地快活地说,但是泪水同时沿着眼角流了下来。

"你还说没有哭？眼泪都流到嘴边了，"淑华插嘴嘲笑道。

"这都是我不好。我在那边坐得太久了，"琴抱歉地对淑贞说。她在竹椅上坐了下来。

淑英斟了一杯茶，放在琴的面前，她把琴看了半晌，忽然说："琴姐，我真羡慕你。"

琴不直接回答这句话，却对她说："其实你也该过去坐坐。你听得清楚他们谈话罢？"

"我也听清楚了一些。只怪我太懦弱，我有点害怕，……"淑英有点懊悔地说。她的话还没有说完，却被淑华的低声的惊唤打岔了：

"看，那不是五爸？"

众人一齐掉头往淑华指的方向看。克定陪着一个三十左右的妇人正向茶棚这面走来，已经走到了门口。

"琴姐，"淑贞轻轻地唤了一声，她吓得浑身发抖，脸色十分惨白。她慌忙站起来躲到琴的身边，抓住琴的膀子，不知道怎样做才好。

"四表妹，不要紧，有我在，你就躲在我椅子背后，"琴镇静地安慰淑贞道，她把竹椅略微移动一下。淑华也把椅子拉拢一点。这样她们就把淑贞的身子遮掩住了。

淑英也有点惊慌。她红着脸低下头，把背掉向着克定来的方向。

"那个妇人就是礼拜一，"淑华低声说。她知道礼拜一是克定在外面租了小公馆讨来的妓女。那个妇人有一张瓜子脸，细眉毛，脸上涂得又红又白，一张小嘴擦得像染了鸡血似的。她穿了一身玉色滚蓝边的衫裤，一双改组派的脚走起路来摇摇摆摆的。在他们的后面跟随着仆人高忠。高忠先看见琴和淑华，故意咳了一声嗽。

克定只顾跟那个妇人讲话，走进茶棚来，随意地朝里面看了看，想找一个好的茶座。他听见高忠的咳嗽声，忽然抬起头往前面一看。琴、淑华、淑英这三张脸先后映入他的眼帘（他不曾看见剑云，剑云走到柳树前面去了）。这是他完全想不到的事情。他大吃一惊，连忙掉开头，但无意中又碰见了另一桌上觉民的眼光。他脸一红，连忙俯下头掉转身子,慌慌张张地拉着礼拜一溜走了。

克定的背影完全消失了以后,琴才回头向着躲在椅子背后的淑贞说:"四表妹,他们走了。"

"他们会再来的,"淑贞战战兢兢地说,她还不肯走出来。

"他们不会来了。五爸看见我们逃都逃不赢,哪儿还敢再来?"淑华觉得好笑地挖苦道。

淑贞畏缩地从椅子背后慢慢地转了出来。

"不过我们在公园里头给五爸看见了也不好,偏巧第一趟就给他碰见,"淑英皱着眉头懊悔地说。

"怕他做什么? 我们也看见了他同礼拜一,"淑华毫不在意地说。

剑云带着沉思的样子慢步走了回来,静静地听她们说话。

"琴姐,我们回去罢,"淑贞忽然央求道。

"就回去? 你不是要看孔雀开屏吗?"淑华问道。

淑贞没精打采地摇头说:"我不看了。"

"我想还是早点回去好,"淑英低声说,她的脸上现出忧虑的表情。

"好罢,我陪你们回去,等我过去给二表哥说一声,"琴同意地说,就站起来。

十三

淑英的轿子先进了高公馆。她第一个在大厅里下轿,刚跨进拐门,就遇见觉英带着四房的两个兄弟觉群、觉世和一个妹妹淑芬迎面跑来。觉英看见姐姐从外面进来,觉得奇怪,便站住惊讶地望着她,一面好奇地追问道:"姐姐,你到哪儿去了来?"

淑英把眉头微微一皱,脸一红,含糊地说了一句:"我没有到哪儿去。"

觉英不相信,疑惑地看了淑英一眼。淑英不再理他,举步往里面走去。外面大厅上几乘轿子一齐停下来,琴和淑华、淑贞姊妹鱼贯地进了拐门。

觉英看见他们便惊喜地问道:"琴姐,你们今天到哪儿去?"

琴还没有答话,淑华抢着答道:"你管我们到哪儿去!"她很兴奋,脸上带着得意的笑容。她说了便跟着琴往里面走,但是觉英三弟兄追了上去。

"三姐,你们到哪儿去了来?我也要去!"觉群、觉世两人缠着淑华在盘问。

"我们又不是出去耍,有什么去头!"淑华厌烦地挣脱了他们的手。

"对, 你们偷偷到外头去耍,我要告你们。姐姐、三姐、四妹、还有琴——"觉英威胁地在旁边说,他说到"琴"字忽然闭了嘴偷偷地把琴看一眼。他换了一句话:"琴姐,姑妈也来了。"

淑贞听见觉英的话马上变了脸色,畏怯地偎着琴。淑华略略生了气,但是仍然安静地昂头答道:"好,你去告去,我不怕!"觉群得意地摆着头,大声说:"你不怕,我就去告!"

"好,你去告!"觉英笑着鼓动觉群说。

"你不在书房读书,我也要告你们!"淑华报复地说。

"三姐,你不要得意,我们放学了,"觉英笑答道。

"我不信!"淑华又说。

"你不信,你去问龙先生!"觉英故意激她。

"四弟!"淑英再也不能忍耐,便责备地唤了一声,又用嫌厌的眼光看了觉英一眼。觉英毫不在意地笑了笑。

"你说姑妈来了,在哪儿?"琴高兴地问道。觉英正要答话,却被一阵"唔唔"的声音打岔了。这声音是从觉新的房里送出来的。

"你们听,海儿又在扯风……"觉世的小面孔上忽然现出了严肃的表情,他低声说。他只说了半句,以下的话就没有说出来。

"怎么海儿又发病了?"琴焦虑地自语道,她的脸上立刻起了一片愁云。她看见淑英一个人先往过道那面走了,就同淑华、淑贞姊妹也转进过道中去。

她们进了觉新的寝室,正遇着绮霞捧了刚刚检回来的药急急地走出来。屋子里挤满了人,都是熟习的面孔,但她们也没有心肠去一一辨认。人们走进走出,有的在唤女佣或丫头,有的在低声叹气。没有人注意到她们。张氏刚要走出房去,遇着琴的焦虑的眼光,也不说话,只是忧郁地对着琴摇摇头。她看见了淑英,也只是温和地看了淑英一眼,就默默地走出去了。翠环跟在张氏后面,她看见淑英却露出喜色,欣慰地轻轻唤了一声"二小姐"。淑英点了点头,低声问:"医生来过没有?"

"罗敬亭和王云伯都来看过了。说是不要紧,可是看起来很怕人,"翠环低声答道。

琴走到床前去。觉新红着脸,满头都是汗珠,站在床前,时而望着躺在床上的海臣,时而掉头茫然地看众人。海臣的脸比前一天消瘦多了。这个孩子半昏迷地躺在那里,眼睛露开一点缝,嘴也微微地张开。他不时发出"唔唔"的声音,那时手和脚便跟着搐动一下。声音一停止,这个孩子就像迷沉沉地睡去了一样。他不认识人,也不再看人,连转动眼珠的事也成为不可能了。周氏坐在床沿上,俯下头看海臣。琴的母亲张太太坐在床前一把椅子上,脸上带着严肃的表情望着海臣的黄瘦的病脸。何嫂跪在床前踏脚凳上,俯下头低声唤着:"孙少爷。"

"药,怎么还没有把药熬好? 药,快点!"觉新忽然掉头往四面看,疯狂似地叫起来,额上的汗珠直往下面滚。

"张嫂,你到厨房去催一声,喊绮霞把药马上端来,"周氏温和地吩咐张嫂道。张嫂答应一声,急急地走出去了。张太太关心地注视着觉新的脸,劝了一句:"明轩,你也该宽宽心,不要着急。"

"姑妈,"觉新只说了两个字,就不作声了。

琴招呼了她的母亲,又同情地唤了一声:"大表哥。"

觉新痛苦地看了琴一眼,不等琴说话,忽然绝望地摊开手对琴说:"姑妈,琴妹,你们说我现在怎么办?"他的眼睛大大地睁开。

琴心里也很难过,但是她只得装出平静的样子安慰觉新道:"大表哥,你不要着急,我看吃一两副药就会好的。医生怎样说?"

"王云伯说不要紧。罗敬亭却说要吃了他这副药才知分晓。我看是不大要紧的,"周氏插嘴说。

"昨天下午已经好了。怎么好好的今天又翻[1]了?"陈姨太和沈氏一起从外面进来,陈姨太听见周氏的话便诧异地问道。

琴闻到陈姨太带进来的那股浓香,不觉皱了皱眉头。张太太唤了琴过去,在她的耳边嘱咐了几句话。淑华憎厌地看了陈姨太一眼。觉新却毫不迟疑地答道:"昨天扯风,吃了保赤散,后来又吃了王云伯的药已经好了。不过膀子有点不方便。晚上我同何嫂好好地照料他睡了。今早晨起来还是好好的。下午睡醒午觉后他忽然发烧,随后就抱着头,哭喊'痛啊!''痛啊!'喊个不住。我叫他不要哭,他很乖,听我的

[1]翻:即病情恶化的意思。

话就不哭了。不过看他那种痛苦的样子,可知他头痛仍然没有停止,后来过了一阵就成了这个样子……"觉新说着泪珠一颗一颗地从眼角滚下来,他还要说下去,但是张嫂和绮霞一个提着药罐一个捧了碗进来了。他便走到桌子前面看着张嫂把药倾在碗里,不转睛地望着药碗里冒出的热气。海臣的叫声暂时停止了。房里只有陈姨太和沈氏在低声谈话。

"可以吃了罢? 递给我,"周氏忽然抬起头望着觉新轻轻地说。

觉新迟疑一下,后来才答道:"还有点烫,不过也吃得了。"他伸手去拿药碗。

"让我来端,"何嫂连忙站起来低声说。她上前一步,把药碗从觉新的手里接过来,依旧回到床前,跪在踏脚凳上。何嫂端着碗。周氏拿起碗里那把小银匙。何嫂用另一只手轻轻地扳开海臣的小嘴。周氏先把药汁尝了尝,觉得不烫了,才把小银匙慢慢地送进海臣的口里。

觉新差不多屏住呼吸地注视这个动作。每一小匙的药汁就像进了他自己的胃里似的。他比谁都激动。汗珠仍旧布满在他的额上。海臣安静地吞了半碗药。觉新也就略微放了心。后来药汁只是在海臣的喉管里响着,他似乎不能再吞下去了。

"也好,够了。"周氏便停止喂药,把银匙仍旧放在碗里,用手帕给海臣揩了嘴唇。何嫂又站起来把碗放到桌上去。

众人都不作声,大家的眼光全集中在海臣的脸上。空气十分沉闷。海臣也仿佛沉沉地睡去了。

忽然外面房间的地板响动起来,觉群和觉世带跑带嚷地走进房里来。淑华站在近门外,看见这两个孩子,便厌烦地低声斥责道:"不要闹,快出去!"

觉群把嘴一扁,正要跟淑华争论。海臣忽然在床上惊醒了,把小手按着头,半昏迷地哭叫一声,接着他的身子起了一阵剧烈的痉挛。

众人的眼光又被这可怖的景象吸引了去。没有人再注意到觉群和觉世。这两个孩子也受了惊,他们呆呆地站在那里,微微张开嘴吐气。

海臣的口里接连地吐出可怕的声音。这一次的痉挛显得更加可怕。他的头不住地往后仰，脚也不断地往后面伸，胸部却愈加向前挺出，渐渐地把全个身子弯成了一张弓。这痛苦的挣扎使得那个平日活泼的小孩完全失了人形。

"海儿!""孙少爷!"众人惊惶地悲声唤起来。但是海臣一点也听不见。他只顾把他的身子折成可怕的形状。脸部的痛苦的表情，不能制止的一下一下的痉挛，把每个在旁边看见的人的心都搅乱了。觉新起先绝望地叫着:"叫我怎样办?"后来却捧住脸哭了。

泪水从每个人的眼里淌出来。淑华用手帕揩了眼睛，看见觉群、觉世两弟兄惊呆了似地站在旁边，便抱怨地对他们说:"还不快走!"觉群和觉世果然拔步往外面跑了。

琴看见觉新哭得伤心，便轻轻地走近他的身边，劝道:"大表哥，不要哭。单是哭，也没有用。要想个办法才好。"

"琴妹，你看我还有什么办法? 我活不下去了!"觉新呜咽地答道。

琴听见觉新的话，心里也像被什么东西抓痛了。她失了主意，也不知道应该怎么办。房里有人进来，又有人出去。大家都是手足无所措地动着或者旁观着，丝毫不能够帮忙减轻那个病孩子的痛苦。

"但是你自己的身体也要紧啊，"琴悲声向觉新说了这一句。

觉新不曾说什么。众人依旧没有办法地忙乱着。然而房里的空气渐渐地改变了。海臣在这一阵猛烈的发作以后，终于落进了死一般的沉睡里面。过了一些沉闷的时刻。觉新已经止了泪，正在用手帕揩脸颊和嘴唇。

坐在床沿上的周氏忽然站起来，轻轻地移动脚步，低声对觉新说:"现在让他好好地睡一会儿罢。你也累够了。你去歇一会儿也好。"

"我不累，"觉新茫然地答道，他不知道要怎样才好。

"大表哥，我们出去走走，"琴忽然提议说。

觉新沉吟半晌，没精打采地答道:"你们先去，我就来。"这时陈姨太和沈氏已经出去了。王氏来坐了片刻也就走了。张太太还留在房里,她也劝道:"明轩,你出去走走罢。你身体素来不好,多操了心,万一你自己病倒了,这怎么好?"

觉新还未答话,周氏接口对他说:"你就去走走罢,姑妈的话很在理。你只管放心去。有我在这儿照应。海儿的事情你交给我好了。"

"琴儿,你陪你大表哥出去走走罢,"张太太还怕觉新不肯出去,又吩咐琴道。

觉新不再说什么。他回头看了看沉睡的海臣,低声叹了一口气,便跟着琴和淑英、淑华诸人走出房去。

他们走出过道,进了天井。大家都不说话。觉新本来埋头走着,这时忽然抬起头自语似地说:"今晚上要是再不好,我就请西医。"

"对罗,请西医倒不错。我看请西医来一定有办法,"琴赞成道。

"不过爹总说西医治内病……"淑英嗫嚅地说。觉新不等她把话说完,忽然变了脸色,声音战抖地对琴说:"琴妹,你说海儿的病该不要紧罢。"

琴惊讶地看觉新一眼,安慰地说:"大表哥,你不要着急,我看这病不要紧,过一两天就会好的。"

"我怕。你不晓得,我怕得很。我怕珏会把他带走的。我对不起珏。珏现在要来惩罚我。二妹,你说是不是?"觉新一面跟着她们在天井里闲走,一面声泪俱下地说话。他激动得厉害,差不多失掉常态了。

"大哥,你不要这样想。海儿明天就会好起来,大嫂会在冥冥中保护他,"淑英同情地说。

觉新说了一句:"但愿如你所说。"他忽然抑制不住一阵感情的爆发,从口里迸出一句带泪的话:"万一海儿有个三长两短,那我也活不下去了。"

琴皱皱眉,把头低下来,她心里也很难过,但极力做出温和的声音说:"大表哥,你放心,不会有那样的事情。"

"我看海儿明天就会好起来的,"淑华插嘴说。

这时绮霞走来说:"大少爷,三小姐,请吃饭去。"她又问:"琴小姐,你在我们这儿吃饭好吗?"

"不,琴小姐说好在我们那儿吃饭,"淑英抢着代琴回答了。

"绮霞,我不吃。你请太太、姑太太她们吃罢,"觉新神气沮丧地说。

"姑太太在三太太那儿吃饭。太太说不想吃,二少爷又没有回来。琴小姐不来吃,就只有大少爷同三小姐两个人,"绮霞一面说,一面望着觉新等候他的决定。

"那么,三妹,你一个人去吃罢,"觉新看看淑华说。

"你不吃,我也不吃,一个人吃饭真没有意思,"淑华爽快地答道。

"大表哥,你今天太累了,吃点饭也好。我陪你去吃,"琴关心地对觉新说,过后她又掉头去看淑英,暗示地说:"二表妹,你也来,我们一块儿吃。"

"也好,大哥,我们陪你吃,"淑英说。

淑华听见她们这样说,不觉高兴起来,连忙吩咐绮霞道:"绮霞,你快去开饭,琴小姐、二小姐都在我们这儿吃。你到后面去告诉翠环一声。"绮霞欢喜地答应一声,就匆匆地走开了。

觉新感激地望着琴和淑英,过了片刻才叹一口气,勉强说了一句:"好,我们去罢。"

他们走进左上房。饭厅里桌子上已经摆好了菜饭碗筷。他们每个人坐了一方。黄妈站在旁边伺候他们。

淑华吃得快,动筷也比较勤。她还跟淑英、琴两人谈话。觉新一个人沉默着。他端了碗又放下去,挟了一筷子菜,放在口里细嚼,一面在想别的事情。

"西医……我看只有西医……"觉新喃喃地自语道,他忘记他在吃饭,也忘了桌上还有别的人。

"大表哥,你怎么不吃饭?"琴仿佛听见"西医"两个字,还不大明白他的意思,她注意地看他,看见他不吃饭只顾沉思的样子,不觉关心地问道。

"嗯,"觉新说了一个字,接着解释道:"我在吃。"他拿起筷子去挟菜,刚挟了菜来正要放进嘴里,忽然一松手,筷子分开,菜立刻落在碗中。他不能再忍耐,便放下筷子,哭丧着脸说:"琴妹,你想,我哪儿还有心肠吃饭?"他不等琴答话,就站起来,往外面走了。

琴、淑英、淑华三人一齐放下碗,望着觉新的背影。淑华冲口叫了一声"大哥",但是他头也不回地走出去了。淑英独自低声叹了一口气。她埋头把碗里剩的半碗饭看了一眼,心里很不舒服。她把眉毛紧紧蹙着,觉得像要发呕似的。

"二姐,你就吃不下了?"淑华惊讶地问。

"我不想吃……"淑英淡淡地答道。

"二小姐,你不要着急。饭总要吃的,你再吃点罢,"黄妈好意地劝道。

绮霞忽然气咻咻地走进房来,带着严肃的表情说:"孙少爷又在扯风了。"

"啊!"琴失声叫道,于是搁下了碗。房内每个人的耳里似乎都响着"唔""唔"的声音。

"菩萨,你有眼睛呀! 保佑保佑孙少爷!"黄妈独自在一边祈祷似地小声说。

"绮霞! 绮霞!"觉新忽然在过道里大声叫道。绮霞一面答应,一面大步走出去。人在房里听见觉新吩咐道:"喊老王把我的轿子预备好。我就要出去。"

"不晓得大哥要到哪儿去,"淑华惊愕地自语道。

过了片刻,琴低声说:"多半是去请西医。"她的话刚说完,便听见觉民的声音在左厢房外石阶上问道:"大哥,你现在还到哪儿去?"

"我到平安桥医院去请祝医官,"觉新的声音简短地回答。过了一会儿觉民在饭厅里出现了。

"你们都在这儿?"觉民惊讶地说。

没有人回答他,众人的脸上都带着愁容。淑华正端了杯子在喝茶。黄妈关心地问他:"二少爷,你才回来? 你吃过饭吗?"

"吃过了,"觉民简单地答道。他看见琴和淑英姊妹都不作声,便惊疑地问道:"你们为什么这样阴沉沉的,都现出不快活的样子? 是不是回来给人碰见了?"他拣了觉新留下的空位坐下来。

"海儿病得很厉害。大舅母同大表哥连饭都没有吃,"琴忧郁地答道。

"我看海儿的事情凶多吉少。请了西医来不晓得有没有把握,"淑英担心地说。

"这真是想不到的事情。海儿平日那样乖,真逗人爱,现在病到这样,实在可怜得很,"淑华伤感地说。

"所以怪不得大表哥那样着急。不过我看西医来或者有办法,"琴自慰似地说。

房里的光线渐渐地黯淡。人的面影显得模糊了。风从开着的窗和开着的门轻轻地吹入。暮色也跟着进来,一层一层地,堆满了房间。于是整个房间落进了黑暗里。电灯开始燃起来,椭圆形的灯泡里起了一圈暗红色的光。这像是黑暗中的一线希望,照亮了琴的心。但是这黯淡的光却给淑华引起一种厌烦的感觉。淑华觉得更气闷,她不能忍耐,便站起来说:"我们到外头走走,屋里闷得很。"

觉民更了解琴,他顺着琴的口气说:"琴妹,你的意思很对。祝医官来,海儿的病一定会好。我们还是谈别的事情。这期周报你应该写篇稿子,你现在也是编辑了。"他看见琴和淑英姊妹都离开了座位,便也站起来。他一面谈话,一面陪她们走出去。

"我近来感触太多,不晓得写什么好。你知道我本来不大会写文章,如今心又乱。你替我想想怎么写得出?"琴半谦逊半诉苦地说。这时她正从左上房阶上走下堂屋前面的石级,走到天井中那段凸出的石板过道上。过道的两旁放着两盆罗汉松和四盆夹竹桃。她把眼光在夹竹桃的花苞上停留一下,忽然看见绮霞从外面进来,已经走过觉民的窗下了。她的眼光跟着绮霞的身子移动。

"绮霞,大少爷走了吗?"淑华问道。

"是,"绮霞点了点头。

觉民走到琴的身边,温和地、鼓舞地轻声说:"你看,我比从前勇敢多了。你为什么还说这种话? 连你也这样说,那么二妹她们又怎样办呢? 你应该好好地鼓励她们。还有今天方继舜他们对你的印象都很好,他们都称赞你。"

琴微微动一下肩头,忽然掉过头来含有深意地看了觉民一眼。她的眼光所表示的是感激,是欣喜,又是惭愧。她带了点兴奋地说:"我怕我值不得他们称赞。不过我也想好好地做。你要多多地帮忙我……"

"唔,""唔,"使人心惊的怪叫声忽然又从觉新的房里飞了出来。琴马上换了语调烦恼地接下去说:"你听海儿又在扯风,大表哥……"

觉民看见她说不下去,便体贴地安慰道:"琴妹,不要怕,海儿的病就会好的。"过后他又加一句:"害病也是很平常的事情。"

夜里祝医官来了。那个胖大的法国人踏着阔步在石阶上走着。响亮的皮鞋声把几个房间里的人都引了出来。许多人怀着希望,带着好奇心把那个宽大的背影送进觉新的房里,然后在窗外等待着,好像在等待什么好的消息。

觉民正在淑华的房里跟琴和淑英姊妹谈话,听见绮霞报告祝医官来了。他一个人走到觉新的房里去。一种严肃而恐怖的空气笼罩着这个房间。房里站着寥寥的三四个人,他们望着那个医生,等待他的吩咐而动作。海臣的衣服已经脱光了,身体显得很瘦而且很硬。他完全不省人事地躺在祝医官的怀里。祝医官挽起了衬衫的袖口,光着两只生毛的膀子,把这个赤裸的小身体放进一个大磁盆里去,用药水洗着。他洗了一阵,然后捧起来,把身子揩干,用被单包着放回到床上去。海臣静静地躺在床上,像一个没有生命的东西。祝医官一个人忙着。他从桌上那个大皮包里取出注射针和血清,把注射针搁进桌上放的消毒器里煮过了,用镊子钳起它来装置好,又从小玻璃瓶里吸满了血清,然后拿了注射针大步走到床前,使海臣侧卧着,用熟练的手腕把针头向海臣的腰椎骨缝间刺进去。

觉民止不住心的猛跳。觉新连忙掉开脸看别处。周氏发出了一个低微的叫声。但是针管里的血清都慢慢地进了海臣的身体内。海臣连动也不动一下。

周氏放心地嘘了一口气,觉新也嘘了一口气。

祝医官走到方桌前,把注射针收拾好放回在大皮包里面,然后转身对觉新说:"这一个是——脑膜炎。"他把手伸起指着头。"这个病——很厉害,很厉害。现在——恐怕太晚了,说不定,太晚了。"他困难地转动舌头,说着不大纯熟的中国话。

"是,是,"觉新接连答应着。他怀了迫切的希望看着那个发红的臃肿似的胖脸,哀求地问道:"这个病不太要紧罢?"

祝医官摇摇头,用蓝眼睛去看了看床上的病人,然后庄重地答道:"说不定,说不定,恐怕危险。明天——早晨,还没有危险,就不要紧。"他说着又把消毒器和别的用具一一地放进皮包里去,洗了手,放下袖口,穿起西装上衣,很客气地对觉新说:"明天早晨我再来。这个病要传染,小孩子不可进来。"他用一只手轻轻提起那只大皮包,向众人微微地点了点头,由觉新陪着大步走出房去。

袁成提了一盏风雨灯站在窗下等候着,看见觉新陪了医生出来,便去开了侧门,一面大声叫道:"提祝医官的轿子!"

外面吆喝似地应了一声,一个穿号衣的轿夫立刻走进来,迎着祝医官,从他的手里接过皮包,跟着他走出侧门到大厅上去。

"祝医官的轿钱给过了,"苏福跑来在大厅上报告似地叫道。

轿子已经准备好了。祝医官伸出大手来同觉新握手行礼,然后跨过轿杆,进了轿子。那个拿皮包的轿夫把皮包搁在轿子后面放东西的地方,这时便来挂上轿帘。一刹那间三个轿夫抬起这顶拱杆轿子,另一个轿夫打着风雨灯,吆喝一声飞快地跑出二门不见了。

觉新送走了医生,回到里面去。他走到自己房间的窗下,正遇着觉民从过道中转出来。他看见觉民,担心地问了一句:"现在有什么变化没有?"

"没有什么,"觉民微微地摇着头答道,过后又更正似地说:"睡得还好,我看好像有转机了。妈回房里去了。何嫂在守着。"

这时琴也从上房里走出来,淑英和淑华陪着她。琴看见他们,便关心地问道:"大表哥,祝医官看了怎样说?"

"说是脑膜炎,也许不要紧,"觉民怕觉新说出什么使人着急的话,连忙抢着代他回答了。觉新只是默默地点一下头。

"我要回去了。妈今天住在这儿,我应该早点回去。那么我去看看海儿,"琴知道觉新的心里不好过,怕多说了话会触动他的悲哀,同时街上二更的锣声又响了,她记起母亲先前嘱咐过她早些回家去,便不在脑子里去找安慰的话,只是短短地说了上面几句,声音平稳,但是隐隐地泄露了一点忧郁。

"海儿现在睡得很好,你不必去看他了。倘若把他惊醒反而不好,"依旧是觉民抢着说话。觉新不作声,忽然独自叹了一口气。

"也好,我就依你的话,"琴顺着觉民的意思说。她听见觉新的叹声,忍不住同情地安慰觉新道:"大表哥,你自家身体也不好。你也应该保重,不要过于焦急。倘若你自家也急出病来,那怎么好?"

"我晓得,"觉新点着头抽泣地说。他支持不住,觉得一阵头昏眼花,连忙走进房里去了。

众人惊恐地在阴暗里互相望着。等到觉新的脚步声消失了以后,觉民才用一种夹杂着苦恼、焦虑和关怀的声音说:"大哥也太脆弱。他连这一点打击也受不住。我看他真会急出病来的。"

"这也难怪他。这两三年来不曾有过一件叫他高兴的事。大表嫂、梅姐、云儿一个一个地死了。他只有这一个儿子,又是那样逗人爱。这种事情真是万料不到……"琴不能够说下去,就用一声长叹结束了她的话。她觉得头上、肩上全是忧愁,忧愁重重地压着她。她不是为自己感到悲哀,倒是为觉新而感到痛苦了。绮霞已经在旁边等了她几分钟,轿子在大厅上放着。她不想再耽搁,便同觉民、淑英、淑华几个人一起走到大厅去上轿。

"你们千万小心,今天到公园去的事情不要传出去。"这是琴临行时低声嘱咐淑英姊妹的话。

觉新回到了房里,海臣依旧昏昏沉沉地睡在床上。海臣这一夜就没有醒过。觉新与何嫂眼睁睁地坐在旁边守了一个整夜。

十四

星期一下午觉民挟了几本英文书从学校下课回家。他在路上还担心着海臣的病。他揣想着祝医官这天早晨来诊病时会说些什么话。他走到自己的公馆门前,看见大门口围着许多人,地上散落着燃过的鞭炮,何嫂靠在右面石狮子旁边呜呜地伤心哭着。黄妈在旁边低声劝她。他起初还不明白这是什么一回事。但是他刚刚跨过铁皮包的门槛,就瞥见了一个东西。那是死。他没有一点疑惑。他觉得脊梁上起了一阵寒栗,便加速脚步走进里面去。他看见一个瘦长的影子在二门口晃动。他认得这个背影,不觉失声叫道:"剑云!"

背影已经消失在二门内了,但是觉民的叫声又把他唤回来。剑云的瘦脸在二门口出现。他等候着,用一双愁烦的眼睛望着觉民。

"你才来?"觉民问道,就踏着大步赶上去。

剑云阴沉地点点头,凄凉地说:"海儿的事情真想不到。"

觉民正想启齿回答,忽然被一阵悲痛的感情抓住了。他觉得心上有点酸痛,便用力镇静自己。但是没有用,眼泪不可制止地迸流出来。一个活泼跳动的小孩的影子在他的眼前电光似地闪过。在悲痛之外他又感到愤怒。然而他没有发泄的机会。他只得叹一口气,焦虑地说:"我担心大哥。他再受不得这样的打击。海儿就是他的命。"他向着大厅走去。

剑云听见这三句话,一个"命"字触动了他的别的心思,他苦涩地自语道:"命,一切都是命。可是命运偏偏跟大哥作对,连海儿这样逗人爱的孩子也活不长久,真是没有天理。"

"天理?本来就没有天理!"觉民气恼地说。他默默地走了几步。快走到拐门口,他忽然省悟地说:"大哥到处敷衍,见人就敷衍,敷衍了一辈子,仍然落得这样的结局。你还说这是命?"

觉民说到最后一句话,便掉过头去看剑云,他似乎盼望着剑云的回答。但是剑云并不作声。这时他们走进了拐门,意外地发见觉新一个人立在觉民的窗下,身子靠着阶前那根柱子,埋着头在思索什么。

"大哥怎样了?"剑云半惊恐半同情地低声对觉民说。

觉民用空着的右手轻轻地捏了一下剑云的膀子,叫剑云不要响。他走到觉新的身旁,唤了一声"大哥"。

觉新抬起头,看见觉民和剑云在面前,并不把他的泪痕狼藉的面孔躲闪开,却悲痛地简简短短说了一句:"海儿死了。"

"这也是人力所不能挽回的,"剑云同情地低声说,他忽然想起自己的许多事情。

"大哥,我们进屋里去坐坐罢,你这两天也太累了,"觉民抑住悲痛温和地安慰道。

"二弟,这好像是一场梦,"觉新说着又忍不住伤心地哭起来。

觉民和剑云在旁边多方劝慰,算是把觉新的悲哀暂时止住了。绮霞来招呼觉新和觉民去吃午饭。觉新本来说不要吃,却被觉民生拉活扯地拖到上房里去了。剑云是吃过饭来的,他便独自到觉民的房里去闲坐。绮霞还给他端了一杯茶去。

剑云坐了一会儿,随便拿起一本杂志来看。后来他觉得眼睛有些疲倦,便放下书,在房里踱了几步,心里很烦,不能静下去。何嫂从窗下走过,不久她又在隔壁房里哭起来。这哭声把他的心搅得更乱。他望望窗户,无可奈何地叹了一口气,没精打采地走出了房门。他走下石阶在天井里走了几步,看见淑英手里拿着两本书从过道里转出来。他便迎上去。

淑英走下天井,带笑地招呼了剑云,但是她的眉尖却紧紧地蹙在一起。他也明白她的笑容是勉强做出来的。他想劝她，然而他素来拙于言辞，一时找不到适当的话。他却说了一句："海儿的事情真想不到!"他固然在话里表示了同情，可是这句话反而给淑英引起更多的愁思。她脸色一变，头略略埋下，低声说道："我不敢再往后面想。"

他看见她的忧愁的面容，看见她的绝望无助的样子，他觉得自己身上的血液突然加速地循环起来。他的身子微微抖着，而且发烧。他似乎从什么地方得到了一股勇气。他准备做一件勇敢的事情，或者说一句大胆的话。

"二小姐，你为什么近来总是这样悲观?"他终于用颤抖的声音绕一个圈子这样地说了。他本来打算说的还不是这句话。

淑英抬起头看他一眼，她的面容开展了些，她的眼睛被希望照亮了一下。她沉吟了片刻，便又轻轻地摇摇头说："不悲观，也没有别的路。我近来读二哥他们办的报，觉得也很有道理。可是我自己的事情就没有办法。没有人给我帮忙。"她仰起头，望着天空，似乎在望一个梦景。

剑云的心跳得更厉害，好像那颗心一下就要跳出口腔一样。他挣扎了许久才勉强吐出一句："我倒是愿意给你帮忙的。"他觉得脸在发烧，便把头低下去。

"陈先生，你是当真说的?"她惊喜地问道，声音并不高;她掉头看他一眼，眼光里表示了感激的意思。这个本应该鼓舞剑云说出更勇敢的话，但是他触到淑英的感激的眼光却觉得自己受之非分，他本来是一个值得她信赖的人。他便惶恐地答道："不过我知道我不配。"

"不配? 你为什么要这样说?"淑英疑惑地问道。她又看他一眼，她方才有的一点点喜悦渐渐地消失了。她思索了片刻，才用一种沉静的声调说："至少我是应该感激你的。你有这样的好心肠，你怜悯我的境遇。我也晓得你的情形，你也需要人帮忙。"

淑英的每一句话都激起剑云的心海里的波涛。他的心像被一种巨大的力量搅动着。他渐渐地失掉了自持的力量。他的眼泪也夺眶而出了。他这些年来从未听见过这样温柔关切的话。感激和渴望压倒了他。他接连说:"我是不要紧的,我是不要紧的。我只希望二小姐将来——"他的话还没有说完,就被淑华的声音打断了。淑华从左上房走出来,大声说:"陈先生,现在上课吗?"接着觉民也出来了。

剑云略略吃了一惊,便不再说下去。他迟疑一下,回答淑华道:"好罢。"他就陪着淑英走上石阶,迎着淑华,三个人一起进了觉民的房间。

觉民并不跟着他们进去。他默默地望着淑英的背影,他的心被同情折磨着。他在思索。他一个人在阶上散步了一会儿。后来他看见觉新垂头丧气地从左上房出来转进过道里面,他想了一想便也往过道走去。

觉民进了觉新的房间,里面冷清清的,房间显得很空阔。他看不见觉新,在写字台前茫然地站了一会儿,正打算进内房去,却看见觉新从里面出来,手里捧了一盒方字和几本图画书。他忍不住同情地叫了一声:"大哥。"

觉新痴呆似地把觉民看了半晌,眼泪一颗一颗地落下来。他埋下头看看手里的东西。他觉得眼睛花了:海臣的面庞不住地在他的眼前晃动。他又定睛一看,面前什么也没有。房间里只剩着一片凄凉。他摇了摇头,又听见觉民的声音。

"大哥,你在做什么?"觉民看见觉新发愣的样子,便惊惶地问道。

觉新好像从梦里惊醒过来似的,他摇头四顾,忽然把嘴一扁,紧紧抱着方字盒与图画书,小孩一般地伤心哭起来,一面说:"二弟,我不相信海儿会死,我真不相信。"

觉民微微地叹了一口气。他从觉新的手里拿过方字盒与图画书,觉新也并不争持,就松了手。觉民极力做出安静的声音劝道:"大哥,你也应当顾到你自己的身体。海儿究竟只是一个小孩子。况且人死了也不能复活。你再伤心也没有用。你自己的身体要紧。你近来更瘦了。"

"你不晓得海儿就是我的性命。他死了,我活着还有什么意思?这种日子我再过不下去了。我想还不如死了好,"觉新赌气似地挣扎说,他又咳嗽起来,一面用手帕在脸颊上、嘴唇边揩着。

觉民在旁边默默地望着。他不能够帮助他的哥哥,他觉得很痛苦。他把方字盒与图画书放在写字台上。他的眼光无目的地在房里各处飘游,忽然在一张照片上停住了。丰满的脸庞,矜持的微笑,充满着善意的眼睛:这是他很熟习的。但是如今她跟他离得很远了。这是一个无可补偿的损失,由这个损失他又想到目前的一个损失。一个接连着一个,灾祸真如俗话所说是"不单行"的。他不知道以后还会有什么样的灾祸。然而他明白所有这些都是由一个人的懦弱的行为所造成的。他同情他哥哥的遭遇。但是他却不能不责备他哥哥的软弱。他想说:"这是你自己招来的。"但是他还不忍心对觉新说这种话。他只是随口劝解道:"大哥,你为什么说出这种话来?你今年才二十几岁,你自己还很年轻,还可以做出一番事情。你不能够随便放弃你的责任。海儿死了,这固然是大不幸的事。我们每个人想起来都很伤心。我们大家平素都很喜欢他。"他停顿了一下又说:"但是我们家里还有别的人,难道就没有一个人值得你挂念的?难道就没有一个关心你的?……"

"你不晓得,"觉新痛苦地打岔道。"二弟,你哪儿晓得我在家里过的是什么样的日子!你会讲道理,但是我叫你设身处地做做我试试看。我整天就没有快乐过。这样做人还有什么趣味?"他的眼泪渐渐地止住了。他这时有的不是单纯的悲哀,却又加上了愤怒。他不平似地感觉到:世界是这样大,为什么灾祸全压到他一个人的头上?

"这全是你自己不好。你自己太软弱。你处处让人,处处牺牲自己。结果你究竟得到什么好处?在这个世界上做人应该硬一点才对,"觉民带了点抱怨的语气开导说。

"你现在说这种话有什么用?现在太晏了!"觉新绝望地说,他完全没有主意了。

"要做事情没有什么晏不晏!现在还来得及!你纵然不能挽救你自己那些损失,但是你还可以救别人,"觉民看见他的话在觉新的心上产生了影响,知道觉新这时心里彷徨无主,便对觉新说出上面的鼓励

187

187

的、点题的话。

"救人？我又能够救什么人呢？"觉新苦恼地自问道，他不明白觉民的用意，还以为觉民在讽刺他。

"譬如二妹，我们是不是还可以给她想法？"觉民知道时机不可失去，便单刀直入地说。他用严肃的眼光望着觉新的脸，害怕觉新会用一句感伤的话把责任轻易地推开。

"二妹？为什么要给她想法？"觉新听见觉民提到淑英，有点莫名其妙，惊疑地问道。

觉民听见这句话觉得奇怪，还以为觉新故意逃避。他后来注意到觉新脸上的表情是诚实的，知道觉新一时没有想到淑英的事情，便明白地说："就是陈家的亲事，你难道就忘记了？"

这句话提醒了觉新。事情像白日一般明显地在他的脑子里展开来。他不仅看见淑英的忧郁的脸，他还看见另外两个女人的面庞，一张是凄哀的，一张是丰满的，但是她们像鲜花一般都在他的眼前枯萎了。好像创痕已经结了疤、又被搔破了似地，他心上的隐痛忽然发作起来。接着某一个夜晚翠环在花园里对他说的话又开始在他的耳边响起来。现在觉民说的又是同样的话。似乎许多人都以为他应该给淑英帮忙。他自己平日也不曾忘记淑英的事。他也关心她的命运。他又记起他对淑英和蕙说过的话：他们三个人落在同样的命运里面了。他说过她们还太年轻，她们不该跟着他的脚迹走。现在她们真的跟着他的脚迹走了。他能够坐视不救么？然而他又有什么办法援救她们？蕙的婚期至多不出下月，是无可改变的了。她的父亲是那样顽固，母亲又是那样懦弱。他不能够在这中间尽一点力。他想到那个少女的将来，就仿佛看见她的柳眉凤眼的瓜子脸逐渐消瘦。他知道这不是幻想，这会成为事实。他不能忍受这个。他在纷乱的思绪中找不到一条出路。他痛惜地失声说："蕙表妹的事情是无可挽回的了。"好像这对于他也是一个大的损失。

觉民料不到觉新会忽然想到蕙的事情上去，但是他听见提到蕙，他的愤慨倒增加了。多看见一个青年的生命横遭摧残,只有引起他心里的怒火。他的年轻的心不能把这种不义的事情白白放过。固然他的性情跟逃到上海去的三弟觉慧的不同,但他也是一个有血有肉的年轻人,对于一个打击或者一次损失他也会起报复的心。一件一件的事情把他锻炼得坚强了。他不能够同旧势力随便妥协,坐视新的大错一个一个地铸成,而自己暗地里悲伤流泪。他想:纵然蕙的事情是无可挽回的了,但淑英的命运还是可以设法改变的。他至少还可以帮助淑英,现在时候还不太迟。那么他为什么要犹豫呢?所以他下了决心说:"二妹的事情是可以设法的。我们应该给她帮忙,不能让她也走那条路。"

"是,我们应该给她帮忙,"觉新顺口说。过后他忽然醒悟似地问道:"我们怎样帮忙呢?事情完全是三爸决定的,而且还早得很。"他这时不再是故意推脱,却是真的没有主张。

"怎样帮忙"的问话连觉民也难以答复了。虽然他已经下了决心,但是他并没有明确的计划。他有的只是一点勇气,一点义愤,一点含糊的概念。他只知道应该做,却还不知道怎样做。他思索一下,一时也想不出什么办法。他也不再费力思索了,便简单地答道:"正因为还早,才可以设法挽救。只要我们下了决心,总有办法可想。"他又说:"你只要答应将来给二妹帮忙就行了,别的事以后再商量。"

觉新迟疑半响,脸上现出为难的神情。他到现在还不能够给觉民一个确定的回答。他自然愿意帮助淑英,他自然希望她的命运能够改变,他自然希望旧的势力毁灭,新的生命成长。这一切都是他所愿望的。在思想方面他觉得自己并不比觉民懦弱。然而单是愿望又有什么用?在这种环境里他怎么能够使这个愿望实现?他的三叔的意志是无法违抗的。纵使他要违抗,结果也只有失败,还是白费精力,甚至会给自己招来麻烦。他又想,人世间的事情很难有圆满的结果。瑞珏、梅、蕙、淑英、他自己,还有许多许多。从来如此,现在恐怕也难有别的方式。人为的努力有时也挽救不了什么。——觉新的思想头绪很多,但是有一个共同点:淑英的命运是不可改变的。觉民的主张完全是空想。所以他不能够糊里糊涂答应觉民。

"我看你这个念头还是打消了罢。二妹的境遇自然可怜。不过你说帮忙也只是空发议论。这种事情在我们家里怎么做得到!"这是觉新的回答,它像一瓢凉水猛然浇在觉民的热情上面。觉民起初愕然,后来就有些恼怒了。"怎么到这时候还说这种话?"他几乎要对觉新嚷出来,但是他忽然忍住了。他在觉新的肩头轻轻地拍一下,低声说:"我们到里面去。"

觉新不知道觉民的用意,但是也跟着他走进了内房。房里显得凌乱,架子床上空空的,没有帐子和被褥,刚刚发亮的电灯寂寞地垂在屋中间。景象十分凄凉。觉新的心又开始发痛了。

房间渐渐地落在静寂里。觉民不说话,觉新也不作声,只是暗暗地吞泪。隔壁房里的声音清晰地响起来:

It was raining when we got up this morning,……

是淑英的声音。淑英一字一字地认真读着,声音不高,但很清楚。她读到morning时,停顿一下,把这个字重复念一遍,然后读下去:

but it did not rain long.

"你听见没有?"觉民感动地抓住觉新的袖子低声问道。觉新默默地点一下头。他心里很难过,便走出了内房。觉民追踪似地跟着出去。

"你看二妹还这样认真地读英文,努力求新知识,求上进。她拼命在挣扎。她要活。你就忍心帮忙别人把她送到死路上去?"觉民愤激地把这些话吐到觉新的脸上。

觉新并没有给觉民一个回答。他痛苦地埋下了头。

十五

　　海臣的死就像一盏微暗灯光的熄灭,在高家的生活里不曾留下大的影响,但是在觉新的心上却划开了一个不能填补的缺口,给他的灵魂罩上了一层浓密的黑暗。他这一年来似乎就靠着这微弱的亮光给他引路,然而如今连这灯光也被狂风吹灭了。

　　觉新一连两天都觉得胸口痛,没有到公司去,说是在家里静养。但是他坐在自己房里,仿佛在每样东西上面都看见海臣的影子,不能不伤心,后来还是被王氏和沈氏拉去打麻将,算是暂时宽心解闷。

　　星期三早晨觉新叫袁成买了一个大的花圈来,预备送到海臣的坟上去。花圈买来了,放在觉新的书房里一张圆桌上面。周氏和淑华两人刚从花园里出来,经过觉新的门前,便揭起帘子进去,跟在她们后面的绮霞也进了觉新的房间。

　　"这个花圈倒好看。不过拿到坟地上一定会给人偷去,"淑华看见花圈,不假思索地顺口说道。

　　"其实不给人偷,过两天花也会枯的。大哥不过尽尽心罢了,"周氏带点伤感地说。

　　觉新含糊地答应了一句,站起来让周氏坐了。他默默地把眼光定在屋角地板上,那里摊开一张字条,上面写着"金陵高海臣之墓",墨汁还没有干,是觉新亲笔写的。

　　周氏看见觉新含泪不语,心里也不好受,便不再提海臣的事。她忽然想到另一件事情,抬起头望着淑华,露出不相信的样子说:"三女,我忘记问你一件事情。五婶昨天对我说过你二哥带你们到公园里头去吃茶。她说她已经骂过四姑娘了。她要我把你二哥教训一顿。我想哪儿会有这种事情？怎么我一点儿也不晓得？你看古怪不古怪？真是无中生有找些事情来闹。"

觉新连忙掉头去看淑华。他注意地看她的脸,他的心里起了疑惑。他急切地等候淑华的回答。淑华的脸色突然变得通红,她不知道周氏的用意怎样,但是她找不出话来掩饰,便把嘴一噘,生气地答道:"这又有什么希奇! 到公园去了也不会蚀掉一块肉! 况且是四妹自家要去的!"

"那么你们真的去过了?"周氏惊讶地说,这个回答倒是她完全没有想到的。

"去过就去过,五婶也管不到!"淑华埋着头咕噜地说。

"二弟也真是多事,把四妹带去做什么? 又给我们招麻烦!"觉新叹一口气埋怨地插嘴道。

"麻烦? 哪个怕她?"淑华圆睁着眼睛恼怒地说。"去公园又不是犯罪。我去,二姐去,琴姐也去。"

周氏微微地皱着眉尖,嗔怪地瞅了淑华一眼,带了一点责备的调子说:"你们也是太爱闹事了。我自然没有什么话说。不过如果三爸晓得,事情就难办了。二姑娘会挨顿骂,这不消说。恐怕你们也逃不掉。我也会给人在背后说闲话的。去年你三哥偷偷跑到上海去,我明的暗的不晓得给人抱怨过多少回。如今你二哥又来闯祸了。"周氏的话愈说愈急,她的宽大的圆脸不住地点动,左边的肘压住写字台面。她红着脸,带了不满意的表情望着淑华,过了片刻,又把眼光移到花圈上。

"二弟真是多事。他为什么早不对我说一声?"觉新着急地跺脚,望着淑华抱怨道。

淑华脸上的红色已经褪尽。她一点也不怕,站在写字台的另一面,冷笑一声,挑战似地说:"三爸晓得,我也不怕。到公园里头去吃茶又不会给高家丧德[1]。五婶管不到二哥,也管不到我。她要管,先把五爸同喜儿管好再说,还好意思让公馆里的人喊喜儿做喜姑孃!……"

"三爸会——"觉新看见淑华的态度倔强,又看见周氏的脸色渐渐在变化。他一则怕淑华说出使周氏更难堪的话;二则自己也不满意淑华的过于锋利(他觉得这是过于锋利了)的议论,便插嘴来阻止她说下去。但是他刚刚说了三个字,立刻又被淑华打断了。淑华用更响亮的声音抢白道:

"三爸?"她轻视地把嘴一扁。"他爱面子,看他有没有本事把喜儿赶出去!大事情管不了,还好意思管小事情!二哥不会怕他的!"淑华还要往下说,却被周氏止住。周氏厌烦地唤了一声"三女!"眼眉间露出一点不愉快的神色。淑华闭了嘴,脸红一阵,白一阵,心里很不快活,只是把嘴噘着,偏过头去看窗外。过了一会儿,周氏看见淑华还在生气,便换了比较温和的口气对淑华说:"三女,你说话也该小心一点。你对长辈也该尊敬。你这些话倘若给三爸或者四婶、五婶她们听见了,那还了得!等你二哥回来,我还要嘱咐嘱咐他。现在公馆里头比不得从前。我们命不好,你爹死了,你爷爷死了,我们没有人当家,遇事只得将就一点,大家才有清闲日子过。受点气也是没有办法。我从前在家当姑娘的时候,我也爱使性子,耍脾气,你大舅虽是个牛脾气,他也要让我几分。我嫁到你们高家来,算是改得多了……"周氏说到后来便带了点诉苦的调子。她想起她的身世,过去的事情和将来的事情搅动着她的心,话语变成轻微的叹息,她的眼圈开始发红了。觉新却淌出了眼泪。

"妈的话也不对!受气就不是一个好办法。东也将就,西也将就,要将就到哪一天为止!……"淑华听见周氏的话,心里不服,反驳道。连她这个乐天安命的年轻姑娘现在也说出这样的话来,这倒是觉新料想不到的。觉新自然不会站在克明们的一边,他不会诚心乐意地拥护

---

[1]丧德:即"丢脸"的意思。

193

旧传统,拥护旧礼教。在他的心里也还潜伏着对于"新的路"的憧憬。但是他目前渴望和平,渴望安静的生活。他似乎被那无数的灾祸压得不能够再立起来。他现在愿意休息了。所以淑华的话像一堆石子沉重地迎头打下,他觉得一阵闷,一阵痛。他痴痴地望着窗外。其实那些欣欣向荣的草木并不曾映入他的眼底。他看见的只是一阵烟,一阵黑。他把写字台当作支持物,两只手紧紧地压在那上面。淑华没有注意到觉新的动作和表情,她继续高声说道,她这样说话,似乎只为了个人一时的痛快:"妈总爱说命好命不好。善有善报,恶有恶报,这才是命。如果好人受罪,坏人得意,那么——"

"三女!"周氏警告地唤了一声。她掉头往门边一看,连忙小心地对淑华叮嘱道:"我喊你不要再说,你声音这么大! 你说话也该小心一点。什么好人坏人,给人家听见,又惹是非。"她不愿意再听淑华说下去,便站起来打算走回自己的房里。淑华还想说话,忽然门帘一动,翠环张惶地走进来。翠环看见周氏,便站住唤了一声"大太太",就回头对觉新说:"大少爷,我们老爷请你就去。"翠环的脸上没有丝毫的笑容,眼圈还是红的。

"好,我去!"觉新短短地说,又向四周看了看。他的眼光在花圈和字条上面停留一下,他便转过头向绮霞吩咐道:"绮霞,你出去喊袁二爷来拿花圈。"于是他急急地走出房去。

绮霞答应一声便走了。翠环还留在房里,她看见觉新出去,便走近淑华,激动地央求道:"三小姐,请你去看看我们小姐。老爷在发气,我们小姐挨了一顿骂,现在在屋里头哭。三小姐,请你去劝劝她。"

"我去! 我去!"淑华惊惶地接连应道。

"唉,这都是你二哥闯的祸,"周氏烦恼地叹了一口气,她把身子压在椅背上,她的心上的暗云渐渐增加起来,无可如何地勉强去想有什么适当的应付方法。

"妈,你不要怪二哥了。三爸怎么会晓得这桩事情?一定有人在背后挑拨是非,"淑华咬紧牙齿恼恨地说;"我去劝二姐去。"她又对翠环说:"翠环,我问你,三老爷为了什么事情骂二小姐?"

"还不是为了去公园的事情?"翠环愤慨地说;"我从没有看见我们老爷对二小姐这样发过脾气。老爷的神气真凶,真怕人!二小姐一句话都不说,只是埋着头淌眼泪。老爷还要骂,太太看不过,在旁边劝两句,老爷连太太也骂了。"

"不要说了,我们快走,"淑华不耐烦地催促翠环道,她推开门帘走出了房间。翠环也跟着出去,但是刚跨过门槛,又被周氏唤进去了。周氏留下翠环,打算向她问一些事情。淑华一个人往桂堂走去。

淑华进了淑英的房间,看见淑英正伏在床上,头藏在枕中,微微地耸动着两肩在哭;张氏坐在靠窗的椅子上,半埋怨半劝慰地说着话。淑华不曾想到张氏会在这里,她觉得有点窘,但也只得站住,勉强向张氏唤了一声"三婶"。张氏点了点头,她的粉脸上的愁云稍稍开展一点。她叹一口气,便说:"三姑娘,你看这都是你二哥闯的祸,害得你二姐挨一顿骂。那天我本来不要她去的。后来看见她苦苦要求,又是跟你们一起去,我才瞒住三爸放她去了。哪个晓得三爸现在也知道了,发这种脾气。你二姐也有点冒失。幸好还没有出事,如果碰到军人或者'孱神'[1]那才遭殃!"

淑华觉得张氏的话显然是为她而发的,张氏提到那天她同淑英一起到公园去,而且又对着她抱怨觉民,她心里很不快活。然而张氏是长辈,她不便对张氏发脾气。她的脸红了一阵。她装出不在乎的神气含糊地答应了两声,也不说什么,就站在连二柜前面,用同情的眼光望着淑英的背。淑英的哭声这时略略高了一点。这绝望的哭泣搅乱了淑华的心。

"平心而论,你三爸也太凶一点,父亲对女儿就不应该拍桌子打掌地骂。我看不过劝解两句,连我也碰了一鼻子的灰,还要派我一个不是。你二姐虽然做错事,但也不是犯什么大罪,"张氏不平地说。她似乎希望淑华说几句响应的话,但淑华依旧含糊地答应两三声,就闭

---

[1] 孱神:即一些专门调戏妇女的年轻人。

了嘴。

"我不要活了,我不要活了!"淑英忽然在床上一动,挣扎似地哭着说。淑华连忙跑到床前,俯下头去亲密地唤了一声"二姐"。淑英不回答,却伏在枕上更伤心地哭起来,肩头不住地起伏着。一根浓黑的大辫子把后颈全遮了。淑华把身子躬得更深一点,伸手去扳淑英的肩头,淑英极力挣扎,不让淑华看见她的脸。张氏也到了床前,看见这情形正要说话,却被汤嫂的声音阻止了。汤嫂走进房来,站立不稳似地晃着她那巨大的身体,尖声说:"太太,老爷请你就去!"张氏听见这句话无可奈何地叹了一口气,掉头对淑华说:"三姑娘,请你好好地劝劝你二姐,"便跟着汤嫂走出了房间。

淑华掉头去看张氏的长长的背影。她看见那个背影在门外消失了,便跪在踏脚凳上,又伸手去扳淑英的头,同时轻轻地在淑英的耳边说:"二姐,三婶走了。你不要再哭,有什么事我们好好地商量。"

淑英翻了一个身,把脸掉向淑华。脸上满是泪痕,还有几团红印,眼睛肿得像胡桃一般。她痛苦地抽泣说:"三妹,我不要活,我实在活不下去了。"她再也接不下去,又伤心地哭起来。

淑华摸出手帕给淑英揩眼泪,淑英也不拒绝。淑华一面揩一面愤恨地自语道:"一定是五婶在背后挑拨是非,不然三爸怎么会晓得!"她同情地望着淑英的脸,又气恼,又难过。她把手帕从淑英的脸上取下来。淑英微微睁开眼睛,那如怨如诉的眼光在她的脸上盘旋了片刻,轻轻地唤了一声"三妹"。淑英似乎要对她说什么话,但是并没有说出来,便掉开了脸,充满哀怨地长长叹一口气,眼泪像泉涌似地淌了出来。

淑华也觉得凄然了。她紧紧地挽住淑英的膀子,半晌不说话。

"三妹,我实在活不下去了,做人真没有意思……"淑英极力忍住眼泪,不要说一句话,但是她的最后的防线终于被突破了,她迸出了哭声,接下去又是伤心的抽泣。

翠环刚从外面进来,听见了淑英的话,她忍耐不住连忙跑到床前,依恋地唤了一声"二小姐"，她的泪珠不停地往下面滚。她说："你不能够这样！二小姐，你不能够这样！"

"二姐，不要伤心了，这点小事情算得什么。等一会儿三爸气平了，就没有事了，"淑华勉强柔声劝慰道，她依旧挽住淑英的一只膀子不放松。她的心里充满了怨愤，却找不到机会发泄。

淑英又把身子转过来，泪光莹莹地望着淑华和翠环，她无可如何地摇摇头凄凉地说："你们不晓得，我实在活不下去。我以后的日子怎样过？活着还不是任人播弄，倒是索性死了的好。"

淑华几乎要哭了，但是愤怒阻止了她，她想：——我不哭，我不怕你们，你们挑拨是非，你们害不到我。这个"你们"指的是她平日不大高兴的几个长辈。她愤愤不平地说："二姐，你也太软弱了，为了这种事情就想死，也太不值得。我跟你不同，别人讨厌我，恨我，我就偏要活下去，故意活给别人看。这回的事情一定是五爸告诉五婶，五婶告诉三爸的。五爸带了礼拜一游公园，那不算丧德，我们几姊妹到公园吃茶哪一点丢脸！二姐，你不要伤心，你坐起来，我们高高兴兴地出去耍，故意做给五婶她们看看！"淑华愈说愈气，她恨不得马上做出一件痛快的事情，给那些人一个打击。"二姐，你起来，你起来！"她用力拖淑英的膀子，想使淑英坐起来。

"二小姐，你不要伤心了，你要保重身体才好，"翠环含泪劝道。

淑英又叹了一口气。她止了泪悲声说："你们劝我活，其实我活下去也没有好日子过。你们两个天天跟我在一起，难道还不晓得我的处境？我活一天……"淑英刚刚说到这里，觉新便走进房来。觉新看见淑英脸上的泪痕，带着同情和关心的口气劝道："二妹，你忍耐一点，我们这种人是没有办法的。这究竟还是小事情。你就委屈一下罢。"

他的劝慰反而增加了淑英的悲痛，她简短地吐出几个字："大哥，那么以后呢？"泪珠不住地沿着脸颊滚下来。

"三爸以后不会再像这样发脾气的，"觉新搪塞似地答道。这个回答很使淑英失望，连淑华听见也不舒服。淑华冷笑道："要二姐活着专门看三爸的脸色那就难了。"

"轻声点！你疯了吗？"觉新吃惊地说。

"怕什么！难道会有人把我吃掉！"淑华理直气壮地说。觉新又劝了淑英一阵，声泪俱下地说了一些话，后来听见汤嫂的声音唤淑英去吃早饭，才匆匆地走了。汤嫂摇摇晃晃地走到床前重复地说了一句："二小姐请吃饭。"淑英摇摇头疲倦地答道："我不吃。"

"二姐，吃一点罢，"淑华劝道，翠环也加入来劝。她们说了许多话。但是淑英坚持着不肯起来吃饭。汤嫂去告诉了太太，张氏叫她过来再请，说是"老爷喊二小姐去吃饭"。淑英仍然不肯去。于是张氏亲自来了。张氏和蔼地劝了淑英几句，不但没有效果，反而把淑英引哭了。克明在另一个房间里厉声唤张氏，张氏只得匆匆地走了。淑华和翠环又继续安慰淑英，说得淑英渐渐地止了悲。这时绮霞来请淑华去吃饭。淑华也说不吃。

"三妹，你去吃饭罢，"淑英温和地对淑华说。

"我不想吃，我今天陪你饿一顿，"淑华亲切地说，她淡淡地一笑。

"我不要你陪，我要你去吃饭，"淑英固执地说。

淑华索性不理睬淑英，她只对站在旁边的绮霞说："你回去说我不饿。二少爷回来的时候，你请他立刻到二小姐屋里头来。"绮霞应了一声，便转身走出去。

翠环也不肯去吃饭，她和淑华两人在房里陪伴淑英，她们继续谈了一些话。淑英的心境渐渐地平静了些，也不再流泪了。翠环出去打了脸水，淑英便坐起来揩了脸，然后去把头发梳理一下。忽然觉英嚷着跳进房来；他笑嘻嘻地说："二姐，你为什么不吃饭？今天菜很好。"

淑英皱了皱眉，立刻板起脸，过了半晌才回答一句："我不想吃。"

"平日我挨爹骂，你总不给我帮忙。今天你也挨骂了，我高兴！"觉英扬扬得意地拍手说。

淑英埋下头不作声。淑华看不过，厌恶地斥责道："四弟，哪个要你来多嘴！你再说！"

"我高兴说就说！你敢打我！你今天没有挨到骂就算是你运气了！"觉英面不改色地笑答道。这时连翠环也看不惯了，她不耐烦地唤了一声："四少爷！"

"什么事？"觉英掉头看翠环，依旧嬉皮笑脸地问道。

"四少爷，请你不要说好不好？你看二小姐刚刚气平了一点，你又来气她，"翠环忍住气正经地说。

"我不要你管！"觉英变了脸骂道。

"四弟，你不给我滚开！哪个要你在这儿嚼舌头？你不到书房读书去，我去告三爸打断你的腿！"淑华站起来指着觉英叱骂道。

"你去告，我谅你也不敢……"觉英得意地说。他还要说什么，忽然看见张氏陪着周氏走进房来，就闭了嘴，很快地溜出去了。张氏也不把觉英唤住斥责几句，却装做不曾看见的样子让他走了出去。

淑英站起来招呼周氏，脸上略带一点羞惭。她看见她的大伯母和母亲都坐下了，便也坐下，埋着头不说话。

"二姑娘，这回是你二哥害了你了，害得你白白挨了你爹一场骂，"周氏看见淑英的未施脂粉的脸和红肿的眼睛，不觉动了爱怜，便带着抱歉的口气对淑英说。

"也不能完全怪老二，二女自己也有不是处，不过她父亲也太古板，"张氏客气地插嘴说。

"二姐那天明明先对三婶说过，三婶答应她去的，"淑华先前受了张氏的气，忍在心头，这时因觉英刚刚来搅扰了一阵，弄得她心里更不舒服，忍不住抢白张氏道。

张氏听了这句意外的话，不觉受窘地红了脸。她嗔怪地瞪了淑华一眼，并不理睬淑华。周氏在旁边觉得淑华的话使张氏难堪，便责备地唤一声"三女！"阻止她再说这类的话。

"事情过了，也不必再提了。我看三弟过一会儿气就会平的，"周氏敷衍张氏道，过后又对淑英说："二姑娘，你也不必伤心了。以后举动谨慎一点就是。"

淑英低着头含糊地答应一声,并不说什么。淑华不平似地噘着嘴,但也不说话。张氏却在旁边附和道:"大嫂说的是,"也嘱咐淑英道:"二女,你要听大妈的话。你爹以后不会再为难你的。"

淑英依旧垂着头应了一声"是",泪珠不由她管束地夺眶而出。她把头埋得更低,不肯让她们看见她的眼泪。

周氏和张氏又谈了一些不着边际的闲话。淑英的眼泪干了,她便抬起头来。她们以为她已经止住了悲,她们的心也就放下了。淑英的心情她们是不会了解的。只有淑华还知道一点,因为淑华究竟是一个年轻人。

周氏和张氏继续着谈话,她们对淑英、淑华两人讲了一些女子应该遵守的规矩。她们讲从前在家做小姐怎样,现在做小姐又怎样,讲得淑华厌烦起来,连淑英也听不进去。这时倩儿忽然进来说,王家外老太太来了,四太太请大太太和三太太去打牌,她们才收起话匣子走了。她们临走时张氏知道淑华也没吃早饭,还嘱咐翠环去叫厨子做点心给淑英姊妹吃。

淑华陪着淑英在房里谈了一些闲话。等一会儿点心果然送来了,是两碗面。淑华胃口很好地吃着。淑英起初不肯吃,后来经淑华和翠环苦劝,才勉强动了几下筷子。

觉民在下午四点钟光景才回家。他刚走到大厅上就遇见觉英同觉群两人从书房里跑出来。觉英看见觉民便半嘲笑半恐吓地说:"二哥,你们到公园里头耍得好!姐姐同四妹都挨骂了。姐姐哭了一天,饭也没有吃!连大哥也挨了爹的骂。"

觉民吃了一惊,把嘴一张,要说什么话,但是只说出一个字,就闭了嘴惊疑参半地大步往里面走去。他走进拐门还听见觉英和觉群的笑声。他进了自己房间,放下书,站在写字台前沉吟了片刻,便到觉新的房里去。

觉新正躺在床上看书。他等觉民回家等得不耐烦了,看见觉民进来,他又喜又恼,便坐起来。觉民先问道:"大哥,我刚才碰见四弟,他说什么你挨了三爸的骂……”

“那还不是你闯的祸!”觉新不等觉民说完,便沉着脸责备地说了一句。

“是不是到公园去的事情?”觉民惊愕地问。

觉新点了点头,语气稍微和缓地答道:“就是这件事情。你也太冒失了,害得二妹好好地挨了一顿骂,四妹也挨了五婶的骂。我平白无故地给三爸喊了去,三爸对着我骂了你半天,要我以后好好地管教你。你想我心里难不难过?”

“那么你打算怎样?”觉民压下他的直往上冲的怒气,淡淡地问了一句。

“我? ——”觉新受窘地吐了这个字,然后分辩地说:“这跟我有什么关系?”

“你不是说三爸要你管教我吗?”觉民追逼地说。

“我怎么管得住你?”觉新坦白地说,“不过——”他突然住了口,恳求般地望着觉民说:“二弟,我劝你还是去见见三爸,向他说两句赔罪的话。这样于大家都有好处。”

觉民沉吟半晌,理直气壮地答道:“我办不到。大哥,我不是故意跟你作对,使你为难。不过我陪二妹到公园去并不是什么犯罪的事情。我实在没有错。我不去赔罪。我现在到二妹房里去看看。”觉民看见觉新脸上的痛苦的表情,知道觉新处境的困难,他也不愿意责备他的哥哥,就忍住气走出了房门。

觉民刚走出过道,看见沈氏同喜儿有说有笑地从花园里出来。他只得站住招呼沈氏一声。沈氏爱理不理地把头一动,只顾跟喜儿讲话。喜儿不好意思地看他一眼,很有礼貌地招呼了一声:“二少爷。”沈氏还是戴孝期内的打扮。喜儿却打扮得齐整多了,头发抿得又光又亮,还梳了一个长髻。圆圆的脸上浓施脂粉,眉毛画得很黑,两耳戴了一副时新的耳坠,身上穿着一件滚宽边的湖绉夹袄。觉民短短地应了一声,也不说什么,就匆忙地走了。

淑英的房里静悄悄的。淑英、淑华和翠环三人在那里没精打采地谈话。淑英看见觉民,亲热地唤了一声:"二哥,"眼泪不由她控制地流了出来。她连忙掉开头去。但是觉民已经看见了她的眼泪。淑华看见觉民进来,欣喜地说:"二哥,你来得正好。你也来劝劝二姐。她今天……"觉民不等淑华把话说完,便走到淑英身后,轻轻地抚着淑英的肩头,俯下脸在淑英的耳边温和地说:"二妹,我已经晓得了。你不要伤心。这不过是一点小小的挫折,不要怕它。"

淑英把头埋得更低一点,肩头微微耸动了两三下。淑华正要说话,却不想被翠环抢先说了:"二少爷,你没有看见,老爷今天的神气真凶!连我也害怕!"

"二妹,你记住我的话,时代改变了,"觉民停了一下又鼓舞地对淑英说。"你不会遇到梅表姐那样的事情,我们不会让你得到梅表姐那样的结局。现在的情形究竟和五年前、十年前不同了。"话虽是如此说,其实他这时并没有明确的计划要把淑英从这种环境中救出来。

觉民的声音和言辞把淑英和淑华都感动了,她们并不细想,就轻易地相信了他的话。淑英向来是相信觉民的。在这个大家庭里她视作唯一的可依靠的人便是他。他思想清楚,做事有毅力,负责任——琴这样对她说过,她也觉得琴的话有理。对于她,这个堂哥哥便是黑暗家庭中一颗唯一的星;这颗星纵然小,但是也可以给她指路。所以她看见觉民,心情便转好一点,她的思想也不像迷失在窄巷中找不到出路了。她抬起头带着希望的眼光看了觉民一眼,忽然想起一件事情,一些西洋小说的情节来到了她的心头。她鼓起勇气问道:"二哥,为什么我们就不能够像外国女子那样呢?你告诉我。"

"那是人家奋斗的结果,"觉民不假思索地顺口答道。他又问淑华道:"二妹,你看见四妹没有?"

淑华还未答话,淑英就关心地对淑华说:"三妹,你等一会儿去看看四妹。她挨了五婶的骂,今天一天都没有出来,不晓得现在怎样了?"

淑华爽快地答应了。觉民看见他的话在淑英的心上产生了影响，便坐下来，慢慢地安慰她，反复地开导她。

淑英终于听从了觉民的话去吃午饭。她差不多恢复了平静的心境，但是看见克明的带怒的面容，心又渐渐地乱了。克明始终板着面孔不对她说一句话，好像就没有看见她一般。饭桌上没有人做声。连觉人也规规矩矩地跪在凳子上慢慢地吃着，一句话也不敢讲。丁嫂站在觉人背后照应他，但是也不敢出声。淑英感到一阵隐微的心痛，心里有什么东西直往上冲，她很难把饭粒咽下去。她勉强吞了几口就觉得快要呕吐了，也顾不得礼节，便放下筷子低着头急急地往自己的房间走去。翠环正在旁边伺候，看见这情形着急起来，打算跟着去看她。翠环刚刚动步，就被克明喝住了。克明大声命令道："站住！我不准哪个人跟她去！"

淑英在隔壁房里发出了呕吐的声音。起初的声音是空的，后来的里面就含了饮食。她接连吐了好几口，呕得缓不过气来，正在那里喘息。饭厅里，众人都沉着脸悄然地听着。张氏实在不能够听下去了。她放下碗，怜悯地唤翠环道："翠环，你给二小姐倒杯开水去！"

翠环巴不得太太这样吩咐，她连忙答应一声，正要举步走去，忽然听见克明大喝一声："不准去！"

张氏想不到她的丈夫甚至不给她留一个面子，她又气，又羞。她的脸色青一阵，白一阵。她也不说什么话，默默地站起来。

"你到哪儿去？"克明知道张氏要到淑英的房间去，却故意正色问道。

"我去看二女，"张氏挑战地说，便向着淑英的房间走去。

"你给我站住！我不准你去！"克明立刻沉下脸来，怒容满面地嚷道。

张氏转过身来。她气得脸色发青，指着克明结结巴巴地说："你……你……今天——"她忽然闭了嘴，缩回手，态度立刻变软了。她虽是依旧面带怒容，却一声不响地规规矩矩坐到原位上去。

"二女的脾气都是你'惯使'[1]了的。你看她现在连规矩也不懂得。她居然敢对我发脾气。她连我也不放在眼睛里了。你还要'惯使'她！将来出什么事情我就问你！"克明放下筷子，对着张氏声色俱厉地责骂道。

张氏的脸部表情变得很快。她起初似乎要跟克明争吵，但是后来渐渐地软化了。她极力忍住怒气，眼里含着泪，用闷住的声音向克明央告道："你不要再说好不好？王家太亲母就在四弟妹屋里头吃饭。"

克明果然不作声了。他依旧板着面孔坐了片刻，才推开椅子昂然地往他的书房走去。

张氏看见克明的背影在另一个房里消失了，才向翠环做一个手势，低声催促道："快去，快去。"等翠环走了，她也站起，她已经走了两步，克明的声音又意外地响起来。克明大声在唤："三太太！三太太！"她低声抱怒道："又在喊！难道为了一件小事情，你就安心把二女逼死不成？"她略一迟疑终于失望地往克明那里去了。

翠环端了一杯开水到淑英的房里，淑英已经呕得脸红发乱，正伏在床沿上喘气。她从翠环的手里接过杯子，泪光莹莹地望着翠环，诉苦般地低声说："你这么久才来。"

"老爷不准我来，连太太也挨了骂。后来老爷走了，太太才喊我来的，"翠环又怜惜又气恼地说。她连忙给淑英捶背。

淑英漱了口，又喝了两口开水，把杯子递给翠环，疲倦地倒在床上。她叹了一口气，自语道："我还是死了的好。"

"二小姐！"翠环悲痛地叫了一声。她压不住一阵感情的奔放，就跪倒在踏脚凳上，脸压住床沿，低声哭起来。她断断续续地说："二小姐，你不能够死，你要死我跟你一路死。"

淑英含泪微笑说："你怎么说这种话？我不会就死的。你当心，看把你的衣服弄脏，"淑英像爱抚小孩似地抚着翠环的头，但是过后她自

---

[1]惯使：即"姑息"、"纵容"的意思。

己也忍不住伤心地哭了。

主仆二人哭了一会儿,不久淑华来了。淑华说了一些安慰的话。翠环虽然止了悲,但是淑英心上仍然充满着阴云。后来淑英又呕吐一次,说了几句凄凉的话,惹得淑华也淌下泪来。

觉民吃过午饭就到琴的家去了,剑云来时叫绮霞去请淑英、淑华读英文。绮霞去了一趟,回来说是淑英人不大舒服,淑华有事情,两个人今天都请假。剑云关心地问了几句,绮霞回答得很简单,他也就没有勇气再问下去。他惆怅地在觉民的窗下徘徊一阵,觉得没有趣味,一个人寂寞地走了。

淑华在淑英的房里坐了一点多钟。她看见房间渐渐地落进黑暗里;又看见电灯开始发亮。屋子里还是冷清清的。没有人来看淑英。连张氏也不来。她愤慨地说:"三婶也太软弱了。也不来看一眼!"

"我们太太就是怕老爷。老爷这样不讲情理。我害怕二小姐会——"翠环带了一点恐惧地说,"二小姐"以后的字被她咽下去了。她不敢说出来,恐怕会给淑英增加悲哀。

淑英在床上发出了一阵低微的呻吟。她侧身躺着,把脸掉向里面去。

淑华略吃一惊。她一时也无主意,不知说什么话才好。后来她和翠环低声交谈了几句,看见淑英在床上没有动静,以为淑英沉沉地睡去了。她想起自己还要去看淑贞,也不便久留,嘱咐翠环好好地伺候淑英,就轻脚轻手地走出去了。

翠环把淑英床上的帐子放了下来。淑英觉得头沉重,四肢无力,心里也不舒服,便闭上眼睛迷迷糊糊地过了一夜。

第二天早晨,淑英觉得心里平静了,不过四肢还是没有气力。她想到一些事情觉得心灰意懒,又不愿意到饭厅去看父亲的脸色,索性称病不起床,一直睡到下午。淑华、淑贞都来看她。觉新、觉民也来过。觉新的脸色苍白可怕,他好像患过大病似的。淑贞的眼睛还有点红肿,脸上依旧带着畏怯的表情。觉民和觉新坐了一会儿就走了。淑华和淑贞一直留在淑英的房里。张氏不时过来看淑英。她要叫人去请王云伯来给淑英诊病,淑英不肯答应。张氏看见淑英也没有重病的征象,知道不要紧,便把请医生的意思打消了。克明听说淑英有病,丝毫不动声色。他甚至不到淑英的房里去一趟。吃早饭的时候,他板起面孔一声不响,别人连一句话也不敢说。这情形淑英已经从翠环的报告中知道了。她想:做父亲的心就这么狠?她又是恨,又是悲。她再想到自己的前途,便看见阴云满天,连一线阳光也没有。觉民昨天说的那些话这时渐渐地在褪色。代替它们的却是一些疑问。她仿佛看见了横在自己前面的那许多障碍。她绝望了。她觉得自己只是一只笼中的小鸟,永远没有希望飞到自由的天空中去。她愈往下想,愈感到没有办法。她并不哭,她的眼泪似乎已经干枯了。她躺在床上,心里非常空虚。她左思右想,又想到陈家的亲事。婉儿的那些话好像无数根锋利的针一下子撒在她的脸上和身上。她全身都震动了。她不敢想那个结果。她想逃避。她在找出路。忽然鸣凤的脸庞在她的眼前一亮。她的思想便急急地追上去,追到了湖滨,前面只是白茫茫的一片湖水。她猛省地吃了一惊,但是后来她就微笑了。她想:我也有我的办法。她不能再静静地躺在床上,便坐起来。淑华们并不知道她的心情,还劝她多休息。她不肯答应。她只说心里很闷,想到花园里去散散心。她坚持着要去,她们拗不过她,又看见她的精神还好,便应允陪她到花园去。翠环伺候她到后房去梳洗。等她收拾齐整和淑华、淑贞、翠环同到花园去时,隔壁房里的挂钟已经敲过三点了。

正是明媚的暮春天气。蓝色的天幕上嵌着一轮金光灿烂的太阳。几片白云像碧海上的白帆在空中飘游。空气是那么新鲜清爽。淑英走进天井,一股温和的风微微地迎面吹来,好像把生命与活力吹进了她的胸膛,而且好像把她心里的悲哀与怨愤一下子全吹走了似的,她感到一阵轻松。

她们几个人进了花园。里面的景物并没有什么改变。只是在各处生命表现得更强烈一点。一切都向着茂盛的路上走。明艳的红色和绿色展示了生命的美丽与丰富。花欣然在开放,蝴蝶得意地在花间飞翔,雀鸟闲适地在枝头歌唱。这里没有悲哀,也没有怨愤;有的只是希望,那无穷的希望。

淑华感到了肺腑被清风洗净了似的痛快。她低声唱起《乐郊》来。淑贞一声不响地偎在淑英的身边。淑英也忘了先前的种种苦恼。她们信步走着,一路上谈些闲话,不知不觉地到了晚香楼前面。出乎意料之外的,她们看见有人在天井里。那是克定夫妇和喜儿三个。他们坐在瓷凳上背向外面,有说有笑,好像很快乐似的,因此不曾注意到别人走来。

淑英看见克定三人的背影,心里不大高兴,她把眉头微微一皱,回转身往来时的路走去。淑华不大在乎地也跟着掉转身子。她刚一动,就听见后面有声音在吩咐:“翠环,装烟倒茶!”她便站住。翠环抬起头去看声音来的地方,不觉失声笑了。那是鹦鹉在说话。翠环低声骂了一句。

克定们听见鹦鹉的声音,马上掉过头来看。沈氏先叫一声“四女”,接着又唤“翠环”,淑贞迟疑一下便走了过去。翠环也只得过去了。淑华掉头去看淑英。淑英正站在圆拱桥上看下面的流水。她很想马上到淑英那里去。但是她又听见沈氏在唤“三姑娘”,她只好走过去,跟沈氏讲几句话。她以为淑英会在桥上等候她。

淑贞走过去就被她的母亲留下了。沈氏又要翠环到外面去:第一,请四老爷、四太太到花园里打牌;第二,叫高忠进来在水阁里安好牌桌。翠环唯唯地应着。她在听话的时候,不住地侧头去看喜儿,对喜儿微笑,她觉得喜儿现在好看多了。喜儿被她看得不好意思,含羞带笑地点一下头,马上就把脸埋下去。

翠环只好往外面走了。她走过圆拱桥,淑英已经不在那里。她看不见淑英的影子便往附近找去。她忽然注意到淑英在湖边同一个男子一起走路。她看见背影认出他是剑云,便放心地走开了。

淑英先前在圆拱桥上站了片刻,等候淑华她们。她埋头去看下面的流水。水很明亮,像一面镜子。桥身在水面映出来。她的头也出现了。起初脸庞不大清晰,后来她看得比较清楚了,但是它忽然变作了另一个人的脸,而且是鸣凤的脸。这张脸把新鲜的空气和明媚的阳光都给她带走了,却给她带回来阴云和悲哀:她的困难的处境和无可挽回的命运。她又一次落在绝望的深渊里,受种种阴郁的思想的围攻。

"二小姐,"忽然有人用亲切的声音轻轻唤道。淑英惊觉地抬起头去看。陈剑云从桥下送来非常关切的眼光。她便走下桥去。

"听说你欠安,好些了罢?"剑云诚恳地问道。

"陈先生,你怎么晓得的? 我也没有什么大病,"淑英半惊讶半羞惭地说。他沿着湖滨慢慢地走去。她也信步跟着他走。他们走过一丛杜鹃花旁边,沿着小路弯进里面去。那一片红色刺着他们的眼睛。他们把头微微埋下。

剑云惊疑地看了淑英一眼,见她双眉深锁,脸带愁容,知道她有什么心事,便关心地说:"昨天我来了,喊绮霞请二小姐上课。说是二小姐欠安。我很担心。今天我来得早一点,没有事情,到花园里走走,想不到会碰见二小姐。我看二小姐精神不大好。"

"多谢陈先生,其实我是值不得人挂念的,"淑英感激地看了看剑云,她的脸上露出凄凉的微笑,叹息似地说。

剑云好几次欲语又止,他十分激动,害怕自己会说出使她听了不高兴的话。他极力控制自己,要使他的心归于平静。他几次偷偷地看淑英,那个美丽的少女低下头在他的旁边走着。瓜子脸上依旧笼罩着一片愁云。一张小嘴微微张开,发出细微的声息。她走到一株桂树下面,站住了。树上一片叶子随风落下,飘到她的肩上粘住了。她侧脸去看她的左肩,用两根指头拈起桂叶往下一放,让它飘落到地上。他看见这情形,同情、怜惜、爱慕齐集到他的心头,他到底忍不住,冒昧地唤了一声:"二小姐。"

淑英侧过脸来。两只水汪汪的凤眼殷殷地望着他,等着他讲下去。

他忽然胆怯起来，方才想好的一些话，这时全飞走了。他努力去寻找它们。她的脉脉注视的眼光渐渐地深入到他的心里，这眼光似乎看透了他的心，而且把他的心搅乱了。他极力使自己的心境平静。但是他的注意力被她的眼光吸引去了。他只觉得她的眼光在他的脸上盘旋，盘旋。于是那一对眼睛微微一笑。充满善意的微笑鼓舞了他，他便大胆地问道：

"二小姐，你为什么近来总是愁眉不展？是不是有什么心事？可不可以告诉我？让我看看我可不可以给你帮忙。"

这些亲切的、含着深的关心的话是淑英不曾料到的。她起初还以为剑云有什么不愉快的事情要跟她商量，她以为他的哀愁与苦闷不会比她有的少。所以她预备着给他一点点同情和安慰。现在听见这些用颤动的调子说出来的话，她知道它们是出自他的真心，不含有半点虚伪的感情。在绝望深深地压住她、连一点不太坚强的信念也开始动摇、许多人都向她掉开了脸、她陷在黑暗的地窖中看不见一线光明的时候，听见这意外亲切的话，知道还有一个人这么不自私地愿意给她帮忙，她很感动，不能够再隐瞒什么了。她感激地看了他一眼，悲声说了一句："陈先生，你是晓得的。"她固然感激他，但是她并没有依靠他的心思。她想：他是一个同她一样的没有力量的人。他自己就没有办法反抗命运。她和她的堂哥哥堂妹妹们平时提到他总要带一种怜悯的感情。

"那么还是陈家的亲事？"剑云低声问道。

淑英默默地点了点头。

"那是以后的事情，我想大哥和觉民总有办法，"剑云极力忍住悲痛做出温和的声音说。

淑英无可奈何地叹一口气，过了片刻她才摇摇头答道："我看也不会有办法。他们固然肯给我帮忙，但是爹的脾气你是晓得的。为了去公园的事情他昨天大发脾气，到今天还不理我。到底还是该我去赔罪。陈先生，你想我以后的日子怎么过！"她闭了嘴，但是那余音还带了呜咽在剑云的耳边飘来飘去,把他四周的空气也搅成悲哀的了。这种空气窒息着他。他又是恐惧,又是悲痛,又是烦愁,又是惊惶。然而有一个念头凌驾这一切,占据着他的脑子。那就是关于她的幸福的考虑。他把她当作在自己的夜空里照耀的明星。他知道这样的星并不是为他而发光的。但是他也可以暗暗地接受一线亮光。他有时就靠着这亮光寻觅前进的路。这亮光是他的鼓舞和安慰。这是他的天空中的第二颗星了。从前的一颗仿佛已经升到他差不多不能看见的高度,而照耀在另一个世界里。他能够正眼逼视而且把他的憧憬寄托在那上面、能够在那上面驰骋他的幻想的,就只有这一颗。她是多么纯洁、美丽。他偷偷地崇拜她。他甚至下决心要把他的渺小的生命牺牲,只为了使这星光不致黯淡。她占着他的全部思想中的最高地位,她的愁容、她的叹息、她的眼泪都会使他的心发痛,都会像火焰一般地熬煎着他的血,都会像苦刑一般地折磨着他。但是这些她都不知道。她平常给他的不过是普通的同情。他的心情她是不了解的。然而她今天这些微小的举动都被他一一记在心上。她先前立在桥上俯下头看湖水的姿态,这时伴着她的绝望的话语来绞痛了他的心。他忍不住悲声痛惜地说(声音依旧不高):“二小姐,你是个绝顶聪明的人,你应该明白:你跟我不同。我这一辈子是没有希望的了。你的前程是远大的。你当知道忧能伤人,你不该白白地糟蹋你的身体。你纵然不为自己想,你也应当想到那些对你期望很殷的人。”

淑英勉强一笑,分辩似地说:“其实我哪儿值得人期望?我比琴姐不晓得差了若干倍。像我这种人活也好死也好,对别人都是一样的。”她咬了咬嘴唇皮,看见旁边树下有石凳,便走去坐下。她摸出手帕轻轻地在眼角、鼻上擦了擦。

剑云看见这个举动,知道她又快落泪了,他心里十分难过,便急不择言地说:“我决不会的,我决不会的。”他马上觉得自己把话说得太明显,而且有点冒失,恐怕会引起她见怪,他不觉红了脸,一时接不下去。他站在她斜对面一块假山旁边,身子倚着山石,不敢正眼看她。

淑英忽然抬起头带着深的感激去看剑云。她的愁云密布的脸上忽然露出一线阳光。她似乎带着希望微微地一笑。但是很快地这笑容又消失了,她失望地埋下头去。她恳切地说:"陈先生,我不晓得应该怎样说。你的好意我是不会忘记的。不过你想想看,像我这个十七八岁的女子,一点本事也没有,平日连公馆门也少出过。我怎么能够违抗他们,不做他们要我做的事,我本来也不情愿就这样断送了自己的一生。有时候我听了二哥、琴姐的劝,也高兴地起了一些幻想,也想努力一番。但是后来总是发觉这只是一场梦。事情逼得一天紧似一天。爹好像要逼死我才甘心似的。"

　　"死"字刺痛了剑云的心,使他的自持的力量发生动摇。他的眼前又现出了她在桥上埋头凝视湖水的姿态。而且她方才的表情他也看得很清楚:她起初似乎相信他可以给她一点帮助,她怀着绝望的心情向他求救,所以她那样看他,她的脸上露出一丝笑容。但是后来她明白他并没有那种力量,他不能够给她帮一点忙,因此她又失望地埋下了头。他这一想更觉得心里难受,同时还感到负罪般的心情。他暗暗地责备自己。他向前走了一步,带着悲痛与悔恨对淑英说:"二小姐,我自然是一个卑不足道的人,不过我请你相信我的话。我刚才看见你站在桥上望着湖水出神。我有一个猜想,说不定我猜错了,不过请你不要见怪。你是不是也想在湖水里找寻归宿?你不应该有那种思想。你不应该学……鸣凤那样。就像我这种人,明知道活下去也没有一点好处,我也还觍然活着。何况你聪明绝世的二小姐。你为什么不可以做到琴小姐那样呢?……"

　　"我哪儿比得上琴姐?她懂得好多新知识,她进学堂,她又能干,又有胆量……"淑英不等剑云说完,就迸出带哭的声音插嘴说。

　　"但是你也可以进学堂,学那些新知识……"剑云激动地接下去说。这时忽然从后面送过来唤"二姐"的声音。淑华走来找寻淑英,她看见他们在那里谈话,便远远地叫起来:"二姐,我到处找你,你原来在这儿!"

淑英连忙揩去脸上的泪珠，站起来。剑云看见这情形，知道他们的谈话不能够这样继续下去了。但是他直到现在还不曾把他的本意告诉她，他又害怕她以后还会采取那个绝望的步骤。他纵然不能阻止她，他也应该给她一个保证，使她相信还有一个人愿意牺牲自己的一切来给她帮忙。所以他终于不顾一切急急地对她说："二小姐，你千万不要走那条绝路。请你记住，倘使有一天你需要人帮忙，有一个人他愿意为你的缘故牺牲一切。"

他的表情十分恳切。但是他说得快而且声音低， 加以淑英的注意又被淑华的唤声打岔了，所以淑英终于不曾听清楚他的含有深意的话而了解其意义。但是淑英仍然在暗中深深地感激他的好心，这个剑云也不曾知道。

"真讨厌！我不得不跟五婶敷衍几句，一回头就找不见你了。二姐，你为什么不等我？"淑华走过来，带笑地大声说，脸红着，额上满是汗珠，她正在用手帕揩脸。

淑英抬起头怜惜地看了淑华一眼，低声说了一句："你何苦跑得这样，"又把头埋下去。

淑华知道淑英又被那些不愉快的思想压倒了。她看见剑云悄然立在假山旁边，脸色十分苍白，好像受到了什么可怕的打击似的。她想他们两个人一定交谈了一些话，谈话的内容她自然不知道。不过剑云也是一个多愁善感的人，而且是出名的悲观派。她以为一定是他的话引动了淑英的哀愁。她无法打破这沉闷的空气，便故意笑谑地责备剑云道："陈先生，你对二姐说了些什么话？二姐先前明明有说有笑的，现在成了这种样子。你要是欺负她，我可不依你。"

剑云还不曾答话，淑英却抬起头插嘴说："三妹，你不要冤枉人。我在想我自己的事情。"

"是我不好。我不该向二小姐问这问那，触动了二小姐的愁思，"剑云抱歉地接着说。

"哪儿的话？陈先生，我还应该多谢你开导我，"淑英听见剑云的话,颇感激他对她的体贴,便诚恳地说。

淑华不再让他们谈下去,她想起另一件事情,连忙催促道:"我们快点走,等一会儿五爸他们就会来的,他们要到水阁去打牌。五爸真做得出来,把五婶和喜儿两个都带到花园里头耍……"

"现在应该喊喜姑娘了,"淑英忽然有气无力地说了这一句。

"我偏要喊她做喜儿!"淑华气愤地说,"只有五婶一个人受得住。四妹真倒楣! 原说她跟我们一起到花园里头来耍,却不想碰到五爸他们,给他们留下了,去听他们说那种无聊话。"

"五爸平日总不在家,怎么今天倒有兴致到花园里头来耍?"剑云觉得奇怪地说。

"你不晓得,五爸自从把喜儿收房以后,有时候白天也在家里。五爸这个人就是爱新鲜!"淑华轻蔑地说。这时她听见后面响起脚步声,她回头一看,见是高忠和文德两人朝这面走来,便对淑英和剑云说了一句:"我们快走。"他们动身往水阁那面去了。

高忠和文德的脚步虽快,但是他们看见淑英姊妹在前面走,不便追上去,只得放慢脚步跟在后面,等着淑英们经过水阁往草坪那面去了,他们才走进水阁里去安置牌桌。

淑英和淑华、剑云两人在各处走了一转,身上渐渐发热,又觉得有点疲倦,后来翠环来找她,她便带着翠环一道出去了,并且向剑云告了假,说这晚上不上英文课。

淑华和剑云还留在花园里闲谈了一阵。淑华在午饭前便跟着剑云读毕了英文课,让剑云早早地回家去了。

晚上周氏从周家回来,淑华去看她,听见她说起外婆明天要带蕙表姐、芸表姐来玩。周氏想留蕙、芸两姊妹多住几天。她还说:"蕙姑娘的婚期已经择定,就在下个月初一。外婆这次来顺便商量商量蕙姑娘的事情,大舅也要请你去帮忙。"

这些话是对觉新说的。他却仿佛没有听见,垂着头沉吟了半晌,才抬起头说:"帮忙自然是应该的。我尽力去办就是了。不过我晓得蕙表妹对这桩亲事很不情愿,听说新郎人品也不好。想起来我心上又过不去。"

"唉,这种事情不必提了。这都怪你大舅一个人糊涂。他太狠心了。连外婆也无法可想,只苦了你蕙表妹,"周氏叹息地说。

"我真不明白!既然蕙表姐、外婆、大舅母都不愿意,为什么一定要将就大舅一个人?明明晓得子弟不好,硬要把蕙表姐嫁过去,岂不害了她一辈子?"淑华听见继母的话,心里很气恼,忍不住插嘴说。

"现在木已成舟了,"周氏叹息地说,她把一切不公平的事情全交付给命运,好像她自己并没有一点责任似的。她觉得心里略为轻松了。

觉新不说什么,脸上现出痛苦的表情。淑华不满意地摇摇头。她又想起淑英的遭遇,觉得悲愤交集,忍不住咬着牙齿愤恨地说:"我不晓得做父亲的为什么总是这样心狠?他们一点也不爱惜自家的女儿!这样不把女儿当作人看待!"

周氏嗔怪地瞅了淑华一眼,觉新也不理睬她。但是淑华并不觉得自己说错了话。

十六

　　星期五下午周老太太果然带着蕙和芸来了。大家都坐在周氏的房里谈闲话。淑英听说蕙和芸来了，便也连忙赶来。房里显得很热闹，但是有一种郁闷的气氛。周老太太不停地跟周氏、觉新两人讲话。蕙和芸坐得离他们较远一点，但也听得清楚。蕙低着头默默不语，带着满面的愁容，又有一点害羞的表情。芸翘着嘴，微微皱起双眉。

　　周老太太说出请觉新帮忙筹备蕙的婚礼的话，觉新毅然地一口应承了，虽然这是一件使他痛苦的事，他本来对这门亲事就不赞成。觉新说话的时候，非常激动。蕙虽是低着头却从眼角偷偷地看了他一眼，眼光里含着深情，这泄露出她的感动。但是觉新一点也不觉得。芸仍旧不说话。淑华不满意地瞪了觉新两眼，似乎怪他不该答应帮忙去办理这种事情。

　　"这件事完全怪你大舅。其实我哪儿舍得把蕙儿嫁到那边去？"周老太太谈了许久，把重要的话都说过了，忽然伤感地叹了一口气，懊恼地说。

　　蕙略略地动了一下头。觉新注意地看她的俯着的脸，他看见她的眼圈变红了，这又触动了他自己的心事。过去的黑影全部压到他的头上。绝望、悲痛、懊悔熔在一起变成了一根针在他的心上猛然刺一下，他再也忍不住，终于让眼泪迸出了两三滴来。别人还以为他想起了海臣，为海臣的死伤心。只有蕙略略猜到他的心思。她微微抬起头用感激的眼光深深地看他一眼。两颗大的眼泪嵌在她的眼角。周老太太不大愉快地咳了一声嗽。

"事情既然定了,妈也不必再存这种想头。我看蕙姑娘也不是一个福薄的人,姻缘是前生注定的,不会有差错,"周氏怕这个话题会引起她的母亲伤感,便安慰地说。

"我也晓得再说也没有用,"周老太太顺口答了一句,她还想说什么。但是觉新看见蕙那种坐立不安的样子,不愿使蕙再处在困窘的情形里,便想出一个主意打岔地说:"我看还是让二妹、三妹陪着蕙表妹、芸表妹到花园里头走走罢,她们难得来一趟,把她们关在屋里头,也太委屈她们了。"他说毕很大方地看了蕙一眼。

"这倒好,我简直忘记了。二姑娘,你就同你三妹陪两位表姐到花园里去罢。你们年轻姑娘家跟我们在一起,也没有趣味。三女,你把绮霞带去,"周氏同意地说。

芸不推辞,只笑了一笑就站起来。蕙迟疑一下,含糊答应一声也站起了。淑英、淑华让她们走在前面。四个年轻女子走出了这个房间,让其余的人谈话更方便一点。

淑英姊妹陪着两位表姐走出了左上房,淑英忽然想起这一天没有看见淑贞,便向跟在后面的绮霞问道:"绮霞,你今天看见四小姐没有?她怎么没有出来?"

"等我去看看。我请她来。二小姐,你们先走罢,走得慢一点,我会赶上的。你们先到哪儿去?"绮霞接口说。

"也好,"淑英答道,她思索一下又说:"你倘若赶不上我们,我们在湖心亭等你,你快去把四小姐请来。"

"四妹不出来,一定又是挨了五婶的骂,"淑华不假思索地解释道。没有人理她。绮霞独自走过天井往淑贞的房间走去。

绮霞刚走了两步,淑华忽然在后面唤住她,吩咐道:"绮霞,倘若我们不在湖心亭,你就到梅林旁边草坪来找我们。"

淑英一行人进了花园。园里,葡萄架遮住了阳光,地上是一片绿影子。架上绿叶丛中结着一串一串的绿色小葡萄。她们走进梅林,只听见几声清脆的鸟叫。前面不多远便是湖水,右边有几座假山拦着路。她们转过假山,一片新绿展现在眼前。这是椭圆形的草坪。傍着假山长着各种草花,几只蝴蝶在花上盘旋飞舞。

"我们在草坪上坐一会儿罢,这儿比湖心亭好,"淑华看见草坪,两眼发光,兴高采烈地提议道。

淑英鼓励似地望着蕙,一面问道:"蕙表姐,你看怎样? 这儿倒也很干净。"

蕙的脸上略略发红,她还没有说话,芸就开口代她回答道:"我看在这儿坐坐也很好。"

草坪周围有几株稀落的桃树。淑华拣了离桃树不远的地方,用手帕铺在草地上,第一个弯着腿坐下。接着淑英、芸、蕙都先后用手帕垫着坐了。

淑华望望四周的花和树,望望晴明的蓝天,愉快地对蕙和芸说:"我真高兴,你们这回来可以多耍几天。我们这两天正闷得很。我很想念你们,你们又不来。我要妈喊人去请你们,妈又说你们有事情。现在你们到底来了。我们大家好好地耍几天。"

"我也很想念你们,我也时常想来看你们,你们怎么不到我们家里去呢?"芸带笑答道;过后她又改变语调说:"不过我们家里实在没有趣味,你们不去也好,还是我们来看你们好些。"

"可是蕙表姐以后恐怕不能常来了,"淑英压住感情的冲动,低声说。

蕙并不答话。芸也收敛了笑容不作声。淑华没有注意到她们的表情,她半取笑半怀念地问:"蕙表姐,你以后还会不会想我们?"她看见蕙不开口,便再问:"你是不是有了那个人,就忘记了我们?"

蕙红着脸俯下头去,叹息一声,慢腾腾地说:"三表妹,我怎么能忘记你们? 我到这儿来仿佛在做梦。只有到你们这儿来,我才感到一点人生乐趣。"她慢慢地把头举起,眼圈已经红了。她不愿意让她们看见她落泪,便把头掉开去看一座长满虎耳草的假山。假山缝里有人影在晃动。但是她也并不注意。

"三妹,你看你说话不小心把蕙表姐惹得伤心了,你还不劝劝蕙表姐,给蕙表姐赔罪,"淑英心里也很难受,她知道蕙为什么伤心,不觉动了兔死狐悲之感,她找不到劝解的话,只得这样地抱怨淑华道。

"哪儿的话? 我好好地并没有伤心。二表妹,你也太多心了,"蕙连忙回过头来分辩道,她故意装出笑容,眼角的泪水干了,但是眉宇间仍然带着哀愁。

淑英和绮霞来了。绮霞的手里提着一个篮子。淑贞看见她们,脸上露出喜色,急急地走过来。她走到淑英身边,连忙坐下去,两只手挽住淑英的膀子。她带笑地招呼了蕙和芸。

"四妹,怎么今天没有看见你出来? 你躲在屋里头做什么?"淑华看见淑贞坐下了,不等她说话,便问道。

淑贞没有回答,脸上的笑容立刻消散了。淑英注意地看她的脸,才看见她的眼睛有点发肿,知道她今天一定哭过了,便爱怜地抓住她的一只手,温和地在她的耳边低声问道:"五婶又骂你吗?"

淑贞默默地点着头。

"你忍住,你不要难过,免得给人家知道,事情过了就算完了,"淑英关心地嘱咐道。

"我晓得,"淑贞低声应道。

"你们叽哩咕噜在说些什么?"淑华看见她们两人在低声讲话便好奇地插嘴问道。

"没有说什么。我不过随便问四妹一句话,"淑贞勉强笑答道。

"奇怪! 为什么你们大家都不说话?"淑华忽然又问道。"你们大家好像都是愁眉不展的。究竟心里有什么事情?"

"只有你一个人整天高兴!"淑贞翘着嘴,赌气地说。

"不错,三表妹随时都是乐观的,"芸称赞地说。

"三表妹,你这种性情真值得人羡慕,我只要能有一两分也就好了，"蕙两眼水汪汪地望着淑华说。

"蕙表姐，你说客气话，我的性情有什么希奇。人家总说我是冒失鬼，他们说做小姐的应该沉静一点，"淑华爽直地说。

"沉静点？"蕙痛苦地、疑惑地低声念道。过后她忍受地、叹息地说："我也算是很沉静了。"她的脸色突然变成了惨白。

淑英不敢看蕙的脸色，便埋下头，紧紧地捏着淑贞的右手，淑贞就把半个身子倚在淑英的胸前。芸气愤似地站起来，走了好几步，忽然仰起头去望天空。深蓝色的天幕上有几片白云在慢慢地移动。十几只白鸽飞过她的头上。哨子贯满了风，嘹亮地响起来。白云被风吹散了，留下一个平静的海水似的蓝天。周围异常安静。没有什么不悦耳的声音来搅乱她的思想。她本来应该安闲地享受这一切自然的美景，但是她却不平地想起来了："做一个女子为什么就必须出嫁？"

这只是思想，芸还不敢用话把它表现出来。然而淑华在一边愤怒地说了："我真不懂为什么做一个女子就应该出嫁！"她说的正是芸想说的话。

蕙侧头看淑华，有点惊奇淑华为什么说出这样的话，她接着无可如何地说："总之，做女子命是很苦的。"

"也不能这样说。我不相信女子就该受苦！"淑华气恼地分辩道，她把头一扬，本来搭在她的肩上的辫子便飘到脑后垂下了。

绮霞早把茶斟好放到她们的面前，看见她们都不喝茶，谈话也没有兴致，便带笑地打岔说：

"蕙小姐，芸小姐，你们都不吃茶？茶都快冷了。"

"啊，我倒忘了，"蕙勉强笑答道，便端起茶杯饮了两口。淑华却一口气喝干了一杯。

"芸小姐，你吃杯茶罢，"绮霞笑吟吟地望着芸说。她端起杯子打算给芸送去。

"我自己来，"芸客气地说。她走过去接了茶杯拿在手里。她喝了一口茶，又仰起头去望天。鸽子飞得高高的。蓝天里只出现了十几个白点。两三堆灰白云横着像远山。她小声地念道：

明月几时有，把酒问青天。[1]

她只念了两句，又举杯把茶喝尽，然后将茶杯递还给绮霞。她走过蕙的身边，温柔地看了看蕙，她的脸上露出微笑，说道："我赞成三表妹的话。我们固然比不上他们男子家。然而我们也是一个人。为什么就单单该我们女子受苦？"

蕙叹了一口气，身子略略向后仰，伸了右手用她的长指甲把垂下来的鬓角挑到耳边。她淡淡地说："唉，话自然也有道理。可是单说空话又有什么用？"她又把头俯下去。但是她忽然想起一件事情，便侧起头看了淑英一眼。淑英正呆呆地望着草地，似乎在思索什么。蕙同情地、还多少带了点悲戚地对淑英说："我是来不及了。我是不要紧的。我得过一天算一天。二表妹，你应该想个法子。你不能学我一样。你该记得大表哥那天晚上说的话。"

淑英还没有答话，淑贞本来偎着淑英，这时把脸仰起，快挨到淑英的脸，她亲密地、恳求般地唤了一声"二姐"。她希望淑英听从蕙的劝告。

淑英感动地看看淑贞，又看看蕙。父亲的发怒的面容突然在她的眼前晃动一下。泪水渐渐地在她的眼睛里泛滥了，她似乎要伤心地哭一次。但是她没有哭，她极力忍住，她借用一些思想的力量来控制自己。她这样地挣扎了一会儿，她的脸上忽然露出来笑容，就像大雨停止以后太阳重现一样。她坚决地说："蕙表姐，你放心，我总会想个法子。我一定不照爹的意思服服贴贴地到陈家去。"其实这时候她并没有一个明确的计划，她看得清楚的就只有那个绝望的步骤——白茫茫的一片湖水。

"不过你也应该小心才是，"蕙仍旧担心地提醒淑英道。"要设法还

---

[1]苏轼（东坡）的词《水调歌头》的头两句。

是早些设法好。晏了时，再有好法子也不能挽回了。事情是一步一步地逼近的。你不及早打算，事到临头，你也只得由别人播弄了。请你拿我做个前车之鉴。"蕙表面上似乎忘记了自己的事情，但是在心里她却感到针刺似的痛。

"要是到了那一天，我还想不到法子，那么我会死的。我宁愿走鸣凤的路，"淑英不曾仔细思索，便咬牙切齿地说了上面的话。她自己不觉得什么。这是她的最后一条路，她目前可以决定的。

蕙听见淑英的话，面色忽然一变，脸上堆了一层黑云，像暴风雨突然袭来一般。她接连地低声说："你不能这样，你不能这样。"淑贞紧紧地挽住淑英的膀子纠缠地逼着问："二姐，你当真?"

淑华早站起来，同芸一起到那几丛草花旁边去采摘花朵，去捕捉一只蓝色蝴蝶。绮霞也跟了去。她们用手帕去赶蝴蝶，跟着蝴蝶跑，从那边发出清脆的笑声。笑声送进了蕙的心里和淑英的心里。

这笑声把淑英从绝望的心境中救出来，她忽然醒悟似地责备自己道："我不该说这种话。"她望望蕙，又望望淑贞。她欣慰地笑了笑，对蕙说："你听，她们笑得多高兴，我还想到死!"她的眼睛跟随着她们的影子动。她又说："我真糊涂，我还想到死。"她把身子稍微移动，更挨近蕙，把右手搭在蕙的肩头。她忘记了先前有过的那些不愉快的思想。她心上的重压似乎突然消失了。现在包围着她的是清爽的空气，晴明的蓝天，茂盛的树木。她的眼前明亮起来，她的心上也渐渐地明亮了。

芸和淑华跟着蝴蝶跑到假山的另一面去，又跑回来。蝴蝶渐渐地增加了。四五只彩蝶在她们的头上飞来飞去，总不给她们捉到。她们跑得汗涔涔的。淑华一面跑一面在叫："蕙表姐，二姐，快来帮忙! 你们老是坐在那儿说来说去的，有什么话讲不完! 晚上回到屋里头慢慢地从头细讲不好吗?"

"三妹，你们就饶了它们罢。它们飞得好好地，何苦把它们打散，"淑英温和地劝阻淑华道。

芸正在跑，她觉得有点疲乏，听见淑英的话，便带笑站住，也说：

"三表妹,不要再赶了,横竖也捉不到。"她用手帕轻轻地在揩额上沁出的汗珠。

"哪个说的? 你不要听二姐的话,"淑华这时正俯着身子在草间找寻一件东西,果然被她捉到一只黄色红斑的蝴蝶。那个小小的生物像死了似的,倒在草地上动也不动一下。淑华把它拾起来放在掌心里,放近嘴边,轻轻地吹了一口气。

芸跑过去看,一面抱怨地说:"你看,你把它弄死了。白白地伤了一条命。"她的话刚刚说完,那只蝴蝶忽然竖起翅膀往上一飞,淑华一个不提防就被它溜走了。

"想不到它倒这样狡猾,"淑华顿脚说。她和芸互相望着笑了。

"在这儿打'青草滚儿'倒很好,听说大哥他们小时候就常常在草坪上打滚,"淑华望着满地绿油油的青草忽然想起这件事情,感到兴趣地对芸说。

"那么你就打一个给我看看,"芸笑说道。

"呸,打给你看!"淑华啐了一口,噗嗤地笑起来。但是接着她抓住芸的袖子好奇地低声怂恿道:"我们两个来打个滚试试看。"

芸红了脸,推辞说:"我不打,你一个人打罢。"她把手挣开了。

"不打,大家都不打。我又不是小孩子,哪个高兴打滚?"淑华故意赌气地说。绮霞在旁边抿嘴笑了。

淑英牵着淑贞的手,跟蕙谈着话走过来。淑英听见淑华的话不觉开颜笑了,便说:"三妹,你还不脱小孩子脾气。哪儿有拉客人打滚的道理?"经她一说连沉静的蕙也忍不住笑了。淑贞也笑得厉害,淑华更不用说。

"三表妹爱打滚,让她打一个过过瘾也好,"芸笑着对淑英说。

"芸表姐,你当面扯谎! 你几时看见我打过滚来?"淑华笑着质问芸道。

"你小时在床上打滚,我看见的,"芸抿嘴笑道。

"呸,"淑华啐了一口,她自己忍不住笑了,众人也笑起来。过了一会儿淑华止住笑,对淑英说:"蕙表姐她们不来时我们天天想念她们,好容易把她们盼望来了。二姐,你却愁眉苦脸不大开腔,还是我来说说笑笑,招待客人。你还要埋怨我。你真是岂有此理!"

"三妹,我哪儿是在埋怨你? 你不要多心。你看我现在不也在笑吗?"淑英的脸上完全没有悲哀的痕迹。平静、愉快,就像头上那一碧无际的晴天。一对凤眼里没有一点云翳。

"真的,二姐很高兴!"淑贞亲密地挽着淑英的膀子快乐地说。

"你简直是二姐的应声虫!"淑华指着淑贞说。"可惜琴姐没有来,不然你更那个了。"

"我没有跟你说话!"淑贞扁了嘴说,她把头扭开了。

"琴妹这两天会来罢,"蕙听见说起琴,便向淑英问道。

"明天是星期六,我们喊人去接她,她一定会来,"淑华很有把握地抢着回答。过后她又问:"蕙表姐,你们这回打算耍几天?"她不等蕙答话,自己又说:"我只望你们能够住久一点。"

蕙踌躇着,不作声。芸马上代她的堂姐回答:"至多也不过住五六天,大伯伯这样吩咐过的。"这所谓"大伯伯"是指蕙的父亲,也就是淑华的大舅父。

蕙忽然看了淑英一眼,又埋下头去,有意无意地小声问道:"大表哥近来还好罢?"

"他近来不如意的事太多了,"淑英低声叹息说。"海儿一死,再没有比这个更使他伤心的。他的处境的确也太苦。我又不能安慰他。我连我自己也顾不到。"最后一句话是用非常轻微的声音说出来的。

这时绮霞忽然唤着翠环和倩儿的名字,她转过假山不见了,但是很快地又带了两个少女过来。

"二小姐,你们在这儿!"翠环带笑地招呼道,她和倩儿又向蕙和芸行了礼。

"翠环,你们怎么也跑到这儿来?"淑华问道。

"我们太太跟大太太、四太太陪周外老太太在水阁里头打牌,我们跟了来的,"翠环答道。

"大少爷没有打牌?"淑英关心地问。

"大少爷也来了的,他比我们先从水阁里出来。二小姐,他没有到你们这儿来过?"倩儿惊讶地说。她先前明明看见觉新在假山旁边徘徊。她以为他一定到过草坪了。

"蠢丫头,大少爷如果来过,难道我们不会看见?怎么还来问你?"淑华笑着责备倩儿。

"那么大少爷一定是划船去了,"倩儿陪笑道。

"好,芸表姐,我们划船去!"淑华听见说划船,就止不住喜悦地说道。芸自然高兴地一口赞成。

"我们去看看大表哥也好,"蕙低声对淑英说。

"大哥是不是在划船,也很难说。他近来举动有点古怪,"淑英微微蹙眉焦虑地说。

"这也难怪他。他这几年来变得多了。种种不幸的事情偏偏都落在他一个人的头上,我们不能够替他分担一点,"蕙的这几句话是费了大力说出来的。她表面上显得很淡漠,但是心里却很激动,同情和苦恼扭绞着她的心。她在自己的前面看见一片黑暗,现在又为别人的灾祸而感到痛苦了。最后一句话到了她的口边,她踌躇一下,但是终于把它说了出来。她的脸上略略起了红晕。她不想让淑英看见,便掉开了头。

"蕙表姐,你怎么能够这样说?"淑英亲热地轻轻触到蕙的膀子,低声说道,声音里交织着痛苦和惊讶。"你自己不也是……你还——"淑英把后面的几个字咽在肚里,但这意义是被蕙明白地了解了。这战抖的声音搔着蕙的心,蕙觉得心里隐隐发痛。她不想再说什么,只想躲在一个无人的地方哭一场。她极力支持住,只是微微地叹息一声。她把她的痛苦全放在叹声里面了。对于不公平的命运她唯一反抗的表示便是眼泪和叹息。

淑华和芸两人走在前面,她们已经转过假山了。淑华听见蕙的叹声,便站住回过头来关心地问道:"蕙表姐,你为什么叹气?"

蕙勉强做出笑容,淡淡地分辩说:"我没有什么。"

淑华知道这是推口话,她也能够略略猜到蕙的心情。她无法安慰蕙,只想把话题支开,便笑着说道:"我不信,一定是二姐欺负了你,惹得你不高兴,我们去告三婶,说二姐不好好陪你耍,要三婶骂她一顿。"她这样一说引得众人都笑了。

"三表妹,你不要乱怪人,二表妹跟我谈得好好的,你不要冤枉她,"蕙笑答道,她觉得心上的重压渐渐地减轻了。

"倒是我不好,我说错了话。今晚上罚我请客消夜好不好?"淑英看见蕙的脸上恢复了平静的表情,也觉得高兴,便顺着淑华的口气陪笑道。

"好,有人愿意请客,我还有不赞成的道理?"淑华第一个拍手赞成。她又惋惜地说:"可惜我这个月的月份钱快用完了,不然我也可以大请一次客。"淑贞听见这句话连忙把嘴一扁,奚落道:"三姐,你不要说这种大方话,"众人都笑了。她们已经走到水阁前面,牌声和笑语从水阁里送出来。右边石阶上小炉灶上面有两把开水壶在冒气。翠环对倩儿说:"倩儿,水开了,你快进去冲茶。"倩儿应了一声便往阶上走去。绮霞看了看自己手里的篮子,自语道:"我也要冲点开水,"便提了篮子走过去。她走到炉灶前面,倩儿已经提了一壶水进水阁里去了。

绮霞把茶壶里冲满了开水仍旧放在篮子里,提着走下石阶。倩儿提了开水壶从水阁里出来,在后面唤道:"绮霞,大太太喊你!"

翠环正站在一株玉兰树下听小姐们讲话,便走到绮霞身边去接过篮子,一面说:"你快去,让我来服侍好了。"绮霞便同倩儿一起走进了水阁。翠环跟着淑英们沿着松林往晚香楼走去。

她们走完松林,到了圆拱桥头,看见觉新一个人静悄悄地站在桥上,身子倚着栏杆,出神地望着桥下。

"大哥!"淑华惊讶地唤道。"你不去看打牌,一个人站在这儿做什么?"

觉新似乎吃了一惊,他掉过头呆呆地望着她们,片刻后才苦笑地说了一句:"你们都来了。"

"你站在桥上看什么?"淑华走上桥来还追问道。淑英连忙瞅了她一眼,叫她不要再说下去。

"我在看水。水总是慢慢地流,慢慢地流。我看得见我的影子在水面上。我仿佛在做梦,做了一场大梦,"觉新神情颓丧,慢吞吞地说。他刚说了这段话,忽然醒悟似地把头一动,脸上浮出凄凉的微笑。他马上用近乎坚决的声调结束地说:"我不过在这儿走走罢了。这儿倒很清静。"

"这儿景致倒好,"蕙接口说了一句。她的眼光刚刚触到觉新的,便立刻掉开了。

"那么你跟我们一道划船去,"淑华邀请地说。淑英用眼光请求。芸天真地望着他。蕙又把眼光移过来轻轻地在他的脸上扫一下。

"好,我就陪你们去,"觉新点点头答道。

他们下了桥,站在草地上。觉新无意间抬起头看见挂在晚香楼檐前的鹦鹉。他自语似地说:"海儿很喜欢这个鹦哥。"他不觉信步走上阶去。

蕙和淑英们都听见这句话,而且了解它的意义。好像有人在火上浇了一瓢水,她们的兴致又被打断了。她们也没精打采地走上石阶。

"倩儿,装烟倒茶,琴小姐来了。"这个响亮的尖声把众人都吓了一跳。有人立刻仰头四顾。但是大家随即明白了。

"呸,笨东西,连人都认不清楚!"翠环指着鹦鹉带笑地骂道。众人忍不住都笑了。

"翠环,装烟倒茶,琴小姐来了,"鹦鹉在架上扑扑翅膀,用它的尖嘴啄脚上的铁链,过后昂着头得意地叫道。

"琴小姐今天又没有来,你总是喊她做什么?"翠环含笑叱责道。众人笑得更厉害了。这样的笑声打破了四周阴郁的空气。

十七

　　周老太太当晚回家去了。蕙、芸两姊妹就留在高家,芸和淑华同睡,蕙却睡在淑英的房里。

　　第二天早饭后觉新坐了轿子到西蜀实业公司事务所去。他在办公室里坐了两个多钟头。王收账员来向他抱怨近两个月收租的困难,商店老板都说生意清淡,不肯按时缴纳房租。王收账员刚走。黄经理又咳着嗽捧着水烟袋进来了。黄经理又批评王收账员不认真收租,要他规劝王收账员以后努力工作。觉新心平气和地跟黄经理谈了一阵话,说得黄经理满意地摸着八字胡直点头。黄经理走了以后,一家商店的老板来找他谈缩小门面的事。接着克定来吩咐他代买几部前三四年出版的文言小说。他好容易把这些人全打发走了,一个人清清静静地办了一些事情,就锁好写字台的抽屉,走到商业场后门,坐上轿子到周家去了。

　　周公馆里显得很忙乱。左边厢房内地板上堆了许多东西,大半是新买来的小摆设,还用纸包着。有的包封纸被拆开了,洋灯罩、花瓶等等露了一部分在外面。觉新的大舅父周伯涛俯在案上开列应购物品的单子。大舅母陈氏和二舅母徐氏站在旁边贡献意见。她们说一样他写一样,有时他自己也想出什么觉得对就写下了。枚少爷怯生生地站在另一边旁观着他们做事情,不敢动一下。仆人进房来,又匆忙地跑出去,刚走到窗下,便听见主人在房里大声呼唤。

　　觉新走进左边厢房。周伯涛看见他连忙站起来,黑瘦无光彩的脸上露出笑容欢迎道："明轩，你来得正好。"两位舅母也转过身来招呼他。觉新给他们请了安，又跟枚少爷打了招呼，便问起"外婆在上房吗？"他得到回答以后又到右上房去，给周老太太请安。周伯涛陪着觉新去。觉新在周老太太房里坐了一会儿，谈了几句闲话，便跟着周伯涛回到左边厢房。陈氏和徐氏拿着一本簿子在清点堆在屋角的那些物品，由枚少爷一件一件地拿起来拆开封皮给她们看了，然后包封好放在一边。陈氏看见觉新进来，便得意地对觉新说："大少爷，你来看我们买的东西。请你看看买得对不对？"觉新只得陪笑地走过去。这里有洋灯、花瓶、笔筒、碗盏等等，式样很多，质料也各别，但都很精致。觉新看一样赞一样，看完了知道缺少的物品还很多。他们又把方才写的购物单给他看。他也有些意见，都告诉了他们。他同他们商量了许久，最后算是把购物单写完全了。觉新答应担任购买一部分的东西。周伯涛吩咐陈氏到左上房去搬出三封银圆交给觉新，这是用皮纸包好的，每封共有壹圆银币一百个。觉新把它们放在皮包里，便告辞回去。他们留他在这里吃午饭，他却找到一个托辞道谢了。他答应第二天再来。

周伯涛和枚少爷把觉新送出去。周伯涛刚刚跨出大厅，忽然听见周老太太在唤他，便道了歉先走进去，要枚少爷送觉新上轿。枚少爷看见他的父亲进去了，旁边又没有别人，仆人、轿夫等跟他们离得并不很近，不会听见他们的低声谈话，便挨近觉新声音颤抖地轻轻说道："大表哥，我有些话想跟你谈谈。你二天来时，到我屋里头坐坐。"

觉新惊讶地望着枚少爷的青白色的瘦脸：眼皮垂着，眼睛没有一点眼神，连嘴唇上也毫无血色；两眼不停地眨动，好像受不住觉新的注视；头向前俯，他虽然只有十六岁，背都有点驼了。觉新不觉怜悯地问道："你有什么事情？不太要紧吗？何不现在就说？"觉新还希望自己能够给他帮一点忙。

"下回说罢，"枚少爷胆怯地推诿道。过后他忽然红了脸，鼓起勇气用很低的声音说："爹管得太严。我有时只得偷偷看点闲书。

心也让看闲书看乱了。有时整晚睡不着觉,有时睡得还好,半夜里又让……梦遗弄醒了。我怕得很。我不敢对爹说。近来我又常常干咳……"他愈说愈激动,后来有点口吃了。他似乎还有许多话想说出来,但是他忽然低声嘘了一口气,消极地说:"下回再说罢。"

觉新站住听枚少爷讲话。他很感动,便更加注意地听着。枚少爷忽然紧紧地闭了口。他仓卒间随便说了两句安慰的话:"枚表弟,你不要着急,这多半不要紧。你以后留心点,不要再有那种……"他在这里省去几个字,但是他相信枚少爷一定能明白他的意思。他预备上轿了,但又站住,带着严肃的表情警告地对枚少爷说:"你应该请医生来看,这样下去是不行的。我想还是对大舅说了好。"

"不,你千万不要对爹说,爹晓得一定会骂我,"枚少爷的脸上忽然现出恐怖的颜色,他惊恐地阻止道。

觉新知道周伯涛的性情,觉得枚少爷的害怕也有理。他很同情这个孩子,却又没有办法帮助枚少爷。他便随口劝道:"你最好多到街上走走,就到我们家里也好。关在屋里头太久了,对于身体很不好。"

枚少爷叹了一口气低声答道:"唉,我何尝不晓得?可是爹不准我出门。爹要我在家里温书。不过爹又说等姐姐出嫁以后让我到你们家里搭馆去。"

觉新把眉头微微一皱,也没有别话可说,略略安慰几句便告辞上轿走了。

觉新坐在轿子里面一路上就想着枚少爷的事情。他愈想愈觉得心里难过。他在枚少爷的身上看不见一线希望。这个年轻人的境遇甚至比他的更坏。他至少还有过美妙的梦景。他至少还有过几个爱护他的人。他至少在那样年纪还大胆地思想过。这个年轻人什么也没有。冷酷、寂寞、害怕,家庭生活似乎就只给了他这些。"爹管得太严,""我怕得很,"这两句话包括了这个十六岁孩子的全部生活。没有一个人向这个孩子进一点劝告或者给一点安慰。现在这个孩子怀着绝望的心情来求助于他,他却只能够束手旁观,让这个孩子独自走向毁灭的路。看着一个年轻的生命横遭摧残,这是很难堪的事,何况他自己的肩上已经担负了够多的悲哀。他左思右想,总想不出一个头绪。好像迷失了路途,他到处只看见黑暗,到处都是绝望。他的心越发冷了。

轿子进了高公馆,在大厅上停下来。一阵吵骂声把觉新唤醒了,他才知道已经到了自己的家。他没精打采地走出轿子,看见带淑芳的杨奶妈挣红着脸,指手动脚地跟高忠大声相骂。她站在大厅上,她的衣襟敞开,一只奶子露在外面,像是刚刚喂过淑芳的奶似的。高忠也不肯示弱,他从门房里跳出来,在天井里跳来跳去。他只穿了一件汗衫,袖子挽得高高的,光头上冒着汗珠,口里喷着吐沫。他一面叫骂,一面向杨奶妈挥着拳头。他骂道:"你这个妖精,你这个'监视户'!四老爷欢喜你,我老子倒不高兴嫖你……"三房的仆人文德在旁边劝高忠少讲两句,高忠不听他的话,只顾骂下去。

杨奶妈嘶声叫起来:"你挨刀的,短命的,龟儿子,你不得昌盛的,绝子绝孙的!你打老娘的主意,碰到了钉子,你就造谣言血口喷人。好,你会说,我们就去见四老爷去……"她又羞又气,脸挣得通红,两步跳下石阶要去抓高忠的衣服。高忠毫不退缩,抄着手雄起起地站在那里。杨奶妈刚刚扑到高忠的身上,高忠用力一推,杨奶妈倒退了两步。但是她立刻又扑过去。高忠的手快要打到她的脸上,却被在旁边看热闹的仆人、轿夫、女佣们拦住了。王嫂同钱嫂拉开了杨奶妈,赵升同文德两个拉开了高忠。淑芳在大厅上书房门口石级旁边跌倒了,哇哇地哭起来。

"杨奶妈,七小姐跌倒了,你快去抱她,"何嫂看见淑芳跌倒,便在后面高声唤着杨奶妈。杨奶妈并不理会,却挣扎着要去打高忠。何嫂便自去抱起了淑芳,一面给她揩眼泪。

书房里觉英、觉群、觉世们读书的声音也被杨奶妈的叫骂声掩盖了。高忠越骂话越难听。杨奶妈骂不过就大声哭起来。王嫂在旁边劝她。

觉新本来想骂他们几句,制止这场吵架。但是他忽然觉得心里有什么东西不住地往上冲,他只是发呕。他也不说话,静悄悄地跨过拐门进里面去了。

出乎觉新的意料之外,他走到自己的房门口,就听见里面有人谈话的声音。他把门帘揭开,一股檀香气味送到他的鼻端。他一眼便看清楚了房里几个人的面貌。不愉快的思想离开了他。他惊喜地说:"难得你们都在这儿!"

"我们客人都来齐了。你当主人的有什么东西待客?快说!"淑华大声笑道。她坐在写字台前面的活动椅上。

"三妹,你不也是主人吗?你不好好地招待蕙表姐、芸表姐,却要等我回来,"觉新说了上面的话,不等淑华再说,就走到方桌前面,走近蕙的身边。他关心地望着蕙说:"我到你们家里去过了。"

"婆没有吩咐什么吗?大家都忙罢,"坐在方桌另一头的芸问道。

"没有,"觉新略略摇摇头。他忽然注意蕙在看他,这是充满着信赖和感谢的眼光。他心里微微震动一下,过后把眉头一皱,焦虑地对蕙说:"只是枚表弟……"

"枚弟有什么事?"蕙惊疑地插嘴问道。

觉新沉吟一下,然后摇头说:"没有什么。不过他的身体不大好,平日应该多多留心。他又害怕大舅,他即使有心事也不敢让大舅晓得。"

"枚弟这个人也没有办法。年纪不小了,却没有一点男子气,"芸在旁边插嘴说。

"枚弟有什么心事?大表哥,他对你说过吗?"蕙担心地低声追问道。

"他没有说什么,这只是我一个人的猜想,"觉新连忙逃遁似地说。

蕙不作声了。淑华却缠着觉新说笑话。芸也讲了一两句。过了一会儿蕙忽然唤声"大表哥",接着恳求地说:"枚弟好像有什么病似的。爹待他又太严,不会体贴他。他一个人也很可怜。你有空,请你照料照料他。你的话他会听的。"蕙的求助的眼光在觉新的脸上停留了许久,等候他的回答。

觉新知道自己对枚表弟的事情不能够尽一点力,但是他看见蕙的殷殷求助的样子,又不忍使她失望。他想:他对她的事情不曾帮过一点忙,却让她独自去忍受惨苦的命运,难道现在连这一点小小的要求他也还必须在口头上拒绝她么? 同情使他一时忘了自己,同情给了他勇气。他终于用极其柔和的声音安慰蕙道:"你放心,只要我能够,一定尽力给他帮忙。"他就在蕙旁边一把藤椅上坐下了。

蕙感动地微微一笑。愉快的颜色给她的脸涂上了光彩。她对觉新略略点头,轻轻地说了一句:"多谢你。"

淑华在跟芸讲话,她的座位正对着门。她看见门帘一动,觉民安闲地走进房来,便问道:"二哥,琴姐呢?"

"我替你们请过了,她明天一定来,"觉民带笑地回答。

"怎么今天不来?"淑华失望地说。

"她今天有点事情,人又不大舒服。横竖她们学堂后天放假,她明天来也可以住一天,"觉民安静地解释道。

"琴姐明天什么时候来? 最好早一点,"淑贞眼巴巴地望着觉民,好像要在觉民的脸上看出琴的面影一般,她着急地说。

"琴姐明天来,我们一定要罚她。这两天叫我们等得好苦! 今天还不来! 二哥,是你不好,你把琴姐请不来,我们不依你!"淑华抱怨道。

"这的确要怪二哥,琴姐素来肯听二哥的话,"淑英抿嘴一笑,插嘴说。

"是呀! 如果二哥要她今天来,她今天也会来的,"淑华接口挖苦觉民道。但是她马上又故意做出省悟的神气更正道:"不对,应当说二哥爱听琴姐的话。二哥素来就害怕琴姐。"

芸把两只流动的眼睛天真地望着觉民的脸,她感到兴趣地微笑着,鼓动般地说:"二表哥,她们既然这样说,你立刻就去把琴姐请来,给她们看看你是不是害怕琴姐!"

"奇怪,这跟我有什么关系?为什么要我去请?芸表妹,怎么你也这样说?"觉民故意做出不了解的神气,惊讶地四顾说。

芸抿嘴一笑,她的圆圆的粉脸上露出一对酒窝,她答道:"她们都这样说。"

"二哥,你不要装疯。各人的事各人明白。真不害羞! 还要赖呢!"淑华把手指在脸颊上划着羞觉民。

淑英笑了,芸笑了,淑贞也笑了。蕙和觉新的脸上也露出微笑。蕙不久便收敛了笑容短短地叹一口气,低声对觉新说道:"我真羡慕你们家里的姊妹,她们多快乐。"

"羡慕"两个字把觉新的心隐隐地刺痛了。这像是讥刺的反语。然而他知道蕙是真挚地说出来的。连这样的生活也值得羡慕!单从这一点他也可以猜想到这个少女的寂寞生活里的悲哀是如何地大了。她简直是他的影子,也走着他走过的路。他知道前面有一个深渊在等候她。但是他无法使她停住脚步。其实他这时也不曾想到设法使她停住脚步的事。他只有一个思想——他们两人是同样的苦命者。他曾经有过这样的希望——希望一种意外的力量从天外飞来救她。但是希望很快地就飞过去了。剩下来的只有惨苦的命运。泪水突然打湿了他的眼睛。他的眼光穿过泪水在她那带着青春的美丽的脸上停留了片刻。他的脸上起了痛苦的拘挛,他低声对她说:"你不要这样说,我听了心里很难过。"

蕙想不到觉新会说出这样的话。她惊奇地看他一眼。她的心也禁不住怦怦地跳动起来。这过分的关心,这真挚的同情把她的心搅成了软绵绵的,她没有一点生意。她先红了脸,然后红了眼圈。她埋着头半晌说不出一句话,两只手只顾揉着一方手帕。

"二姐,你看,大哥不晓得跟蕙表姐说些什么话,一个埋着头不作声,一个眼里尽是泪,"淑华转动一下椅子,把头靠近淑英的脸,忍住笑在淑英的耳边低声说。

淑英随着淑华的眼光看去,她不知道觉新同蕙在讲些什么,然而这情形却使她感动。她不想笑,而且也不愿意让淑华说话嘲笑他们。她摇摇头拦阻淑华道:"让他们去说罢,不要打岔他们。"

淑华碰了一个钉子,觉得有点扫兴,但是她再留意地看了觉新一眼,她自己的心也软了,她便不再提这件事情。

觉民站在写字台后面跟芸讲话。芸坐在淑华的斜对面。她一面讲话,一面也能看见淑华的动作。芸是一个很聪明的女子,她略为留心便猜到了淑华的心思。她自然爱护她的姐姐。她害怕淑华真的嚷起来跟蕙开玩笑,便趁着觉民闭口,连忙唤了声:"三表妹。"

"嗯,"淑华答应道。她看见芸没有马上开口,便问道:"芸表姐,什么事?"

芸找不出话来回答淑华。她迟疑一下,忽然瞥见写字台上的檀香盒子,便顺口说:"檀香点完了,请你再印一盒罢。"

淑华还未答话,淑英便站起来把一只手搭在淑华的肩头说:"你让我来印罢。"

"也好,"淑华说,便站起让淑英坐下,她自己站在椅子背后。淑英把檀香盒子移到面前,取下上面的一层,刚刚拿起小铲子,绮霞和翠环两人便进房来请众人去吃午饭。淑英和淑贞自然回各人的房里去。淑英带着翠环走了。淑贞恋恋不舍地独自走回右厢房去。分别的时候她们还同淑华们商量好晚上在什么地方见面。

这个晚上觉民关在房里写文章,预备功课。觉新到桂堂旁边淑英的房里去坐了一点多钟,同几个妹妹谈了一些过去的事情。后来克明唤他去商量派人下乡收租的事,他便离开了她们。以后他也不曾再去,他以为她们姊妹们谈心,没有他在中间,也许更方便。

觉新回到自己的房里,时候还早,电灯光懒洋洋地照着这个空阔的屋子。在屋角响着老鼠的吱吱的叫声。他把脚在地板上重重地顿了两下,于是一切都落在静寂里了。他起初想:海臣大概睡得很熟了,便走进内房去。床上空空的没有人影。他这才恍然记起:海臣已经不是这个世界上的人了,便低声叹了一口气。他呆呆地望着空床,过了半晌又无精打采地走到外房去。

方桌上放着"五更鸡",茶壶煨在那上面,是何嫂给他预备好了的。他走到写字台前,坐在活动椅上,顺便拿起桌上一本新到的《小说月报》,看了两页,还不知道书上写的是什么。他实在看不下去,便放下书,静静地在椅子上坐了一会儿,后来就俯在写字台上睡着了。直到何嫂给他送消夜的点心来时才把他唤醒。他疲倦地说了一句:"你端给二少爷吃罢。"街上的二更锣声响了。他听着这令人惊心的锣声。他甚至半痴呆地数着。何嫂把点心端走了。不久她又回来,殷勤地给他倒了一杯茶放在他的手边。他看见何嫂,不禁又想起海臣,但是当着何嫂的面,他也不曾流泪。等何嫂走出了房间,他才取出手帕频频地揩眼睛。后来他觉得枯坐也乏味,便到内房去拿出一副骨牌来,仍然坐在写字台前,一个人"过五关"解闷。

他懒洋洋地玩着牌,老是打不通第五关。他愈玩愈烦躁。后来电灯灭了。他早就听见电灯厂发出的信号——那凄惨的汽笛。方桌上有洋烛插在烛台上,他也不去把它点燃。电灯光一灭,房间并不曾落在黑暗里,月光从窗户照进来,桌上、地上都映着缕花窗帷的影子。月光甚至偎倚在他的身上。他静静地在椅子上坐了一会儿,忽然站起来。他想到花园里去走走。

觉新走进了花园。他看见月洞门微微掩着,没有加上门闩。他有点奇怪:什么人这时还到花园去?他也信步往里面走去。

这晚月色甚好。觉新的心也被这月夜的静寂牵引去了。他一路上只顾观看四周景物,不知不觉地走入竹林里面。他快要走完竹林中的羊肠小径时,忽然听见前面溪边有人在讲话。他略略吃惊,但是马上就明白了。那是蕙和淑英的声音。不过他还疑惑:她们这夜深还到这里做什么呢?他忽然起了一个念头:躲在竹林里面窃听她们说些什么话。

"……只怪我一向太软弱,到现在也只有听天安命。不过我怕我活不久。妈总爱说我生成一副薄命相。我想这也有道理,"蕙忍受地、凄凉地说。

"我只恨我为什么不是一个男子!不然我一定要给你帮忙,"淑英气恼地说。

蕙叹了一口气,又说:"我这一辈子完结了。不过二表妹,你的事情还可以想法。你跟我是不同的。你有几个哥哥。大表哥、二表哥他们都会帮忙你。大表哥是个好心肠的人。……不过近来他也太苦了。我担心他……"

觉新听到这里,心跳得很厉害。他又是喜悦,又是悲戚,又是感激。他反而流下眼泪来。他觉得自己没有自持的力量了,便移动两步,拣了一根较粗的竹子,就倚在那上面。

蕙的最后一句话还没有说完,这本是随口说出来的,她说到"他"字时,忽然沉吟起来,一时找不到适当的字句表明她心中所感。这时她听见竹林中起了响声,略有惊疑,便侧耳倾听,一面说:"二表妹,你听,好像有人来了一样。"

淑英也注意地听了一下。旁边翠环却接口说:"不会罢。也许是猫儿。这夜深还有哪个来?"

淑英也不去管这件事情。她还记住蕙的话,便同情地说:"蕙表姐,你也太好了。你自己的事情是这样,你还担心别人的事情。"

蕙站在木桥上,脸上露出苦笑。她仰起头让月光抚摩她的脸颊,她带了点梦幻地说:"二表妹,我真羡慕你,你有这样的两个哥哥。我们的枚弟简直没有办法。家里头就像没有他这个人一样。"她忽然埋下头看溪水,迟疑一下,又说:"我倒有点想念你们的鸣凤。看不出她倒做得轰轰烈烈。我连她都赶不上。我有时也真想过还是一死落得干净。不过我又有些牵挂。我的确软弱。我也晓得像我这个人活在世上,也没有意思……"

这时觉新实在不能忍耐了,他踉跄地走出竹林去。

"大少爷!"翠环第一个看见他,惊讶地叫了一声。

蕙和淑英惊喜地招呼了觉新。觉新勉强一笑,温和地说:"难得你们在这儿赏月,你们来了好久罢。"

"我们来了一阵了。我们想不到你也会来,"淑英陪笑道。她从桥上走下来迎觉新。蕙依旧站在桥上,低下头默默地望着溪水。

"我也来了一阵子,你们刚才讲话我也听见的,"觉新凄然一笑,低声说。

"那么你都听见了?"淑英着急地问道。蕙抬起眼睛,窥察似地看了他一眼,又不好意思地埋下头去。

"不,我只听见了一点。我觉得我太对不起你们,"觉新痛苦地说。他向前走了两步,站在桥头,关切地望着蕙,忽然一笑,但是这笑容和泣颜差不多。他温柔地唤道:"蕙表妹。"蕙轻轻地答应一声,抬头看他一眼。他一手捫着心,半晌说不出一个字。直到蕙把眼睛掉开了,他才求恕似地说了一句:"请你原谅我。"

蕙嗔怪似地看觉新,眼光十分温柔,里面含着深情,她似乎用眼睛来表达她不能用言语表示的感情。她低声说:"你为什么对我说这种话?你难道不晓得我只有感激你?"她止住话摸出手帕,在脸上轻轻揩了一下,身子倚在栏杆上,两手拿着手帕在玩弄,头慢慢地埋下去,她继续说:"我是不要紧的,大表哥,你倒要好好地保重。"

"我?你为什么还只顾到我?你看你……"觉新再也说不下去,他完全失掉了控制自己的力量。他想哭,但是他又不愿意让蕙看见他的眼泪。他叹了一口气,连忙转过身子,匆匆地走到桥那边天井里,在一株桂树下站住了。

蕙默默地望着觉新的背影,又拿起手帕去揩眼睛。

"二小姐,你过去劝劝,"翠环在淑英的耳边怂恿道。她们这时还站在溪边,蕙和觉新的谈话她们大半都听见了。淑英渐渐地明白了那种情形,她很感动,心里有一种说不出的滋味。她看见觉新在对岸天井里站定了,便走上桥,到了蕙的身边,亲热地唤了一声:"蕙表姐。"翠环也跟着她走上桥来。

蕙回过头看淑英,过了片刻,忽然带着悲声迸出一句:"我们回去罢。"她把淑英的一只膀子紧紧挽住,身子就偎倚在淑英的身上。

淑英装出并不知道他们两个人的心情的样子,她勉强露出笑容,温和地、鼓舞地说:"现在还早。蕙表姐,你看月色这样美,既然来了,索性多耍一会儿。我们拉住大哥一起到钓台上面赏月去,好不好?"

"二表妹,我不去了,我心里难过,"蕙在淑英的耳边低声说,凄凉的声音响彻了淑英的心。淑英的心事也被它引了起来。暗云渐渐地浮过来遮蔽她的眼睛。她害怕自己也会支持不住,关心地看了蕙一眼,便说:"也好,那么我们回去罢。大哥这两天也很累,他也应该早些睡觉才是。横竖我们明天还可以再来。"

觉新勉强一笑,答道:"我倒没有什么,不过我看蕙表妹精神不大好,倒应该多多休息。究竟夜深了,久在花园里也不好。"

十八

　　星期日下午琴果然到高家来了,她和蕙、芸姊妹见了面。在这一群少女中间有了一个欢乐的聚会。她们谈了许多话,还时常笑,连蕙的脸上也不时浮出笑容。

　　这是一个阴天,又落着小雨。她们就聚在淑华的房里闲谈,也到淑英和觉新的房间去过。觉新叫何嫂备办了酒菜,请她们在他的房里吃午饭。觉民也来加入,但是他不久就到周报社去了。别的人却一直谈到电灯熄了以后才散去。琴被淑英拉到她的房里去睡。蕙原也睡在那里。她们三个人挤在一张床上。大家都很兴奋,愈谈愈有精神,差不多谈了一个晚上。

　　第二天她们起得较晚一点,还是芸和淑华来把她们唤醒的。这几个少女商量着怎样度过这一天的光阴。但是出乎她们的意料之外,下午周家就派周贵来通知要蕙、芸姊妹晚上回去,说是周大老爷的意思。周氏不肯放蕙和芸走。这两姊妹也愿意在高家多住两天,不过蕙也不敢违抗她父亲的命令。后来还是周氏坚决地留她们多住一天,用决断的话把周贵打发走了。

　　"大舅的脾气真古怪,本来说好了,让蕙表姐多住几天的,"淑华失望地埋怨道,这时她们姊妹都在周氏的房里。

　　"或者家里有什么事情,也说不定,"蕙低着头解释地答了一句。

　　"不见得!还有什么事情要你去做呢?"淑华不同意地辩驳道。

　　蕙不再作声了。淑英和琴两人嗔怪地瞅了淑华一眼。琴正要说

话,周氏却开口先说了:

"不要再提这件事情了,你大舅的脾气从来是这样的。横竖蕙姑娘以后还会常常来耍。"

"耍自然还可以来耍,不过以后……"淑华心直口快,不假思索地说了出来,忽然看到琴和淑英一些人的脸上的表情,自己也觉得话有些碍口,便装出不在意的神气在中途打住了。琴马上用别的话支吾过去。以后也就没有人再谈到关于蕙的亲事的话。大家谈了一些另外的事。刚巧这时收到了觉慧从上海寄来的信,两个信封里面装了重重叠叠的十多张信笺,是写给觉新、觉民、淑英、淑华四个人的。给淑英的单独装在另外一个信封内。淑英略一翻阅便默默地把信揣在怀里。她心里的激动,人可以从她的开始发红的脸上看出来。但是众人并不曾注意这个,她们都留心倾听淑华朗诵那封给觉新们的信。在那封信里觉慧很兴奋地描写他春假中的杭州旅行。西湖的美丽的风景在粗线条的描绘中浮现出来,把众人的心都吸引去了。那个地方她们从小就听见长辈们谈过,他们常常把那里的风物人情形容得过分的美好,因此很容易培养年轻人的幻想。这些少女以到西湖去为一生的幸事。她们自己也明明知道很难有这样的机会。然而如今居然有一个同她们很亲近的人从那个梦景似的地方写信来了!这封信仿佛就把那遥远的地方拉到了她们的身边似的。她们都很激动,都很感兴趣。淑华把信读完了,大家都觉得信写得简单,她们还想知道更多的事情。

"三表哥的信写得真有趣,"芸笑吟吟地说。

"老三的信总是写得这样长,这样详细,简直跟当面说话一样,"周氏接着批评道。

"大舅母,你看这就是白话信的好处。我们看了信就觉得三表弟站在面前对我们说话一样,"琴看见周氏高兴,便顺着她的口气宣传道。

周氏笑了笑,就说:"琴姑娘,你不要说我。倒是你妈反对人写白话信,说是俗不可耐。我并不讨厌白话信。我看老三的信倒觉得写得更亲切,什么话都写得出来,有时叫人想笑,有时又叫人想哭。"

琴不作声了。淑英却接着说:"真的,三哥那种神气活灵活现地在纸上现出来了。"

"他倒好,这样轻的年纪就到过那许多地方,我一辈子连城门也没有出过,"周氏带了点羡慕的神气说。

"妈怎么没有出过城门?妈忘记了,去年大嫂住在城外的时候连我也去过,"淑华笑着说。

周氏忽然收敛了脸上的笑容,把眉头一皱,悔恨似地说:"不错,这个我倒忘记了。提起大嫂我倒想起好多事情。老三走,恐怕也跟这件事有关。这也难怪他生气,说要离开家庭。平心而论,我们家里如果有一个真正明白事理的人,大嫂或者不会落得那样的结果。你大哥为人样样都好,就是太软弱,太爱听话。我是一个女流,又做不成什么。"

"事情过了,大姑妈也不必再提了,"蕙顺口答了一句。她心里很难受,她害怕听这一类的话,它们只会引起她更多的伤感。

"话自然是这样说,不过有时候想起总觉得心里过不去,鸣凤的事情也是这样,"周氏含着歉意地说。

"其实这又不是大舅母的错,大舅母并没有一点责任,"琴听见周氏的话觉得不大满意,故意这样说。她心里却想:当时你如果出来坚持一种主张,事情何至于弄到这样!她忽然想起一件事情,便侧过头去低声问淑英道:"三表弟给你的信上写些什么?"除了淑英外再没有人听见她的话。

"我还没有细看。三哥劝我……早点打定主意——"淑英激动地低声回答,她只说了半句便转过话头接下去:"我们等一会儿一起细看罢。"琴欣慰地点了点头。

"我们家里头有这么多读过书的人,怎么就会相信那种鬼话!真想不到!"淑华接着琴的那句类似讽刺的话气愤地说道。

周氏觉得琴和淑华的话都有点刺耳,她心里不大舒服。但是她找不到话来回答她们。她沉吟半晌,几次要说话,却又闭了嘴。后来她沮丧似地对那几个少女说:"你们去耍你们的罢,不要在这儿陪我讲那些叫人不快活的事。蕙表姐她们明天就要回去了,你们还不好好地谈谈心!"

"我们在这儿陪大姑妈谈谈也是好的,"蕙客气地说。

"蕙姑娘,你不要跟我客气,今天天气很好,你们昨天闷了一天,今天正好到花园里头去散散心,"周氏带笑说。接着她又吩咐淑华道:"三女,你快陪你表姐们去!你要好好地招待客人。"

淑华在前一天晚上就定下了划船的计划。这一天又是天朗气清,更增长她的游兴。她在周氏的房里坐得有点不耐烦了。她巴不得周氏说这种话,高兴地答应一声就站起来,把她的三个表姐约了出去。淑英还在跟琴讲话,淑贞挨着琴走。绮霞和翠环也都跟了去。

她们进了花园,看见各处景物经过一夜细雨的洗涤显得分外明丽,一片草、一片树叶都现出充分的生机。一阵温暖的风掠过她们的脸颊。一只八哥在枝头得意地歌唱起来。有一两处土地上还有一点湿,软软地粘滞着脚步。杜鹃花落了一地。桃树、李树、玉兰树上都是绿叶成荫,看不见一朵花了。

"春天就去得这么快,"淑英惋惜地自语道。

"它会再来的,"琴暗示地在淑英身边说。淑英惊疑地侧头看琴一眼,正遇着琴的鼓舞的眼光,便领悟似地点一点头。

"春天自然会来,不过明年的春天跟今年的不是一样的了,"蕙听见琴的话,便也说了一句。

"这有什么不同?这不是一样的?"淑华不假思索接口说道。

"不过那个时候我恐怕不会来了,"蕙说着,脸上露出凄凉的微笑,显然她的心里充满着无处倾诉的哀怨。

"姐姐,你不要这样说,明年你一定会来的,"芸友爱地安慰她的堂姐道。

"明年春天我们一定更热闹,更快活。琴姐也会住到这儿来了。三哥或者会回来。蕙表姐、芸表姐你们也常常来耍。琴姐,就用不着差人去请,那时我们也不喊她做'琴姐'了……"淑华只顾高兴地说下去,却被琴把她的话头打断了。琴红着脸啐了淑华一口,说道:"呸! 哪个在跟你说笑! 你好好地为什么又要扯到我的身上? 看我来撕你的嘴!"

"好,琴姐,我说你不答应,要二哥说你才高兴!"淑华噗嗤一笑说道。她立刻把身子闪开,好像真的害怕琴来撕她的嘴似的。

"三表妹,当心点,地上有点滑,"芸忍着笑在旁边警告道。

"四表妹,你去给我打她,喊她以后少胡说些!"琴半笑半恼地推着淑贞的膀子,鼓动地说。

淑贞胆怯地看了看淑华,又看看琴,她迟疑半晌才羞怯地说:"琴姐,饶了她这回罢。"

淑华望着琴拍手笑了。众人也笑起来。琴装着生气的样子扭过头不理淑华。淑华毫不在乎地去找芸讲话。淑贞讨好地偎着琴,紧紧捏着她的手。

园丁老汪光着头拿着扫帚从一座假山后面转出来。淑华看见他,便吩咐道:"老汪,我们要划船,你去给我们预备好,要两只小的!"老汪含笑地回答一声,把扫帚放在假山旁边,又转过假山那面去了。

众人走到湖滨柳树下。老汪和老赵都在那里,已经预备好船在等候她们。淑华自己要动手划,她和蕙、芸两姊妹坐在一只船上,绮霞伺候她们;琴和淑英、淑贞坐另外的一只,翠环给她们划船。

船慢慢地动起来。淑华的船走在前面,翠环划的一只在后紧紧跟着。水静静地流着,许多粒小珠子在水面流动,阳光射在水上,使那些珠子不时闪光。水里现出蔚蓝色的天幕,船像一把剪刀,慢慢地把它剪破了。四围静寂。偶尔有小鸟的清脆的叫声从两岸飘来。船缓缓地在桥洞下面流过,往水阁那面去了。

淑华划了一阵,额上微微沁出汗珠,脸也略略发红,但是她依旧昂然自得地划动桨。

"三表妹,你吃力罢? 歇一会儿也好,"芸羡慕地望着淑华说道。

"三小姐,给我来划罢,"绮霞接着说。她把身子微微动一下,准备跟淑华调换座位。

"不要紧,还是我来划,"淑华连忙说。她捏紧桨不放手,好像害怕别人会给她抢去似的。

"三表妹,像这样划容易不容易?"芸不转睛地望着淑华的手,问道。

"很容易,芸表姐,你来试试看,"淑华含笑地对芸说,做出要让芸来划的样子。

"我不会,"芸摇摇头说,她不大好意思地红了脸,"还是你划罢。三表妹,我真羡慕你。你什么都会。"

芸的带渴慕的声音使淑华感到得意,但又使她惊讶。她问道:"芸表姐,你说羡慕我,我有什么值得人羡慕?我就讨厌我们这个家。"

"三表妹,你还可以做你自己高兴做的事,"这许久不说话只顾望着水面的蕙插嘴说。

"三姐,当心点,船来了!"淑贞忽然在另一只船上叫起来。淑华只顾说话不曾留心船淌去的方向,这时抬头一看,才发现她的船横在湖中快要回头了,翠环的船从后面直驶过来,她慌忙地动桨,但已经来不及了,被后面的船一撞,她的船身动了一下,后来也就稳定了。淑华的身上溅了好几滴水。她含笑地骂了一句:"翠环,你也不看清楚一点。"于是她放下桨休息,翠环也停了桨。两只船靠在一起,漂在水上。湖心亭静静地横在前面,把它的庞大的影子嵌印在水底;钓台和水阁已经落在后面了。

"我们索性摇到湖心亭前面去,"淑华提议道,便拿起桨来划,使船向湖心亭流去。后面一只船也跟着动了。这时水面较宽,翠环的船又走得较快,便追上了淑华的船,淑华虽然用力划,而结果两只船还是差不多同时到了桥下。

淑华放下桨喘了几口气,用手帕揩了额上的汗珠,然后得意地说:"蕙表姐,你说我可以做自己高兴做的事情,这也不见得。我想做的事情真多,就没有几件能够办到,真气人!"话虽是如此说,但是淑华并没有生气,她脸上还露着笑容。"不过我跟别人不同。不管天大的事情我都不放在心头。我想到什么就说什么,说出来就痛快。人家骂我是冒失鬼,我也不管。我不管人家怎么说,我只管做我自己想做的事。我一天有说有笑。二姐说我是乐天派。我看二姐就是个悲观派。"淑华夸耀似地接连说了许多话。

"这样就好,"蕙和芸齐声赞道。蕙却多说了一句:"只可惜我做不到。"

"你既然觉得好,为什么又做不到呢?"淑华不假思索地追问道。

差不多和这同时,淑英从另一只船上发出了质问:"三妹,你为什么又扯到我头上来?哪个说我是悲观派?"淑华听见笑了笑。她正要回答淑英,但是蕙在说话了。

"三表妹,你不晓得,我们的处境不同,"蕙绝望地说,"这都是命!"

"我不这样想!"淑华不相信地摇摇头,她带了一点矜夸的神气说,既然都是命,那我倒乐得照我自己的意思去做。做得成做不成横竖都是命!"她又掉过头去对淑英说:"二姐,你就不同,你总是愁眉苦脸想这想那的,近来就没有看见你快活过一个整天。我屡次劝你也没有用。所以我说你是悲观派。"

"三表妹,你真会说话,"琴觉得有趣地笑了。芸也含笑地望着淑华。

"呸,"淑英红着脸啐了一口,她说:"三妹,你少在蕙表姐、芸表姐面前冲壳子!"她这时的心情跟先前的略有不同。听见淑华的话,她想起了她的三哥觉慧的话,她刚才在船上读完了觉慧的来信。

原来翠环划的那只船从圆拱桥下流过的时候,淑英和琴坐在一只船里,琴很关心淑英的事情,她又想起觉慧给淑英的那封信,便低声问道:"三表弟的信还在你身边?"

淑英小心地往四周一看,然后低声答道:"我还没有看清楚,我们现在来看,"便从怀里摸出了信。琴把头偎过来,两人专心地读着信。

淑贞茫然地望着她们,不知道她们在看什么东西。淑华的船却只顾往前面走了。

　　琴和淑英读着觉慧的信,心里的激动不停地增加。那封信唤起了她们的渴望。尤其使淑英受不住的是:那许多带煽动性的鼓舞的话都是对她发的。觉慧从淑英的信里知道了她现在的处境,他对她表示极大的同情,但是他不满意她那悲观消极的态度。他举出几个例子,说明那些可爱的年轻生命怎样横遭摧残,他们为了旧礼教、旧观念做了不必要的牺牲品。他说这是不应该的。每个青年都有生活的权利,都有求自由、求知识、求幸福的权利,做父母的也应该尊重子女的这些权利。任何阻碍年轻生命发展的行为,都是罪恶。每个青年对这罪恶都应该加以反抗,更不该自己低下头让这个不可宽恕的罪恶加在自己的身上。他又说父母代替子女决定婚姻的时代已经过去了。从前为了这种错误的婚姻,不知道有若干年轻人失掉了家庭的幸福和事业上的进取心。许多人甚至牺牲了生命。在高家受了害的人也有好几个,淑英不会没有看见。但是现在不同了,今天的中国青年渐渐地站起来了,他们也要像欧洲的年轻人那样支配自己的生活,决定自己的婚姻,创造自己的前程了。在外面到处都有这样的青年。淑英也应该做他们中间的一个。她不应该徒然在绝望的思想中憔悴呻吟地过日子,束手旁观地让她的父亲最后把恶运加到她的身上。她必须挺起身子出来为争取自己的幸福奋斗。在这一点女子跟男子不应该有什么分别。她请他替她打听上海学校的情形,要他代讨几份章程,他问她是不是有到下面读书的意思。他说倘使她真有这种意思,不妨认真作好准备,他也可以给她帮忙。而且他相信觉民和琴也会给她帮忙。他说在下次的信里就会把各学校的情形详细地告诉她,而且还会寄几份章程来。——信很长,但主要的意思也不过这些。后面的一段话写得比较隐晦,然而琴也能够看出觉慧在鼓动淑英偷偷地逃出家庭到下面去。她很高兴觉慧对淑英表示了这样的意见。她完全没有想到觉慧的建议如果被淑英接受而实行,她也会遇到种种的麻烦。

信里的话是那么惊人，但又是那么有理。从没有人对淑英说过这类的话。这些话使淑英明白了她自己所处的地位。淑英的心跳得厉害，她的脸也发红了。她急促地呼吸着，直到把信看完，才宽松地嘘了一口气。她珍重地将信藏起，又看了看琴，她想知道琴的意见。她自己一时没有主意。她好像是染了痼疾的病人，病一时好一时坏，最后濒死的时候，忽然得到转机。希望来了，眼前有一线光明。她自然要尽力抓住那一线光明，虽然她还不知道那光明是否能够拯救她，或者她是否能够把它抓住。所以她的心里起了大的骚动。琴含笑地用鼓舞的眼光回答她的注视。琴赞叹地说："到底三表弟比我们强。他说得很对。"

淑英听见琴的话心里一震，但面容立刻就开展了。这一次跟以前那几次不同，现在她真正看见了一片灿烂的阳光，常常在她的脑子里浮动的暗云消散得干干净净。她的心渐渐地静下来，她感到从不曾有过的轻松。在她的对面忽然响起了淑贞的声音，淑贞看见她们那样出神地看信，不知道是谁写来的，又不知道信里说些什么话，她很着急，想问个明白，但是她又不愿意打岔她们，所以等到这时才开口发问："是三哥的信吗？他说些什么话？"

淑英略吃一惊，但过后也就镇静了。她淡淡地答道："是三哥寄来的，里面没有什么话，跟写给三姐的差不多。"

淑贞看看琴。琴温和地看她一眼，也不说什么。她对淑英的话有点怀疑，但也不再问下去。她低头思索了一下，也想不出什么。她听见琴和淑英热心地在谈话，她觉得她们的心跟她的心隔得远远的，她不能够了解她们，她想说话，又怕插不进去。她偶尔抬起头来，正看见自己的船向着淑华的那只船冲过去，便惊恐地叫起来。

船到了桥下，停了一会儿，她们又继续往前面划去。淑华不划了，叫绮霞代替她。翠环也让给琴划。琴划了一会儿。船驶到湖面较窄的一段，右边草地上稀疏的柳树中露出一带雪白的粉墙，一道月洞门把众

2 4 7

人的眼光引到里面去。天井里的芭蕉,阶上朱红漆的万字栏杆和敞亮的房屋都进了她们的眼里。绮霞忽然停了桨对淑华说:"三小姐,等我上去看看赵大爷那里有没有开水。茶壶里没有水了,你们想必口渴。"

"也好,那么我们索性上去走走,"淑华回答道。别人都点头赞成。这里正是停船的地方。湖边有一道石阶,石板上钉得有铁环,原是拴小船用的。两只船都靠了岸,众人次第走上去,进了月洞门,沿着游廊走到那间全是玻璃窗门的长方形的房屋。淑华推开了门,众人都跟着她进去。绮霞和翠环却拿了茶壶,跨过游廊尽头的一道小门,到里面去了。

房间中央摆了一张大理石心的紫檀木圆桌,各处放的大理石靠背的紫檀木方形椅也不少。众人随便坐下。淑华却在屋里踱来踱去。她昂头四处观看,忽然说:"我们今晚上就在这儿消夜罢。别的地方也厌了。"

"这儿不好,晚上有点叫人害怕,"淑贞把嘴一扁摇摇头说。

"这儿又没有鬼,害怕什么?"淑华嘲笑道。

"我看还是在水阁里吃方便一点,"淑英说。

"这儿就好在新鲜。你听后面泉水的声音多好听。水阁里头我们已经吃过好几次。今晚上月色一定很好,这儿背后有山。我们还可以上山去看月亮。老赵那儿有火,做菜也没有什么不方便。今天说不定五爸他们又在水阁里打牌,"淑华任性地坚持道。

"说来说去,你总有理。好,就依你罢。你一个人去办好了,"淑英含笑地说。

"要我一个人去办就一个人去办,也没有什么难,"淑华得意地说。"不过今晚上说是给蕙表姐饯行,每个人都应该出点力,二姐,你也不能偷懒!"

蕙听见"饯行"两个字,皱了皱眉,就站起来,默默地走到一扇玻璃窗前,看窗外的景物。外面一个小天井里有几堆山石,天井尽处是一座石壁,人可以从左角的石级攀登上去。石壁上满生着青苔和野草,从缝隙中沁出的泉水顺了石壁流着,流入脚下一个方形的小蓄水池。

池中有小小的假山。池畔有石头的长凳。

她们在这里休息一会儿,喝了茶后又出去划船。她们决定晚上在这里消夜。觉新和觉民也加入,他们都出了钱,也出了力。到了傍晚,大家吵吵闹闹地忙着布置饭厅和做菜。但大部分的菜还是何嫂做的。淑英和淑华已经向剑云请了一个星期的假,剑云这几天都不来,她们也不必担心英文功课。这天晚上几姊妹都在一起,整整齐齐的一桌八个人,因此淑华觉得特别高兴。她想:"难得这样齐全。以后恐怕难有这样热闹的聚会了。乐得痛快地耍一夜。"淑英读了觉慧的来信以后仿佛在黑暗中找到一线光明。她的心不再是彷徨无主的了,这晚上她也是有说有笑的。琴自然了解淑英的改变,她为这个改变高兴。觉民也看出淑英的改变来,不过他不知道原因,但是这也给他增加了一点快乐。在桌上不得不把愁思时时压下的人只有蕙和觉新两个。蕙似乎是一个待决的死囚。觉新却像一个判了无期徒刑的老监犯,他对自己的命运没有一点疑惑,也没有一点希望了。但另一个人的结局却牵系住他的心。而且蕙的归宿假如可以比作绞刑架,他便是一个建造绞刑架的木匠。他刚刚从周家回来,看见蕙的眼角眉间隐约地蕴藏着的悲哀的表情,便想到他在周家所做的那些事:他一面为蕙的遭遇悲伤,一面又帮忙她的父亲把她送到那样的结局去。他对自己的这种矛盾的行为感着深切的懊悔。他在众人笑乐的时候常常偷偷地看蕙。他看见蕙的那种强为欢笑的姿态便感到负罪般的心情。他有时心上发痛,有时头脑沉重,他总不能把那阴云驱散。他的这种心情没有一个人能够了解。众人在桌上笑着,吵着,行各种酒令,轮到他时,他总是因应答迟钝或者错误而被罚酒。他没有顾虑地喝着,酒似乎正是他这时需要的东西。酒点燃他心里的火,火烧散了那些阴云。他红着脸拚命叫人斟酒,他觉得脑子有点糊涂了。绮霞来给他斟了酒。他正要举杯喝下去,忽然听见人在说:"大表哥不能够再吃了。"这是蕙的声音。蕙关怀地望着觉新,水汪汪的眼睛说着许多无声的话。觉新惭愧地低下头。坐在他身边的淑英便把杯子抢了去,对他娇嗔地说:"不给你吃。"她一面吩咐翠环:"给大少爷绞脸帕来。"

"二妹,你今晚上倒高兴,我从没有看见你这样高兴过!"觉新忽然抬起那张通红的脸,眼睛睁得圆圆地,望着淑英似醉非醉地正经说。

"今晚上人这样齐全,大家有说有笑,我当然高兴,"淑英含笑答道。但是她又觉得不应该用这种空泛的话回答觉新,她想起觉新平日对她的关心,便温柔地低声对他说:"你放心,我现在不再像从前那样了。"

觉新惊喜地侧头看淑英:她的脸上没有一点悲哀和忧愁的痕迹。瓜子脸带着酒微微发红,一张红红的小嘴含着笑略略张开,一股喜悦的光辉陪衬着她的明眸皓齿,显得十分耀眼夺目。觉新觉得眼前忽然一亮,他不觉开颜笑了,他点了点头。但是过后他又偷偷地看了看蕙。蕙正在回答琴的问话。她的嘴角还挂着笑,但是她的眼眉间仍旧笼罩着忧愁。蕙比淑英大三岁,两个人的面貌有一些相似处。同样是瓜子脸,凤眼柳眉。不过淑英的脸上有一种青春的光彩,而蕙的含愁的面容却泄露出深闺少女的幽怨。蕙是一个过去时代的少女的典型,她那盈盈欲滴的眼睛表示了深心的哀愁,更容易引起像觉新这类人的同情。他刚才感到的一点喜悦又立刻飞走了。甚至在这欢乐的席上他也仿佛看见一个少女的悲痛的结局。这不是幻象,这会是真的事实,而且很快地便会实现的。他不能忍受这个打击,他便向淑英要求道:"二妹,让我再吃几杯酒。"他的声音已经有点模糊不清了。

"不,不给你吃!"淑英撒娇般地说。

"大哥,你不能再吃了,"觉民插嘴道。

"真的,大表哥今晚上吃得不少了,不能让他再吃,"琴也担心地说。

"那么让我来敬蕙表妹一杯酒,你们都敬过她的,我还没有敬过,"觉新说着就站起来,把旁边琴的酒杯拿在手里,要向蕙敬酒。

蕙也站起来。她窘得脸通红,但是她并不怨觉新,她勉强一笑说:"大表哥敬酒,不敢当,我吃一口就是了。她们敬酒我也只吃一口。大表哥,你吃得太多了,我们都不放心。"她轻轻地呷了一口酒就放下杯子,坐下去。

"大哥,蕙表姐说过的,只吃一口,多吃了我就不答应,"淑英在旁边嘱咐道。

这样一来觉新也不好意思把杯里的大半杯酒喝光了。他端着酒杯迟疑了片刻,才呷一口酒,忽然说:"蕙表妹,我祝你……"他不知道自己还要说什么,似乎把许多话都忘记了,便坐下来。他觉得头很重,脸也在发烧,他想:"我醉了。"

淑华看见觉新的这种样子,便笑起来说:"大哥吃醉了。"

"真的,大哥有点吃醉了,"淑英接着说。她又吩咐翠环:"翠环,你给大少爷剥两个橘子来。"翠环应了一声。

"给他倒一杯酽茶也好,"蕙提议道。

"我没有醉,我没有醉,你们说话,我都听见的,"觉新苦笑地分辩道。

"大哥,你看你的脸红得像关公一样,你还说没有醉,"淑华在对面说。

觉新不响了。翠环给他送上橘子来,他埋着头吃橘子。橘子吃完,何嫂又给他端来浓茶。众人继续着说别的话。这时菜已经上齐,每样菜剩下不多,大家差不多都吃饱了,还再吃一两碗稀饭。淑华逼着觉民讲笑话,琴讲故事。众人附和着。觉民被淑华缠得没有办法,便答应下来。他先喝一口稀饭,又咳了两声嗽。他忍住笑胡诌了一个即景的笑话。他正正经经地望着淑华说:"有一家子,有一位小姐,她的样子就跟你一样,也是一张圆圆脸——"

"我不要听,你在说我,"淑华正在喝稀饭,连忙把嘴里的吐了出来,她笑着不依道。她走过去要拧觉民的膀子。

"我不是在说你,你听下去就晓得了,"觉民含笑分辩说。

"我不要听这个。我要你另外讲一个,"淑华坚持说。

"三表妹,你让他讲完再说也不迟,世界上小姐很多,又不止你一个,"琴带笑劝解道。

"琴姐，你好不害羞！你帮他欺负我，我不答应你们。你左一个'他'，右一个'他'，他！他！你说得好香！"淑华大声说，一面把手指在脸颊上划着羞琴。

琴红着脸啐了淑华一口："呸，你的嘴永远说不出好话来，哪个跟你一般见识！"她便埋下头去喝稀饭。

"好，我另外讲个冒失鬼的笑话罢，"觉民解围似地说。他板起面孔把这个笑话讲完，说得众人大笑了。淑华也觉得好笑。她笑了一会儿，忽然发觉众人望着她在笑，她有点莫名其妙，后来仔细一想，才知道觉民仍旧在挖苦她。她又好笑又好气地缠着觉民要他道歉，后来还是琴答应说一个故事，淑华才饶过了觉民。

琴讲了一个欧洲的故事，这是她新近在一本翻译小说里读到的，她改易了一些情节。这个故事叙述一个贫苦的孤女的遭遇，她经过种种艰难而得到美满的结果。琴讲得很好，芸、淑英、淑华、淑贞连翠环、绮霞们都听得出神了。蕙一个人听不下去，她心里不好过。她揩过了脸，就站起来。她发觉觉新已经不在屋里了，便也轻轻地走出去。

屋后石壁上涂了一抹月光。天井里假山静静地分立在各处。泉水玲玲地流着，像一个绝望人的无穷无尽的哀诉。漫天的清光撒下来，微凉的风轻轻地拂过她的脸颊，她觉得脑子清醒多了。她看见觉新一个人背着手在天井里踱来踱去，便也走下石阶。觉新看见人来，也不注意。她走近他的身边，轻轻地唤了一声"大表哥"，声音非常温柔。觉新听见蕙的声音，吃惊地站住，惶恐地答应一声。他渐渐地镇静下来低声说："你怎么也来了？"

"我明天要走了，"她挣扎半晌才说出这一句话。

"我晓得，"他一面说，一面往池子那边走去。他起初似乎不大明白她的意思。后来他忽然痛苦地说："你们都走了。"

"大表哥，你为什么要吃那么多的酒？"蕙仍旧低声说，"酒能伤人的。你也应该保重身体。……我很担心你……你不比我，你们男人家不应该这样糟蹋自己。你的感情也应该有寄托。"这些话一句一句的沁入觉新的深心。这意外的恩惠把他的寂寞的心全搅乱了。他感激她，但是他并没有快乐。他有的却只是悲痛。她愈向他表示她非常关心他，她如何不自私地顾念到他的幸福，他便愈感觉到她对于他是十分宝贵，以及他失掉她以后的痛苦。更可悲的是他知道她不久就要落到一个没有超生的希望的苦海里，他却完全不能帮一点忙。她立在他的旁边，似乎完全没有想到那个将临的恶运，却殷勤地垂问到他的前途。他不能够安心地接受这种不自私的关心。他悲痛地说："难道你就该糟蹋自己？……你就没有前程……你想我的心……我怎么能够把你忘记……"他支持不住，一手按着心，在石凳上坐下来。他还要说话，但是心里难受得很。他忍耐不住，张开嘴大声吐起来。他大口大口地吐着，把先前吃的酒食全吐了。

蕙听见觉新的话，红着脸，不知道怎样回答他才好，等到觉新忽然呕吐，她便张惶地叫起来。她一面叫道："翠环、绮霞快来，大少爷吐了！"一面走近觉新身边轻轻地给他捶背。

屋里的人听见觉新呕吐了，都跑出来看。有的给他捶背，有的给他倒茶倒水。觉新吐了一阵，似乎肚里的饭食也吐尽了，觉得心里好过一点，漱了口，又喝了两三口茶便先走了，觉民扶着觉新，绮霞在前面打灯笼，何嫂跟在后面，一行四个人走出月洞门去了。

这一来颇使众人扫兴，但是淑华和淑贞仍旧央求琴把故事讲完。她们还登上石壁，走了一转，就坐船回到外面去。她们又在觉新的房里坐了一会儿，后来琴的轿子提进来了，那时觉新已经在帐子里沉沉地睡去。琴便同这几姊妹一起去见了周氏，又向她们告辞。这几姊妹送她上了轿，还站在堂屋门前依恋地望着轿子出了中门。

"今天琴姐走，明天蕙表姐、芸表姐又要回去，我们这儿又清静了，"淑贞惋惜地低声自语道。

"四妹，你总爱说扫兴话！过几天她们又会来的，"淑华在旁边抢白道。

十九

　　蕙从高家回到自己的家里以后，她把一切的希望都抛弃了。她的心是平静的。她只是默默地、顺从地做着别人要她做的事。她不笑，但也不落泪。她整天躲在房里，拿几本旧诗词或者旧小说消磨日子。她不到任何地方去，每天除了早晚去给祖母和父母请安，到厢房去吃早饭、午饭外，她连房门也不出。吃饭的时候她常常低着头，连话也害怕多说。她吃得很少，而且总是她第一个放碗，早早地回房里去。别人也不挽留她。在家里别的人全忙着，甚至她的堂妹妹芸也要做一些杂事。只有她一个人是清闲的。人们差不多不来理她，但是他们全为着她的事情忙碌。觉新每天下午两点多钟就离开公司到周家来，有时他出去买东西，有时就留在这里，照料收礼发谢帖以及其他各种事情，总要到傍晚才回家去。他每天要跟她见两三面。他常常问起她的健康，他总说她的面容近两天有点憔悴，他要她好好地保重。他的话是简单的。她的答语也是简单的。但是她也能了解那些话里所含有的深切的关心。在那些时候她的心常常被搅乱了，要过了一两个钟头她才能够勉强恢复她的平静的心境。因此她不敢跟他在一起多谈话。事实上她也很少有这样的机会。觉新总是被她的父母缠住，好像离开他，他们就不能做任何事情似的。她在房中有时也听见觉新从厢房里发出咳嗽声，起初一两次她还不大注意，后来她便忍不住要放下书本默想一会儿。默想的结果是一声轻微的叹息，这叹息便是她对命运屈服的表示。于是她不再想到自己，她想的常常是关于他的事情。她觉得这些日子里除了她的堂妹妹芸外,只有他一个人真正关心她。她每次遇见他时,他的关切的眼光,虽然只是短短的一瞥,她也很能了解那深意。她感激他,她关心他。但是她却不能把她的感情向他吐露。她把它埋藏在自己的心里,作为仅有的一点温暖与安慰。这温暖与安慰有时也在她的脸上涂绘了笑容,有时也使她做过很难忘记的好梦。可怕的未来的生活就在她的面前,定命的日子一天一天地逼近,但是她从前有的恐怖和焦虑已经渐渐地消失了,她的心里似乎空无一物。对于她似乎没有未来,没有过去。她有时甚至忘记了自己。她不时想到而且担心的倒是觉新的事情。

蕙像一个厌倦了生活的老人一天一天地挨着日子。她又像一个天生的盲人独自在暗夜里摸索着行路。她没有想象,没有幻梦,没有希望,没有憧憬。她对这个世界里的一切似乎完全不关心。她仿佛是一个已经举步跨入了另一个世界的人。但是芸和觉新又不时把她拉回到这个世界中来。觉新的注视和话语常常深入到她的内心。芸使她知道她还有一个过去,又使她多少依恋着现在。但是这个带给她的却只有痛苦和怅惘。

吉期的逼近使得全家的人加倍地忙起来。蕙虽然不常出房门,但是她也知道觉新为她的事情整天不曾休息。最近两天他在早晨十一点钟就来了,一直忙到二更时分才回去。她仿佛听说他为了购买送到男家去的全套新木器的事情,遇到一些意外的麻烦,使他焦急得不得了。但是他终于把一切都办妥当了。于是到了"过礼"的日期。

周公馆前几天粉刷过一次。这时大门口扎了一道大红硬綵,又换上新的红纸灯笼。天井里搭了粉红天花幔子,大厅上四处悬挂了绿穗红罩的宫灯,堂屋门上挂了粉红绣花的八仙綵。堂屋内两面壁上挂着朱红缎子的绣花屏。到处都是新的气象。烧"茶炊"的被雇了来,炉子安置在大厅的一个角上。人又叫来一群弹洋琴的瞎子,在右厢房窗下的一角放了桌子,坐着弹唱。

从早晨起大家就开始整理嫁妆,预备着装抬盒。从早晨起就有客人来,不过来的是一些常来往的亲戚。琴很早就来了。她这天请了假不到学校去。她两天前也曾来过一次,那是星期日,所以她有充分的时间跟蕙谈话。她知道对于蕙的事情她不能够帮一点忙,她所能给蕙的只是同情和鼓舞;这些实际上对蕙(陷在这样无助的境地中的蕙)并无好处。然而她依旧说了许多徒然给蕙增添怅惘的话。淑英和淑华跟着周氏来了。周氏还带了绮霞来,说是留在这里帮忙几天。淑英的母亲张氏到下午才来,她和两个弟妇王氏、沈氏同来,道过喜以后她们就留在这里打牌。

蕙这一天是不出来见客的。琴和淑英姊妹在蕙的母亲陈氏的房里坐了一会儿,就由芸陪着到蕙的房间去。蕙早已梳洗完毕,正拿了一本书躺在床上垂泪。她看见她们进来,才勉强坐起带着疲倦的微笑招呼了她们。她们看见这个情形,说话很小心,极力避免惹起蕙的不愉快的思想。但是蕙跟她们讲了两三句话以后,忽然露出痴呆的样子闭了嘴,无缘无故地淌下几滴眼泪。

这一天蕙的心境并不是平静的。嘈杂的人声和瞎子的弹唱搅乱了它。她好像是一个被判死刑的囚犯在牢里听见了修搭绞刑架的声音,她这时才真正体会到恐怖的滋味。她不能够再平静地等待那恶运了。恶运的黑影从早晨起就笼罩在她的头上,给她带来恐怖、痛苦、悲哀和深的怅惘。在这之外她还感到处女的害羞。她被这些压得不能动弹。她渐渐地失掉了自持的力量。她觉得自己是世间最不幸的人,所以她让眼泪时时落下来。淑英和芸两人也陪着蕙落了几滴眼泪。淑英大半是为着自己的前途悲伤,她害怕自己会陷落在同样的命运里面。芸却是为了同情、为了友爱而落泪的。她比她们更关心蕙的命运,更爱蕙。她们两姊妹是在一起长大的。——堂姐的出嫁将留给她以孤寂,何况她的堂姐夫的人品又不好。因此芸在悲痛的感情以外还有一点愤慨,她不满意她的伯父,不满意他不经过好好的考虑就把自己女儿随便嫁出去的做法。琴和淑华并不是不关心蕙的命运,她们也很喜欢蕙,而且对这门亲事也并不赞成。不过淑华生性达观,琴看事比较透彻，又能自持，所以她们不曾淌一滴泪水。

男家的抬盒上午就到了，一路上吹吹打打地抬进中门，一共有三十架，装的是凤冠霞帔、龙凤喜饼等等，由两个仆人押送了来。一一地摆在天井里和石阶上，摆得满满的。大厅上还有周家先预备好的空抬盒。于是周家上上下下一齐忙着将抬盒里的东西全搬出来，又把自己预备好的陪奁如金银首饰、被褥、衣服、锡器、瓷器以及小摆设之类放进去，装满了四十架抬盒，到了下午让人吹吹打打地抬起走了。

这一天的主要节目便算完结。剩下的只是应酬贺客和准备佳期中应有的种种事情。留下的客人并不多，但也有男女四桌。

蕙整天躲在房里，琴和淑英姊妹陪伴着她。绮霞也留在旁边伺候她们。她们故意找了一些有趣味的话题来谈，想给蕙解闷。芸也想留在房里陪伴她的堂姐，或者多同堂姐在一起谈话，然而她不得不出去，跟在伯母和母亲后面应酬女客，或者做一些琐碎事情。到了早饭的时刻，蕙的母亲叫人摆了一桌菜在蕙的房里，就让琴、淑英、淑华、芸陪着蕙吃饭，除了绮霞外还差女佣杨嫂来伺候开饭。蕙起初不肯吃，后来经了众人的苦劝，才勉强动箸吃了半碗饭。到吃午饭的时候，外面客厅里有两桌男客，堂屋和左厢房里有两桌女客，琴和淑英姊妹仍旧留在房里陪蕙吃饭。这时蕙吃得更少，她只咽了几口。众人看见她这样，也不想吃什么了。外面的席上十分热闹，更显得屋里凄凉。连淑华也不常动箸、不常说话了。淑华觉得此刻比上午更寂寞，忽然说道："如果芸表姐在这儿，那就热闹了。"

"我不晓得以后还能够同二妹一起吃几回饭，"蕙淡淡地说，她的略带红肿的眼睛里又闪起泪光来了。

"蕙表姐，你为什么说这样的话？"淑华诧异地说："你以后不是常常回家的吗？"

"以后的日子我简直不敢想。我怕我活不到多久，"蕙冷冷地说，她连忙埋下头去。淑英在旁边轻轻地唤了一声"蕙表姐"，声音无力而凄惨。她突然放下筷子，发出一阵呛咳。她抚着胸口站起来，走到痰盂前,弯着腰吐了几口痰。天色渐渐地阴暗了。

"二表妹,你怎样了?"琴关心地问,淑华也站起来要去给淑英捶背。连蕙也止了悲,叫杨嫂给淑英倒了一杯热茶。

淑英止了咳嗽,接过茶杯喝了两口,端着杯子走到蕙的面前,同情地对蕙说:"蕙表姐,你不要再说那种叫人心痛的话。我有点害怕。"

"我真恨!为什么女子应该出嫁?世界是那么大,偏偏就该我们做女子的倒楣。天公太不平了!"淑华愤恨地切齿说。

"这并不是什么天公平不平。这应当归咎于我们这个不合理的社会制度,"琴若有所感,忽然做出严肃的表情,声音清朗地说。"我看这是可以改变的。男女本来是一样的人。我们应当把希望寄托在将来。所以蕙姐,你也要宽宽心才好,到那时你的事情或许还有转机。"

蕙含着深意地抬头看了琴一眼,眼光中带了一点惊疑,然后她放弃似地轻轻叹一口气苦笑道:"琴妹,你的话或许有道理,不过我是没有希望的了。沉进了苦海的人是难得超生的。横竖我定了心让这个身子随波飘去。"

芸揭了门帘进来。她穿一身新衣服,下面系一条红裙。她在外面刚喝过两杯酒,她的浓施脂粉的脸上也添了一层红晕,两个酒窝更加分明。她突然走进,似乎给这个房间带来一线光明,一股热风。她走到蕙的面前,异常亲热地问道:"姐姐,你吃饱了?我早就想偷偷跑进来看你的。"

众人都已经放下了碗,绮霞正俯着身子在绞脸帕。电灯开始在发光。蕙感动地对芸微微一笑,低声答应一句:"饱了。"

淑华在旁边爽直地说:"芸表姐,你不要相信她。她哪儿吃饱?她只吃了几口饭。"

芸惊疑地看蕙,她的颊上的红晕渐渐地淡去,那一对酒窝也消失了。她关心地问:"姐姐,真的?"蕙无可奈何地点了点头,把眼光渐渐地往下移,似乎不敢迎接芸的眼光。

"姐姐,你不该这样糟蹋你的身体,"芸偎着蕙坐下,痛惜地责备道。

蕙努力动动嘴,她想笑,但是没有笑出来,却无力地叹了一口气,颓唐地说:"二妹,你想我怎么把饭咽得下去?我的心……"她咽住了下面的话,把头埋下去,一只手随意地翻弄着衣角。

芸心里一阵难过,她沉默着不说什么。淑华看见这样,倒有点后悔不该冒失地说了那句话,反倒引起她们的哀愁。她害怕这沉默,也讨厌这沉默,她便劝道:"其实蕙表姐,你也不必过于悲观。我想表姐夫不见得就像别人说的那样。"

蕙把头埋得更深。芸不掉动一下脸,好像不曾听见淑华的话似的。淑英嗔怪地瞅了淑华一眼,琴也惊讶地看淑华,她们的眼光仿佛在说:"为什么要提到他?"淑华觉得失言,不好意思,便不作声了。琴看见淑华的受窘的表情,要打破这沉闷的空气替淑华解围,便问芸道:"芸妹,外面客人还有多少?席上闹不闹?"

"松松地坐了两桌,也没有人吃酒,都很客气,"芸惊觉似地动一下头,望着琴答道。她略略皱一下眉头,又说:"在那儿陪客,真受罪。还不如跟你们一起在这儿吃饭好。外客厅里的男客闹酒闹得很厉害。"她说到这里便站起来自语道:"我该走了,不然妈会喊人来催我去的。"她又依恋地看了看蕙,说一声:"姐姐,我去了,"便匆匆地走出房门。绮霞也跟了她出去。

蕙抬起头如梦如痴地望着芸的背影,不觉祷祝似地自语道:"但愿二妹将来不要像我这样才好。"

淑英听见这句话,心里一惊,她觉得这句话好像是对她说的。她的眼前现出一个暗影,她费了一些工夫才把它赶走了。但是她还不能够使自己的心境十分平静,她还要想将来的一些事情。她愈想愈觉前途困难,希望很少。她找不到出路,就痴呆似地落进了沉思里面。

这时电灯已经大亮,外面更是灯烛辉煌,人声嘈杂。众人默然相对,显得房里十分凄凉。一层板壁竟然隔出了两个世界。淑华不能忍耐了,她要找几句话打破沉闷的空气。她随便谈一些闲话,众人都不带多大兴趣地应答着。琴谈到将来的希望,但是蕙似乎就害怕将来。后来话题转入到"过去"。一些愉快的回忆渐渐地改变了房里的空气。淑英和蕙的注意都被这个话题吸引了去。她们把心事暂时封闭在心底,让回忆将她们带到较幸福的环境里去。

她们谈了好一会儿,大家都感到兴趣,外面喧哗的人声也不曾搅乱她们的注意。绮霞忽然匆匆忙忙地走进房来,对淑英说:"二小姐,三太太喊你快去,三太太在等你。"淑英答应一声连忙站起来。绮霞到床前把折好了的裙子打开提着递给淑英。淑英接过裙子系上了。她向蕙告辞。众人都站起来送她。琴也说要回去。蕙看了看琴,依恋地说:"你也要走? 为什么一说走两个都要走?"蕙的话还未说完,芸又慌慌张张地走进来,她并不坐下就催促淑英道:"二表妹,喊你快去! 在等你。"淑英匆匆地向蕙说了两句话,又向琴打一个招呼便跟着芸出去了。

外面人声更嘈杂。似乎许多乘轿子拥挤在天井里。有人在叫:"高三太太的轿子提上来。"轿夫在答应,轿子在移动。一乘,两乘轿子出去了。另外的又挤上去。琴温和地对蕙一笑,想拿这笑容安慰蕙。琴说:"横竖明天下午我还要来。明天上午我有课。妈今天又没有在这儿吃饭,我怕她等我。我还是早点回去好。"她说毕便回头吩咐绮霞道:"绮霞,你去看张升来了没有,喊他把轿子提上来。"

绮霞答应了一声"是",却仍旧站在旁边不走,等待蕙的决定。然而蕙不再挽留了,她沉吟地说了一句"也好",过后又央求琴道:"你明天要早点来。"绮霞听见这样的话,也不再问什么便往外走了。

琴走时,淑英已经跟着张氏走了。外客厅里没有灯光。大厅上也还清静。贺客差不多走光了。觉新后来也回家去了。只有周氏和淑华(还有绮霞)留在周家睡觉。芸的房间让了给周氏,她临时在蕙的房里安了床铺,她和淑华同睡在那里,说是"陪伴姐姐"。

第二天大清早众人就忙着。周氏来给蕙"开脸",她一面用丝线仔细地绞拔蕙的脸上和颈上的毵毛,一面絮絮地对蕙讲一些到人家去做媳妇的礼节。蕙默默地任周氏给她开了脸,她感到轻微的痛,她也感到处女的害羞。她不说一句话。她横了心肠闭起眼睛任别人对她做一切的动作。这一天她的脸上总是带着愁容。下午琴和淑英、淑贞都来了。晚上她们几姊妹在一起吃饭,仍旧在蕙的房里。这好像是送别宴,在席上大家都没有笑容。连乐天派的淑华,和相信着"将来"的琴也都落了眼泪。蕙落泪不多,但是她那憔悴而凄惨的面容使人见了更心酸。

客人去了以后,蕙的房间又落在冷静里。淑华和芸被唤到周老太太房里做事情去了。陈氏便到蕙的房里,母亲怀着依恋的心情跟她辛辛苦苦养育了二十年的女儿告别。母亲说了许多话。女儿垂了头唯唯地应着。母亲的话很坦白,在这间房里又没有第三个人来听她们讲话。母亲谆谆地嘱咐女儿到郑家以后应该如何地行为。她又把做媳妇的礼节教给女儿。这一层周氏已经对蕙讲过了。跟她此刻所讲的也差不多。陈氏反复地讲着一些事情,她的声音渐渐地变成了呜咽。蕙惊讶而悲痛地微微抬起头看她,蕙的脸上满是泪痕。陈氏看见这张脸,觉得一阵难受,再也忍耐不住,迸出哭声诉苦道:"蕙儿,我实在对不起你。我让你到郑家去,我怎么放心得下!都是你爹心肠硬,害了你。这门亲事我原是不答应的……"陈氏再也说不下去,就像一个受了委屈的胆怯的孩子似地低声哭起来,一面用手帕频频地揩眼睛。

本来是由母亲来劝女儿,现在反而由女儿劝母亲了。蕙看见母亲这一哭,倒反而止了悲。她勉强用平静的调子对母亲说:"妈,你不要伤心。这都是命。我的命是这样,怪不得你。我到郑家去也可以过日子……"蕙虽然极力使语调成为平静,但是声音里仍然带着叹息。她的眼睛干了,可是泪水不住地往心里淌。

"但愿能够这样就好了……"陈氏也止了泪,但是仍然带悲声地说。她们母女默然对坐了一会。陈氏渐渐地恢复了原来的安静,又说了几句安慰蕙的话,才没精打采地走出房去。

这个晚上蕙整夜没有闭眼。母亲的一番话搅乱了她的心。对过去的留恋和对未来的恐惧轮流地折磨她。她想起前前后后的许多事情,愈想愈觉得伤心。她用被头蒙住嘴低声哭着,不敢让睡在她房里另一张床上的淑华和芸两人听见。她一直哭到天明。

天一亮,公馆里就响起了人声。人们渐渐地活动起来。这一天是正日子,他们应该比前一两天更忙碌。蕙早早地起来。她不说话,不笑,顺从地让人给她化妆,任人摆布,她完全像一个没有感觉的木偶。她的父亲周伯涛很早就起来了。他从这个房间走到那个房间,带着焦急的表情在各处走。仆人们时时来找他,向他报告一些事情,或者向他要这样那样的东西。派定押送花轿的仆人中有一个突然生了病,须得临时找人代替。女眷们又发觉缺少了什么东西,要找他商量立刻添置。周伯涛不能够从容地应付这些事情,他心里很烦躁。他看见枚少爷穿着宽大的长袍马褂,缓慢地走来走去,不会做任何事情,他更加气恼,便顺口骂了一句:"不中用的东西!"后来他实在熬不住,便差人去请觉新。仆人还未动身,觉新就来了。周伯涛看见觉新,心里非常高兴,他马上迎着觉新,要觉新来调度一切。他们忙了一个上午。大家聚在左厢房里围着一张圆桌匆忙地吃了早饭,不能忍耐地等候新郎来迎亲。

琴和淑英先后来了,她们比新郎来得早,她们要陪伴蕙到她上花轿的时候。

下午一点钟光景,新郎坐着拱杆轿来了,轿夫吆喝地把轿子放下,郑家仆人递上了帖子,由周家仆人进去通报。里面说一声"请"。新郎垂着双手拘谨地从中门走进来,由觉新招待他,到了堂屋里面,向周家祖宗神主行了礼,然后由觉新陪着送了出去。周家的人男男女女都躲在各个房间里由门缝和窗口偷偷地张望新郎。新郎是一个身材短小的青年,虽然是一样地两肩斜挂着花红,头戴着插了一对金花的博士帽,但是这个人的容貌显得滑稽可笑。尤其惹人注目的是他那一张特别宽大的四方脸矮矮地安放在窄狭的肩上,从后面看去好像他就没有颈项似的。面目还算端正,然而一嘴的牙齿突出来,嘴唇皮完全包不住。

蕙在母亲的房里低声哭,淑英们在旁边劝她。芸和淑华都偷看了新郎的相貌。琴也看了一眼。那张面孔给了琴一个憎厌的感觉,使芸的脸上现出痛苦的表情,叫淑华忍不住怨愤地发出一个低微的声音。

新郎刚走出中门,就有一些人暗暗地发出不满的评语。每个人都替蕙叫屈,都为了蕙的不幸的命运叹息。周老太太和她的两个媳妇(陈氏和徐氏)、一个女儿(周氏),其中尤其是蕙的母亲,非常失望,觉得心冷了半截,好像落进冰窖里面似的;她们只得暗暗地责备蕙的父亲瞎了眼睛,选了这样的人做女婿。她们爱怜地看了看那个掩面哀哭的蕙,心里非常难受。但是她们已经没有时间考虑了。她们应该马上作打发蕙进花轿的准备。

觉新送走了新郎以后回来,周伯涛迎着他。他忍住心痛跟他的舅父说了几句话。他看见周伯涛的脸上依旧带着平静的笑容,他对这个中年人起了反感。他受不了他的舅父谈话的神气,便借故离开了周伯涛。他走到堂屋门前,忽然看见枚少爷脸色苍白地走出来。那个病弱的孩子愤愤不平地说:"大表哥,爹怎么把姐姐许配给那样的人?"

"现在已经太晏了,你姐姐真不幸,"觉新惨然答道,他想起蕙以后怎样同那个人在一起生活的事,心就像被几把刀在慢慢地割。他轻微地叹息一声。

"你听,姐姐哭得多么惨!"枚少爷把嘴向着他母亲的房间一努,恐怖地说。

觉新的脸上起了一阵痛苦的拘挛。他还不曾说话,另一个声音在后面响起来代替他回答道:

"女人上花轿时候都要这样哭的!"说话的人是觉民,他刚才在外面看见了新郎的面貌,他的心里也充满着愤怒。他故意说这种刺激的话。

"你不懂得,你不懂得!"觉新忽然摇摇头气恼地对觉民说。

外面锣声、唢呐声大作,一群人前呼后拥地把花轿抬进了大门。觉新皱着眉头进了堂屋。房里、堂屋里的人立刻忙乱起来。蕙被女眷们拥到堂屋里面,让她坐在椅子上,周氏们忙着给她戴凤冠,穿霞帔。

她一面啼哭，一面任人将她摆布。花轿已经进了中门在堂屋门前放下了。轿夫们吆喝地把花轿平抬进堂屋，剩了后半身在外面。现在是新娘上轿的时候了。人们叫了枚少爷来把蕙抱持上轿。蕙啼啼哭哭地挣扎着，不肯上轿，枚少爷又没有一点力气，还需要觉新来帮忙。又有女眷们来扶持。蕙挣扎了一会儿，一支珠花从头上落下。芸在旁边拾了起来，但是没有法子再给她戴上去。蕙的挣扎使得好几个人淌了眼泪。她的母亲看见大家拿她没有办法，便上前去含泪地在她的耳边说了两三句话，她才服服贴贴地让他们把她拥进了花轿。

厚的轿帘放下，轿子被抬起来。一群人又前呼后拥地把花轿抬出去。这时送亲的男女客人的轿子已经先走，花轿缓缓地出了周家的大门。陪嫁的杨嫂换上新衣坐了小轿，跟着花轿到郑家去了。

众人痴痴地站在堂屋里望着花轿出了中门。从紧紧封闭着的花轿里还透出来蕙的凄惨的啼哭声，但是它终于被锣声和唢呐声压倒，而远远地去了。蕙的事情算是告了一个段落。好几个人宽慰似地叹了一口气，好像把心上的石头卸下去了一般。年轻一代人的心里还充满着同情和愤怒。琴和觉民开始在谈论这件事情，他们站在右上房窗下谈话，淑华和芸也加入，淑英只是站在旁边静静地听着。枚少爷也到那里去听他们说话，但是他听不进去。他等一会儿就要到郑家去，而且还要留在那里坐席。那一个陌生的地方，那许多陌生的客人，那些繁重的礼节，他又是以一个特殊的身份去的——想起来也够使他受窘了。虽然觉新答应和他同去，但是对于他，那种种的麻烦不会减轻多少。他担心，他害怕。他很激动，他焦急地挨着时刻。他惶恐不安地走去问觉新什么时候到郑家去。

聚在堂屋里的人渐渐地散去了，觉新独自走下石阶，他耳边还响着蕙的哭声。他了解蕙的心情，不但了解，而且他充分地同情她。他看见那凄惨的挣扎，就想到一个可爱的生命的被摧残，他不觉记起梅和瑞珏的惨痛的结局，他又想到自己过去所经历的那些痛苦的岁月。一重一重的黑影全来压在他的心上。他有些受不住了。他也想挣扎。但是那张瓜子脸带着绝望地求助的表情在他的眼前晃来晃去。那张脸是他所熟习的,是他所宝贵的。从那张不大不小的红唇里曾经说出那些使他的心因感激而颤动的话;从那双含着深情的水汪汪的凤眼里他曾经受到那几瞥关切的注视。这都是他永远不能忘记的。在他失去了他所宝贵的一切、只剩下一颗脆弱的心的此刻,那个人便是他生活里的一盏明灯,那些话和那些眼光便是他唯一的安慰和报酬。那个人对于他是太可宝贵了。他不能够失掉她,他更不能够看着她落在一个悲惨的命运里面,让那可爱的年轻生命很快地毁灭。他应该救她,他应该挽回那一切。他应该用最大的努力挣扎。——他这样兴奋地想着。然而枚少爷走过来了。

"大表哥,我们就去吗?"枚少爷着急地问道,脸上带着忧郁和焦虑的表情。

"啊,到哪儿去?"觉新好像从梦中醒过来一般,他含糊地说。他惊疑地往四周一看,于是恍然明白:一切都完结了,无可挽回了。现在太迟了。而且是他自己把她送到那个可怕的地方去了的,是他自己帮忙别人把她推到那个悲惨的命运里去了的。这回是他自己毁掉了他的最后一件宝贵的东西,牺牲了他的最后一个亲爱的人。他还有什么话可说呢? 他觉得头发昏,眼前一黑,身子支持不住,力量松弛地倒下去。

"大表哥! 大表哥!"枚少爷惊恐地叫起来。他连忙搀扶着觉新。

"什么事? 什么事?"觉民和周伯涛同时跑来张惶地问。

觉新睁开眼睛茫然地一笑,吃力地答道:"我没有什么,我有点累,过一会儿就好了。"

"大哥,你还是回家去休息休息罢,"觉民提议道。周伯涛又是着急,又是抱歉,他也劝觉新回家休息。觉新起初还不肯答应,还说要陪枚少爷到郑家去,后来觉得自己十分困乏,实在不能支持,便告辞回家去了。

二十

　　觉新在家里休息了一天，到了蕙回门的日子他又到周家去帮忙。觉民劝他在家里多休养几天不要出街，更不要出去应酬，但是他不肯听从。他很早就到周家去了，而且极力装出精神很好的样子。周伯涛在那里忙得没有办法，做事情找不到头绪，正在发脾气骂仆人，看见觉新来，气也平了，把许多事情都交给觉新去办，自己抽身溜开了。

　　觉新勉强支持着办理那些琐碎的事情。这一天比过礼的日子更热闹。客人不断地来，大厅上摆满了轿子。觉新也只得跟着周伯涛去应酬。他看见枚少爷穿着长袖宽袍拘束地移动脚步，红着脸作揖打恭的样子，心里也有点难过。洋琴的声音吵闹地送入他的耳朵，瞎子唱得更起劲了。

　　蕙终于回来了。他没有机会同她见面谈话。她被姊妹们和别的女眷包围着。他也不得不去陪郑家姑少爷谈一些无关痛痒的闲话。后来在行礼的时候，外面吹着唢呐，蕙穿着粉红缎子绣花的衣裙，头上戴满珠翠，垂着珍珠流苏，由伴娘搀扶出来，同新郎立在一起，先拜了祖宗，又拜周老太太、周伯涛夫妇、徐氏、周氏等等，都是行的大礼。后来到了觉新的轮值，他也只得进堂屋去陪着他们跪拜。他跟他们斜对着磕了头。他每次立起来总忍不住要偷偷地看她一眼。她的粉脸被下垂的珠串遮蔽了，使他看不见她的表情。只有那张特别宽大的四方脸和一嘴突出的牙齿在他的眼前晃动。只有这短短的几瞥！她就跟他分开了。他依旧置身在吵闹的贺客中间。他虽然同他们在一起谈笑,但是他的心却总放在一个人的身上。他多看郑家姑少爷一眼,便多替蕙担心而且不平。他心里非常不舒服。在这人丛中,他连一个可以了解他、听他谈一两句真心话的人也找不到。觉民虽然也到周家来过,但是这个年轻人行过礼以后便借故走了。觉新因此更觉得寂寞。

傍晚在席上客人搳拳喝酒十分起劲,觉新也跟着他们喝酒。他一杯一杯地喝下去,不知道节制。他当时只觉喝得痛快,后来席终客人陆续散去以后,他才觉得自己支持不住了,连忙告辞回家。他回到家里,刚走进屋还来不及坐下,就张口大吐,吐了一地。何嫂服侍他睡下,又把他吐的脏东西也打扫干净了。

觉新迷迷沉沉地睡了一晚,第二天就不能起床。他发着高烧。周氏很着急,连忙叫人请了医生来给他看病。他服了药,睡了十多天才渐渐地好起来。在他的病中周老太太、周伯涛夫妇都来看过他,他们都认为他是为了蕙的喜事劳碌过度而得病的,所以对他表示大的歉意,并且不时差人送了一些饮食来。芸也来过。她来时,或者琴来时,都由淑英、淑华、淑贞三姊妹陪着在觉新房里闲谈。芸不知道觉新的心事,她还对觉新谈了一些关于蕙的事情。他从芸的口里才略略知道蕙在郑家的生活情形。翁姑严峻而刻薄;丈夫脾气古怪,不知道体贴。有一次蕙因为身体不大舒服,没有出去陪翁姑吃饭,后来就被婆婆教训一顿。蕙气得回房里哭了半天,她的丈夫不但不安慰她,反而责备她小器。这是跟着蕙陪嫁过去的杨嫂回来说的。芸愤慨地转述着杨嫂的话,她一面抱怨她的伯父,一面气得淌眼泪。淑英和淑华也在替蕙生气。但是她们都只能用话来泄愤,不能够做任何实际的事情去减除蕙的痛苦。觉新躺在床上。他说话不多,然而他把她们的谈话全仔细地听了进去。他痛苦地思索了许久。他如今才开始疑惑起来:他当时是否就只有那一条路可走。他觉得他过去的行为错了。他那时本可以采取另一种行动,即使失败,也不过促成两个生命的毁灭。而现在两个人都愈陷愈深地落在泥沼里面,在灭亡之前还得忍受种种难堪的折磨。这都是他的错误。芸说那些话就像在宣读他的罪状,每一句话都打在他的心上，使他的心起了震动。仿佛有一个炸弹似的东西马上要在他的胸膛里爆炸。但是他极力忍住不发出一声呻吟让别人听见。因此他的秘密始终不曾被人知道。

蕙从芸的口里得到觉新生病的消息。她心里很着急，但是表面上依旧装出平静的样子。她不能够抽身到高家看觉新，后来却差了杨嫂来探病。杨嫂还带来一些蕙送给淑英、淑华、淑贞三姊妹的礼物；另外还有笔墨、信纸、书签等等，是送给觉新和觉民的。那时觉新已经可以下床了。他躺在床前一把藤椅上，把杨嫂叫来，絮絮地向她探问蕙的消息。杨嫂的话匣子一旦打开，便不容易收场。觉新巴不得她说得十分详细。杨嫂比芸说得多。她把她的愤慨全吐了出来。她甚至用了一些不客气的字眼形容蕙的翁姑和丈夫。他听了那些话当时觉得很痛快，但是愈听下去，他的心便因忧郁和绝望而发痛了。

"这样古怪的人我一辈子都没有见过。我们老爷真是瞎了眼睛，会看中这样的子弟。我们老爷真狠心，硬要把好好一朵鲜花丢进污泥里头去。连我也气不过。不是为了大小姐，我早回家不做了。哪个高兴伺候那种人！"杨嫂站在觉新面前愈说愈气，后来忍不住切齿地说道。

觉新忽然变了脸色，伸手从桌子上把蕙送来的书签拿在手里。他一面含糊地回答杨嫂，一面看书签。那是蕙亲手做的，在白绫底子上面画着一支插在烛台里的红烛，烛台上已经落了一滩烛油，旁边题着一句诗："蜡炬成灰泪始干。"觉新意外地发见这样的诗句，心里很激动。他偷偷地看了杨嫂一眼，杨嫂的面容并没有什么变化。他又埋下头去看手里的书签。他若有所悟地念道：

春蚕到死丝方尽，蜡炬成灰泪始干。[1]

他又想起了杨嫂先前说的话："大小姐听见大少爷病了，很着急。

---

[1]李商隐的七律《无题》中的两句诗。

268

大小姐说大少爷是为她的喜事忙出病来的,故所以她心里很不安。她恨不得亲自过来看大少爷。怎奈姑少爷脾气古怪,连大小姐回娘家他也不高兴。大小姐又不好跟他吵架。大少爷,你晓得,大小姐素来脾气好,遇事总让人,就将就了他,故所以喊我过来给大少爷请安,问问大少爷的病体怎样。"还有:"大小姐受了气,一声不响,逢着屋里头没有人的时候,她就偷偷地哭起来,给我碰见过两次,我劝她,她就说:'我横竖活不久的,早点把眼泪哭干了,好早点死。'大少爷,你想我还好说什么话?"

觉新这时被一种强烈的悔恨的感情压倒了。他明白他自己又铸了一个大错。蕙可以说是被他间接害了的。他已经断送了几个人的幸福。这些人都是他所认为最亲爱的,现在都被驱逐到另一个世界里去了,而且每一次都是由他来做帮凶。蕙应该是那些人中间的最后一个了。在这一年来他所受到的种种打击之上,又加了这个最后的沉重的一击。这好像是对他的犯罪所施的惩罚。如今一切都陷在无可挽回的境地里,那严峻的法律是不容许悔罪的。他当初误于苟安的思想,一步走错,就被逼着步步走错,等着走到悬崖的边缘,回头一看,后路变成了茫茫一片白色。他虽然明白了自己的错误,也只得纵身跳进无底的深渊里去。"作揖主义"和"无抵抗主义"是不能挽救他的。他知道这是十分确定的了。到此时他纵然把自己所宝贵的一切拿来牺牲,也不能够改变那个结局。他对自己的命运并不抱怨。但是对那个温淑的少女也得着同样命运的事,他却感到不平、惋惜与悲痛了。他拿着书签绝望地长叹一声,泪水从眼眶里迸了出来。

淑英也听见杨嫂的报告。这使她的心里也起了一个剧烈的震动。她起初的确感到恐怖,仿佛看见那样的命运就在她的面前等待她。然而后来她下了决心了:她绝不走蕙的路。其实她早已有了这样的决定。琴便是她这个决定的赞助人。虽然她们还没有商定详细明确的计划。但是那条唯一的路她已经认清楚了。那条路是觉慧指给她、而且以他自己的经历作了保证的。自然有时候她也不免有一点踌蹰。可是看见蕙的遭遇以后她却不能够再有疑惑了。她把一切的希望都放在那条路上。她对自己的前途便不再悲观。她的痛苦倒是来自对别人的同情。因此她很关心地向杨嫂发出一些问话,也很注意地听杨嫂的回答。不过她的态度比较稳重,她不大说气愤的话。淑华却不然。她动气地抱怨周伯涛,她也跟着杨嫂责骂蕙的丈夫。她甚至气得带了一点坐立不安的样子。淑贞坐在淑英旁边。她很少开口发言,只是畏怯地静听着别人谈话,不时抬起头看别人的脸色。

淑英听见觉新念诗,又听见他的长叹声。她惊疑地掉头看他,看见他拿着书签在垂泪。她起初觉得奇怪,但是后来也就明白了。她心里更难过。她站起来伸出手去柔声对他说:"大哥,给我看看,"便从他的手里接过了书签,她正埋下头去看那一行娟秀的字迹,淑华也走了过来,伸着头把捏在淑英手里的书签看了一眼,自语似地说:"这是什么意思?……我不懂。"觉新和淑英都不回答她。杨嫂没有明白淑华的意思,却接着解释道:"这是大小姐亲手做的。她自己做,自己画。不过姑少爷在家的时候她不敢做这些东西。有一回她在做,给姑少爷看见了,就抢了去。大小姐气得不得了,说了两三句话,姑少爷就发起脾气来,大小姐又不敢跟他吵架只好低头垂泪……"

"二妹,你们带杨嫂出去歇歇罢,喊翠环、绮霞陪她到花园里去耍一会儿也好,"觉新不能够支持下去,脸色惨白,疲倦地对淑英说。淑英知道他的心情,也不问什么话,便答应一声,同淑华、淑贞一起带着杨嫂到外面去了。杨嫂正要跨出门槛,觉新忽然唤住她吩咐道:"杨嫂,你走的时候再到我屋里来一趟。"

杨嫂不等天黑就回郑家去了。她临走时果然到觉新的房里去。觉新仍旧躺在床前那把藤椅上。他看见她来,脸上略微现出喜色,说了一些普通的应酬话,要她转达给蕙。他最后仔细地叮嘱道:"杨嫂,你是个明白事理的人。你们太太相信你,才叫你过去服侍大小姐。如今大小姐境遇很苦,她有时心里不快活,你要多多劝她。事情到了这样,可说木已成舟。姑少爷再不好,大小姐也只得忍耐着好好过活下去。或者过几个月，处久了，就能相安无事也未可知。大小姐一个人有时候闷得很，或者会想不开，你晓得她的性子，你要好好地开导她才是。"他说了这些话。他自己也知道是勉强说出来的，他自己就憎厌这种见解。他还给了杨嫂一点赏钱。

杨嫂听了这番嘱咐，十分感动。她接过赏钱请了安，道谢地称赞道："多谢大少爷。大少爷的心肠真好，想得也很周到。其实不劳大少爷操心。我也劝过大小姐：常常把心放宽一点。我会好好地服侍她。唉，我们大小姐的命真不好。如果我们的枚少爷换了大少爷，大小姐有你这样一位哥哥，也不会弄到现在这种地步。"

杨嫂的话是她的真情的吐露。但是在觉新听起来，话里面似乎含得有刺。杨嫂好像故意说反面的话来挖苦他似的。他想：倘使蕙真有一个像他这样的哥哥，她的遭遇也不会有什么改变。他并没有力量把她从那个脾气古怪的陌生男子的手掌中救出来。这个思想使他苦恼。他颓丧地倒在藤椅上，痴呆地望着杨嫂，不再说一句话。杨嫂以为他疲倦了，便不再停留，道过谢走了。

觉新的病痊愈以后，他有一天到周家去。这是他病后第一次出去拜客。他知道那天蕙要回娘家，希望在那里遇见她。他去得较早，蕙还不曾到。他在周家自然得着亲切的欢迎。舅父周伯涛出去了。周老太太和他的两位舅母殷勤地款待他。她们向他问长问短。他也为了她们在他的病中的关怀和馈赠向她们表示谢忱。

过了一会儿，蕙的轿子到了。蕙见了众人，一一地行了礼。她坐下后便关心地问起觉新的健康。她说，她听见他"欠安"的消息，早就想到高家去探病，可是被家里一些琐碎事情羁绊着，不能够出门，因此没去看觉新，还请他原谅她。她不曾提到差杨嫂问病和送书签等物的事。但是这倒并非故意不提。

觉新早知道她不能出门的真正原因。他听到"原谅"两个字，心里忽然一阵痛，他偷偷地看她的脸。面容有点改变了，但是脸上并没有光彩。脂粉虽然掩盖了憔悴的脸色，然而眼角眉尖的忧愁的表情和额上的细微的皱纹却显明地映入他的眼里。同情与爱怜的感情支配着他。他含了深意地正面看她。他立刻又恢复了镇静自己的力量。于是他把自己的真心隐藏起来。他勉强做出笑容同她们谈了一些应酬话。后来牌桌子摆好了，在左厢房里面。周老太太主张打"五抽心"。觉新和蕙都不得不参加，另外的两人自然是陈氏和徐氏。芸和枚少爷便立在旁边看牌。觉新坐在蕙的上手，洗牌的时候他的指尖在桌面上挨到了她的手，他好像触电似地心里猛然抖了一下。她很快地把手一缩。他看了她一眼。她仍旧低下头在洗牌，脸上略有一点红晕。后来轮着觉新"做梦"了，他便站到蕙的背后看她打牌。他看见蕙时时把牌发错，有点"心不在焉"的样子。他也不说出来，却在旁指点她发牌。她默默地听从他的吩咐。蕙打完了这一圈，便立起来，应该换觉新上场了。觉新不坐下去，却向那个也立在旁边看牌的芸说："芸表妹，你坐下替我打两牌，我就来。"

"大少爷，你到哪儿去？"周老太太惊讶地抬头问了一句。

"外婆，我不走哪儿去。我手气不好。所以请芸表妹代我打两牌，"觉新回答道。周老太太也不再说什么。芸便在蕙坐过的凳子上坐了下来。觉新立在芸的背后，端起茶杯喝了一口，看芸起了牌。他又掉过头看蕙。蕙一个人静悄悄地立在厢房门口，似乎在看外面的景物。他也走到门口去。他到了那里，蕙也不回头看他。

"蕙表妹，多谢你送的东西，"觉新低声在后面说。

"做得不好，哪儿值得道谢？"蕙忽然回过脸来，对他凄凉地微微一笑，低声答道。她的头又掉向外面去。

"蕙表妹，事情已经至此，也无法挽回了，"他痛苦地说。她并不答话。他又说："你该晓得忧能伤人，多愁苦思都没有好处。我总望你能够放开心，高兴地过日子。我也就没有别的希望了。你多半不会相信我的话，我知道我对不起你。"

蕙把脸掉向牌桌那面看。她看见没有人注意他们两个谈话，便温柔地看了觉新一眼，叹息似地低声说道："大表哥，不要再说这种话了。只要你过活得好，我或者还有高兴的时候。可是你的情形又是那样……"后面的话却变成叹息的余音而消散了。

觉新感到一阵惊喜。这真心的表白和深切的关怀是他料想不到的，这一来便把他的内心也搅动了。一个希望鼓舞着他。他觉得两颗心在苦难中渐渐地挨近。他似乎伸手就可以抓到那一线光明，那一个美梦。那是他所能希望得到的最后的一个美梦了，如果失败，便会给他带来永久的黑暗。所以他忘了自己地奔赴光明和美梦。他的带病容的脸上也现出喜悦的光辉，他激动地说："你竟然这么关心？……"

她侧过脸投了一瞥感激的眼光，轻轻地答了一句："此外我还有什么关心的事情？"她的脸上忽然泛起红晕，她又把脸掉开了。

她的感激的眼光和柔情的话语把他更向着希望拉近了。他感动地抬眼看她。她穿着大小合身的时新的衣服，瘦削苗条的水蛇腰的身子倦慵地斜倚在门上，一只膀子略略靠着门框。她似乎也难抑制感情的波动，她的身子微微地颤动着，淡淡的脂粉香一阵一阵地送入他的鼻端。他这时又瞥见了光明与美梦，希望又在他的眼前亮了一下。他的情感像潮水似地忽然在他的心里涌起来。他觉得有千言万语要向她倾吐。但是后面牌声大响，芸十分欢喜地唤道："大表哥，快来！快来！我给你和个'三翻'了！"于是光明隐藏，美梦破灭，他不得不留下一些话未说，马上跑到芸那里去，众人在数和，在付筹码。芸夸耀地向他解说她怎样凑成了这副好牌。但是他哪里听得进那些话？连摊在芸面前的十四张雀牌他也没有看清楚。他的脑子里所想的仍然是蕙的事情。他茫然地立在芸的椅子背后，他感到一阵空虚，一阵怅惘。他又掉头去看蕙。蕙依旧寂寞地倚在门上。他又起了爱怜的感情，还想过去跟她谈几句话。他正在迟疑间，蕙慢慢地走过这面来了。他便又后悔自己没有走过去以致失却了跟她单独谈话的机会。他看见她默默地坐下去洗牌，后来又强为欢笑地应酬众人，他心里非常难过。他也无心看她发牌了。他只觉得更加爱惜她，更加憎厌自己。

他们打了十圈牌，周伯涛还没有回家。周老太太说不等他了，便吩咐开饭。众人正在吃饭,仆人周贵就进来说:姑少爷差人来接大小姐回去。

"怎么今天就来接?原说好让蕙儿在家里住一天。周贵,你喊那个来接的人回去,要他明天晚上再来接!"周老太太不高兴地抱怨道。周贵答应一声走了出去。蕙默默地低下头,饭碗端在手里,筷子动得很慢,她那种食难下咽的样子是被觉新看见了的。觉新也不说什么,心里却充满了难以抑制的悲愤。

过一会儿周贵又走进来惶恐似地说:"姑少爷说有要紧事情,喊大小姐立刻回去。"他知道这两句话会使周老太太生气,硬着头皮准备挨骂。

"糊涂东西!你连道理也不懂!你看大小姐饭都没有吃完,哪个喊你进来说的!"周老太太把筷子一放,果然板着面孔骂起来。周贵立在门口,接连答应着"是"。他不敢走开,只得笔挺地站着,等候周老太太的吩咐。

"大小姐是我的孙女,是凭大媒嫁过去的,又不是我卖给他郑家的!周贵,你去把来接的人打发走,说我把大小姐留下了,明天晚上会差人送大小姐回去。请姑少爷放心,不要再派人来接了,"周老太太带怒地继续吩咐道。

"是,""是,"周贵依旧唯唯地应着,却不走出房去。

"我从没有见过这样不讲道理的人,"周老太太依旧气愤地自语道。她看见周贵还站在房里,便厉声斥责道:"周贵,你还站在这儿做什么?"

周贵吃惊地答应一声,慌忙地走出去了。

过了一会儿周贵又走进来结结巴巴地报告道:"老太太,郑家来的人不肯走,说姑少爷吩咐过要大小姐一定回去。大小姐不回去,姑少爷要发脾气的。"

"婆,还是让我回去罢,"蕙推开椅子站起来,呜咽地说。

"蕙儿,你就不要走!你婆索性留你多住几天再回去,看你姑少爷敢把你怎样?"周老太太气得半晌说不出话,过后才带着愤慨地安慰蕙道。蕙一声不响,却掩面低声哭起来。

芸连忙走过去,在蕙的耳边柔声劝道:"姐姐,你不要伤心,有婆给你作主……"

蕙的母亲陈氏在旁边快要淌泪了,她忍住悲痛,温和地对周老太太说:"妈,还是让蕙儿回去罢。她究竟是郑家的人,凡事少不得要将就她姑少爷一些。我们多留她要一天,她回去又会受姑少爷的气。"

周老太太颤巍巍地立起来,走到一把藤躺椅前面坐下。她的脸色也变青了。她听见陈氏的话,觉得也有道理,但因此更增加了她的愤慨。她气恼地说:"真是个横不讲理的人!蕙儿在我们家里娇养惯了,却送到那种人家去受罪,我真不甘心!他会发脾气,难道我不会?周贵,你去给那个人说,我不放大小姐走,姑少爷不答应,喊他亲自来接。看他自己来有什么话说!我要留大小姐多住两天,哪个敢说个'不'字!"

陈氏和徐氏看见周老太太这样生气便不作声了。蕙忽然奔到周老太太面前,要说什么话,但是口一张开,就忍不住拉着周老太太的膀子哭起来。周老太太也伤感地淌了眼泪,声音发抖地接连说:"我苦命的蕙儿。"

周贵起先唯唯地答应了两声,迟疑地站了片刻,看见这个情形,知道周老太太一时没有另外的话吩咐。他正要走出去,却被觉新唤住了。觉新到这时才把他的纷乱的思想理出一个头绪来。他忍住心痛,走过去低声嘱咐芸把蕙劝好拉开,然后勉强做出温和的声音对周老太太说:"外婆,我看还是让蕙表妹回去罢。如今生米已经煮成了熟米饭,除了将就郑家外也没有别的法子。我们跟郑家闹脾气,结果还是蕙表妹受气。人已经嫁过去了,住在他的家里,有什么苦楚,我们也管不到。为了蕙表妹日后的生活着想,我们只好姑且敷衍郑家。请外婆不要动气。不然更苦了蕙表妹。"他居然一口气说完了这些话。他想不到自己会有这样大的勇气。现在连周老太太也说要把蕙留下,倒是他反而主张蕙顺从地回到那个她视作苦海的郑家去。他自己觉得他的主张是有理由的,目前就只有这样的一条路,而同时这理由、这路又给他带来更大的痛苦。他又一次做了自己最不愿意做的事情。

"妈,大少爷的话也很有理。你就放蕙儿回去罢。现在也真没有别的法子。何况以后日子还长。说不定他们小夫妻以后会和好起来的,"陈氏暗暗地揉了揉眼睛,便顺着觉新的口气向周老太太央求道。徐氏也附和地说了两句话。

周老太太沉吟半晌,后来才叹息一声,放弃似地说:"你们以为我不懂规矩吗? 也罢,我也不留蕙儿了。"她吩咐仆人道:"周贵,你去喊人把轿子提上来!"

房里静无人声。周老太太板起面孔坐在藤躺椅上。蕙已经停止哭泣。她站直身子,摸出手帕在揩眼泪。周贵像犯人遇赦似地连忙走出去了。又过了片刻周老太太用温和的眼光怜惜地看蕙,忍不住悲声说道:"可怜的蕙儿,叫我怎么忍心放你回去? 我们都在这儿过得好好的,却喊你孤零零一个人去受罪。这就是生女儿的结果。好不叫人灰心! 蕙儿,你处处要小心,自己要晓得保养身体。我们如今顾不到你了。"芸忍不住在旁边哭了。徐氏连忙过去嘱咐芸道:"芸儿,你哭什么? 不过这一点点小事情,你不要惹你婆伤心。"陈氏听见芸的哭声不觉也落下几滴眼泪。

蕙本已止了泪,听见周老太太的一番话,触动了前情,觉得一阵心酸,又淌出眼泪来。她满脸泪痕地望着周老太太说:"婆,你不要担心,我在那边处处小心,也不会受罪的。我以后会常常回来看你,看妈……"她想做出笑容,可是不但没有成功,反而连下面的话也被悲痛阻塞在咽喉里面了。她挣扎了一会儿,猝然说出一句:"我去穿裙子去,"便掉转身走了。

蕙回到厢房里来时,轿子已经放在天井里等候她了。她向周老太太们请了安,又向觉新拜了拜。觉新一面作揖答礼,一面依恋地邀请道:"蕙表妹,你哪一天到我们家里来耍? 二妹、三妹她们都很想念你。"

蕙苦涩地一笑,过后又蹙眉地说:"我也很想念她们。可是今天的情形你是看见的。什么事我都不能作主。大表哥,你回去替我问她们好,还有琴妹……"她不再说下去,便转身向芸和枚少爷拜过了,走出房门上轿去。

轿子走出了中门,周贵去把中门关上。天井里只有静寂;众人的心里只有空虚。他们回到房里以后,周老太太一个人尽管唠唠叨叨地抱怨蕙的父亲,别人都不敢答话。觉新坐了一会儿实在忍受不住,便告辞走了。

觉新坐在轿内,思绪起伏得厉害,他愈想愈觉得人生无味。他回到家里,下了轿,听见门房里有人拉胡琴,唱《九华宫惊梦》。

高忠装出女声唱杨贵妃:

贼呀贼,兵反长安为哪一件?

文德的响亮的声音唱安禄山:

你忘却当初洗儿钱。

觉新皱了皱眉,就迈着大步进了拐门,走过觉民房间的窗下,正遇见淑英、淑华姊妹拿着书从房里出来。他知道她们读完英文课了。淑英先唤了一声"大哥"。

"二妹,三妹,蕙表姐向你们问好,"觉新忍住悲痛地说。

"你看见蕙表姐了? 她怎样? 还好罢?"淑英惊喜地问道。

"她哪儿会好? 不要提了,"觉新愤慨地答道。

"你说给我们听,她究竟怎样?"淑英、淑华两人缠着觉新不肯放,要他把蕙的情形详细地告诉她们。

"好,我说,我说。你们不要性急,到我屋里去说,"觉新后来只得应允了。

"说什么？大哥有什么好听的新闻?"觉民的声音突然响起来。他和剑云正从房里走出,听见觉新的话便顺口问道。

"大哥今天看见了蕙表姐,"淑华高兴地对觉民说。

"我们也去听听,"觉民侧头对剑云说。剑云点头说好。

众人进了觉新的房间坐下以后,何嫂端出茶来。觉新喝着茶,一面把这天在周家看见的情形详细地叙述出来。他愈往后说,愈动了感情,眼里包着一眶泪水,他也不去揩干。

剑云默默地坐在角落里,不时偷偷地看淑英。淑英在凝神深思,她的脸色慢慢地变化着,恐怖和焦虑的表情又在她的脸上出现。她微微地咬着嘴唇皮,不说一句话。

"世界上会有这种事情! 真气人! 蕙表姐也太懦弱,怕他做什么?"淑华恼怒地说。

"世界上这种事情多得很,不过你没有看见罢了,"觉民故意嘲笑地说。

"我说以后就索性把蕙表姐留下,再不让她到郑家去,等他来接十次百次,都给他一个不理,看他有什么法子! 蕙表姐究竟是周家的人!"淑华昂着头起劲地说。她气愤地望着觉新,好像她在跟他争论一般。

觉新痛苦地责备淑华道:"你真是在说小孩子话。蕙表姐如今是郑家的人了。"

"郑家的人? 说得好容易! 蕙表姐明明在周家养大的,"淑华还是不服,她固执地争辩道。

"你说这种话又有什么用? 人已经嫁过去了,你将来就会明白的。你不要说大话,难保你就不会嫁一个像你表姐夫那样的姑少爷。"觉新看见淑华说话不顾事实,他有点厌烦,便故意用这种话来激恼她。他自己并不拥护现在的婚姻制度(因为他自己受过害了),他说上面的话正表示对那个制度的反抗:他希望把自己的愤怒传染给别的人,激起别的人出来说一些他自己想说而又不敢说的攻击那个制度的话。

"大哥,"淑英忽然失声唤道。她带了责备的眼光望着觉新,痛苦地低声说:"你也说这种话?"

"我才不怕。别人凶,我也可以凶。我也是一个人,决不给别人欺负!"淑华气红了脸大声辩道。

"说得好!"觉民在旁边称赞着。

觉新听见淑英的话,他立刻想起了这个少女的处境:的确一个像蕙有的那样的命运正在前面等候她,现在的蕙便是将来的淑英。那个命运的威胁是很大的。但是淑英跟蕙不同,她还努力在作绝望的挣扎。她手边的英文课本便是她不甘灭亡的证据。然而结果她能够逃避掉灭亡吗? 他不敢多想。在看见蕙堕入深渊以后,他再没有勇气来看淑英的那样的结局了。那个结局并不远,而且也许又轮着他来把淑英送进深渊里去。不过淑英还在设法逃避。他想她应该逃避。但是她多半会失败。

"大哥,我跟你说几句正经话。蕙表姐的事情固然已经无法挽回了。但是二妹的事情我们还可以挽救。陈克家一家人的事情你不是不知道。三爸近来的脾气你也见到了,他不会顾惜二妹。二妹是个有志气的女子,你应该给她帮点忙,我们都应该给她帮忙,"觉民忽然做出庄重的面容,一本正经地说。

我们应该给她帮忙——觉新接着想下去。觉民的话来得正凑巧。好像一个外来的力量把觉新的纷乱的思绪一下子就理清了。他觉得几对眼睛急切地望着他,等候他的回答。尤其是觉民的追逼似的眼光使他的思想无处躲闪,而淑英的求助的水汪汪的眼睛引起了他的怜惜。虽然他始终觉得自己并没有力量,但是他也下了决心:他不让淑英做第二个蕙。于是他用稳重的语调答道:

"只要二妹打定主意,我总之尽力帮忙就是了。事情以后可以慢慢商量。不过你们说话做事都要谨慎一点。"

二十一

在这些日子里觉民算是最幸福的。觉新和淑英们的苦恼他分担去的并不多。琴和利群周报社的事情更牵系住他的心。他从琴那里得到的是温柔、安慰与鼓舞。利群周报社的事情进行得很顺利：周报按期出版，销数也逐期增加。他每星期二下午照例去参加编辑会议。翻阅一些稿件，有时也带去自己的文章。琴有时出席，有时不能到，便请他做代表。社里的基金渐渐地充裕了，只要稿件多，他们便可以将周报的篇幅增加半张。也有了新的社员，表示同情的信函差不多每天都有，还有一个四十多岁的中年人也写了仰慕的信来。这一切在年轻人的热情上点燃了火。每个青年都沉溺在乐观的幻梦里。他们常常聚在一起，多少带一点夸张地谈到未来的胜利。那些单纯的心充满了快乐。这快乐又给他们增加了一些憧憬。恰恰在这时候方继舜从外州县一个朋友那里得到一本描写未来社会的小说《极乐地》和一本叫做《一夕谈》的小册。他当做至宝地把它们借给别的朋友读过了。《极乐地》中关于理想世界的美丽的描写和《一夕谈》中关于社会变革的反复的解说给了这群年轻人一个很深的印象。同时觉慧又从上海寄来一些同样性质的书报如《社会主义史》、《五一运动史》、《劳动杂志》、《告少年》、《夜未央》[1]等等，都是在书店里买不到的。在这些刊物和

---

[1]《夜未央》是波兰人廖·抗夫（1881—?）写的三幕剧，1907年在巴黎公演，中译本1908年由巴黎世界社出版，1920年有人在上海翻印过。我当时看见《申报》上的广告，用邮票代价买了一本来。朋友们见到它，曾借去抄录了几份，作为排演的底本。后来他们就演出了这个戏。

小册子的封面上常常印着"天下第一乐事,无过于雪夜闭门读禁书"一类的警句。的确这些热情的青年是闭了门用颤动的心来诵读它们的。他们聚精会神一字一字地读着,他们的灵魂也被那些带煽动性的文句吸引去了。对于他们再没有一种理论是这么明显、这么合理、这么雄辩。在《极乐地》和《一夕谈》留下的印象上又加盖了这无数的烙印。这些年轻的心很快地就完全被征服了。他们不再有一点疑惑。他们相信着将来的正义,而且准备着为这正义牺牲。《夜未央》更给他们打开了一个新的眼界。这是一个波兰年轻人写的关于俄国革命的剧本。在这个剧本里活动的是另一个国度的青年,那些人年纪跟他们差不多,但已经抱着自我牺牲的决心参加了为人民求自由、谋幸福的斗争。那些年轻人的思想和行为是那么忠诚、那么慷慨、那么英勇!这便是他们的梦景中的英雄,他们应该模仿的榜样。

他们一天一天地研究这种理论,诵读这种书报。他们聚在社里闲谈的时候也常常发表各人的意见来加以讨论。不久他们就不能以"闭门读禁书"的事情为满足了。周报社的工作他们也嫌太迟缓。他们需要更严肃的活动来散发他们的热情,需要更明显的事实来证实他们的理想。他们自己是缺乏经验的。他们便写信给上海和北京两处的几个新成立的社会主义的团体。在这个省的某个商埠里也有一个社会主义的秘密团体,就是出版《一夕谈》的群社。方继舜辗转地打听到了群社的通信处,他们也给群社写了信去。回信很快地来了。信封上盖着美以美教会的图章,把收件人写作黄存仁教士,里面除了群社总书记署名的信函外,还附得有一本叫做《群社的旨趣和组织大纲》的小册。那意见和组织正是他们朝夕梦想的。读了这本小册以后,他们再也不能安静地等待下去了。他们也要组织一个这样的秘密团体,而且渴望做一点秘密工作。方继舜是他们中间最热心的一个,他被推举出来起草宣言。这自然不是什么困难的事,他有群社的小册和杂志上刊载的宣言做蓝本。宣言写成,他们便约定在黄存仁的家里开会商议成立团体的事情。

觉民一天吃过午饭,打算到琴的家去。他走到大厅上,看门人徐炳正从外面走进二门来。徐炳看见他,便报告道:"二少爷,外面有一个姓张的学生找你。他不肯进来,在大门口等着,要你就去。"

"好,"觉民答应一声,他想大概是张惠如来找他到周报社去。他到了外面才看见张惠如的兄弟张还如穿着高师学生的制服,手里捏了一把洋伞,低着头在大门口石板地上踱来踱去。他跨过门槛唤了一声:"还如!"

张还如惊喜地抬起头来,简短地说:"觉民,我们到存仁家去。"声音不高,说话的神气也很严肃。

"继舜他们都在吗?"觉民知道是为了什么事情,但是他仍然问了一句。

"在,"张还如点头说,脸上仍然带着严肃的表情。

觉民的心里也很激动。他不再问什么,便同张还如一起走了。

黄存仁住在一条僻静的街道上。那所房屋是觉民十分熟习的,他去年还在那里住过一些时候。但是这次到黄存仁的家去,他却怀着紧张的心情,好像在那里有什么惊人的重大事情在等候他。他从没有参加过秘密会议。他看过几部描写俄国革命党人活动的翻译小说,如商务印书馆出版的《飞将军》、《昙花梦》之类就尽量地渲染了秘密会议的恐怖而神秘的气氛。这在他的脑子里留下了一个颇深的印象。因此他这时不觉想起了那几部小说里作者所用力描绘的一些激动人的场面。张还如又不肯走直路,故意东弯西拐,使他听了不少单调的狗叫声,最后才到了黄存仁的家。

这是一所小小的公馆,一株枇杷树露到矮的垣墙外面来。他们不用看门人通报,便走进去。黄存仁的书房就在客厅旁边。他们进了书房。屋子里已经有了四个人,方继舜、张惠如、陈迟都来了。觉民看见这些亲切而带紧张的面孔,不觉感动地一笑。

开会的时候,黄存仁把房门关上,他站在门后,一面听别人谈话,一面注意着外面的响动。第一个发言的是方继舜,他用低沉的声音说明了这次会议的意义,然后解释他所起草的宣言的内容。这篇宣言,黄存仁诸人已经读过了,只有张还如和觉民两个不曾见到。觉民便从方继舜的手里接过来,仔细地看了一遍,就交给张还如。宣言比群社的小册简短许多,但里面仍然有不少带煽动性的话和对现社会制度的猛烈的攻击,而且关于组织和工作等项也说得很详细。方继舜谦逊地说,他一个人的思想也许欠周密,希望别人把宣言加以修改。觉民只觉得宣言"写得好",他却不曾注意到它写得很夸张。不过他疑惑自己担任不了那些艰巨的工作,他又疑惑他自己还缺乏做一个那样的秘密社员所需要的能力和决心。觉民表示了自己的意见。他以为工作范围太大,如设立印刷所等等目前都办不到;部也分得太多,如妇女部、学生部、工人部、农人部等等大都等于虚设,社员只有这几个,各部的负责人也难分派;宣言措辞过于激烈,一旦发表,恐怕会失掉许多温和分子的同情。方继舜沉毅地把这些质疑一一地加以解答。他仍然坚持原来的主张。觉民对这个解答并不满意,不过他想听听张惠如、黄存仁他们发表意见。他们的意见有一部分跟觉民的相同,但是他们也赞成方继舜的另一部分的主张。

"我们目前固然人数少,然而以后人会渐渐地多起来的。那时候我们的工作范围就要扩大了。我们的组织大纲到那时也适用。组织大纲本来应该有长久性的。我们组织这个团体不是为了做点大工作还为什么?原本因为觉得单做利群周报社的事情有点单调,不能满足我们的要求,才另外组织这个团体……"方继舜很有把握地用坚决的口吻说。他接着还说了一些话。他吐字很清楚,差不多没有一点余音。他沉着脸,态度很认真。

黄存仁和张还如也说了几句。陈迟发了一番议论。觉民又说了几句。后来宣言终于被通过了,只是在分部一项上有小的修改,暂时把几个部合并成一个宣传部。

团体的名称也决定了:"均社",这是方继舜提出来的。他们决定在下星期二开成立会。他们谈完均社的事,又谈了翻印小册子、印发传单、排演《夜未央》的计划。后来方继舜先走了。到这时大家的心情才开始宽松。觉民和别的人还在黄存仁家里随便谈了一会儿。他们又谈起上演《夜未央》的事，众人都很兴奋，当时便把脚色分配下来：张惠如担任男主角桦西里，黄存仁担任革命党人昂东，陈迟担任女革命党人安娥[1]，张还如担任女革命党人苏斐亚。觉民对这件事情也很感兴趣，但是他却不肯做演员。大家推他扮演重要配角葛勒高，他说他不会演那个年轻的工人。最后他只答应在戏里担任一个不重要的角色。众人又推定方继舜做老革命家党大乐，利群周报社的一个青年社员汪雍扮女仆马霞。其他的角色都请周报社社员担任。这样决定了以后大家都很高兴，临走时每个人的脸上都带着满意的笑容。来时那种紧张、严肃的表情再也看不见了。

　　觉民一个人十分激动地走回家里。他的脸上固然也出现过满意的笑容，但是他走到他住的那条冷静的街道上，他的笑容便被一阵温和的风吹散了。其实这是由于他心里又起了疑惑。的确他的心里还有不少的疑惑。他并不是一个想到就做的冒失的人。他比较觉慧稳重许多。他做一件事情除非是迫不得已，总要想前顾后地思索一番才肯动手。他不肯徒然冒险，做不必要的牺牲。他也不愿参加他自己并不完全赞成的工作。他有顾虑。他也看重环境。当时在那种使人兴奋的环境中他的热情占了上风，他说话和决定事情都不曾事先加以考虑。如今他冷静地一想，就觉得加入均社和演剧的事对于他都不适宜。加入秘密团体，就应该服从纪律，撇弃家庭，甚至完全抛弃个人的幸福。他自己并不预备做到这样。而且做一个秘密结社的社员，要是发生问题便会累及家庭，他也不能安心。至于登台演戏，这一定会引起家族的责难，何况演的又是宣传革命的剧本。从前他和觉慧两人担任了预备在学校里演出的英文剧《宝岛》中的演员，剧本虽然没有演出，可是他的继母已经在担心四婶、五婶们会说闲话。这一次他要正式演戏，并且他们要租借普通戏园来演

[1] "安娥"是旧译本的译名，原文全名是："安娜·利堪斯卡雅"。

出,他的几个长辈不会不知道,更不会不加以嘲笑和责难的。固然他自己说他并不害怕他的长辈,但是他也不愿意因为一件小事情给自己招来麻烦。他愈往下想愈觉得自己的举动应该谨慎,不能够随便地答应做任何事情。二更的锣声在他的前面响起来。他走到十字路口,更夫一手提灯笼一手提铜锣走过他的身边。锣声沉重而庄严,好像在警告他一样。他忽然觉醒过来。他下了决心:第二天去对朋友们说明,他暂时不加入均社,也不担任演员。他只能够做一个同情者,在旁边给他们帮忙。他这样决定以后,倒觉得心里安静了。他走进高公馆的大门。他觉得自己的决定是很聪明的,而且为这个决定感到了欣慰。

大厅上那盏五十支烛光的电灯泡这一晚似乎显得特别阴暗。三四乘轿子骄傲地坐在木架上,黑黝黝地像几头巨兽。门房里人声嘈杂,仆人轿夫们围挤在一起打纸牌。觉民刚跨进二门走下天井,便听见一个少女的声音叫道:"五少爷,六少爷,你们再闹,我去告四老爷去!"

觉民听出这是绮霞的声音。他觉得奇怪,连忙走上石阶留神一看。原来觉群、觉世两人把绮霞拦在轿子后面一个角落里。觉群嬉皮笑脸地拉扯绮霞的衣服,觉世呸呸地把口水吐到她的身上去。绮霞一面躲避,一面嚷。她正窘得没有办法,这时看见觉民便像遇到救星一般地惊叫道:"二少爷,你看五少爷、六少爷缠住我胡闹!请你把他们喊住一下。"

袁成正在那里劝解,看见觉民便恭敬地唤了一声"二少爷",就走下天井进门房去了。

觉民厌烦地看了觉群和觉世一眼,不大高兴地问道:"你们拦住绮霞做什么?"

"哪个喊她走路不当心碰到我?她不给我赔礼还要吵。我今天非打她不可!"觉群得意地露齿说道,两颗门牙脱落了,那个缺口十分光滑。

"哪个扯谎,报应就在眼前!五少爷,是你故意来碰我的!我哪儿还敢碰你?我看见你们躲都躲不赢!"绮霞气恼地分辩道。

"好，你咒我！我不打死你算不得人！六弟，快来帮我打！我们打够了，等妈回来再去告妈！"觉群咬牙切齿地扑过去抓住绮霞的衣襟就打。觉世也拥上去帮忙。绮霞一面挣扎，一面警告地叫着："五少爷，六少爷！"

觉民实在看不过，他的怒气直往上冲。他一把抓住觉群的膀子，把这个十岁的小孩拖开，一面劝阻道："五弟，放绮霞走罢。"

"我不放！哪个敢放她走！"觉群固执地嚷道。觉世看见觉群被觉民拉开了，有点害怕，便住了手，站在一旁听候觉群的吩咐。

觉民看见绮霞还站在角落里不动，只是茫然地望着他，便正色说道："绮霞，你还不快走！"绮霞经觉民提醒，连忙跑进拐门到里面去了。觉民怕觉群追上去，仍然捏住觉群的膀子不放，过了半晌才把手松开。

"二哥，你把绮霞放走了！你去给我找回来！"觉群等觉民的手一松，便转过身子扭住觉民不肯放，泼赖地不依道。"你给我放走的，我要你赔人！"

"五弟，放我走，我有事情，"觉民忍住怒气勉强做出温和的声音说。

"好，你维护绮霞，欺负我！你还想走？绮霞不来，我就不放你走，看你又怎样！你好不要脸，给丫头帮忙！"觉群一面骂，一面把脸在觉民的身上擦来擦去，把鼻涕和口水都擦在觉民的长衫上面了。他还唤觉世道："六弟，快来给我帮忙！"觉世果然跑了过来。

觉民实在不能忍耐了。他把身子一动，想抽出身来，一面动气地命令道："你放我走！"就把觉群的两只手向下一甩。觉群究竟力气不大，不得不往后退两步，几乎跌了一个筋斗。觉民正要往里面走去，却被觉群赶上抓住了。觉群带着哭声说："好，二哥，你打我，我去告大妈去！"但是觉群并不照自己所说到里面去，却依旧缠住觉民不肯放他走。

觉民气得没有办法，他不再想前顾后地思索了。他大声教训道："说打你就打你，看你以后还怕不怕！"他抓住觉群，真的伸出手去在觉群的屁股上打了两下。他打得并不重,觉群却哇哇地大哭起来,一面嚷道:"二哥打我!"一面去咬觉民的手。觉民的手被咬了一口,他觉得一下痛,便用力一推。觉群退开了,就靠着一乘轿子伤心地哭骂着。觉民把自己的衣服整理一下,看了看手上的伤痕,气略略平了一点。他还来不及走进拐门里面,就看见一乘轿子在大厅上放下了。这是克安的轿子,赵升跟着轿子跑上大厅,打起了轿帘,王氏从里面走出来。

觉群看见自己的母亲回来,知道有了护身符,可以不怕觉民了,便故意哭得更加响亮。王氏一下轿,觉世就去报告:"妈,二哥打五哥,把五哥打哭了。"

觉民听见觉世的话,恐怕会引起王氏的误会,便走过去对王氏说了几句解释的话,把事情的原委大略地叙述了一番。王氏不回答觉民的话,她把眉毛一横,眼睛一瞪,走到觉群面前,一手牵着觉群,另一只手就在觉群的脸颊上打下去。她用劲地打着,打得觉群像杀猪一般地哭喊。觉民在旁边现出一点窘态。他也觉得王氏打得太重了。但是他又不便劝阻她。他正在思索有什么解围的办法,王氏忽然咬牙切齿地骂觉群道:"你好好地不在里面耍,哪个喊你去碰人家?人家丫头也很高贵。你惹得起吗?你该挨打!你该挨打!你挨了打悄悄地滚回去就是了,还在大厅上哭什么?你真是一个不长进的东西。我要把你打死!我生了你,我自己来打死也值得。"王氏又举起手打觉群的脸。觉世看见母亲生气,哥哥挨打,觉得事情不妙,便偷偷地溜走了。觉民听见王氏的话中有刺,心里很不高兴,但又不便发作,只是按住怒气,装做不懂的样子走进里面去了。

觉民进了自己的房间,刚刚坐下,就听见王氏牵了抽泣着的觉群嘴里叽哩咕噜地走过他的窗下。他本来想静下心预备第二天的功课。然而一阵烦躁的感觉把他的心搅乱了。王氏那张擦得又红又白的方脸在他的眼前一晃一晃地摆动,两只金鱼眼含了恶意地瞪着他。她那几句话又在他的耳边擦来擦去。他忍不住自语道:"管她的,我做什么害怕她!"他又埋下头去看书。可是他的思想依然停滞在那些事情上面。他读完了一页书，却不知道那一页说些什么。他读到下句，就忘了上句。他想："我平日很能够管制自己，怎么就为一件小事情这样生气？我不应该跟她一般见识。"他勉强一笑，觉得自己方才有点傻。他以为自己不会再去想那件事情了，便安心地读书。他专心地读了一页，可是结果他仍旧不明白那一页的意义，就跟不曾读过一样。他生气了，便阖了书站起来。王氏的话马上又来到他的心头。他憎厌地把头一摇。但是大厅上的情景又在他的眼前出现了。他烦躁地在房里走来走去。他的思想也愈走愈远，许多不愉快的事情都来同他纠缠。他仿佛走入了一个迷宫，不知道什么地方才有出路。

"二哥，二哥！"淑华的声音突然在房门口响了。淑华张惶地走进来，望着他，说了一句："妈喊你去！"半晌接不下去。

"什么事情？你这样着急？"觉民觉得奇怪，故意哂笑地问道。

"四婶牵了五弟来找妈，说你把五弟打伤了，要妈来作主。妈同大哥给五弟擦了药，赔了不是。她还不肯甘休。现在她还在妈屋里，妈要你就去，"淑华喘着气断续地说。

"我打伤五弟？我不过打了他两下，哪儿会打伤他？"觉民惊疑地说。他还不大相信淑华的话。

"五弟脸都打肿了，你的手也太重一点，又惹出这种是非来，"淑华抱怨道。她觉得事情有点严重，替觉民担心，不知道这件事情会有什么样的结局。

"五弟脸肿了？我根本就没有打他的脸。我们快去看，就会明白的！"觉民有点明白了。他想这一定是王氏做好的圈套，便极力压住他那逐渐上升的愤慨，急急走出房去。

觉民进了周氏的房间。他看见周氏坐在书桌前一个凳子上。觉新站在周氏旁边，背靠了书桌站着。王氏坐在连二柜前茶几旁边一把椅子上。觉群就站在王氏面前，身子紧紧靠着王氏的膝头。绮霞畏怯地立在屋角。

"二弟，你看你把五弟打成这个样子！你这样大了，一天还惹事生非!"觉新看见觉民进来便板起面孔责备道。

觉民还来不及回答,王氏便接着对周氏诉苦道:"大嫂,我的儿子里头只有五儿最聪明,现在给二伯打得成这个样子!万一有什么好歹,将来喊我靠哪个?"

"有什么好歹?挨两个打,也打不死的!"觉民冷笑道。

"我在跟你妈说话,哪个喊你来插嘴!"王氏忽然把金鱼眼大大地一睁,厉声骂道。"你打了人,还有理?"

"我根本就没有打五弟的脸,是四婶自己打的!"觉民理直气壮地顶撞道。他抄着手站在门口。

"老二,你不要说话,"周氏拦阻觉民说。过后她又敷衍王氏道:"四弟妹,你不要生气,有话慢慢商量,说清楚了,喊老二给你赔礼就是了。"她没有确定的主张,她不便责备觉民,又不好得罪王氏。这件事情的是非曲直,她弄不清楚,而且她也无法弄清楚。她看见王氏和觉民各执一词,不能断定谁是谁非。她只希望能够把王氏劝得气平,又能够叫觉民向王氏赔礼,给王氏一个面子,让王氏和平地回房去,使这件事情早些了结。

"我自己打的?你胡说!我怎么忍心打我自己的儿子?你看,你把五儿打成了这个样子,你还要赖!"王氏用手在茶几上一拍,气冲冲地说道。

"我亲眼看见四婶打的!我只打五弟两下屁股,他的脸我挨都没有挨到,"觉民也生气地分辩道。他仍旧抄起手,骄傲地昂着头。有人在后面拉他的袖子,低声说:"二少爷,你少说两句,不要跟她吵,你会吃亏的。"他知道这是黄妈,正要答话,王氏又嚷起来了。

"我打的?哪个狗打的!"王氏看见觉民态度强硬,而且一口咬定觉群的脸是她打肿的,周氏和觉新在旁边观望,并不干涉觉民,她觉得事情并不如她所想象的那样顺利,她着急起来,急不择言地说。

"好,哪个狗打的,四婶去问狗好了。我还要回屋去读书,"觉民冷笑一声,说了这两句话。他打算回房去。

"二弟,你不要就走,"觉新连忙阻止道。他的脸色很难看,眼睛里射出来祈求的眼光,他好像要对觉民说:"二弟,你就让步,给四婶赔个礼罢。"

觉民转过身把觉新的眼睛看了一会儿。他知道那眼光里包含的意义。他有点怜悯觉新,但是觉新的要求激怒了他,触犯了他的正义感。事实究竟是事实。他的手并没有挨过觉群的脸颊。觉群的脸明明是王氏自己打肿的,她却把责任推到他的身上。他本来愿意在家里过安静的日子,但是别人却故意跟他为难。现在还要他来让步屈服,承认自己没有做过的事,这太不公道了。这是他的年轻的心所不能够承认的。愤怒搅动他的心。失望刺痛他的脑子。他不能够再顾到这个家庭的和平与幸福了。他如今没有什么顾虑,倒觉得自己更坚强了。他横着心肠,不去理觉新,索性静静地在书桌左端的椅子上坐下来,等着王氏说话。

"大嫂,你说怎么办?难道五儿就让你们老二白打了不成!"王氏看见觉民大模大样地坐下来,心里更不快活,便不客气地催问周氏道。

周氏没有办法,便回头对觉民说:"老二,你就向四婶赔个礼罢,横竖不过这一点小事情。"

"赔礼?妈倒说得容易。我又没有做错事,做什么要向人赔礼?"觉民冷笑道。

周氏碰了这个钉子,脸上立刻泛起红色,心里也有些不高兴。但是她知道觉民不是用话可以说服的,便默默地思索怎样应付王氏和说服觉民的办法。

"好,老二,你这么大模大样的,我晓得你现在全不把长辈们放在眼睛里头。大嫂,你看你教的好儿子!"王氏板着面孔,半气愤半挖苦地说。

"不管怎样,我总没有诬赖人,"觉民故意冷冷地自语道。

"好,你敢骂我诬赖?"王氏猛然把手在茶几上一拍,站起来,挣红着脸气势汹汹地骂道。

觉民一声不响地掉头往四处看,好像没有听见王氏的话一般。觉新急得在旁边咬嘴唇说不出一句话来。

"老二,你少说一句话,好不好?"周氏沉下脸对觉民说,她显然在敷衍王氏。

"二弟,你跟四婶讲话,也应该有点礼貌,"觉新顺着周氏的口气也说了责备觉民的话。

王氏听见周氏和觉新的话,觉得有了一点面子,便大模大样地坐下去,然后逼着周氏,要周氏责罚觉民。她说:"大嫂,难道这件事情就这样算了吗? 你不管教老二,让我来管教!"

周氏正没有办法解围,巴不得王氏说这句话。她马上爽快地欠身答道:"四弟妹,你说得对,就请你来管教老二,听凭你来处置。"

王氏想不到周氏会这样回答,没有提防着,立刻回答不出来。她沉吟半晌,才虚张声势地说了一句:"我说应该打一顿。"

"好,就请你打。我做后母的平时不便管教。四弟妹,你来代我管教老二,那是再好没有的了,"周氏这些时候向王氏说了许多好话,赔了许多不是,心里怄得不得了。正苦没有机会发泄,这时看见有机可乘,便故意说这种话来窘王氏。

王氏是一个老脸皮,她不回答周氏,却把话题支开,另外警告地对周氏说:"大嫂,五儿现在擦了药,如果明天还不好,你应该请医生来看。"

"那自然,倘若老五明天还不好,你只管来找我。四弟妹,你还是回去休息罢,老五也应该睡觉了,"周氏看见王氏没法回答把话题支开,便顺着王氏的口气劝道。

"你们什么事情吵得这样厉害?"矮小的沈氏忽然揭了门帘进来,她手里抱着一只水烟袋,一进屋便问道,其实她已经晓得这件事情的原委了。

"五弟妹,你来得正好,你来评个理,"王氏知道在这里闹下去不会有什么结果,觉得没有趣味,正预备偃旗息鼓地回屋去,现在看见沈氏进来,好像得到了一个有力的帮手,便起劲地说。

周氏招呼沈氏坐下。沈氏笑容满面地对王氏说:"四嫂,什么事情? 我倒要听你说说。"王氏便把事情的经过加以渲染,有声有色地叙述一遍。最后她说:"五弟妹,你说说看:哪个有理? 我该不该请大嫂责罚二侄?"

沈氏沉吟半晌,吸了几口水烟,才幸灾乐祸地挑拨道:"四嫂,自然是你有理。不过我看这件事情只有让三哥来处置。最好到三哥那里去说。本来嘛,大嫂是后娘,不便多管教二少爷。"

"好,二弟,你就跟四婶一起到三爸那儿去一趟,"觉新看不惯沈氏的那种皮笑肉不笑的神气,他赌气地响应道。事实上他也认为到克明那里去才是解决这件事情的最好办法。

"五弟妹,你这个意思不错,我们就到三哥那儿去,"王氏知道到了克明那里,她不会吃亏,便得意地说。但是站在她膝前的觉群却已经睁不开眼睛在那里偷偷地打盹了。他忽然惊醒地掉头对王氏说:"妈,我要回去睡觉了。"这句话好像在王氏的兴头上浇一瓢冷水,王氏生气地把觉群一推,大声骂道:"你这个笨猪! 人家打了你,你气都还没有出,就要去睡觉! 好好地站起来,跟我到三爸那儿去。"

"我不去。这跟三爸没有一点关系,我做什么要找三爸?"觉民的话是回答觉新的。他想起淑英挨骂的事情,对克明非常不高兴。而且自从喜儿被克定公然收房作小老婆以后,克明在公馆里的威望已经减去不少。觉民从前也曾经尊敬过克明,可是如今连这一点尊敬也消灭了。他不相信克明能够给他公道。而且他已经明白在这个家庭里就没有一个人能够给他公道。他想不到他的长辈会用这种手段对付他;他更想不到他的大哥受过好多次损害以后仍旧这么温顺地敷衍别人,这么懦弱地服从别人。在一小时以前他还决定暂时不做引起家人嘲笑和责难的事,他还有一些顾虑。现在他对这个家庭的最后一点留恋也被这个笨拙的圈套破坏了。他不再有任何顾虑。他甚至骄傲地想:连祖父的命令我也违抗过,何况你们?

"大少爷！老二不去那不成！他有本事打人，为什么现在又不敢去？"王氏听见觉民说不去，以为他不敢去见克明，便更加得意地为难觉新道。

"二弟，你就去一趟。哪个有理哪个没理，三爸会断个公道的，"觉新又急又气地对觉民说。

"我说不去就不去！"觉民突然变了脸色粗声答道。

"四嫂，依我看，老二不敢去，大少爷去也是一样的，"沈氏眨着她的一对小眼睛，倒笑不笑地提议道。

"好，我跟四婶去！"觉新碰了觉民的一个大钉子，心里正难过，听见沈氏的话，也不去管她有没有阴谋，便赌气地自告奋勇道。

王氏站起来，也不向周氏告辞，就牵着觉群的手同沈氏一道走出去了。觉新默默地跟在后面。

"明明是诬赖二哥的，这种不要脸的事情亏她做得出来！"淑华这许久不曾吐一个字，现在听见王氏和沈氏的脚步声去远了，再也忍耐不住，便说了出来。

"三女，你小心点，看又闯祸！"周氏吃惊地警告道。

"她们到三爸那儿去，不晓得有什么结果，"淑华停顿一下，又好奇地说。

"不会有结果的，至多不过大哥挨几句骂罢了，"觉民冷淡地答道。

"三爸会差人来喊你去的，你怎么办？"淑华担心地说。

"你以为我会像大哥那样地听话吗？我说不去就不去！"觉民甚至傲慢地答道。

"老二，你近来也太倔强，快要跟老三一样了，"周氏叹一口气，温和地抱怨道。

"妈总怪二哥，其实像四婶、五婶那样的人正应该照二哥的法子对付才好，"淑华替觉民解释道。

翠环匆匆忙忙地从外面进来，说："三老爷请二少爷去说话。"

淑华看觉民一眼。觉民丝毫不动声色安静地答道："翠环，你回去说我现在要预备功课,没有空,三老爷有话,请他告诉大少爷好了。"

翠环听见这话觉得有点奇怪,站了片刻,但也不说什么就匆匆地出去了。

"你不去,三爸会生气的,"淑华看见翠环走了,不放心地对觉民说。

"他生气跟我有什么相干?"觉民冷冷地答道,他懒洋洋地站起来。

周氏看见翠环才想起绮霞。她装满一肚皮的烦恼,闷得没有办法,便指着在屋角站了许久的绮霞威吓道:"都是绮霞不好。这件事是她一个人引起来的。等我哪天来打她一顿!"

觉民看见绮霞埋着头不敢响的样子,觉得不忍,便代她开脱道:"这也难怪绮霞,妈,你没有看见五弟先前那个样子。绮霞好好地并没有惹他们,他们把她窘得真可怜。"

"好,总是你有理,"周氏又好气又好笑地说。她看见绮霞还痴痴地立在那里便责备道:"绮霞,你不去倒几杯茶来,呆呆地站着做什么? 今天算你的运气好,二少爷给你讲情。我也不追究了。"她等绮霞走开了,又回头对觉民叹息道:"今天的事情我也晓得是四婶故意跟我为难。我也明白你受了冤屈。可是我又有什么办法? 只怪你父亲死得太早,你大哥又太软弱,我一个女流又能够怎样? 横竖该我们这一房的人吃亏就是了。"

"不过总是像这样地受人欺负也不成!"淑华愤愤不平地说。

"我不会受什么气,我不怕他们!"觉民用坚定的声音说了上面的话,便大步走出房去。他的心上虽然还堆积着愤怒,但是他的眼前却只有一条直路。他不再有彷徨、犹豫的苦闷了。

觉民回到屋里,并不看书,仍旧踱来踱去。不久黄妈端着一盆脸水进来了。她一进屋,就说:"二少爷,你不到三老爷那儿去,做得对! 在浑水里头搅不清。明明是那两个母夜叉做成圈套来整你。大少爷心肠太好了,天天受她们的气。说起来真气人! 还是三少爷走得好! 有出息。你也有出息。太太在天上会保佑你们几弟兄。你将来出去做大事情。她们整不倒你……"

黄妈一口气说了许多话,觉民没有插嘴的份儿。她看见觉新进来,才闭了嘴,去绞了一张脸帕递给觉民。觉新在方桌旁边一把椅子上坐下,唤了一声"二弟"。眼泪像喷泉似地涌了出来。

"大哥,什么事情?"觉民惊讶地问道。他把脸帕递还给黄妈,就在方桌的另一面坐下。黄妈端着脸盆走出房去了。一路上小声咕噜着。

"二弟,你以后要发狠读书,做出大事情来,给我们争一口气,"觉新呜咽地说。他的眼泪和鼻涕一齐流下。

觉民知道觉新在克明那里受了气,他的心里也有些难过。他温和地望着觉新,低声问道:"三爸责备你吗?"

觉新默默地点头,一面用手帕揩眼泪。

"这件事情怎样解决?"觉民看见觉新的悲痛的样子,不觉黯然,他又问道。

"还不是以不了了之!三爸喊你去,你不去,三爸很生气,他当着我骂你一顿,又把我也骂几句。四婶、五婶在三爸面前你一句我一句一唱一和地说了我们许多闲话,连妈也给派了一个不是。三爸还说可惜爹死早了,你同三弟都没有人好好地管教,所以弄得目无尊长,专门捣乱。他们又提到你去年逃婚的事。三爸说,你连爷爷也不放在眼睛里,更不用说别的人了。不过我看他们对你也没有办法。他们至多也不过多给我一点气受,到后来把我气死也就完了,"觉新极力压住悲愤一五一十地叙说道。

"真正岂有此理!这件事情跟你又有什么关系?我得罪他们,他们对付我好了,"觉民气恼地说。

"他们看见我好欺负,所以专门对付我。就是没有你这回事情,他们也会找事情来闹的。我这一辈子是完结了。我晓得我不会活到多久。二弟,望你努力读书,好给我们这一房,给死了的爹妈争一口气!三弟在上海,思想比从前更激烈。我原先就担心他会加入革命党,现在他果然同一般社会主义的朋友混在一起。我劝他不要做社会活动,好好地读书,他也不肯听。最近他还到杭州去参加过那种团体的会议。这个消息我倒没有敢让家里人知道。他们只晓得他春假到西湖去旅行。总之,三弟不回来革家庭的命就算好的了。要望他回来兴家立业,恐怕是不可能的。我们这一房就只有靠你一个人!二弟,你不要辜负我们的期望才好。"觉新说下去,他的气恼逐渐地消失了,绝望的思想慢慢地来抓住他的心,把他的心拖到悲哀的泥沼里去。他愈来愈变得伤感了。好容易才忍耐住的眼泪又从眼眶里流出来。他忽然把嘴一扁,孩子般呜呜地哭了。

觉新的哭声进了觉民的心,在他的心里搅着,搅着,搅得他也想哭了。但是他并没有哭。他的憎恨是大于悲哀的。他的长辈们的不义的行为给他的刺激太大了。因为这个行为是加到他的身上的,他便把它看得更严重。他不能忘记它,也不能宽恕它。在这以前他还想到对家庭作一些小的让步。可是王氏的圈套却像一颗炸弹似地把他从迷梦中惊醒了。他才知道在这两代人中间妥协简直是不可能的。轻微的让步只能引起更多的纠纷;而接连的重大让步,更会促成自己的灭亡。觉新走的便是后一条路。未来的结果是显而易见的。他和三弟觉慧都曾警告过觉新,然而并不曾发生效力。觉慧的性子急躁,早早离开家庭走了。他也知道觉慧是不会回来的。现在觉新把兴家立业的责任加到他的身上,他能够接受么?"不能!不能!"一个声音在他的心里说。这是他自己的声音。他已经下了决心了。他昂然地抬起头往四处看,看见觉新正在用手帕揩眼睛,便温和地劝道:"大哥,你不要伤心了。你也太软弱,总让人家欺负你。如果你平日硬一点,事情也不会弄到这样。"觉民要说安慰的话,结果说出的话里却含有责备的意思。他可怜觉新,爱觉新,但是他又有点不满意觉新。觉新到这时候还希望觉民走觉新指出的路,那真是在做梦了。

淑英一个人走进来。觉民看见淑英,有点诧异,便问道:"二妹,你这时候还出来?"

"我来看你们。我听说四婶跟你们吵架,吵到爹那儿去。你们一定受了气罢,"淑英亲热地说。她看见觉新低着头不时发出抽噎声,便同情地唤了一声"大哥"。

觉新默默地点点头。觉民便说:"他刚才在三爸那儿碰了钉子,受了不少的气。三爸还骂我目无尊长,专门捣乱。"

淑英的脸色马上改变,眼睛里的光芒立刻收敛了。她皱着眉头沉吟半晌,忽然羞怯地低声说:"我晓得你们会恨我。"

"我们会恨你? 哪个说的? 你难道不晓得我们平时都喜欢你?"觉民害怕淑英误会了他的意思,便着急地说。

"我也知道,"淑英不大好意思地埋头说。她欲语又止地过了片刻,后来又接着说了半句:"可是爹……"她在觉民对面一把椅子上坐下,两眼水汪汪地望着觉民,射出来恳求的眼光,似乎在要求他的宽恕。

"三爸的思想、行为跟你又有什么关系?"觉民感动地分辩道。

"你要晓得,我也讨厌四婶、五婶,我也不赞成爹,我是同情你们的,"淑英红着脸嗫嚅地说。后来她忍不住又诉苦地说了一句:"我实在不愿意在家里住下去了!"

"我晓得,"觉民感动地答道。他看了看淑英的激动的脸,她的脸上隐约地现出了渴望帮助的表情;他立刻想起另一件事:他觉得这个回答是不够的,他想她从他这里所希望得到的也许不是这样的话。于是严厉的父亲,软弱的母亲、陈克家一家人的故事以及许多薄命女子有的悲惨的命运次第浮上了他的心头。他的思想跳得很快:怜悯、同情、愤怒、……以至于报复。淑英的事情原是时常萦绕着他的心灵的。他这时有了最后的决定了。他便正经地对淑英说:"我一定不让你做三爸的牺牲品。我要帮忙你到三哥那儿去!"他更切齿地说:"我要让他们看看,到底该哪个胜利!"

这样说了,觉民感到一阵痛快。他觉得自己不是对一个人,是对一个制度复仇了。他又骄傲地想:"我要去加入均社,我要去演《夜未央》,我要做一切他们不愿意我做的事。看他们敢把我怎样!"

二十二

觉民写信给住在上海的觉慧说：

　　均社已经正式成立。你也许想不到我会加入。但是我现在和从前不同了。我从前对旧的制度、旧的人多少还抱着一点希望，还有着一点留恋。如今我才明白那是大错特错。我如果还不把这错误改正，那么我自己除了跟着这个家庭灭亡以外，再没有别的路可走了。你记住：你的二哥的确和从前不同了……

　　一块铁石可以磨成针。一个人的性情也可以锻炼成钢铁。啊，我这个比喻不对。我的意思是：忍耐也有限度，像我这一个稳健温和的人也会变成勇往直前的激烈份子（你不要笑我，家里的人从三叔起差不多都把我看做"过激派"。自从四婶和我闹过以后，他们就给我取了这个绰号）。

　　不错，我现在是"过激派"了。在我们家里你是第一个"过激派"，我是第二个。我要做许多使他们讨厌的事情，我要制造第三个"过激派"。……

　　二妹是有希望的。她又有志气。我不能够让她白白地做一个不必要的牺牲品。我和琴都要帮助她。我们还要逼着大哥也帮助她。她愿意照你提出的那个计划做。做得到做不到，目前还难说。不过我是抱定决心了。我不会使你失望。

　　我们的新的工作就要开始了。我以后会告诉你许多新奇的经验。我们要排演《夜未央》，我们要翻印小册子，我们要开演讲会，还有许多事情……你可以把这些消息告诉你们那里的朋友……

还有一件事情。你要我代你问候黄妈，我已经把你的话告诉她了。她很高兴。她很关心你。她说，你有出息，走得好。她还是那个老脾气，爱发牢骚，总说住不惯浑水，要回家去。不过我们留她，她就不会走的。这个好心肠的老人家！……

还有，你来信责备我没有告诉你今年五一节我们在街上散发传单的情形。说句实话，我从来不曾有过这样的经验。我很兴奋，也有点紧张。但是我做得好，我们都做得好。传单的稿子是继舜起草的。我和惠如管印刷事情。头一天晚上我和惠如从印刷局把五千份传单拿到周报社里。我们几个人商定了散发传单的办法。我们把参加的人分成几队，约定散发完毕以后到社中集合，各人报告散发传单的经过。我们恐怕在路上发生事情，所以加派了几个空手的人在各段巡逻。倘使某一段有什么事故，巡逻的人连忙把消息通知另一段的负责人，再设法通知各队以及社中的留守人。商业场后门口也有我们的朋友在担任守望的工作。要是社中发生事故，那个朋友会告诉我们。这样决定以后我们大家都很兴奋。我和惠如负责在北门一带散发传单。当天早晨我还在学校里上了两堂课。我和惠如一起出来到周报社去。我把上课用的书放在社里。我那天特地借了大哥的皮包来，就把传单放在皮包里面，我另外拿了一束在手里。我和惠如从社中出发，到了北门的地带，便分成两路。我担任的地带离我们公馆并不远。我一手挟着一个皮包，一手捏着一束传单，在那十几条街巷里走来走去，见着一个仿佛认得字的人便把传单递一张过去。有的惊疑地看我一眼便伸手接过去埋头念着。有的却摇摇头，大模大样地走过去了。也有几个人爱问一句：“这是啥子？”我便含笑对他说：“你看看，很有益处的。”他或者以为这是什么救急良方罢。有一回我正在街上走着，我刚刚散过大批的传单，皮包里还剩了一点。我忽然发觉一个兵在后面追来。我有点着急。不过我又不便逃走，只得装出安闲的样子继续走着。那个兵赶上来了。他还很年轻。他很客气地对我说："给我一张。"我给了他。他高兴地拿起走了。我想不到他倒高兴看这种东西。又有一回我碰见三叔的轿夫老周。他看见我走来走去，不知道我在做什么事情。幸好他不识字，所以他也无法看见传单。否则他回到家里一说出去，给我们几位长辈听见了，又会给大哥添麻烦。不过我并不害怕，任是三叔、四叔、五叔或四婶、五婶对我这个人都无法可想。他们连自己的事情都管不好，还要来管我。五叔公然把喜儿收房做姨太太；近来又有人说四叔和带七妹的杨奶妈有什么关系，所以杨奶妈恃宠而骄，非常气派。他们专干丢脸的事。三叔表面上十分严峻，那一派道学气叫人看了又好气又好笑。他的律师事务所最近生意又忙起来。前两天他把四叔也拉进事务所去给他帮忙。他一天在家的时候也不多，家里的大小事情他不一定全知道。其实他即使知道，也不见就有办法解决，便只得装聋做哑。对于四叔五叔的那些无耻行为，他倒睁一只眼闭一只眼的。我做的全是正当的事情，他却偏偏要干涉我，看见我不怕他，他就向大哥发脾气。这也只有大哥受得了。

话又扯远了。我应该叙述散传单的事情。我同惠如约定，把传单散完就在我们公馆门前太平缸旁边见面。我到那里不久他也来了。他两手空空的。他说他散得十分顺利。我们两个一起走到商业场后门口。京士站在那里，带笑地对我们点头。我们知道没有发生什么事情，便放心走到楼上社里去。存仁他们都在那里，只有陈迟和汪雍还没有到。但是不久他们和京士一起进来了。我们一共十五个人，挤在社里面。茶和点心都预备好了。大家高高兴兴地吃着。每个人愉快地叙述各自的经验。我们又唱起歌来：

美哉自由,世界明星!
拼吾热血,为它牺牲。
要把不平等制度推翻尽,
记取五月一日之良晨……

我们好像就在过节。琴后来也来了,不过她来得太晚,我们快要把点心吃完了。我和她一起从社里出来,我送她回家。一路上我把我的经验告诉她,她也非常高兴。这自然只是一个开始。我希望以后还有许多更使人兴奋的事情。

我可以告诉你的就只有这些话。……

在两个星期后的一封信里觉民又告诉觉慧道:

我们的事情进行得很顺利。我们翻印的第一本书《极乐地》就要出版了。我们把这部描写未来社会的小说稍稍删改了一下,也加上一些新的意见,这是经过大家讨论,由继舜执笔的。我们已经接到了汉口、广州、安庆、南京、北京等处朋友的来信,而且写了详细的回信去了。最近又认识一个新从法国回来的朋友,他的名字叫何若君,身材高大,年纪刚过三十。他懂得世界语。我们都想向他学。

演戏的事情现在也很有办法。款子已经筹到一点,以后还打算募捐。我们就要开始排戏,由存仁担任导演。大家一定要我参加。但是我从来没有上过舞台,上次在学校演《宝岛》又未成为事实。我怕我演不好戏,所以只答应扮演一个不重要的脚色如银行家、医生、大学生之类。陈迟担任安娥,汪雍担任马霞,还如担任苏斐亚,是决定的了。汪雍常常扮女角,还如以前也演过一两次戏,自然不成问题。陈迟以前总是演男角。这次他演安娥,倒应该多费力练习;不过他自己说他很喜欢安娥这个人,所以他愿意扮演她。他甚至说他要扮出一个活安娥给我们看。我们都不相信。但是我们希望他能够演得好。因为这次演戏和我们的周报发展前途有很大关系。我们下星期就要开始排戏了。……

又过了一个星期觉民的信里说：

《极乐地》已经出版了。我们大家都很高兴。我今天给你寄上两包。你如需要，以后还可以多寄。今天我们一共寄出一百多本，北京、南京、广州、汉口、安庆各处通信的朋友那里都有。这是我们自己包封，自己带到邮政局去寄发的。我们又在报纸上登出了广告。我们想一千本书很快地就可以半卖半送地散完的。这是均社出版物的第一种，以后我们还预备翻印别的书。望你在上海多搜集一些这类书寄来。你在那里搜集一定很方便。便是一本破旧的小册子我们也当作宝贝似的。前天我从学校回家无意间在旧书摊上买到一本小书，叫做《俄罗斯大风潮》，是民国以前的出版物，用文言翻译的，译者署名"独立之个人"。书里面叙述的全是俄国革命党人的故事，读了真使人热血沸腾。我把书拿给存仁他们看。他们都不忍释手，说是要抄录一份。这本书不知道你见过没有？你要看我可以寄给你。

《夜未央》决定在暑假中演出。离现在不过一个多月。所以我们应该赶快排演，前天已经开始背台词了。以后规定每隔一天晚上练习一次，在存仁或惠如的家里。我决定扮演银行家，这个脚色不大重要，倒容易演。这两天在社里常常听见各种古怪的话声。大家都在背台词。京士扮警长。他时时做出摸胡须的样子，踌躇满志地说："不要忙，不要忙，……慢慢来，"或者发怒地骂道："这个畜生岂有此理！"扮革命党人桦西里的惠如沉着脸苦恼地说："那许多人他们的血是一滴一滴的零碎流。"最有趣的是扮看门人桑永的叔咸和扮女仆马霞的汪雍时常调笑，叔咸带着傻气地问道:"如果没有亚历山大第一,那第二第三两位又从何而来?"汪雍尖声笑答道:"你这话很不错。"他后来又撒娇地说:"如果我不放你去呢?"惹得我们大家都笑了。今晚上在存仁家里排演第一幕,我预备去看……

过了几天,觉民又给觉慧写信:

你问琴为什么最近不给你写信。她近来实在太忙,她刚刚考完毕业考试。她说过几天一定有信给你。你问起她毕业以后的计划。她现在还没有什么确定的计划。外专不开放女禁,她也就没有别的学校可读。她未始不想到下面去读书,不过目前还有一些困难,我们的意思是等我毕业以后,我们两个一路到上海或北京去。我们在这里也还可以做一点事情。所以我们都不急于想走。等一年也不要紧。琴毕业后很有空。她答应以后常到我们家来帮助二妹学习各科知识。这对于二妹很有益处。我们决定要等二妹的事情办妥了,才离开这里。不然,我们一走,二妹的事情就不会有什么办法。我说过我决不能够让二妹做一个不必要的牺牲品。我近来把旧的《新青年》、《新潮》等等杂志都拿给她看,要把反抗的思想慢慢地灌输一点进她的头脑里。

今天晚上我们在惠如家里排演《夜未央》第二幕。我扮银行家,台词并不多,很容易记。我觉得我演得还不差。当我叹息地说:"这倒楣的钱累着人"时,我的确很激动,好像我自己真是一个银行家,眼睁睁望着别人去就义,自己却只能够做点小事情。我和葛勒高把计划谈定以后,便匆匆退了场。再没有我的戏了。我却留在那里看他们排演。后来该阿姨妈出场了,阿姨妈也是京士扮的。你一定还记得他,他今年三十七岁,年纪比我们都大,做事情兴致不浅。他对这次演剧十分热心,一个人担任两个脚色。他装扮那个打扫房间的老太婆,弯着腰走路,装得很像。最后是桦西里和安娥两个人的戏。惠如和陈迟仔细地演着。惠如很沉着，而且暗含着满腹的热情，的确像一个英雄。陈迟经过了一番勤苦的练习，他的成绩也很好。他做得很细腻，当他柔情地抚着惠如的头亲密地唤着"我心爱的痴儿"时，这应该是很滑稽的景象，因为他仍旧穿着学生服。但是我们都忍住了笑，我们的注意被动人的剧情和真实的表演吸引去了。我们有了这样两个主角，我相信我们的戏一定可以成功。后天排第三幕。第三幕内容有些改动。我们找不到那许多女角，所以把剧本删改了一点。

后来觉民又写信给觉慧报告关于演戏的事：

　　昨天是星期日，我们在惠如家里举行《夜未央》的服装排演。我们大家整整忙了一天，总算把三幕剧排完了。大家觉得相当满意。惠如的姊姊也很高兴，时常叫女佣拿水拿纸烟来，又给我们预备了不少的点心。惠如们新搬了家，是他们一家亲戚的房子，有一间宽大的客厅，还有几间小屋，对于我们非常方便。我们都化了装。男角穿的洋服是大家向各处奔走借来的，但是我们也做了两三套材料不好的洋装。女角穿的全是中装，一部分是按照演员的身材定做的，一部分却是旧有的衣服，从前演戏时用过的，汪雍和还如都有一两件。我出场的时候很少，看戏的时候倒多，还做一点打杂的事情。琴也来过，她只看到第二幕便走了。（写到这里我倒想起了。她考完后曾经给你写过一封长信，里面还说到她毕业后我们热闹地聚了几天，算是庆祝她毕业。她的信里描写得很详尽，我便不另写了。她那封信你现在接到没有？）琴很赞美陈迟的化装和表演。她说，他很能表现女性的温柔，又能表现安娥的含蓄的热情。当第二幕里他和扮桦西里的惠如表演爱情与义务冲突的悲剧时，和第三幕里他揩着眼泪高呼"向前进！向前进！"时，我们都屏住了呼吸静静注视着。我们忘记了是在看戏。

我们仿佛也在参加那争自由的斗争。陈迟和惠如的确演得很好，连我们也感动了。我相信这次我们演戏一定会得到大成功。陈迟第一次改演女角，会有这样的成绩(他演得比谁都好!)，这倒是我们大家想不到的。排演完了，我们大家都恭维他，称他做"活安娥"。他很得意。不过我总觉得男人扮女角是不合理的。我相信倘使让琴来演安娥，她一定比陈迟好得多。但是在我们目前这种环境里男女合演是不可能的，而且纵使可能，琴也不便登台。从这一点看来我觉得我们这个社会进步得太慢了。

这个剧本演出来，一定可以感动不少的人。我要设法把二妹也请去看戏，还要请大哥去看。大哥并不赞成我演戏，不过他看了也不会说什么话，更不会告诉三叔，因为他要是这样做也不过给他自己添麻烦……

觉民还向觉慧叙述关于觉新的事：

大哥近来总是愁眉不展，整天长吁短叹。最近他好像要得神经病了。四婶那次闹过以后不多久，有一天晚上已经打过三更，电灯也熄了，他一个人忽然跑到大厅上他的轿子里面坐起来。他一声不响地坐了许久，用一根棍子把轿帘上的玻璃都打碎了。妈叫我去劝他。他却只对我摇摇头说："二弟，我不想活了。我要死。我死了大家都会高兴的。"后来我费了许多唇舌，才把他说动了。他慢慢地走下轿来，垂头丧气地回到房里去。我又劝了他一阵，他才肯安静地睡觉。以后他就没有再做这样的事情。不过我时时担心他会去做的。

昨天晚上打过三更，我正预备睡觉，大哥忽然到我的房里来。我看见他愁容满面，问他有什么事情。他说他为田地的事情着急得很。他告诉我，今年乡下不太平，驻军动不动就征粮征税，连十几年以后的粮税都征收过了。加以从四月以来下雨很多，外州县有些地方发生了水灾。新繁、彭县、新都、郫县、温江等处都有被水冲没田地、房产、人口之说，而以新繁等县为最厉害。听说，被灾田地有一两万亩，人口有一千多家。前些日子已经派刘升到温江去查看我们的田产有无被淹的事情，到现在还没有回来。郫县的佃客昨天来报告，"蒸尝帐"上的田被淹没了。所以他很焦急。我们这一房的田地大都在温江、新繁一带，要是有一半被水淹没，那就糟了。我劝他不要为这种事情焦急，暂时等刘升回来再说。横竖家里的产业不算十分少，即使大半田地淹没，我们也不会破产。他后来也觉得我的话有点道理，便不再像先前那样悲观了，他答应早点睡觉。但是我半夜醒来还听见他轻声咳嗽。今天我问他，才知道他昨晚到三点钟才睡熟。这样的事情本来值不得大哥操心。他什么事情都爱管。"蒸尝帐"是各房共有的，而且又只用在祭祀扫墓上面。没有钱，也可以少浪费一点。至于各房的产业除了田地外，还有省城里的房屋和公司、银行股票等等。我们这一家人又不是专门靠田产活命，何苦这样焦急。三叔当律师每月收入不少。现在四叔在他的事务所里帮点忙，也有一点收入。只有五叔一房是有出无进，挥金如土，但也用不着大哥操心。可见有钱人真是没有办法，连大哥也是这样。他这样下去，我很为他的身体担心。……其实我倒想若是我们这一大家人真的有机会破产，大家靠自己劳力生活，不再做靠田租、房租吃饭的寄生虫，我们也许会过得更快乐，不会像现在这样互相倾轧、陷害、争斗的。老实说这种封建大家庭的生活我过得厌烦了……

二十三

　　一天早晨,觉新接到他的三弟觉慧从上海寄来的信,他正在房里读着,袁成进来报告:"周外老太太打发人来请太太同大少爷过去耍。说是蕙小姐同姑少爷今天要回去。"

　　"太太晓得了吗?"觉新随便问了一句。

　　"刚才喊绮霞去禀过了。太太说吃过早饭就去,"袁成恭敬地答道。

　　"好,你去对来人说,我给外老太太请安,我下午到公司去过就来,"觉新掉头吩咐道。

　　袁成答应一声,走出去了。觉新把信笺折好放回在信封里。他想到信中的一些话,心里很觉不安,愈想愈不好过。他便提起笔给觉慧写回信。但是他只写了半张信笺,绮霞就来唤他去吃早饭了。

　　觉新吃过早饭,又和周氏、淑华们谈了一阵闲话,才回到自己的房里。他走进过道,看见克明从里面出来,仆人文德捧了一个包袱跟在后面。他站住招呼了一声。克明忽然问道:"刘升还没有回来?"

　　觉新恭敬地答应了一个"是"字。

　　克明把眉头皱了一下说:"算起日子来,他应当回来了。如果他再过两三天不回来,可以再派个人下乡去打听一下。"

　　"是,"觉新应道,"刘升到现在还不回来,多半是乡下情形不好,他没有把事情办妥。"

　　"看这情形,我们今年不免要受点损失,"克明略带焦虑地说。

"是的，只望这次水灾不像外面传说的那样厉害就好了，"觉新也担心地附和道。

克明不再说什么，便走出过道往外面去了。"依呀"的鞋底声响了一会儿。

觉新在房里闲坐了片刻，喝了一杯浓茶，正要提笔继续写信，忽然听见后面起了一阵喧闹。他不知道发生了什么事情，便慌忙到后面去。他走到淑华的窗下，才知道闹声是从桂堂那边发出来的。他听见有人在叫："五少爷，使不得！使不得！"他连忙跑过去跨进了角门。

桂堂左边的房间是觉群、觉世两弟兄的睡房，就在这个房间的窗下聚着几个女佣，倩儿和翠环站得远远地嚷着。觉群手里拿了一把明晃晃的菜刀，在阶上跳来跳去，一面×妈×娘地乱骂。他的兄弟觉世躲在房里，也×妈×娘地回骂他。

"五少爷，使不得！把刀给我。你耍刀，看割到手，等一会儿太太晓得，你要挨打的，"李嫂说着便走过去，想从觉群的手里把刀接过来。

"李嫂，哪个喊你来管闲事？你配来管我？你是不是想挨刀？"觉群挣红脸厉声骂道。他把手里的刀向李嫂砍去。但是他并不是认真要砍她，所以她很容易地躲开了。李嫂把舌头一伸，咕噜几句，悄悄地溜走了。

"狗×的！你有本事敢出来！"觉群暴躁地骂道。

"你龟儿子，你有本事，你敢进来！"觉世在房里大声回骂着。

"你不出来，我×你妈！"

"我妈还睡在床上没有起来。你有本事你尽管来×！"

"我×你先人，我×你祖宗！"觉群挥舞着菜刀咒骂道。

"五弟！"觉新不能忍耐，气愤地唤了一声。觉群并不理睬他。

"我妈就是你的妈，我祖先就是你的祖先。你敢当着妈骂！我去告妈！"觉世挑战地嚷道。

觉群看见自己没有得到胜利，更加气恼起来，便不顾一切举起菜刀往房里掷进去。

"五弟,你当心,不要闯祸!"觉新惊恐地警告道。

"五少爷,使不得! 他是你的亲兄弟罗!"杨奶妈抱着淑芳,丁嫂牵着觉先在旁边齐声惊叫道。

但是这些话已经失掉效用了。那把菜刀打破了玻璃窗飞进房间里去,还打碎了一件东西,然后才落在地上。觉世吓得"哇"的一声在房里哭了。淑芳也在杨奶妈的怀里大声哭起来。

"李嫂,倩儿,杨奶妈,丁嫂,快去告诉你们太太,不得了!"觉新惊惶地嚷道,他一面过去拉觉群。觉群看见闯了祸,才知道自己做了错事,便在人丛中找个空隙往外面一跑,溜走了。

觉新看见几个女佣唤开了房门,拥进里面去看觉世受伤没有。他心里非常不好过。他叹了一口气。他忽然听见一个女人在自言自语:"真是现世报!"原来是那个高颧骨长脸的钱嫂带着幸灾乐祸的表情走过去了。他又听见有人在唤他"大哥"。这是淑英的声音。淑英站在她的房门口等候他去。

"大哥,我怕得很,这些我看得太多了,"淑英看见觉新走到她的身边,一把抓住他的手腕,带着忧虑、厌烦、痛苦的感情说。

"我看这只是开始,以后这一类的事情一定多得很,"觉新恐惧地悄然答道。

"那么我怎样办呢?"淑英痛苦地问道。

"我也不晓得应当怎样办;"觉新束手无策地答道。他仿佛听见一个声音在他的心里说:我又怎样办呢? 这是他自己的声音。他的心居然反抗地说话了。

"怎样办? 三弟的路并不是难走的!"觉民在觉新的后面插嘴道。觉新和淑英并不曾注意到觉民走近,他突然说话,使他们两人都吃了一惊。觉民的坚定的声音在淑英的心上反复地响着。淑英了解那句话的意义。在觉民的旁边出现了淑华,淑华是和觉民同来的。淑华没有听清楚觉民的话。她也没有注意到淑英和觉新在谈什么。她走近他们身边义愤填膺地说:"这太不成话了! 四婶也不出来喊住,差一点儿闹出人命来。五弟不晓得逃到哪儿去了？应当抓住他好好地打一顿！"

"你怎么不把五弟抓住？"觉民冷冷地问道，"你碰见他跑出去的。"

淑华语塞地停了片刻，然后坦白地说："四婶的事情还是少管的好。倘若我碰了五弟一下，等一会儿四婶又有新花样出来了。横竖五弟的菜刀杀不到我头上来，让他闹去罢。"

"话虽然这样说，不过他们究竟是高家的人，闹出笑话来，大家都没有面子。应当早点想法才行，"觉新不以为然，忧虑地接口说道。

"你到现在还要面子！你这个人真是没有办法。你难道还要去跟四婶讲道理吗？"觉民听不惯这样的话，厌烦地抱怨道。

觉新答不出话来。他心里很难过。他想：他们现在都不了解我了，我一个人是孤独的，我的苦衷永远不会有人知道。他同他的弟妹们站得这么近，他们的心却离得很远。淑华还在旁边说："这就是四爸、四婶的家教。四婶平日那样'惯使'五弟，你想她肯打五弟吗？……"

围聚在桂堂左侧石阶上的女佣们已经散去了。觉世还在房里哭。过后房里又响起了王氏的尖声的责骂。但是她骂了两三句便停止了。从角门外面跳进来一个人影，接着又跳进一个。

"五弟又来了，"淑华惊讶地说。前一个人是觉英，后一个是觉群。觉群好像没有做过什么错事似的，笑容满脸地跳下天井，跟着觉英走到金鱼缸旁边。他们两人把盖在缸上的铁丝网揭起来，俯下头去看金鱼。

"四弟！你不去读书，"淑英看不过叱责道。觉英抬头看了淑英一眼，唤一声"二姐"。他仍旧埋下头去，把手伸进缸里拨弄水草。

"二姐，我们进去。你管他做什么？你犯不上跟他生气，"淑华看见觉英不听淑英的话，怕她会生气，便劝道。

没有人注意到觉新的脸部表情。他痴痴地立在那里，好像在做梦，现在被淑华的声音惊醒了。他不想在这里站下去，一个人悄悄地往外面走了。淑英看见觉新走了,也就不挽留他,只邀觉民和淑华两人到她的房里去。

觉新回到房里,心里愁闷不堪,他左思右想,总觉万事不能如意。他不想马上就到公司去。他又叫何嫂倒了一杯浓茶。他摊开信笺,继续给觉慧写信。他把刚才发生的事情详细地写出来,他还提起喜儿的事和别的一些他看不顺眼的事情。最后他愤慨地写着:

> 家中现在比祖父在日不同了。一切一切兄甚不以为然。三弟,你不要疑心我太守旧,太顽固了。我说是如果要改当然要改好,不要改坏。他们是旧的中好的不要;新的不论好歹也不要。却是弄些怪的来,使你看了心中悲伤。所谓"叹典型之云亡,悲新知之不至"二者兼之……

觉新写到这里觉得意思未尽,待要仔细思索,思潮又忽然停滞起来。他想不到适当的句子,正在苦思间,袁成揭了门帘进来,报告道:

"大少爷,刘大爷回来了,现在在门房里头等着见大少爷。"

觉新听说刘升回来了。一阵惊喜把他从纠缠不清的苦思中救了出来,他连忙放下笔回头吩咐道:

"你喊他立刻到我屋里来。"

过了几分钟一个高大的影子进了觉新的房间。刘升讲着带山东口音的本地话:"大少爷,刘升来了。"

"刘升,你路上辛苦了,"觉新转动一下椅子,对着刘升温和地说。

"给三老爷、大少爷办事,哪儿说得上辛苦?"刘升垂着手陪笑道。

"乡下的情形怎样? 佃客们都见过了罢?"觉新问道。

"回大少爷,刘升这趟下乡,事情并没有办好,"刘升带了一点惶恐的样子说;"这趟下乡绕了好多路,才到温江县城。城外头很不清静,到处都是棒客[1]。刘升不敢出城,就住在城里头,一面想方设法托人

[1]棒客:即土匪。

3 1 1

带口信给各处佃客,要他们到城里头来,等了好几天,连一个佃客的影子都没有见到。后来才晓得他们因为害怕棒客抢,又怕军队清乡要钱,都躲起来了,不晓得躲在哪儿去了。刘升实在找不到。在城里头住了十天,不但没有看见一个佃客,连田也没有看见,不晓得田有没有淹掉。后来又听说风声不大好,谣言很多。刘升怕三老爷、大少爷着急,就赶回来了。刘升做事实在糊涂……"

又是一个不愉快的消息!觉新心里很烦,不过他仍旧做出平静的样子说;"这不怪你。路上不清静,也没有法子。过几天再去也好。我看你也很辛苦了。你回去歇一会儿。等三老爷回来再打发人来喊你。"

刘升感谢地答应一声,便走出去。他刚刚伸手去推门帘,又被觉新唤住。觉新温和地吩咐道:"你出去喊我的大班老王把轿子预备好,我要到公司去。"

觉新看见刘升的影子在门帘外面消失了,忽然想起面前那封未完的信,便把椅子转过去,提起笔俯下头急急在未写满的信笺上继续写道:

我现在要到公司去了。今天外婆请妈和我去吃饭,蕙表姐要回娘家。我恐怕要晚间才得回来。我怕你望信,所以就将写好的这一点与你寄来。

请了,敬祝

健康!

兄 觉新 ×月×号即×月×日午二时半

他放下笔匆忙地将写就的几张信笺折好装进信封里,又把信封口封好,然后站起来到内屋去换衣服。

二十四

　　觉新从公司到周家，正是下午四点钟光景。蕙和她的丈夫早已到了这里。他们在左厢房里打牌。他们打"五抽心"，轮着周氏"做梦"。其余的人是周老太太、郑家姑少爷、蕙和蕙的婶娘徐氏。蕙的母亲陈氏在旁边看牌。枚少爷也在这里陪客。只有芸按照规矩躲避姐夫，一个人关在房里不能出来见客。觉新向众人一一地行了礼。徐氏要让觉新坐下打牌，觉新不肯，正在推辞间，蕙忽然离开桌子，恳求似地对觉新说："大表哥，我让你打。我要去看看二妹。我今天精神不大好，坐久了头有点晕。"

　　觉新关心地看蕙一眼：蕙的脸上带了一种疲倦的神气，两只眼睛也不像从前那样地有光彩。他还听见她的一声干咳。他的心忽然跳得厉害了。他想说几句话，但是看见她的丈夫默默地坐在旁边，没有一点关心的表示，连看也不看她一眼，他便把话咽在肚里。他想世界上居然有这样的丈夫！但是他很有礼貌地顺从了蕙的意思，在蕙坐过的凳子上坐下来。他一面抓牌，一面暗暗地倾听蕙的脚步声。

　　觉新虽然在打牌，心里却想着别的事情。他时常把牌发错，使得在旁边看牌的周氏惋惜地说："你怎样打这张？你该打那一张。我看你今天的打法有点不对。"觉新也不作声，依旧"心不在焉"地打下去。他的牌风本来不好，这样一来变得更坏了。加以坐在下手的郑国光（蕙的丈夫）因为吃不到觉新的牌，不时叽哩咕噜地抱怨着。觉新更觉得没有趣味，勉强打完这五圈。他一算不过输了八元几角，站起来想不打了。但是蕙还没有回来，众人又不肯让他休息，逼着他坐下再打。

觉新打了两牌，蕙来了。她立在觉新身边，看他发牌。觉新知道蕙在旁边。发牌便稍微仔细一点。这回觉新在庄，国光坐在对面。他做好了"三翻"等着"西风"来和牌，觉新却扣了一张"西风"不打出去。后来周氏和了。觉新把牌倒下来。国光看见那一张孤零零的"西风"，非常不高兴，鼻子里出气哼了一声，恼怒地自语道："真正岂有此理。一张孤零零的'西风'做什么不打？我就没有看见这种打法！"周老太太惊愕地瞪了国光一眼。觉新把眉头微微一皱，脸色开始发红了。但是他仍旧装出不曾听见的样子一面洗牌，一面跟周老太太讲话。

蕙听见她的丈夫的话，她马上变了脸色。她埋下头过了片刻。她再把头举起时脸上却带着微笑。这是勉强做出来的笑容。她带笑地对觉新说："大表哥，我给你打两牌。"

觉新想不到她会说这样的话。但是他马上明白了她的意思。他连忙站起来，让蕙道："好，我'手气'不好，就请你给我打罢。"

蕙坐下。觉新站在她的旁边。她发牌时常常掉头征求觉新的意见。觉新总是点头说"好"，偶尔也表示不同的意见。他们这样地打了三牌。国光抱怨的次数更多了。觉新总觉得国光的眼光就在他同蕙的脸上盘旋。有一次他抬起头去看国光，同那个人的眼光碰在一起了。他觉得一股妒嫉之火在他的脸上燃烧。他不能忍受，便借故离开了蕙，走出了左厢房。

房里有点闷热，外面的空气却很清爽。天井中间横着一条宽的石板路，两旁的土地上长着两株梧桐树，给两边厢房多少遮了一点阳光。蝉声从树上传下来，那些小生物断续地叫着。觉新站在阶上觉得心里很空虚。房里的牌声和树上的蝉声聒噪地送进他的耳里，增加了他的烦闷。他立了片刻。国光忽然在房里发出一声怪叫，好像是谁和了大牌了。接着是蕙的一声轻微的咳嗽。觉新不能够再听那些声音。他便往左上房走去，他想找一个人谈几句话。他想起芸，他要去看她。

杨嫂站在左上房门口。她正要出来,看见觉新,便招呼一声:"大少爷。"

"二小姐在里头吗?"觉新顺口问道。

"在里头。我去给大少爷报信,"杨嫂讨好地说。

"好,难为你,"觉新感谢道。

杨嫂走了两步又站住了,她想起一件事情便回来对觉新低声报告道:"大少爷,我给你说,大小姐有恭喜了。"

这是一个好消息。然而说话和听话的人脸上都没有喜色。觉新仿佛听见什么不入耳的话,皱起眉头沉下脸小声问道:

"那么姑少爷待大小姐该好一点罢?"

"好一点? 他们那种刻薄人家哪儿会做出厚道的事情!"杨嫂把嘴一扁,轻蔑地骂道。"他们只要少折磨大小姐就好了。偏偏那两个老东西名堂多,今天一种规矩,明天一种规矩。姑少爷就只晓得耍脾气、摆架子。昨天家里有客,大小姐人不大舒服,没有下厨房做菜。后来亲家老太爷说了闲话,姑少爷晚上还发过一顿脾气,打烂了一个茶碗,叫大小姐哭了一场。"

"这些事情你对老太太她们说过没有? 你最好不要告诉她们,免得她们心里难过,"觉新不加深思,担心地问道。

"我已经对太太说过了,"杨嫂愤慨地说。"我也晓得太太她们没有法子。不过倘若把这些事情瞒住太太她们,万一大小姐日后有三长两短,我怎么对得起太太她们?"杨嫂说到后面,她的眼圈也红了,便不等觉新开口,就往芸的房间去了。

"有三长两短,"这句话像一柄铁锤在觉新的脑门上打击了一下。觉新痴呆地站在房中,过了半晌,才辩驳似地说道:"不会的。至少将来小少爷生出来,大小姐就可以过好日子了。"他说完听不见应声,觉得房里很空阔。他惊觉似地四下一看,才知道他正对着这个空屋子讲话,杨嫂已经不在这里了。

芸听说觉新来看她,十分高兴,不等觉新进去,便走出来迎接。觉新跟着芸进了她的房间。芸让他坐下,递了一把团扇给他,一面问道:“大表哥你不是在打牌吗？输了吗,赢了？”

“输了八块多钱。现在蕙表妹在替我打,”觉新拿着团扇客气地答道。

“可惜我不能够出去,不然我替你打,一定会赢钱的。那天不是赢过一回？”芸微笑地说,两只眼睛天真地望着觉新,粉脸上明显地现出一对酒窝。

“芸表妹,你一个人关在屋里真乏味。如果你姐夫不来就好了,”觉新无意地说。

“真讨厌。从前还好。现在姐姐来一趟他总要跟一趟,来了又不肯走。要是留姐姐多住一天,他很早就打发人来接。大表哥,你看这种人还有什么法子可想？”芸收敛了笑容,噘起嘴,气愤地说。

觉新想了一想,然后说:“最好把蕙表妹请到我们家里头去耍。你也去。我们不请表妹夫,看他怎么来？”

芸立刻开颜答道:“这个法子很好。”但是后来她又皱起眉头扫兴地说:“他不会让姐姐去的。”

“那么也就没有别的法子了,”觉新失望地说。

“其实姐姐也太懦弱。姐姐又不是卖给他们郑家的。看亲戚,走人户[1]也是常事。这也要听他的话!”芸愤懑不平地说。

“芸表妹,你留心过没有？你姐姐近来很憔悴,常常干咳,好像有病似的,”觉新忽然带着严肃的表情低声问道。

“大表哥,你是不是说姐姐有肺病？”芸惊恐地失声问道。

“也许还不至于。不过她平日应当高兴一点才行,心境是很重要的,”觉新担心地答道。

“姐姐在他们家里哪儿还会高兴？只要不被他们一家人气死就算是天保佑了。姐姐的心境我是晓得的。”

“然而我们总要想个法子才好。现在没有肺病,将来也难保不

[1]走人户:即“出门作客”的意思。

会有。她应当好生将息。芸表妹,你多劝劝她也是好的。"

"唉,单是空口劝人,有什么好处? 如果我处在姐姐那样的境地,我也很难强为欢笑。何况姐姐又是生就多愁善感的。"

蕙的声音突然在房门口响起来。她走进来就问道:"你们在说我做什么?"

"我们并没有说到你,"觉新连忙抵赖道。他又问:"蕙表妹,你没有打牌了?"

"我听不惯他那种叽哩咕噜,我交给妈去打了,"蕙埋下头迟疑半晌才低声答道。

"姐姐,我看你也有点累了,多歇一会儿也好,"芸知道蕙心里烦恼,便亲热地安慰道。"我跟大表哥正谈到你。大表哥喊我劝你好生将息……"

蕙苦涩地一笑,含着深情地看了觉新一眼,感谢地说:"多谢大表哥关心。"过后她又埋下头说:"刚才他那种话请大表哥不要介意。他本来是那种人,大表哥自然不会跟他一般见识。"

觉新微微一笑,但是这笑容掩盖不了他的痛苦的表情。他说:"蕙表妹,你怎么跟我客气起来了? 你想我难道会为那种小事情生气?"

"我也晓得的,不过那种话连我听见也厌恶,"蕙忽然呜咽地说。

"姐姐,你不要这样。你现在就这样爱伤心,以后怎么过日子?"芸爱惜地劝道。她站起来走到蕙的身边,摸出手帕给蕙揩眼泪。

"二妹,我哪儿还敢想到以后的事? 我有许多话不敢在婆婆同妈面前说,怕她们听见了徒然惹起她们伤心,"蕙忍住泪悲声说。"我这两三次回来,在她们面前总是勉强做出高兴的神气。可是他偏偏要说那种话,做出那种讨人嫌的样子,叫人忍受不住。他刚才得罪了大表哥,幸亏大表哥不计较。要是换了像他那样的人,就会生气了。"

"蕙表妹,这种事情还提它做什么?"觉新勉强做出平静的声音打岔道。"我倒有一件正经事跟你商量。二妹、三妹,还有琴妹,她们要我做代表,请你哪天到我们家里去耍。你自从出阁以后,只到我们家里去过一次,还是同你姑少爷一起去的。她们没有机会同你多谈话,很想念你。"

蕙的眼睛忽然亮了一下。她柔声问道:"二表妹她们怎样了?多谢她们还记得起我。她们都好罢。想起她们,我就好像在做梦。我一定会去的。不过……"她皱起眉头停了一下,才接下去说:"不过要看他什么时候高兴让我去。不然他发起脾气来我真害怕。"

"二妹、琴妹她们都好,"觉新刚说了这句话,芸就开口了。

"人家请的是你,又不是请姐夫,做什么要等他高兴?"芸气恼地插嘴道,她早在蕙的身边一个春凳上坐了下来。

"唉,二妹,你不晓得他是那种世间少有的古怪人!"蕙叹了一口气,诉苦道。"不过他还比我那两位公公婆婆好一点。他们的花样更多。东一种规矩,西一种规矩,好像遍地都是刀山,叫我寸步难行。他们家里不请个好厨子,有客来总要我去做菜。从前是婆婆做。她说接了媳妇应当媳妇来做,如今该当她享福……"她摇摇头哽咽地说:"我说过不要说,现在又说了这些。话横竖说不完的。你们就忘了我这个苦命人罢。我实在——"

这时杨嫂突然走进房来。她没有听清楚蕙的话,也不曾注意到蕙的脸上的表情,她揭起门帘便慌忙地大声说:"大小姐,姑少爷喊你立刻就去。"

蕙听见这话便在中途住了嘴。她并不站起来,却默默地用手帕揩眼泪。

"杨嫂,什么事情?"芸抬起头悄然问道。

"什么事?他输了钱心里不高兴,故意折磨人。倘若大小姐不去,他说不定会当着许多人面前发脾气。大小姐不晓得是哪一辈子的冤孽,才碰到这种怪物!"杨嫂咬牙切齿地咒骂道。她忽然注意到蕙在揩眼泪,连忙走到蕙的身边,吃惊地问道:"大小姐,你什么事情伤心?"

"我没有伤心,"蕙取开手帕,摇摇头说。

杨嫂不相信,惊疑地望着蕙。芸却在旁边说:"杨嫂,你好好地陪大小姐去罢。"她一面向杨嫂努嘴示意,一面俯着身子在蕙的耳边说:"姐姐,你去了再来,我们在这儿等你。"

蕙长叹一声,站起来,默默地跟着杨嫂走了。

芸和觉新悲痛地望着蕙的背影消失在门槛外面。房里只剩下他们两人。他们痴痴地望着门帘,过了好一会儿工夫,芸忽然悔恨地说:

"只恨我不是一个男子!"

芸只说了这一句简单的话。但是觉新已经明白她的意思了。不过他想得更多。他以为芸在讽刺他。他想:我不是一个男子吗?我除了束手看着她受罪外,还能够做什么事情呢?他开始憎厌自己,为自己感到羞惭了。他再不敢正眼看芸,害怕会遇到责备的眼光。其实芸丝毫没有责备他、讽刺他的心思。

过了一会儿觉新卸责似地搭讪问道:"蕙表妹的事情大舅晓得吗?"

"都晓得,"芸点头答道。"说起来真气人,大妈为了姐姐的事情跟大伯伯吵过两次架。大伯伯总袒护姐夫,说姐姐嫁给郑家做媳妇,当然要依郑家的规矩。做媳妇自然要听从翁姑的话,听从姑少爷的话,受点委屈,才是正理。大妈抱怨大伯伯没有父女的情分,这倒是真的。姐姐回来几次都没有看见大伯伯。倒是姐夫来见过他几次。大伯伯还出了题目要姐夫作文。姐夫把作文送来,大伯伯看了非常得意,赞不绝口,说姐夫是个'奇才'。大伯伯同太亲翁非常要好,近来都在办什么孔教会的事情。……"

"做父亲的原来都是一样,"觉新忍不住怨愤地说。他并不想说这句话,却无意地说了出来,原来他还想起淑英的事情。在对待女儿这一点上那两个父亲就好像是从一个模子里铸出来似的。觉新说了这句话,忽然想到芸也许不会明白他的意思,便加了一句:"我想大舅总有一天会明白过来的。"

"可是太晏了,"芸带了一点恐怖地说。

这一天周伯涛居然赶回家来吃午饭。蕙亲热地招呼她的父亲。他对她却颇冷淡。他倒同国光谈了不少的话。国光恭恭敬敬地点着他那大而方的头颅,应答着。国光总是顺着伯涛的口气说话,开口一个"爹",闭口一声"爹",而且"是"字更不绝于口,教伯涛听得十分满意。他在席上有两次一面夸奖他的女婿,一面瞪着他的木鸡似的儿子。他威严地对枚少爷说:"你听见没有?你能学到你姐夫一半就好了。"枚少爷吓得只顾低头答"是"。

蕙坐在周老太太的旁边。杨嫂在后面给她们挥扇。另一边坐的是国光。一个新买来的婢女翠凤立在他同伯涛两人后面打扇。蕙埋下头迟缓地动着筷子,她不去挟菜,总是周老太太、陈氏她们挟了菜送到她的面前。她勉强吃了半碗饭便放下碗。周老太太们关心地劝她多吃。伯涛却仿佛没有看见蕙似的,只顾同国光说话。他的谈锋甚健,散席后他还把国光和觉新邀到对面他的书房里去。他对着觉新不断地称赞国光的文才。他从写字台的抽屉里取出国光的用小红格子纸誊正的文章,递给觉新看。觉新接过文章,看题目是:《礼不下庶人刑不上大夫论》,不觉皱起眉头来。国光在这个题目下面,洋洋洒洒地写了三四千字。觉新"心不在焉"地看下去,看完了,连忙赞几声好。其实文章里面说些什么他都不知道。

国光吃过午饭后本来打算稍坐片时就回家去,后来听见别人称赞他的文章,他非常高兴,便多坐了一会儿,才告辞出来。他走出书房时,还央求伯涛给他出了一个新的作文题目。

觉新比较国光夫妇后走。他看见他们上了轿子。还在大厅上多站了一会儿。他觉得他是在梦里。一切都是空虚。他忽然想起一件事情:伯涛今天对蕙一共说了五句话。这个数目不会错,他仔细地观察以后记下来的。他惨然地笑了一笑。他又从梦中跌回到现实里面来了。

二十五

《夜未央》的演出延期两次,后来终于在万春茶园里连演了三天,那已经是阳历八月下旬的事了。

觉新被觉民邀去看了《夜未央》。这个戏使他十分感动。每一次闭幕的时候,他也跟着别人热烈地拍掌。可是他回到家里他的心又渐渐地冷下去了。好像一池死水被人投了一块石子进去,于是水花四溅,动荡了一阵,后来波纹逐渐消散,依旧剩下一池死水。

觉新看完夜戏,回到家里去见周氏。周氏便告诉他:这天傍晚周老太太打发人来请他,说是蕙生病,要他去商量请医生的事。这个消息像一个霹雳把《夜未央》在觉新的脑子里留下的影响完全震散了。他非常着急。这时已经打过二更,他不便到周家去。他不知道蕙的病究竟是轻是重,有无危险。然而单从要他去商量请医生一事看来,他认为蕙的病势一定不轻,所以伯涛不能够作主。这样一想,他越发不能使自己的心安静了。但是在周氏面前他又不愿意泄露自己的隐秘的感情,不得不做出镇静的样子。

觉新一夜不曾闭眼。他躺在床上辗转反侧,思潮起落个不停。他想起了许多被忘却的旧事,他又想到那几个死去的人。他愈想愈觉得不安。后来天开始发白了,他才感到疲倦,迷迷糊糊地睡去。他睡到早晨九点多钟,起床后匆匆洗过脸,又见过周氏,便坐轿子到周家去。

周老太太看见觉新,便露出喜色地说:"大少爷,我晓得你今早晨会来的。昨天不凑巧,你不在家。我又怕周贵没有说清楚。"

觉新向众人行过礼后，坐下来，问起蕙的病状。

"不晓得是怎样起病的。到昨天姑少爷才打发人来请我去。蕙儿真可怜，人瘦得多了。她头痛、发烧、气喘、咳嗽、腰腹疼痛，这许多病她那样的身体怎么受得了？她病了三四天，我们才晓得。姑少爷每天请了罗敬亭来看，吃了好几副药，都不见效。后来又请王云伯，他的药也不中用。我看这样下去是不行的。所以回来同妈商量。蕙儿的父亲也没有主意。妈说还是请大少爷来问问看，看大少爷有什么主意，"陈氏焦虑地叙述道。她带着求助的眼光望着觉新，急切地等候他的回答。

觉新皱起眉头沉吟半晌，便毅然答道："我看还是请西医好。蕙表妹又有'喜'，比不得寻常人，大意不得。"

周伯涛忽然在旁边插嘴说："恐怕郑家不肯。"其实不仅是郑家不肯，他自己便是一个反对西医的人。

"把西医请去看看也不要紧，"觉新坚持道，"如果伯雄[1]不赞成，至多不吃西医的药就是了。西医看病素来很仔细。多一个人仔细看过也可以放心一点。"

"大少爷的话很有道理，那么我们就打发人去请西医，"周老太太素来相信觉新，便赞成他的主张。陈氏自然也无异议。

"我看请西医不大妥当，西医治内病不行，"周伯涛始终不赞成请西医，不过他看见觉新再三提议，又听见他的母亲说了那两句话，他不便明白反对，只好怀疑地说。

"那么你想个更好的办法出来，我也就不管了。这回事情全是你弄糟的。蕙儿的命就会断送在你的手里！"周老太太听见伯涛的话，只觉得气往上冲，还有那积压在她心上的多日的气愤在刺激她，她再也忍耐不住，便沉下脸厉声斥责道。

周伯涛从没有看见周老太太这样发过脾气，以前总是她遇事将就他。蕙的命运似乎就捏在他一个人的手里。是他一个人坚持着把蕙送

[1]伯雄：郑国光的号。

到郑家去的。没有人敢违拗他的意志,所以他能够坚持到底。但是现在他的母亲居然发出了反抗的呼声。她这样一表示,倒使伯涛软化了。他碰了一个钉子,一声不响地站起来,悄悄地走出房去了。

"他走了也好。横竖他管不好的,"周老太太赌气地说。

"是,"觉新恭敬地应道。陈氏和徐氏畏怯地望着周老太太不敢作声。婢女翠凤垂着手站在周老太太的椅子背后。芸和枚少爷悄然坐在一个角里。芸始终不说话,不过她听见周老太太责备伯涛,却暗暗地高兴,仿佛替蕙出了一口气。

"大少爷,请一趟西医,脉礼要多少?"周老太太看见伯涛默默地走开,也就渐渐地消了怒气,温和地问道。

"出诊一趟是六块钱,"觉新答道。他看见周老太太请西医的意志很坚决,便又自告奋勇地说:"外婆要请,我去请就是了。我认得祝医官,我去请方便一点。"

"那不敢当,"周老太太客气地推辞道,但是她马上又改正地说:"大少爷,你去一趟也好。就请你陪医生到你蕙表妹那儿去。脉礼你带去罢。郑家不会出这笔钱的。"她不让觉新说话,又吩咐陈氏道:"少奶奶,你去拿六块钱给大少爷,难为他费心去一趟。"

"外婆不必客气,办这点小事情是应该的。钱我可以先垫出来,"觉新欠身答道。陈氏已经走出了房间。他只得等她回来,从她手里接过钱,才匆匆地告辞出去。

周伯涛在厢房里听见脚步声和说话声,知道觉新要走了,便出来送他。陈氏、徐氏们陪觉新走到左厢房窗下,看见周伯涛出来,便站住让伯涛把觉新送出去。枚少爷胆怯地跟在后面。他们走到大厅上,觉新快要上轿了,周伯涛忽然嗫嚅地对他说:

"明轩,今天又要累你跑一趟,真是抱歉之至。不过医生请去,如果郑家不愿意,你最好就早点打发他走,免得郑家不高兴。郑家父子对于旧学造诣很深。他们不喜欢西医也是理所当然。"明轩是觉新的号,伯涛平时喜欢跟着周老太太叫觉新做"大少爷",称"明轩"的时候不多。这番话似乎是他想了许久才说出来的。

觉新听见这些不入耳的话,不觉皱了皱眉头,敷衍地说了两声"是"。他无意地抬起眼睛看了看枚少爷,那个年轻人俯下头用手掩着嘴低声咳嗽。他痛苦地想道:"居然有这样的父亲!"便逃避似地跨进轿子走了。

觉新到了平安桥医院,才知道祝医官被一个姓丁的师长请到简阳看病去了。另一个任医官在那里。觉新以前也见过这个瘦长的法国人,便把他请了去。

周伯涛已经派周贵到郑家去通知过了。因此觉新陪了任医官同去时并不使郑家的人惊讶。国光让他们在客厅里坐了片刻,等里面预备好了,然后请他们进蕙的房间去。

蕙躺在床上,身上盖了一床薄被,脸上未施脂粉,显得十分黄瘦。觉新走到床前,亲切地唤了一声"蕙表妹"。蕙不转眼地望着他,微微一笑,低声说道:"大表哥,你好。"泪水立刻从眼眶里迸了出来。她连忙把脸掉向里面去,不给他看见。觉新觉得一阵心酸,但极力忍住,装出笑容跟任医官、国光两人讲话。

任医官开始做检查的工作。他把蕙的心、肺、肝、胃各部都检查过了。他惊奇地摇摇头说中国话道:"没有病,完全没有病。"后来他又检查腹部,忽然点头说:"知道了。"于是他把各种用具收起,放进皮包里面,和蔼地对觉新和国光两个人说:"这是膀胱炎,完全不要紧。不过要施点小手术。"

"施手术?"国光惊愕地问道。

"很简单的,不要怕,没有一点危险,"任医官含笑地安慰道。

任医官说中国话比祝医官说得好,他还向觉新谈起蕙的病情。他说,这是孕妇常有的一种病,因为初次受胎,胎儿怀得低一点,孕妇的尿管便受到胎儿头部的压迫。孕妇虽然时时小便,总是出来的少,而贮在尿胞里的较多。这样愈积愈多,尿胞里就装满了尿,因此尿内的尿酸便往上冲,以致孕妇发生头痛等等现象。他又保证地说,现在只要略施手术,用导尿管放在尿道里把尿胞里积存的尿一次排泄出来,病就好了。再服一点清毒剂,那更无问题。最后他又警告地说,如果不照这样办,日子久了尿毒侵入血液或神经,那么孕妇便会小产或者发生尿毒症。

觉新和国光送了任医官上轿,便转身往里面走去。他们刚走了两步,国光忽然问道:"大表哥,你相信这种话吗?"

"我想也有点道理,"觉新坦白地答道。他知道蕙的病势不重,便不像先前那样地焦急了。

"据我看,他的话简直靠不住。头痛怎么能跟尿有关系?我想还是中医的阴阳五行之说有理,"国光理直气壮地说。

觉新含糊地答应一声。他心里很不舒服,但是又不好发作出来。他只得忍耐着,默默地走进里面去。他进了房间,看见国光的母亲在那里跟蕙讲话。他向郑太太行了礼,说了两句话。他忽然听见蕙用手帕掩住嘴咳嗽,又想起任医官的话,便走到床前,等蕙止了咳,然后关心地问道:"蕙表妹,医生的话,你也听见了的。你的意思怎样?你说了,我好去对外婆、大舅母她们说。"

蕙把头一动,感激地笑了笑。她费力地说(但声音并不高):"既然是婆婆她们请来看的,又劳大表哥亲自走一趟,那么以后就请他医罢。"

"这不大好,我看西医不可靠,"国光在旁边反对道。

"少奶奶,你怎么好答应外国人给你医病?外国人花样多得很,会想出希奇古怪的法子来骗人。并且一个陌生的男人怎么好在你那种地方动手?不要羞死人吗?倘使一个不小心把胎儿弄伤,那更不得了!"郑太太歇斯底里地尖声嚷道。她的脸色不大好看,这表示她心里不高兴。

"太亲母,不过话也不能这样说,西医也有西医的道理……"觉新极力压制了他的愤怒,勉强做出笑容解释道。但是他刚刚说了一句话,就被蕙阻止了。蕙在床上唤了一声:"大表哥。"他更走近一步去听她说话。

蕙疲倦地笑了一笑，喘息地说："多谢你今天走一趟，刚才妈的话也很有理。我不要请西医看了。请你转告婆婆她们。我吃中医的药，也会慢慢儿好起来的。请她们不要着急。"她的略略失神的两眼望着他，两颗大的眼泪嵌在两只眼角。她对着觉新微微地摇头，又用更低的声音说："我昨晚上梦见梅表姐，大概是妈昨天告诉我钱大姑妈从宜宾写信来的缘故。"

觉新痴呆地立在床前，好像受到意外的打击似的。他望着蕙说不出一句话来。

"少奶奶这才懂得道理！"郑太太得意地称赞道，这才把觉新唤醒了。

"大表哥，令表妹倒很有见地。请你回去把这个情形转达岳父、岳母，请他们放心。像令表妹这样的病不宜请西医看。我们每天请罗敬亭、王云伯来看，今天又加请了张朴臣，他们三人轮流看脉，共同主方，不会有错的。请岳父、岳母放心，"国光客气地对觉新说，一面不停地摇摆着他的宽大的方头。他用这几句话便把觉新关在门外了。

觉新望着国光，听这个人一句一句地说下去。他的眼前还现着那张憔悴的脸庞和那一对含泪的眼睛。他觉得心里很乱。他又感到鼻子酸痛。他知道自己快要淌泪了，便努力克制悲痛的感情。他勉强支持着听完国光的话，含糊地答应一声，也不跟国光辩驳，却走到床前，向蕙嘱咐了几句话，要她安心静养，然后告辞走了。

轿子出了郑家的大门，觉新在轿里起了一种逃出魔窟似的感觉。但是他一想到留在他后面的蕙的命运，悲愤又绞痛了他的心。

二十六

　　淑英也有机会去看《夜未央》。她去得比觉新迟一天,是被琴约去的。琴和觉民定了计,当着淑英母亲张氏的面,请淑英在那一天到琴的家里去玩。张氏自然不反对。淑英果然一个人坐轿子到了琴的家。琴再偷偷地陪淑英到戏园去。琴对她的母亲也只说陪淑英出去买东西。她们看完戏回到琴的家,连琴的母亲也不知道她们到过了戏园。淑英的母亲还以为淑英整天就在张家。

　　淑英进戏园,这还是第一次。里面的一切对于她都是很新奇的。女宾的座位在楼上,她们坐的是右边的一个包厢。楼上观众不多,全是白衣青裙的女学生。楼下是男宾座,年轻的学生占了一大半,上座有八九成的光景。有人在嗑瓜子、吃花生、大声谈话、说笑。许多人仰起头,许多陌生的眼光常常往楼上射来,使得淑英胆怯地红了脸。楼下起了一阵喧哗。淑英埋下头专心读那份说明书,却又读不进去。突然哨子一响,布幕拉开,整个戏院立刻变成静悄悄的。众人的眼光集中在舞台上面。那里有一间简陋的屋子,桌上有一盏半明半暗的煤油灯。两个女人坐在桌子旁边忙着折报。左侧有一扇小门,从门里发出来轻微的印刷机的响声。

　　"那个扮苏斐亚的是张还如,你在公园里头碰见过的,"琴指着台上那个年纪较大的妇人对淑英说。她又指了年轻的女仆说道:"这是马霞。"

　　"嗯,"淑英应了一声,她已经记不起张还如是一个什么样的人了。但是她仍旧注意地望着苏斐亚和马霞。这时从小门里面走出来一个中年人，手里拿着一束报纸。

"这就是黄存仁，你一定记得他，二表哥去年在他的家里住过一阵，"琴指着昂东亲切地在淑英的耳边说。

"嗯，我记得，"淑英微微地点头答道。她还记得那个人，琴那天在公园里指给她看过。她也记得黄存仁的名字。她常常听见觉民和琴谈起他，她也知道他帮助觉民逃婚的事。她并不认识他，但是她已经在尊敬他了。她这时不觉多看他几眼，听他在戏台上讲了些抱怨政府专制的话。

于是一个年轻人带着一包铅字从外面进来。琴告诉淑英这个年轻人就是张惠如，他扮演戏里的男主角桦西里。他也就是扮苏斐亚的张还如的哥哥。淑英含糊地答应着，她头也不掉地望着舞台。这时看门人领了警察进房来查房间，说是这里有一个新来寄宿的客人没有护照。昂东把桦西里带来的假护照给警察看了，又花了一点钱才把警察打发走了。苏斐亚便进内室去扶了一个工人服装的党大乐出来。

"这是方继舜，他写过文章大骂冯乐山，"琴指着那个老人说。淑英不大注意地点一下头，她并不知道方继舜是什么样的人。方继舜常常用笔名在《利群周报》上发表文章。她读过那些文章，却不知道它们是方继舜的作品。

这个老革命党人一面咳嗽，一面说了许多激烈的话。门铃忽然响了。不久一个身材苗条面貌清秀的年轻女子走进房来。

"这简直不像男人扮的！你看他走路、说话的样子明明是个女人，"琴感到兴趣地低声对淑英说。

"他叫什么名字？"淑英好奇地望着那个年轻女子（他们叫"她"做安娥），顺口问了这一句。

"他叫陈迟。他平日做事情总要比别人慢，大家都说他的名字取得很对。听二表哥说他还是头一次演女角，"琴兴致很好地答道。

台上党大乐谈了一阵话，似乎很疲倦，又走进内室去了。其余的人烦躁地谈了许多关于革命运动前途的话,大半是带煽动性的。桦西里甚至气恼地高声说:"所以这个'血钟'应当响起来,越响越高,不到全胜的时候不止!"

楼下立刻起了一阵拍掌声。淑英突然一惊,心跳得很厉害。她连忙掉头看琴。琴正兴奋地看舞台上的表演。

安娥激动地接着说:"目前这种困苦实在难堪,必须要那'血钟'一齐响起来,响个不止,叫各处都能够听见。……后来的人一定会享到和平安乐……"

"你听见么?你们听见么?那'血钟'的声音?"苏斐亚突然带着严肃的表情问道。

全个剧场马上变得非常肃静了。众人都在倾听,要听出那"血钟"的声音。

"明天!"安娥忽然在台上狂喊起来,使得台下的观众惊了一跳。

"明天奴隶制度就要完结了,"马霞仰起头梦幻地说。

有几个人在楼下拍起掌来。

桦西里和安娥先后走了。苏斐亚们留在房里继续折报。门铃忽然大响起来,昂东惊恐地站起,嘶声叫道:"那儿……门外头……我们的事情坏了!"

"哎哟!"苏斐亚和马霞齐声呻吟道。党大乐从内室里奔出来,拿出一支手枪说:"警察么?我自己留一颗子弹,其余五颗留给你们用,"他仍然走入内室去了。房门外响着一片打门声,马霞早去锁了门。苏斐亚和昂东忙着焚烧通信地址和文件。内室里发出一声枪响,一定是党大乐放的枪。接着一个警长带着五个警察破门进来。

"完了,"淑英惊惶地低声自语道。楼下的观众中也起了一个小的骚动。琴也很激动,但是她看见淑英着急的样子,不觉开颜一笑,爱怜地安慰淑英道:"二表妹,你不要看得太认真了。这是演戏啊。"淑英感动地看了琴一眼,放心似地嘘了一口气。

警察一进屋来便翻箱倒箧,四处搜索,一面凶恶地捉住房里的三个人。警长傲慢地指挥一切，后来无意间发见了那道小门，便走进去，只听见印刷机的响声。不久警长拿了一张报纸出来，对着灯光读道："《光明》，"惊愕地说："原来你们就是办《光明》的人!"警长又说了一些嘲笑侮辱的话。昂东挣脱了手向警长扑过去，但是又被警察推倒了。两个警察扭住他殴打。苏斐亚和马霞着急地哭喊起来。她们也被警察们紧紧地缚住。警长站在马霞面前轻佻地问道："你这个小东西，还不曾哭完吗?"马霞悲愤地说："难道我们连哭的权利都没有了?"警长哈哈地笑道："你这个小东西! 像你们这般东西还不是叫你们怎样就该怎样!"

在这个纷扰中布幕跟着警长的笑声同马霞们的哭声一下子就拉拢了。起初是一阵沉闷的宁静。于是无数的手掌疯狂似地拍起来。

"琴姐，你觉得怎样?"淑英回过头低声问道。

"真是好戏!"琴兴奋地答道。

"琴姐，真有这样的事情吗?"淑英嗫嚅地问道。"这太可怕了。我好像听见大哥说过，三哥在上海也会做革命党，是不是同昂东他们一样?"

"二表妹，你不要担心，"琴压住心里的波涛，柔声安慰淑英道。"那种事情的确是有过的，现在也许还常常有。不过三表弟不会像这样。你不用替他害怕，你不记得安娥刚才说过的话：'个人的痛苦跟全体的痛苦比较起来算得什么?'这句话很有意思。"

淑英不即刻答话，她在思索。她两次欲语又止，显然地有几种互相冲突的思想在她的脑子里斗争。琴知道这个，想改变她的注意，便说："第二幕就要开演了，你留心看二表哥演戏。"

淑英还来不及答话，第二幕果然就开演了。她便注意地看舞台，那里是一间客厅，桦西里在同他的几个朋友谈话。

"你看，那个坐在桦西里旁边的人便是二表哥! 你认得不认得?"琴得意地指着那个穿着整齐的洋服谈吐文雅的青年说，她的脸上带着微笑。

"对的,我现在认得了,"淑英含笑答道。"二哥这样打扮倒比平日好看些。"

戏台上几个人烦躁地谈着种种不好的消息:苏斐亚在监牢里自杀未成;马霞受侮辱。他们又谈到城里罢工的情形。有人提议刺杀总督,最后大家商量行刺总督的计划,都愿意去做那件事。觉民扮的银行家得不到机会,垂头丧气地诉苦道:"我拿出几个臭钱算得什么! 安安稳稳地看着旁人准备了性命一条一条地送去。唉……"

"二哥不是这样的人,"淑英不相信地低声说。

"你说什么?"琴问道。

淑英猛省地看看琴,恍然失笑了。她偏袒地对琴说:"二哥做得很好。我不觉得在看戏。"琴听了自然十分高兴。

但是银行家在台上苦恼地踱了几步便不得不退场了。淑英忽然侧头问道:"二哥还会出场吗?"

"他不再出场了,"琴惋惜地答道。

"可惜只有这一点儿,"淑英失望地说。她盼望觉民能够在台上多站一些时候,多说几句话,但是她知道这是不可能的了。她便带点疑惑地问琴道:"二哥为什么不演桦西里?"

"他们本来要他演别的角色。他还是第一次上台,恐怕演不好,反而误了事,所以只肯演一个配角,"琴知道淑英的心理,便安慰地解释道。

淑英也不再问话了,仍旧注意地望着戏台。

房里只剩下桦西里一个人。那个打扫房屋的老妈子阿姨妈拿着扫帚进房来。她向桦西里诉了一阵苦,说到她从前的一个小主人因参加革命运动被捕受绞刑时,眼里掉下泪,声音也变成呜咽了。这时门铃响了,阿姨妈弯着腰蹒跚地走去开门。接着一个穿学生装的少年走进来。少年交了一本小书给桦西里,十分感动地说:"我看过两遍了。我恨不得就吞了它下去。……桦西里,请问你,你遇见什么样的人才能够把他看做同志……像我这样的人也能算数吗?"

淑英不觉侧头看了琴一眼。琴伸过手去捏住淑英的左手。

那个少年同桦西里交谈了几句话，终于忍不住悲愤地说道："我们的教员今天还告诉我们说革命党是坏人，是社会上的毒害。我听见这些话一声也不敢响。我去了，我去读那些瘟书，好养活我的母亲……"

淑英的心怦怦地跳动，她的手也有点颤抖。那个少年的悲哀似乎传染给她了。有一个声音同样地在她的心里说："太久了，我实在忍耐不下去。"舞台上的那些人，那些话给了她一个希望，渐渐地把她的心吸引去了。她也像那个少年一样，想离开自己在其中生活的阴郁的环境，她也想问道："像我这样的人也能算数吗？"

琴无意间瞥了淑英一眼。她看见淑英的带着渴望的眼光，略略猜到淑英的心理，她知道这个戏已经在淑英的心上产生了影响，她自然满意。但是她也不说什么，只是鼓舞地微微一笑，低声唤道："二妹。"

淑英掉过脸来看琴。但是安娥出场了。琴便指着台上对淑英说："你看，安娥又出来了。"

桦西里正倒在沙发上睡着，安娥推了门进来，在桌上轻轻地敲了几下，把桦西里惊醒了。桦西里连忙站起跟安娥握手，两个人谈了一些别后的话，又谈到印刷所被封、苏斐亚等被捕的事。安娥自从那回事情发生以后，便搬了家躲到一个住在园街的姑母的家里。姑母的丈夫是败政厅的官吏，对革命运动异常仇视。所以她住在那里十分安全。……他们谈到后来，桦西里忽然拿起安娥的手吻着，吐出爱情的自白。安娥终于不能坚持了。她张开两臂，柔情地唤着："桦西里，来！"桦西里急急走到她身边，慢慢地跪倒在地上。安娥抚着桦西里的头发，怜爱地低声唤道："我心爱的痴儿。"

淑英的心跳得更厉害，脸微微地发红了。她想：真有这样的事？这不再是她常常读到的西洋小说里的描写，而是摆在她眼前的真实的景象。她觉得桦西里和安娥是一对有血有肉的男女，并不是张惠如和陈迟所扮演的两个角色。那两个人所表现的热情的场面震撼了她的心，给她打开了一个新的眼界。她有点害怕，但又有一点希望。她注意地看着在舞台上展开的悲剧。

窗外响起了罢工工人的歌声和游行群众的脚步声。安娥和桦西里走到窗前去看。安娥非常高兴地说:"……好看得很! 这许多工人很整齐的,慢慢地向前走去。我看他们都怀着一片诚心……"但是桦西里忽然急迫地说:"你不听见那边的马蹄声?"安娥心平气和地张望着,忽然惊恐地大声叫道:"马兵装上子弹了!"后来又说:"我们的人不住地前进……他们只管唱! 他们唱着向前进! 不怕马兵的枪! 他们不住地向前进!"

这时窗外广场上脚步声愈走愈近。这是许多人的脚步声,但是非常整齐,里面还夹杂着一片沉郁的歌声。阿姨妈躬着腰走进房间,走到窗前。她和着窗外歌声唱起来,安娥同桦西里也跟着唱下去。三个人唱得正起劲,忽然外面起了一排枪响,于是歌声停止了,而奔跑哭喊的声音响成了一片。广场上人声十分嘈杂,还有人在狂叫"救命"。接着又是一排枪响。人声、马蹄声杂乱地扑进房来。

楼下男宾座里起了一阵骚动,有些人恶声骂起来。

"琴姐,怎样了?"淑英胆小地靠着琴的肩膀,抓住琴的一只手,颤抖地低声问道。她的脸上现着惊恐的表情。

"不要怕,这是演戏,"琴极力压住自己的激动亲切地安慰淑英道。

"安娥! ……安娥!"桦西里痛苦地狂喊道。在这喊声的中间还接连响了几排枪声。安娥悲愤地叫道:"我们太迟缓了。应当加倍努力!"

楼下的观众忽然疯狂地拍起掌来。

桦西里拉着安娥的手,苦恼地说:"我不愿意失掉你……"忽然阿姨妈哭着跑进房来说:"天呀! 苏沙被刺刀刺伤了!"苏沙便是先前那个少年的小名。桦西里急得满屋跑,口里唤着"苏沙!"阿姨妈又走了出去。安娥烦恼地说了一句:"无处不是苦恼!"于是桦西里发狂地说:"安娥,我们去罢。我们逃走罢。快,快……"但是门铃响了。桦西里去开门,领了先前来过的那个工人服装的葛勒高进来。葛勒高就在门口说:"时候已到了,轮着我们了。必须要……现在满街是血。死了多少人,还不晓得。……一定,后天。"桦西里应道:"一定后天。"葛勒高又说:"园街同宫街两条路。"桦西里爽快地答道:"我到园街。"葛勒高说:"好,东西全预备好了。"他跟桦西里握了手,悄悄地走了出去。桦西里一个人在门前站了许久。安娥走过去问道:"什么事?"桦西里回答说是一件不要紧的事情。安娥把他半拉半扶地送到睡椅前面,两人并肩坐下。安娥忽然惊问道:"桦西里!你为什么打战?"桦西里靠在安娥的身上,疲倦地说:"让我的头枕着你……"安娥说:"我摇着你睡罢。"桦西里昏迷似地说:"只要一刻工夫就好。"安娥柔声阻止道:"不要响,闭嘴。"

整个戏园的观众都注意地望着舞台,痴呆地凝视、倾听那两个人的一举一动、一言一语,他们想知道一个究竟。然而布幕不快不慢地合拢了,它掩盖了一切。于是爆竹似的掌声响遍了全个戏园。

"琴姐,我要哭出来了,"淑英含着眼泪对琴微笑道。

"我也是的,这个戏太动人,"琴一面摸出手帕揩眼睛,"叫人看了就觉得是真事情一样。"

"这种事情我以前做梦也没有想到,"淑英激动地说。"我现在才晓得世界上还有这种事情,还有这种人。"

"你以前整天关在家里,自然不晓得外面的事情。你以后多出来看看、走走,你的世界就会渐渐大起来的,"琴高兴地解释道。

"我真不懂:同是一样的人,为什么外国女子就可以自由自在地做出那些事情,而中国女子却被人当作礼物或者雀鸟一类的东西……送出去……关起来?我们连自己的事情也不能作一点主,只有眼睁睁地看着别人把我们送进火坑里去……"淑英苦恼地说,不过她仍然将她的怨愤极力压下,不让它在她的声音里泄露出来。

琴听见淑英说出这种话,觉得更可证实淑英近来渐渐地在改变:她竟然从她的囚笼里伸出头来探望外面的世界了;淑英的想飞出囚笼的心愿也是一天一天地炽热起来。这正是琴所希望的。这好像一棵花树的生长，从发芽到枝子长成，现在生出花蕾，——那个浇水培养的园丁看见这个情形自然充满了喜悦的感情。琴也许不曾做过园丁的工作，但是她却在根上浇过一点水，而且她也爱那棵花树，她更盼望着看见美丽的花朵。所以淑英的话使她满意，使她感到一阵痛快，而且把那幕戏留给她的阴郁沉重的感觉和悲愤暂时驱走了。她便趁着这个时机向淑英宣传："这就是为什么二表哥他们要攻击旧礼教。他们的国文教员吴又陵把旧礼教称作'吃人的礼教'，的确不错。旧礼教不晓得吃了多少女子。梅姐、大表嫂、鸣凤，都是我们亲眼看见的。还有蕙姐，她走的又是这条路……不过现在也有不少的中国女子起来反抗命运、反抗旧礼教了。她们至少也要做到外国女子那样。许情如最近从广州来信说，那边剪掉头发的女学生渐渐多起来了。我还有一个同学——"琴说到这里，忽然注意到舞台上布幕已经拉开，便住了嘴，留心去看《夜未央》的第三幕了。

淑英心里很激动。琴的话自然给了她鼓舞。她同意琴的意见，她也希望听到琴的结论。但是安娥的命运牵引着她的心。她不肯放过那个女子的一言一动，她要看到安娥的结局。

舞台上现出一个富家的客厅，这是在安娥的姑母白尔波的家里。这是一个和平安静的地方。那里坐了三个面貌温淑的女人，还有一个众人熟习的安娥。但是就在这里一个惊天动地的事变快要发生了。剧场的观众好像在看一座雪下的火山。在春风的吹拂下雪慢慢地融化着。众人在等候那个可怕的爆发。爆发的兆候渐渐地出现了。温淑的女性读着罢工工人的宣言。连和蔼的中年妇人白尔波也念出来"时乎时乎，至矣不再！自古廓清人道之障碍，皆从微火初燃，俄顷即成燎原，而后得自由世界之光明"一类的句子，又接收了革命党人寄存的书报。而糊涂的官僚、白尔波的丈夫却出来表现他们那种人的愚蠢与荒淫。等到客厅里只剩下安娥和白尔波两个人时，桦西里突然来了。他抱定决心要去敲那"血钟"，现在来要求他所爱的人给他发信号。于是悲痛的诀别……爱情与义务的斗争……这两个年轻人的每一句话,每一个字,都绞着观众的心。桦西里悲壮地说:"我想着死字,没有一点害怕。我的手万无一失。我希望你的,只要你在旁边,我好像听你的号令……你放一个亮到窗口,这是一个暗号,一个号令,也就是诀别……自由终得同明天的太阳一同升起,恨我就不能亲见……"他决然走了。安娥的悲声呼唤也不能把他留住。她那悲痛的声音响彻了每个观众的心。楼座的观众跟着那个刚毅的女子淌泪,淑英频频地揩眼睛,琴也是热泪盈眶了。

于是到了最后的高潮。安娥点燃蜡烛,把烛台放到窗口。她踌躇几次,终于以一个超人的意志给她所爱而又爱她的人发出牺牲的信号,让他和总督同归于尽。在巨声爆发、玻璃窗震碎、她知道使命完成以后,她伤心着、哭着。最后她忘了自己,在一阵激动出神之际又像一个战士那样反复地狂叫着:"向前进! 向前进!"

布幕在"向前进"的呼声中急急地合起来。楼上楼下无数着魔发狂一般的观众这时才知道全剧完结了。拍掌声暴雨似地响着。众人感动地、留恋地不住鼓掌。楼下的学生们先是坐着拍,后来站起来拍,他们把手掌都拍红了,还不肯散去。

"这才是一个勇敢的女子!"淑英十分激动,颤抖地说了这句话。

"我们走罢,"琴匆匆地说。

"不等二哥?"淑英留恋地问道。

"他会在下面等我们,给我们招呼轿子。他等一会儿还要到我家里来,"琴兴奋地答道。她感动的程度也不下于淑英。她的脑子里充满着安娥、桦西里一些人的影子。

二十七

《夜未央》演了三天以后，主持的人还打算停一个星期继续公演。但是官厅方面的警告来了。黄存仁、张惠如一般人十分扫兴，他们只得暂时打消重演的意思。省城里的居民也就没有机会看见《夜未央》的重演。不过许多年轻人还时常提到它。淑英便是他们里面的一个。这本戏的确给了她一个希望，为她开辟了新的眼界，放了一个目标在她的面前，使她认识了一些新的人，有血、有肉、有感情、有意志的人。他们是那么大量，那么坦白，那么纯洁，同她家里的人比起来，就好像属于两个世界。那种热烈充实的生活，与慷慨激昂的就义，比她在囚笼似的家庭里枯死不知道要强过若干倍。她现在没有一点疑惑了。她已经和她的二哥与琴表姐共同定下了计划：她好像一只小鸟，等着有一天机会到来时，便破笼飞去。她以前只是嫌厌笼中的生活，恐惧那个即将到来的恶运；这时又看见了笼外自由天空的壮丽的景致，这只有使她的决心越发坚定。这些人物的影子时时在她的眼前晃动。他们鼓舞着她。她近两三个月来读过的一些书报又在理论上支持着她。许多的原因聚集起来，像一堆一堆的泥土居然慢慢地堆成一个小丘。它们也在淑英的心灵上产生了巨大的影响。这些原因在顺逆两方面互相辅助地驱使淑英走近"新的路"。这是她的唯一的出路，她自己也知道。如今她差不多站在路口了。她在作种种的准备。她要一步一步稳定地走上那条路。她近来不再在叹息和悲哭中过日子了。她更用心地跟着剑云读英文，而且跟着琴努力学习各种新的知识。

琴对于淑英的事非常热心。她常常到高家来,有时候淑英也到琴的家去。别人看见她们两个在一起看书,也不来打岔她们。淑华、淑贞常常同她们在一处。淑华也感到兴趣地听琴讲解史地一类的功课。课本是新编的中学教科书,琴和觉民到商务印书馆选购回来的。淑华有时还向琴发出一些疑问。但是这样的事情并不常有。淑华在房里坐了两三小时不跟人谈闲天,便觉得沉闷,要到外面去走走,或者找人讲话。所以每逢淑英跟着琴学习算学的时候,淑华便不来打扰她们。淑贞只要不受她的母亲干涉,她总不肯离开琴。她对那些功课并不感兴趣,而且也不了解。不过同琴和淑英在一起,却是这个女孩的唯一的快乐与安慰。她静静地坐在她们的身边,脸上浮着欣慰的微笑,并不发出声音去惊扰她们。她可以这样地坐上几个钟头。

觉民也常到淑英的房里去,有时他还代替琴回答淑英的质疑。他们替换着做淑英的教师。课堂并不单是淑英的房间这一处。花园里许多地方,还有觉民的房间,都是他们授课的处所。一天的功课完毕后他们仍旧安排了一些娱乐。这倒是淑华最盼望的。

淑英非常热心地接受新的知识。她好像一个乞丐,对着面前的山珍海味,只图狼咽虎吞地大嚼,不知道节制。倒是琴和觉民有时候看见她用功过度反而劝她休息。她常常笑着回答他们道:"我知道的东西太少了。我正应当多多学习。"她把那些新的知识看作唯一可以拯救她的仙方灵药,所以她牢牢地抓住它们不放松。琴和觉民看见这个情形,对她的这种痴梦起了怜悯心,但是这也更加坚定他们帮助她的决心。

剑云依旧每天傍晚来教授英文,淑华的成绩跟平日的相差不远;淑英在这些日子里进步得很快。她以前总是心绪不宁,常常不能够把思想集中在那些古怪的拼音和没有深意的简单对话上面。而且那个恶运像一只老鹰似地永远在她的头上盘旋,它的黑影压住她,使她明白一切的努力都是空虚,结果她仍然不免坠入泥沼。在那种时候她能够按时听课、敷衍地读下去,已经是不容易的事情了。她没有辍学,一半还是为了剑云的缘故:她一则不忍辜负剑云的好意;二则不愿意使他失业。

她以前有的这种心思剑云并不知道。所以当他发觉淑英近来突然有了可惊异的进步时，他便惊喜地称赞淑英，向淑英表示了这个意思。

"其实也说不上什么进步，不过我近来读书稍微认真一点。从前心里烦得很，总有事情来分心，我又想不开。如今我稍微看得清楚些了，所以也能够专心读书，"淑英微微一笑，声音清朗地答道。她的眼睛很明亮，脸上露出安静的表情。

"二小姐近来的确气色好得多，精神也好，"剑云欣慰地说，他的脸上也现出了喜色。

"不错，二姐近来好像变了一个人一样。她近来高高兴兴，有说有笑，不再像从前那样，动辄就做出愁眉苦脸的样子。大概有什么喜事要来了，"淑华带笑地插嘴说。

"呸！哪个要你来说话？"淑英啐了一口含笑地责备道，"三妹，你几时看见我做过愁眉苦脸的样子？人家不像你，不管有事无事，只晓得笑笑闹闹，不说一句正经话。"

"我刚才说的不就是正经话？我们问陈先生，看你从前是不是常常愁眉苦脸，动辄就流眼泪？"淑华笑着不依地分辩道。

淑英略略红了脸不作声了。剑云微微一笑，解围似地说："三小姐，你问我，我怎么晓得？"

淑华噗嗤一笑，故意笑谑地说："陈先生，你也帮她欺负我，我不答应。"

剑云窘得答不出话来，一张脸马上变得通红，他挣扎了半晌才口吃地说道："三小姐，我没有欺负你，我说的是真话。"

"陈先生，你不要理她，她在跟你开玩笑，"淑英怜惜地对剑云说。但是她并不曾了解剑云的心情。淑华自然也不了解它，她奇怪剑云为什么会现出这样的窘相。剑云却以为淑华猜到了他的心思，所以他张惶失措地红了脸。

"三妹，你也太顽皮了。陈先生是我们的先生，你不该跟他开玩笑，"淑英又正色地对淑华说，但是她的眼角眉尖也还带着笑意。

剑云还没有答话,淑华就装出生气的样子说:"好,你们两个都欺负我,我不要听你们说话,我走了!"她说完就拿起书,头也不回地走出房去。

"三小姐!"剑云惶恐地站起来唤道,他以为淑华真的生气走了。

"陈先生,你不要睬她,她是假装的,"淑英含笑地提醒剑云道。

剑云惊疑地掉头看淑英,他看见淑英的安静的微笑,才放心地坐下来。但是他的心还跳得很厉害。他和淑英两个人面对面地坐在一间屋里,他觉得他有机会对她说许多话,那些话是一天一天地堆积起来的,他时时想对她说,却始终找不到他自己所谓的"机会"。但是现在这个机会来了时,他又觉得自己不能够选择适当的话,不知道应该先说哪一句才好。她的每一注视,在她也许是无目的的,然而他却觉得她的眼光看透了他的心;于是他的一切话都成了多余和笨拙。他欲语又止,坐立不安,这样地过了片刻,脸色渐渐地发红。他有点发急。他害怕她会注意到他的这种窘相。他越是着急,脸越是红得厉害。他也感到耳朵在发烧了。淑英埋下头专心地在温习这一天的功课。她一个字一个字地低声念着,态度很安静。这使他渐渐地放胆去看她。她仍旧愉快地埋头读书,后来她觉察出他在看她,便抬起头对他微微地一笑,过后又低下头去。这微笑无意地给了他鼓励。他连忙抓住这个机会说:"二小姐,你近来的确变了。我以前还为你担心过。现在我可以放心了。是不是陈家的亲事有了转机?"

淑英又抬起头看剑云,她对他温和地一笑,愉快地答道:"我现在有了主意了。二哥他们还可以帮忙。"

"不过陈家的亲事?……"剑云担心地问道。

"爹的脾气你是晓得的。即使陈家是个火坑,他也会把我送去。陈先生,你不看见蕙表姐的事情?他父亲做得出来,爹也就做得出来。不过我不会像蕙表姐那样。横竖至多不过一死,"淑英坚决地说。她的脸上并不带一点忧郁悲哀的表情。

剑云感动地望着淑英的涂着青春光彩的脸,他的眼泪被这一番话引了出来。他这时并不感到悲哀。来袭击他的是另一种感情。他完全忘记了自己的身世。他只有一个欲望:他愿意为她牺牲一切。他不能再隐藏这个感情了。他用颤动的声音将他的胸怀向淑英吐露出来:"二小姐,你这个主意也很对。我相信你一定可以成功。不过……我不晓得你还记不记得我那天在花园里头向你说过的话? 我说,倘使有一天你需要人帮忙,有一个人愿意为你的缘故牺牲一切……"

淑英看见他眼里的泪水,又听见这样的话,这都是她所料不到的,她忍不住打岔地低声唤道:"陈先生……"她十分感动,她想说话来表明她的感激。但是剑云不让她说下去。

"我的生存是渺小的。我值不得人怜惜。我倘使能够给你帮一点忙,使你少受一点苦,那么我就是死,也值得。我自己也甘心情愿。我活在世上,没有一点意思,就像觉慧常说的'浪费生命'。我可以说是一具活尸。你们对我好,我也晓得感激,尤其是二小姐,你看得起我,把我当作先生看待。我也应该找个机会来报答,"剑云愈说下去,愈觉得话在心头像泉水一般涌上来。他一边说,一边流泪,泪水流到他的嘴边,流进了他的时开时阖的嘴里,他只顾说话,就索性把泪水也咽下去了。眼泪流得太多,使他的眼睛模糊起来,但是他的眼光仍然穿过泪花停留在淑英的脸上。后来他似乎看见她的眼角也嵌着泪珠。他激动得太厉害,不能够再说下去了。他想放声痛哭一场,但是他极力忍住。他不敢再看她,便把头微微俯下,胸膛靠住桌子,用一只手遮住眼睛。眼泪马上把这只手打湿了。

"陈先生,你不要这样说,"淑英感激地垂泪道。剑云的话把一个不幸的人的内心剖开给她看了。自然他的深心处隐藏的一个秘密她还不曾了解。但是她第一次比较清楚地看见了这个忧郁的年轻人的真面目。琴和觉民平日提起剑云,总要露一点怜悯的感情,连觉新有时也是如此。他们都把剑云看作一个多愁善感的书生。现在她才知道他竟是如此地慷慨。但是对这慷慨的行为她能够交出什么样的报答呢? 她所能表示的只有一点感激。她固然感激他的好意。然而她却想不到她会从他那里得到她所真正需要的帮助。她想到的是:这个有着善良心肠的年轻人同她一样地需要别人的帮忙。她不能够做这类的事情。不过她愿意送给他一点同情和安慰。两颗在苦难中的心逐渐互相挨近。这中间虽然仍旧有不很近的距离,却也不能阻止淑英对剑云发生更大的好感。她关心地对剑云说:"陈先生,我的事情也不必要你帮忙了。不过你这番好意我死也不会忘记的。其实你这样热心教我读英文,也就是给我帮忙。我难道还不知足?……"

淑英停了一下,她觉得自己要哭出来了。她不愿意这时候在剑云的眼前哭,便摸出手帕把积在眼眶里的泪珠揩去。剑云很感动,他第一次看见一个人怀了好意地对他落泪,而这个人又是他的天空中的明星。他暗暗地祷祝愉快的笑容早一刻回复到她的脸上,但同时他又不能不失望地想:她还是不相信我!不过他毫不因此怨她,他却只懊悔自己白白地浪费了过去的光阴。

"陈先生,我年纪轻,也许不懂事,不会说话,"淑英勉强露出了微笑,稍微安静地说下去,"不过我总不明白你心里有什么忧愁。我们很少看见你开颜大笑过。大哥说你一个人没有负担,倒很自由自在,他反而羡慕你。但是他们又说你是伤心人别有怀抱。我不晓得应不应该问你。不过你做什么总说'渺小的生存值不得人怜惜'一类的话?你有什么伤心的事情?陈先生,你看,连我这样的人也还在痴愚地梦想远走高飞(这四个字是她迟疑了一下才低声说出来的),你怎么能看轻自己?你们男人家比我们更能够做事情。你不见得就比别人差。为什么要糟蹋自己?"——她说话时带了一点怜惜的调子,就像姐姐在责备兄弟似的。同时她的眼光温柔地抚着他的脸。

"二小姐,你还不晓得,"剑云痛苦地接口说,"不是我故意看轻我自己。命运太折磨人了。我就像一个失足跌进了泥坑里头的人,拚命想往上面爬,然而总爬不起来,,好像有什么东西绊住我的脚一样。我每次努力的结果总是一场空,还有人笑我不安分。现在我连动也不敢动了。我父母死得很早,留下财产不多,伯父把我养大成人,到中学毕业,就让我自立。伯父对我从来就很冷淡。我从小就没有尝过温暖的滋味。我住在伯父家里,他家里也没有什么人,我一个堂哥在外州县做事。伯母患着瘫病,整天不起床。从小时候起我的心里就装满了寂寞、阴暗、寒冷。你们不会晓得那寂寞的日子多么难过。没有一个人关心我,也没有一个我关心的人。我连我父母的面貌也记不起来。二小姐,你想我怎么能够打起精神做事? 我又为哪个人发奋努力? 其实我从前也有过一些计划,然而一到预备实行就大碰钉子。现在又太晏了。我恐怕我已经得了肺病,我可以说是一个废物。我活下去还有——"

外面忽然起了两三声咳嗽,一个熟习的脚步声在窗下走过,鞋底依呀地响着。剑云惊觉地闭了嘴。淑英也抬起头去看窗户。但是声音渐渐地去远了。淑英低声自语道:"爹回来了,"便把面前摊开的书本阖上。剑云立刻把未完的话咽住了。淑英看见他不再说话,便苦涩地一笑,柔声说:"陈先生,我想不到你受过那么多的苦。我以为我自己就已经是很不幸的了。不过过去的事情还提它做什么? 你的身体的确不大好,你应当好好保养。以后你说不定会遇到好的机会。我会对大哥、二哥他们说,要他们给你帮忙。你宽宽心罢。你看,现在连我也不像从前那样了。"她的眼光怜惜地望着他,好像在说:你就听从我的话罢。

剑云十分激动。这样的眼光和这样的话把他的心完全征服了。他感动地、甚至带了崇敬的感情唤了一声"二小姐",接着哽咽地说:"你的话我永远不会忘记。从来没有人对我说过这样的话,从来没有人——"

剑云还没有说完话,却看见翠环慌慌张张地跑进来,他便住了口。翠环小心地低声催促淑英道:"二小姐,老爷回来了,你快去。"淑英连忙站起来。

剑云也不顾脸上的泪痕,惊惶地问翠环道:"有什么事情? 你这样着急!"

"没有什么事情。我怕老爷回来看不见二小姐,会发脾气。老爷今天打牌输了钱,人好像不大高兴,"翠环带了一点焦虑地答道。

"好,我们走罢,"淑英无精打采地说。她又对剑云说:"陈先生,你再坐一会儿罢。"

"是的,我在这儿等觉民回来,"剑云欠身答道。

"陈先生,你还这样客气,"淑英微微含笑说。她便跟着翠环走出去了。

淑英进了克明的房间。克明正跷起二郎腿坐在沙发上。一只手捧着水烟袋,另一只手拿着纸捻子,在嘴边吹。淑英走到克明面前请一个安,温和地说:"爹,你回来了。"克明点了点头。他吹燃纸捻子抽了一袋烟,把烟灰吹去了,然后责备地说了一句:"我回来这一阵,你才来看我。"

"我在读书,不晓得爹回来了,"淑英低下头分辩道。

"真的,二女近来很用功,晚上还在读英文,"张氏解围似地插嘴说。

"哦,"克明吐出这个声音。他又抽了一袋烟,便皱着眉头正色地说道:"二女一个女子读英文有什么用? 她只要把字练好一点就不错了。我看她以后尽可不必跟着剑云读英文。二女年纪也不小了。剑云也很年轻。他们两个常常在一起也不像话。今天四弟还向我提起过。那回二女她们去逛公园也有剑云在里头。这种事情如果传到陈克家耳朵里去,他还会笑我没有家教。"

"这倒不至于。剑云是我们家里的亲戚,他这个人又很懂规矩、很知礼节。二女我也相信得过。年轻人高兴用功倒是很难得的事情。四弟怎么会有这种古怪想头?"张氏看见淑英垂着头两眼含泪的样子,心里不忍,便替淑英解释道。

"你总是这样'惯使'她!"克明瞪了张氏一眼,便板着面孔抱怨道;"将来出了什么事情你能够负责吗? 我可没有脸去跟陈克家办交涉。"

"三老爷,你这个人怎么这样不近情理!"张氏气红了脸抢白道。"这种话亏你当着女儿面前说得出口。我负得起责任。二女出了什么事情,你问我好了。"

"你负得起责任？我知道你巴不得我把陈家的亲事退掉,你好把二女嫁给剑云。"

"我看你真发疯了！你当着二女的面说这种话!"张氏站起来指着克明说。淑英忽然"哇"的一声哭着跑出房去。张氏看见淑英走开了,也不再跟克明争辩,便气愤地说:"我不再跟你说,让你一个人去发脾气。"她气冲冲地走出了房门。

淑英忍住眼泪,急急地回到自己的房里。翠环正站在书桌前面,埋着头在为她印一盒檀香,听见淑英的脚步声便惊喜地唤了一声:"二小姐。"淑英也不答应,一直走到床前,倒下去低声哭起来。

"二小姐,什么事情？你好好地怎么又哭了?"翠环抬起头一看,大吃一惊,连忙跑到床前,俯下身子问道。

"爹不要我读英文,还说那些无聊的话,"淑英抽泣地答道。

"老爷也太没有道理！对女儿总是这样狠,还亏他是个读书明理的人!"翠环气愤不平地说。

"他哪儿懂得我的心理？他哪儿会顾到我的幸福?"淑英痛苦地说。这时她的母亲张氏走进房里来了。

"二女,你不要伤心,你爹过一会儿就会平气的,"张氏坐在一把椅子上和蔼地劝道。

淑英并不答话,却只顾低声哭着。

"二女,我看你就依你爹的话罢,你读好英文也没有多大的用场。你将来到陈家去做媳妇不会用到的。我仔细一想,你爹的话也有点道理。你与其读英文,还不如学做几样菜,将来容易讨你公婆同你姑少爷喜欢,"张氏温和地、说教似地继续说。

"我偏不依爹的话！我偏要读英文！我是不会讨人喜欢的!"淑英再也不能忍耐了,就把身子一扭,爆发似地顶撞道。

张氏意外地碰了一个钉子,也并不生气。她惊疑地望着淑英,半晌说不出话来。她觉得淑英渐渐地变了。

二十八

的确淑英渐渐地变了。她这一次并不曾听从她父亲的话。她依旧跟着剑云读英文,依旧跟着琴和觉民学习各科知识。克明那天晚上发过脾气以后,也就不再对淑英谈起读书的事。他并不关心淑英的生活,他只要看见淑英早晚来定省,他从外面回家时她来问安,饭桌上她又没有缺席,他便满意了。张氏本无确定的主张。她看见克明不说话,便也不干涉淑英。她让这个少女照自己的意思做去。她有时还在克明的面前替淑英掩饰。

淑英此后居然过了一些安静的日子。她的生活是有规律的,而且是和平的。并没有人来打扰她。这好像一泓秋水,有时被晓风一吹,水面浮起一串涟漪,动荡了一会儿仍旧恢复平静的状态。她自然有过小的烦忧,也有过小的欢乐。然而凌驾这一切的却是一个大的希望。这是觉慧、琴、觉民、剑云几个人安放在她面前的。她以那个希望为目标,向着它一步一步地走去。她并不知道什么时候会达到那个希望。然而她相信那几个人,她知道他们不会拿海市蜃楼来哄骗她。所以她也能够暂时放心地过日子。在这种平静的生活里她开始觉得时光过得很快了。

时光不停地向前流去。天气渐渐地凉爽起来。吵人的蝉声被秋风吹散了。代替它的是晚间阶下石板缝里蟋蟀的悲鸣。秋天的日子是最好过的。高家的人每天总有半数闲着无事,而且客人来往也比较前些时候多。白天大家聚在一起打牌,有时一桌,有时两桌,王氏和沈氏一定在场，周氏和张氏也常常参加。克明却不常加入。最近他的事务所接的案件虽然不多，但是也不太少，而且常常需要他出庭辩护。他仍然不常在家，有时在家他便坐在房里翻阅古书。克安隔一天到克明的事务所去一趟，有时也拟一两份上诉的状子，或者接待客人。其余的时间里他不是去看戏，就是同兄弟克定在一起玩，或者在家里骂骂自己的儿子，偶尔也替亲戚们写一两副对联或者一两堂屏。克定还有他的小公馆。他轮流在两处住宿，也常常把克安请到小公馆去喝酒、打牌、抽鸦片烟。要是他在家里，吃过早饭，他就会发起打牌。上一辈的人忙着在牌桌上混日子。子侄辈的人便有了更多的自由。除了小孩打架外，这个家庭里别的纠纷却渐渐地减少了。

觉新照例每天到公司办事。他有暇常常到亲戚处走走。他在家里，要是牌桌上缺人，他就被拉去充数。他几次声明戒赌，然而他的婶娘差人来请他时，他又毫不迟疑地答应了。晚上除了打牌外他们还有一种娱乐，便是听瞎子唱书。这也是由王氏、沈氏们发起的。但是觉新对这个却也很感兴趣。晚上或者有月亮或者星光满天，堂屋两边的阶上和天井里聚满了人，大半个公馆里上上下下的人都来欣赏这民间的音乐。只有在这种时候公馆里才显得十分热闹。连白天里总看不见的陈姨太也露脸了。她自然没有忘记把脸擦得白白的，身上擦得香喷喷的。近几个月来她每天都到她的母亲那里去，晚上便回来参加这种普遍的娱乐。

觉民讨厌这两种娱乐，但是他也知道它们维系着这个家庭的和平，而且它们给淑英带来一些清闲的日子。他也能够利用这样的机会在外面做一些事情。他计算着日子，他考虑着将来。淑英为祖父戴一年的孝，过了九个月，就已经算满了孝。陈家很有理由来催早日下定，而且说不定明年年初就会来接人。淑英的定命的日子是一天比一天地逼近了。他常常为这个担心。他看见淑英每天愉快地学习各种功课，似乎忘记了这件事情，也不忍心向她提起它，使她白白地忧虑。因此他只是暗暗地同琴，或者同别的朋友商量一些应有的准备和进行的步骤。

　　琴依旧常常到高家来。她来得更勤了，差不多隔一天来一次。不过通常总是天一黑她便回家；倘使张太太也来高家打牌，她就可以等到二更时分同她的母亲一起回去。琴和淑英在一处的时候较多。但是她们也有时间同淑华、淑贞们一块儿玩。有时这几姊妹还商量好把芸接了来在花园里划船、聚餐。芸一来，便在这群少女中间添了更多的欢笑。芸跟着淑华学习划船，又向淑英借阅翻译小说。她常常天真地笑着，她的笑容甚至引起了淑贞嘴边的微笑。琴像一位长姐那样暗暗地指导她们，爱护她们。琴极力维持着她们中间的和平、欢乐的空气。但是她们谈起蕙的事情时，连琴也会郁闷地沉吟起来。在这种时候芸便收藏了笑窝，紧紧皱起眉头，生气地�’着嘴。在这种时候淑英的清澄的眼睛又会为阴云所掩蔽。她们对于蕙的命运只能表示一点同情和悲愤，却不能将蕙的痛苦减轻丝毫。一谈起蕙，琴和淑英姊妹便渴望着看见她，尤其是在知道她近来新病初愈的时候，她们盼望她能够像从前那样地同她们在一起谈笑游玩。她们要把蕙请到高家来，这并不是容易的事。蕙亲自对觉新说过她自己是不能作主的。然而年轻人的心常常不害怕困难。她们想尽方法，又请周氏同觉新帮忙，终于把蕙请到了。前一天觉新把这个好消息向她们预先报告的时候，这几个少女是多么兴奋，多么欢喜。

　　淑英那天很早起床。她在后房里梳洗完毕，走回前房，翠环已经用窗棍子把镂花格子窗撑起了。房里很亮。前一夜落了小雨，早晨的空气特别清爽。一股甜香扑到她的鼻端，慢慢地沁入她的身体内部。

　　"二小姐，你闻，桂花香。一晚上工夫就开得这样好。真是在欢迎蕙小姐了，"翠环高兴地说。

　　"今天我们就在花园里头赏桂花，蕙表姐一定喜欢的。翠环，你记住，回头折几枝桂花给蕙小姐带回去，"淑英带着喜色地吩咐道。但是过后她又担心起来，她的喜色褪去了，她自语似地说："他们说蕙表姐瘦了，我好久没有看见她，她又生过一回病。不晓得她的身体究竟怎样？”

一只喜鹊在屋檐上得意地叫着。翠环凑趣地说："二小姐，你听，喜鹊也在叫，今天一定有喜事。你还担心做什么？"

淑英忍不住噗嗤一笑，说道："翠环，你今天怎么专说这种话？难道发疯了？"

"今天桂花开，蕙小姐又来，又是三小姐过生，难道二小姐还不准我说几句高兴话？"翠环带笑地分辩道。接着她又问："二小姐，你今天还用功吗？"

淑英摇摇头笑答道："我今天不看书了。三小姐过生一定起得很早，等我给老爷太太请过安就出去看她。"

淑英去见父母问早安。张氏在房里梳头。克明在书房里跟觉新谈话。她向克明请了安，温和地说一句"爹起来了"，便站在旁边。克明向她点点头，也不问什么，仍旧对觉新讲话。她听见克明说："刘升这回下乡去催佃客结帐，不晓得结果怎样？刘升接了妇人，胆子小得多了。前回喊他下乡去看看田地，他连田也没有看就跑了回来。真有点荒唐！"

"听说乡下还是不清静。有军队去的地方更糟，佃客都躲起来了，所以找不到人，"觉新解释地说。

"我看刘升的话也不可尽信。他常常替佃客讲话，"克明摇摇头说。"你以后对他要紧一点才好。"

"是，"觉新唯唯地应道，虽然他并不同意克明的意见。

淑英知道他们在谈论田地上的事情，这种话她听不下去，她勉强听完一段话，便走开了。她回到自己房里，翠环在整理她的书桌，用一张抹布揩桌面。她便嘱咐道："翠环，今天上午三小姐请我吃面。我不回来了。你等一会儿把事情做完，就出来找我。我不在三小姐屋里，就在大少爷、二少爷屋里，"她说罢，便匆匆地走出门去。

淑英站在石阶上，一股浓郁的甜香直往她的脸扑过来。她抬头一看，眼前那株金桂开花了，满树都是红黄色的小花，点缀在深绿色的树叶丛中。她得意地想："蕙表姐喜欢桂花,今天她一定高兴的。"她沿着桂堂走到角门口,正要跨出角门,忽然听见淑华在后面唤她。她连忙掉转身子。淑华正从王氏的房里出来,穿着满身新衣服,笑容满面地望着淑英。淑英含笑说道:"三妹,拜生,拜生,"便拢手拜起来。

"不敢当,不敢当,"淑华笑着推辞道。她看见淑英动手拜了,也还了一个礼,一面问道:"二姐,你到哪儿去?"

"我到你那儿去。你答应过请我吃面的,"淑英笑答道。

"那自然。你礼都送了,哪儿还有不请你吃面的道理?我现在去给三爸、三婶磕头。你陪我去。等一会儿我们一起出去。这儿桂花真香。花园里头的想必也大开了。蕙表姐、芸表姐今天来,我们很热闹,"淑华兴高采烈地说。她拉着淑英一起去见克明,淑英也就陪她去了。

克明还在书房里跟觉新谈话。淑华看见克明,唤声"三爸",便俯下去叩了一个头,起来又请一个安。克明不等淑英解释,便知道这天是淑华的生日,连忙欠身作揖还礼。他看见淑华知道礼节,心里也颇高兴。觉新看见克明面带喜色,脸上也浮出笑容。淑英又陪淑华去给张氏行礼。淑华在那里谈了几句话便告辞出来,到淑英的房里去。翠环跟在她们的后面。淑华刚刚坐下,翠环忽然站在淑华面前笑着说:"三小姐,给你拜生,"就磕下头去。淑华连忙阻止已经来不及了,只得拢起手拜了拜。

"你看,翠环近来也很讲礼节了,"淑英在旁边笑道。

"三小姐,我给你拜过生了。今天要请我吃寿面罗,"翠环笑嘻嘻地说。

"这自然。我今天已经吩咐过多预备点面,等一会儿你到外面去,同绮霞、倩儿她们一起吃,"淑华得意地答道。

"三小姐真大方[1],"翠环开玩笑地称赞道。这时她听见隔壁房里唤"翠环"的声音,便匆匆地走了出去。

---

[1]这里用的"大方"即"慷慨"的意思。

淑华和淑英谈了两句话,翠环拿着一个红纸包走进来。她把纸包递给淑华,带笑说:"三小姐,这是我们老爷、太太给你的。"

淑华接过纸包,并不拆开看,便把它揣在怀里,一面客气地对翠环说:"你过去说我给三老爷、三太太道谢。"

"是,我就去说,"翠环答应道。但是她还站在淑华的面前,解释地说:"这里头是四块钱。我看见太太封的。"

"你这样说是不是要三小姐晚上请你消夜?"淑英问道。

"不晓得三小姐肯不肯?"翠环望着淑华含笑道。

"好,今下午就算我请客。我自己拿出钱来,"淑华爽快地答道。"横竖这顿早面不是我出钱的。好容易今天把蕙表姐请来了,芸表姐、琴姐她们都来要。喊我请客,我也情愿。……"

淑贞忽然揭了门帘进来。她脸上浓施脂粉,也穿着一身新衣服。她看见淑华坐在房里,便惊喜地说:"三姐,你到妈屋里去的时候,我刚刚起来在梳头。后来我到处找你,都找不到。我看见堂屋里头蜡烛还在燃。我想你多半是敬神到二姐屋里去了。你果然在这儿!给你拜生!"她说完便对着淑华拜了拜,又摸出一个红纸包递给淑华,一面还说:"这儿两块钱,妈给你的。"

淑华还了礼,接过纸包,感谢地说:"你回去替我向五婶道谢,"过后又邀请道:"今天请你到我们屋里吃早面。"

"那么今下午我们打伙请你,好不好?"淑贞说。

"不,我已经说定了。今下午算是我真正请客。等一会儿吃面,不是吃我的,我又不出钱,"淑华喜气洋洋地说。

这天又是淑英、淑华们的祖母的生忌,依照高家的规矩要摆早供,所以琴和她的母亲上午便来了。她们来时,淑英们还在后面房里闲谈,等绮霞去报了信,这三姊妹才一起出去迎接她们的琴表姐。

这时离"摆供"[1]的时间很近,堂屋里每把椅子都铺上了椅帔,供桌上也换了新的桌帷。两把椅子已经安设,杯筷也已摆好。一些人聚

[1]摆供:敬神祭祖的意思。

在堂屋里。男和女分立在左右两边。琴和张太太就立在右面一堆人中。淑英三姊妹进了堂屋,过去给她们行了礼。张太太跟克明、觉新两人讲话,淑英姊妹便围着琴亲热地问长问短。人继续地来,后来连克安和克定也出现了。苏福、袁成两个仆人端进菜碗,克明、克安两人接过放到供桌上去。四碗菜,两碗面,这是高家的老规矩。菜放好,再燃烛焚香,然后由克明执壶在那两个银的小酒杯里斟满了绍兴酒。于是由周氏开始,众人依着长幼的次序轮流到拜垫前面去磕头。磕了三次头算是礼毕,烧了黄表,众人便散开了。

左上房的饭厅里座位已经安好了。琴和张太太被淑华邀去吃面,加上淑英三姊妹和周氏、觉新、觉民一共是八个人,恰好坐满一桌。近几个月来这间屋子里很少有过这样的热闹。觉新看见大家有说有笑,也颇为高兴。他们吃完,淑华又打发绮霞去招呼了翠环、倩儿、春兰来,再加上这一房的女佣黄妈、何嫂、张嫂,一共七个人热热闹闹地吃着。淑华很感兴趣地在旁边看,她还时常含笑地劝她们多吃,等到她们吃饱了给她道谢时,她却有点不好意思地逃开了。

下午三点钟光景,周老太太、陈氏、徐氏带着蕙、芸两姊妹来了。周氏的房里又现出了热闹的景象。大家忙乱地行过礼以后才客气地坐下来。

琴和淑英三姊妹带着极大的热诚欢迎蕙。她们把蕙、芸两人邀到觉新的房里去。她们围住蕙絮絮地问了许多话。蕙的答语都是很简短的。这已经不是从前的蕙了。她时时露出疲乏的神气。她多说两句话就要喘气;多走两步路也要喘息。脸上没有一点血色,两颊较前消瘦,虽然擦了脂粉,也掩盖不住病容。一对眼睛显得很大,但是眼神却不好。琴和淑英姊妹每天盼望着蕙来。然而蕙站在她们的眼前,却又给她们带来悲痛的感觉。看见她们亲爱的人在几个月的工夫就被折磨成这种可怜的样子,这些少女再不能鼓起勇气说一句笑谑的话了。倒是蕙常常做出笑容向她们问起种种的事情。蕙听见说淑英用功地学习各科知识的时候,她的瘦脸上也浮出欣慰的微笑。她夸奖淑英道:"二表妹,你真有这样的志气! 你比我好。你不会落进我这个坑里的。"

蕙又把她带来的礼物交给淑华,是一件衣料,颜色很鲜艳。淑华满意地向她道谢。她便带着凄凉的微笑说:"这是春天的颜色,你们才配穿它。不晓得怎样我近来很喜欢春天,我一天天盼望春天到来。但是我怕——"她突然咽住了以后的话。她仍旧努力在自己的脸上点缀少许的喜色,但是这努力并没有成功。而且连她咽住的话的意义也被众人猜到了。

"蕙姐,你刚刚生过病,不应当有这种思想,"琴感动地劝道。"你看,你到这儿来,我们心里都高兴。我们都舍不得你,我们都关心你。你为什么还要看轻你自己?"

"姐姐,你听琴姐的话说得多么有理。你纵不为你自己着想,你也当为我们着想,我们是离不开你的,"芸含着眼泪、偎着蕙、顺着琴的口气劝道。

"我也舍不得你们。不过你们不晓得我过的是什么样的日子。我也算忍耐够了。现在就是伤心地哭一场,我也没有精神。真是眼泪枯了,哭不出来。我害怕我就会这样一天天病弱下去,"蕙凄凉地说。

觉新知道这天蕙要来,便早早从公司回家。他走到自己的房门口,听见有人在里面说话,是蕙的声音。他便静静地站在门帘外面听了一会儿。听到最后一句,他再也不能忍耐了,就揭起门帘进去。

觉新的出现立刻把刚才的话题打断了。众人的眼光都集中在他的脸上。他装起笑容招呼了蕙和芸,而且故意对蕙说:"蕙表妹,你今天气色好多了,我想不到你好得这样快,完全看不出病容来。"但是他的一对眼睛却爱怜地望着蕙的憔悴的面容,好像在望一朵残花,唯恐一转眼花就会枯萎。

众人惊讶地看觉新,觉得他的话不对。但是琴和淑英马上就明白他的用意了。她们在旁边附和着,而且故意找一些愉快的话来说。芸也知道她们的用意,便带笑地跟众人应答着。起初只有淑华一个人是真心在说笑。后来大家都忘掉了忧郁，吵吵闹闹地在房里玩了一个多钟头。蕙也开颜笑了好几次。

淑华看见天气很好，想起了她同淑英商量好的在花园里赏桂花的计划，便提议到花园里去。蕙也说想去。别的人自然也很赞成。这时觉民也回来了。他们动身的时候，觉新担心蕙走动不便，还吩咐绮霞搀扶她。

众人进了园门，一路上有说有笑，十分热闹。每到一处他们总要停留一下，让蕙休息一会儿。蕙还是出嫁以前到这里来过。几个月的分别使她对园里一草一木都起了深的怀念。她依恋不舍地望着一切的景物，她带着那样的眼光，好像她是在跟这一切诀别。园里的一切都充满着生机。空气也很清洁，而略带芳香。微风像慈母的手在人们的脸颊上频频轻抚。在木桥下缓缓地流着清莹的溪水，水声仿佛是小儿女的愉快的私语。这些都牵引着她的心。但是她却深切地感到它们跟她中间有一个不小的距离。她好像不再是这个世界里面的人了。

蕙由绮霞搀扶着过了桥，走入天井。一阵馥郁的甜香往她的脸上扑来。她不自觉地吸了一口香气。她听见淑华说了一声："好香!"她抬头一看，茅草亭前几株银桂全开花了。她忽然微微一笑，便随着众人在亭内坐下。

"翠环，你去喊老汪来折桂花，等一会儿给蕙小姐、芸小姐带回去，"淑英记起一件事情便向翠环吩咐道。翠环答应一声，走开了。她还带了茶壶去泡开水。

"给我带回去?"蕙略略惊喜地问道。

"不错，我还记得蕙表妹是喜欢桂花的，"觉新满意地插嘴道。

蕙露出了苦笑说："亏你们还记得。"她又凄凉地接下去："我不要了，让二妹带点回去也好。我今年一点兴致也没有。好花带到我那儿去，不过一两天就会枯萎的，还不如让它留在树上。"

"你不折，花也要谢的。横竖明年又会一样地开放。你何必这样爱惜，"淑华不以为然地说。

"蕙表姐,你不必客气,带点回去罢。树上枝子又多,我们也看不尽。我们以后会常常给你送花来。你要是愁闷的时候,看看花,也还可以解闷,"淑英亲切地对蕙说。

"蕙姐,二表妹的话也很对,"琴也附和道。她怜惜地望着蕙,一面压住突然发生的悲痛的感情。"我们天天在挂念你,好容易你今天到这儿来了。我们大家常常在一起耍,大家热热闹闹的。你一个人在那边有时候也会想到我们罢。我们没有法子去看你,折点花枝送给你,你看见花就好比看见我们一样。这也可以安慰你。你看好不好?"

"蕙表姐,你看琴姐真会说话。我们想得到的说不出来,她一下子就说出来了。她又教二姐读书。她是我们几姊妹的好姐姐。我们真离不开她。我从前真担心她会飞到别家去。现在我不怕了,我晓得有二哥在这儿,我很可以放心了,"淑华看见蕙的眼睛里渐渐地浮出泪水,便故意打趣琴道。

"呸,我在说正经话,要你来岔嘴!我又不是小鸟,怎么会飞来飞去?"琴微微红了脸带笑啐道,惹得众人都笑了。

笑声刚歇,众人便看见园丁老汪拿了一把斧头跟着翠环走过来。

蕙叹了一口气,带着喘息地悲声说:"你们的好意我不会忘记。不过我现在很怕看见花谢,我总记得《葬花诗》[1]里面那两句:'明媚鲜妍能几时,一朝漂泊难寻觅。'花固然如是,其实人又何尝不是这样?我平日在家……"她说到这里,忽然咳起嗽来。她俯下头,用手帕掩住嘴,一只手还压在石桌子上面。她这次比较咳得厉害,脸都挣红了。绮霞站在旁边给她捶背。众人关心地望着她。连老汪也站在天井里带着惊奇的眼光看里面。

不久蕙止了咳,把翠环递给她的茶杯接过来,喝了几口茶。她还喘了一阵气,过后疲倦地抬起眼睛看看众人,有气无力地说了一句:"我想出去歇一会儿。"

"姐姐,我陪你出去,"芸含泪地说。

---

[1]指小说《红楼梦》里林黛玉的《葬花诗》。

"我们都出去罢,"淑英接口说。

大家都赞成淑英的话。她们临走时,淑华还吩咐老汪把桂花砍下来送到她的房里去。

蕙在淑华的床上躺了一会儿,精神也渐渐地恢复了。琴和淑英姊妹们都留在房里陪伴她。后来她也坐起来了,跟她们随便谈了些闲话。她讲话少,还是她们谈得多。后来琴和淑英姊妹出去"摆供",留下芸和翠环、绮霞在房里陪伴蕙。供摆完不久,便到了吃午饭的时候。

午饭在觉新的房里吃,觉新、觉民两人也来参加,仍旧是淑华请客,不过她同淑英商定的在花园里赏桂花的计划却无法实现了。

蕙只吃了大半碗饭。不过她看见淑华们有说有笑地闹着喝酒,她的脸上也常常浮出笑容,这使众人更加放心。这一顿饭吃了两个钟头,蕙的座位比较舒适,她觉得自己可以支持下去,极力不使自己露出一点疲倦的样子。她想:这也许是她同他们最后一次的热闹的聚会了。所以她也不希望早早散去,而且也不愿意以她的哀愁来败坏他们的兴致。后来她刚刚离开桌子,张嫂便奉了陈氏的命令来催她和芸准备回家。陈氏担心蕙的身体支持不住,要她早早回家休息。这一夜她留住在周家,这是周老太太同郑国光讲好了的。

蕙走的时候,淑华坚持着要绮霞把几枝桂花放在蕙的轿子后面放东西的地方。蕙终于把桂花带走了。她的一乘轿子应该是特别地重,因为她带走的不仅是几枝桂花,还有那几个少女的爱和同情,而且她还带走了觉新的一颗心。

二十九

　　蕙回去以后就如石沉大海，没有一点音信传到高家。觉新的梦魂始终萦绕着那个病弱的少妇。他一用思想，就会想起她；他一闭眼睛，面前便现出她的影子。在梦中他常常看见她，有时她同梅变做了一个人。他听见人谈起她，他总是怀着激动的心在旁边默默地倾听。他一个人闲坐在房里的时候，他常常绝望地暗暗祈祷她早日恢复健康。他这样地关心她，却不敢把他的感情向任何人泄露。有时候他不能够静静地痴等她的音信了，便借故到周家去，在那里他会知道一点她的消息。但是永远只有那一点：她的身体还是那样弱，不见好，也不变得更坏；她仍旧时常喘气。中秋节后两个多星期，某一天他在周家听说：她又在吃药了，是罗敬亭开的方子。他回到自己家里十分着急。他不知道她的真实的病状如何，他为她的身体担心。但是他又不能够做任何事情来减少自己的忧虑。现在他连"请西医"的话也不敢向周老太太们提起了。他所能做的只是祈祷更坏的消息不要来。

　　然而更坏的消息很快地就来了。某一天下午觉新到周家去。他看见周老太太和陈氏的脸上都带着愁容。他关心地向她们询问，她们便告诉他：蕙又得病，发烧厉害，而且呕吐不止。陈氏要到郑家去看蕙，便邀觉新同去。觉新正惦记着蕙，巴不得有这个邀请，便立刻答应了。

　　他们到了郑家，由国光和郑太太接待着，陪着他们进了蕙的房间。王云伯正俯在书桌上开方子。王云伯摩了一下自己的大胡子，跟觉新打了招呼，交谈了几句话，说这是感冒，不要紧。觉新听了这样的话,略微放了心。然而他不敢十分相信王云伯的诊断。他心里还藏着一些疑虑。

国光送王云伯出去了。郑太太和陈氏留在房里。觉新到床前去看蕙。蕙精神委顿地躺在床上。她的脸色焦黄,两颊深陷进去。两只眼睛显得大而可怕。她看见觉新,头微微一动,想对他一笑。然而她刚刚动嘴,忽然忍耐不住,连忙撑起身子,对着床前的痰盂大声呕吐起来。陈氏便站在床前伸手给她捶背。觉新怜悯地望着蕙的狼狈的样子,听见她的极力挣扎的呕吐声,他觉得自己心里乱得了不得,他也想呕吐。郑太太还絮絮地尖声在旁边讲话。他更觉支持不住,但是他仍旧勉强站了一会儿。后来他看见自己留在这里也不能做什么事情,便找一个托词,走开了。

觉新从郑家又到公司去。他在事务所里忙了两个多钟头才回家。他到了家,刚下轿,袁成便来报告:"大少爷,刘大爷回来了。他来见大少爷,等了好久,大少爷没有回来,三老爷也不在家。他刚回去了。"

"你去喊他来,说我回来了,"觉新连忙吩咐道,便拔步往拐门走去。他一路上就想着蕙的事情。他的思想仍然在重重的压迫下绝望地苦斗着,还想找到一条活路。他去见周氏,把蕙的病状告诉她。他们焦虑地商量了一会儿,也没有谈出什么结果。后来何嫂来报告刘升在他的房里等候他,他便搁下这个问题回到自己的房里去了。

这次刘升带来的却是好消息:田地都没有被水淹没。刘升到城外去看过了。他看见了田地,也看见了佃户。他同佃户的谈判已有结果。租米卖出,款子陆续兑来。不过现在米价不高,每石只售十元零三四角。

"怎么这样少。我们定来吃的米每石也要十四块半钱!"觉新惊诧地问道。

"大少爷,那是从去年就定了的,今年乡下棒客太凶,简直没有人敢卖。这个价钱还算是顶高的了,"刘升带笑地解释道。

"我们今年吃亏不小,"觉新惋惜地说,后来他又自慰道:"还算好,只要田没有给水淹掉，就是运气了。"他还向刘升问了一些乡下的情形，又说了两句鼓励刘升的话，最后吩咐刘升先回家去休息，明天早晨来领一笔赏钱。刘升正在请安谢赏的时候，袁成忽然揭起门帘进来说：

"大少爷，外老太太打发周二爷来请你就去，说蕙小姐病得很凶。"

"我先前才去过，怎么又来请？"觉新惊疑地自语道。他激动地吩咐袁成说："你出去喊大班提轿子，我立刻就去。"

觉新同刘升一起走出房来。他先去见周氏。周氏听见蕙病重的消息也很着急。她也要到周家去。绮霞出去叫人预备了轿子。周氏在堂屋门口上轿，觉新的轿子却放在大厅上。两乘轿子把他们送到了周家。

周家的人聚在堂屋里迎接周氏和觉新。陈氏也已经从郑家回来了。她看见觉新，不说客套话，劈头便说："大少爷，请你想个主意。这样下去是不行的。"

"大舅母，蕙表妹怎样了？后来又有什么现象？"觉新着急地问道。

"蕙儿连一点东西都不能够吃，刚吃下药，就吐光了。你走过后她神色都变了，只说心里难过。后来张朴臣来了。他说他也没有把握。他劝我们请西医来看。可是郑家那个老怪物还是不答应。姑少爷也总说西医不懂得什么阴阳五行，不可靠。大少爷，你看怎样办才好？我一点主意也没有了，"陈氏张惶失措地说，她的眼泪不断地流下来，满脸都是泪痕，她自己也不觉得。

"张朴臣既然主张请西医，那么就请西医罢，"觉新答道。他微微埋下头不敢看陈氏的脸。

"可是亲家太太明明不答应，"陈氏揉着眼睛带哭地说。

"我看姐姐的病要紧。不管太亲母答应不答应，我们把西医请去再说，"芸悲愤地提议道。

"这不好，蕙儿究竟是郑家的人，应该由郑家作主，我们不便多管，"周伯涛在旁边沉吟地说。

"呸！亏得你说这种话！"陈氏听见她的丈夫还在一边冷言冷语，她又气又急，也不顾旁边有客人便啐了一口，接着带哭地骂起来："蕙儿是我生的,我养大的,难道我管不得?我就该眼睁睁看着她死?我晓得你的脾气,你是多一事不如少一事,你害怕麻烦。我不会来找你的。我就没有见过像你这样不近人情的父亲。"

"嫁出去的女儿就像泼出去的水。你连这种浅显的道理也不懂!我不能让你去闹笑话,叫人家说我们周家不懂规矩!"伯涛理直气壮地厉声指摘道。

周老太太已经板起面孔听得不耐烦了。她因为蕙的事情早就不满意周伯涛,这时听见他还执迷不悟地为郑家辩护,她气青了脸,忍不住结结巴巴地斥责周伯涛道:"规矩!你到现在还讲规矩!人都要给你害死了!"她说完就赌气地走进房里去。芸连忙跟着她进去了。

周氏看见周伯涛夫妇吵起来,连忙从中调解。徐氏也帮忙劝解。觉新却默默地旁观着。他看见他们只顾吵架,倒把蕙的事情暂时放在一边,他更觉心里难受。他差不多要哭出来了。但是他始终不说一句话。周氏劝解了一阵,后来把陈氏说得气平了。她们两人便到周老太太的房里去。周伯涛看见陈氏一走,觉得没有趣味,也就赌气般地走了。剩下觉新、枚少爷和徐氏三个人在堂屋里。

"大少爷,今天真对不起你。特地打发人把你请来,又商量不出什么,"徐氏搭讪地说。

"二舅母还跟我说客气话?我一天横竖没有什么重要事情。不过蕙表妹的病倒是很要紧的,"觉新苦笑地答道。

徐氏把眉毛一皱,脸上现出愁容。她沉吟半晌,便说:"我看到蕙姑娘的病凶多吉少。照郑家那样办法一定医不好。也不怪嫂嫂要生气。大哥总是一味袒护姑少爷,讲面子,好像把自己亲生女儿看得不值一文钱。蕙姑娘也真正可怜。"

徐氏的声音挟着苦恼进了觉新的耳朵。在他刚才的气愤之上又增加了悲哀。他绝望地想到蕙的命运和她这些时候所过的寂寞、痛苦的日子,比他自己被痛苦熬煎还要难受。他觉得胸口发痛。他有点支持不住,不肯留在这里吃午饭,就匆匆地告辞走了。

这一次的商议并没有一点结果。觉新在轿子里仔细地想起前前后后的许多事情,他气愤不堪。回到家里他不等吃饭便到淑英的房里去。琴也在那里同淑英姊妹谈话。她们看见觉新便惊喜地向他打听蕙的消息。觉新正怀着一肚皮的闷气无处发泄,便一一地向她们吐露了。她们也很气愤。

"大舅太糊涂!这种人简直不配做父亲!"淑华十分气恼地骂道。"可惜我不是蕙表姐,不然我一定做点事情出来给他看!"

"倘使你是蕙表姐,你又能够做什么事情?"琴故意望着淑华激励地说。

"那么我就到别地方去。我不管三七二十一跑出去再说!"淑华不假思索地毅然答道。

"说得容易,你有这种胆量?"琴又嘲笑般地说。

"琴姐,你不要看轻我!到了那种时候你怕我不敢!我什么都不怕,横竖人家说我是个冒失鬼!"淑华挣红了脸赌气地说。

淑英听见淑华的话,略微吃惊。这几句话好像是故意说给她听的。她刚才心上还充满着暗云。蕙的遭遇像一个黑影压住她,而且像一声警钟提醒她。她觉得自己逐渐逼近那个跟蕙同样的恶运了。她应该决定一个步骤,采取一个方法:或是顺从地趋向灭亡,或是挣扎地寻求解放。她在思索这件事情。她被许多思绪纠缠着。她慢慢地在理顺它们。忽然淑华的话像一声炮响把暗云给她驱散,把思绪给她切断了。她觉得心上一亮,似乎一切的疑问都得到解答了。她忍不住微微地一笑。

"好,毕竟是三表妹勇敢!"琴夸奖道。她一面掉眼去看淑英。她看见淑英的笑容,好像猜到了淑英的心理,便会意地对淑英点头一笑。

傍晚克明回到家中,马上叫王嫂去请觉新。觉新不知道有什么事情,心里很紧张。克明正在书房里翻看黄历,看见觉新进来,便带笑地对他说:"明轩,你来得正好,我们来定个日子。二女的亲事,陈克家催我早日下定。我看早点办了也好。不过日期太近了,我又怕忙不过来。"

觉新听见这番话不觉一怔,马上回答不出来。过了半晌他才勉强陪笑道:"那么明年春天下定也好。时间从容一点,我们预备起来也更周到。横竖二妹还年轻,"他说了这句话,马上觉得克明多半听着不顺耳,便又迎合克明的虚荣心说:"我们高家嫁女比不得寻常人家,办得不周到,面子上不好看。最好时间从容一点。"

克明认真地想了一下,才点头说:"你这个意思也不错。我托人去商量改在明春下定好了。"

觉新又把刘升从乡下回来讲的情形向克明报告了。

"这样也好。虽然吃亏一点,总可以敷衍过去了。不过这种军阀割据的局面若不改变,以后田上的收入总不大可靠。我最近打赢了两个官司,可以得到一笔酬金。我不想再买田。我打算买你们公司的股票。你给我留心办一办,"克明露出一点笑意说。觉新答应了一声"是"。克明略略点一下头,又说:"明年给二女办喜事,我想多花点钱,陪奁也要像样一点。陈克家是常常见面的人,他又最爱讲面子,不要给他笑话才好。"

"是,"觉新陪笑道。

觉新从克明的房间里出来,感到一阵痛快。他得意地想:我今天把二妹救了。他知道淑英在觉民的房里读英文,便打算到觉民的房间去看她,把这个消息告诉她。他走出过道,又走了几步,正要踏上觉民门前的石级,忽然一阵风把淑英读英文的声音吹入他的耳朵。他立刻想起了几个月前觉民对他说过的话。他痛苦地想:现在离明年春天也只有几个月。这短短的几个月是很容易过去的。从下定到"出阁",这中间也许还有几个月的距离。但是这短短的几个月也是很容易过去的。到了决定的时候,他还不是束手无策地让她嫁到陈家去?那么他怎么能够说他把她救了?几个月的拖延并不能够减轻她的痛苦。她仍旧不得不被逼着去走蕙的路。想到蕙,他仿佛就看见那个焦黄的瘦脸和那种狼狈地呕吐的样子。于是连些微的愉快和安慰也马上飞走了。他感到疲倦,便掉转身子垂头丧气地走回自己的房里去。

三十

　　周家以后也就没有再打发人来请觉新去商量蕙的事情。觉新倒不时差人去周家打听蕙的消息,有时候他自己也去。完全出乎他的意料之外,蕙的病渐渐地好起来了。王云伯的药有了效。周伯涛因此常常满意地在人前夸耀他自己的远见。

　　蕙的病好得慢。但是人人都看得出病象渐渐地减轻。后来她每天可以起床坐两三个钟头了。周老太太们为这件事情高兴。觉新甚至欣慰地想:那个时常威胁着蕙的危机也许可以从此解除了。

　　但是这个希望终于成了泡影。在旧历九月下旬的一个早晨,周老太太忽然差了周贵来请觉新过去,说是有紧急的事情找他去商量。觉新知道蕙的病又转剧了,心里非常焦急。他立刻坐了轿子到周家去。

　　觉新到了周家,看见国光也在那里。他跟众人打过招呼以后,坐下来。国光便告诉他,蕙的病又翻了。蕙从前天下午起开始发烧,腹泻不止。"她一天要泻二三十次。虽然还是请张朴臣、罗敬亭、王云伯三位来看病,但是药一吃进去立刻就吐出来。别的饮食也吃不进。人瘦得只剩一层皮。四肢发冷,时时出虚汗。中医已经束手无策。看这情形,除了勉强请西医来看病外,再也没有别法可想。⋯⋯这次万想不到她的病翻得这样快!⋯⋯"

　　国光惊惶地说着。陈氏埋着头在旁边揩眼泪。周伯涛沉着脸不发表意见。觉新还不曾答话,周老太太又用颤抖的声音说了几句。她恳求觉新陪国光去请祝医官。觉新毫不迟疑地答应了。他和国光立刻坐了轿子赶到平安桥医院去。周老太太、陈氏两人便去郑家看蕙。

觉新和国光到了医院,才听说祝医官又被人请到外州县去了。他们等了一会儿见着任医官,知道祝医官明天可以回来。但是任医官后天要休假出省去。他说今天十分忙碌,不能够出诊。后来觉新焦急地再三恳求,他答应抽出一点工夫下午到郑家去一趟。

觉新跟着国光到了郑家。周老太太和陈氏都在那里。周伯涛也来过,他刚刚走了。蕙在床上时时发出低微的呻吟。脸色十分难看。一对大眼睛失神地望着人。这就是觉新朝夕所想念的蕙。

觉新站在床前,极力忍住眼泪,镇住悲痛,温和地低声唤道:"蕙表妹。"他的眼光充满柔情地抚着她的脸。

蕙微微点一下头,她的眼睛里立刻充满了泪水。她求助似地望着觉新,无力地唤了一声:"大表哥。"她想笑。但是嘴刚刚动,她脸颊上的肉就痛苦地搐动起来,她发出了一声微弱的呻吟。然后她挣扎出一句话来:"你好罢。"

觉新埋下头不敢看蕙的脸,不敢让蕙看见他的眼泪。他的心上起了一阵痛,好像千万根针刺着它。但是他还勉强做出柔声安慰她说:"我倒好,多谢你挂念。你的病是不要紧的,你要好好地保养。"

蕙点了一下头。但是她又皱起眉尖烦躁地说:"我心里难过得很,心里发烧。"

觉新抬起头看了看蕙。他知道自己的眼泪沿着脸颊落下来了,连忙埋下头安慰她道:"蕙表妹,你忍耐一下,任医官不久会来的。"

蕙正在呻吟,听见觉新的话,便闭了嘴。她抬起眼睛望着觉新,还想说什么话。但是国光却在旁边开口了:"大表哥,请过来坐坐。"觉新只得离开床前。他和国光谈了几句话,便告辞走了。

下午三点半钟觉新从事务所再到郑家去。任医官还没有来。众人焦急地等候着。国光差仆人到医院去催促,据说任医官在下午两点钟光景就出去了,他究竟什么时候来这里,没有人能够知道。

蕙不时发出痛苦的呻吟。罗敬亭、王云伯、张朴臣先后来过。他们的药仍然不能减轻她的痛苦。她刚刚喝下那碗苦汁，又不得不马上把它吐出来。她也盼望任医官早一刻到来，使她静静地安睡片刻。

挂钟敲着五下，增加了蕙的烦躁和众人的恐怖。但是任医官忽然到了。觉新、国光两人客气地把他接进房里。他仔细地将病人诊察一番，给病人注射了医治痢疾的特效药"伊必格丁"。过后他严肃地告诉觉新和国光：这个病有点危险，因为病人身体弱、血虚、体温下降，恐怕支持不住，有虚脱的可能。他嘱咐他们第二天早晨将病人的大便送到医院去检查。

觉新将任医官送走后，便动身回家。周老太太和陈氏多坐了一会儿，也回到周家去了。

觉新回到家里同周氏谈了一会儿。淑华在旁边听见了他们的谈话。她立刻去告诉琴和淑英。琴和淑英又来找觉新问了许多话。

觉新吃过午饭回到房里，觉得一个人冷清清地非常不好过。他想起蕙的病，更是焦急不堪。他忽然走到书橱前面。把余云岫著的《传染病》取出来，翻开《赤痢篇》反复地看了两遍。他看见书中所说跟任医官的话一样，才知道蕙的病势的确沉重。这一来他更不放心了。他又害怕国光不相信西医，或者照料病人不周到，便差人把《传染病》给国光送去作参考。他一个人在房里左思右想，坐立不安。后来到郑家去送书的仆人回来说，蕙小姐下痢次数减少，呕吐也稍微停止，他才略微放心。这天晚上他做了许多奇怪的梦，在这些梦中总有蕙的影子。

第二天早晨觉新正要差人到郑家去问病，周伯涛陪着郑国光来了。从他们的谈话中他才知道国光已经将蕙的大便送到医院检查，据任医官说，大便里面赤痢菌很多，加以病人身体虚弱，恐怕不易医治，不如把病人送进医院，在院里医生可以随时检查，随时注射，也许能够免除危险。觉新自然极力劝国光立刻将蕙送进医院。但是国光和周伯涛都不大愿意。国光还表示郑太太不会赞成这种办法。觉新知道他们虽说来同他商量事情，其实他们还是固执己见，不肯听从他的劝告。他也就不再说什么了。他把他们送出以后，心里非常生气。他赌气地对周氏说,他以后不再管这件事情了。

觉新心惊肉跳地过了一天焦虑的日子。但是第二天早晨九点钟郑国光一个人来了。他对觉新表示:目前除了将蕙送进医院外再没有别的办法,中医已经不肯开方了。他还说:"家母方面经我恳求后也说,姑且将死马当做活马医,送到医院去试试看。"觉新听见这句话,露出了苦笑,也不说什么。后来国光说起任医官已经离开省城,祝医官昨天回来,医院诊务现在由祝医官主持,觉新认识祝医官,所以请觉新同去医院。觉新一口答应下来,也不耽搁便陪着国光走了。

觉新到了郑家,看见蕙更加瘦弱,她望着他说不出一句话只顾淌泪,他觉得好像有许多把刀割着他的心。但是他不敢在人面前把他的感情表露出来。他只说了几句安慰的话。他恨不得早一刻把蕙送进医院才好。他到郑家时还以为郑太太已经准备好,让蕙立刻到医院去。然而他现在听郑太太的口气,才知道郑太太打算下午两三点钟出门。他很气,却又不敢跟郑太太或者国光争吵。他不能在这里坐几个钟头,便怏怏地走了。他同国光约好在医院见面的时间。

觉新从郑家又到周家去。他把这半天里的经过情形向周老太太们叙说了。周老太太们十分着急,芸竟然掉下眼泪。但是周伯涛对蕙的病情似乎漠不关心,他听见陈氏抱怨郑太太,还替郑太太辩护,说郑太太处置得法。

觉新被留在周家吃了午饭。下午两点钟他到医院去。天落着细雨,国光们还没有到。他等了好一会儿才看见郑太太、国光、蕙、杨嫂四乘轿子冒雨来了。他陪着他们去见祝医官。

祝医官先给蕙注射了一针"伊必格丁",然后检查她的身体和病状。他的诊断和任医官的差不多,不过他更惋惜地说病人送来太迟,现在要挽救更加困难。他说,病人的身体太虚弱,治愈的希望是很微小的,然而他要极力设法在最短期内使细菌灭亡,或者可以保全蕙的生命。他又说,胎儿还好,这倒是好的现象。他当时便签了字让蕙留住医院。

觉新在病房里看见一切都预备好了,他摸出表来看,已经是四点多钟。他记起周老太太们在家里等着他去报告消息。他恐怕她们着急,便告辞走了。临行时他还勉强装出笑容,叮嘱蕙好好地调养,不使她知道自己的病势危险。蕙疲倦地点着头,两眼依恋不舍地望着他,两颗大的泪珠垂在眼角。觉新已经转过了身子,她忽然痛苦地唤一声"大表哥"。他连忙回过头,站在床前,俯下脸去,柔声问她,有什么事情。

"妈她们今天来吗?"蕙挣扎地说了这一句话。

"今天多半不来,太晏了,"觉新温和地答道。他看见蕙的脸上现出失望的表情,便改口安慰地说:"你不要着急。我现在就到你们府上去。我就请她们来看你。"

"不,你不要去请,明天来也是一样的,"蕙带着哭声说,她说完话又开始喘息起来。

觉新不敢再停留了,只得忍住悲痛向国光与郑太太告别,坐着轿子出了医院。

觉新又到周家。周氏已经到那里了。众人焦急地等着他来报告蕙的消息。他把他所知道的一切全说了出来。他也把蕙渴望着同祖母、母亲们见面的事情说了。他的叙述使得众人都淌了眼泪。只有周伯涛一个人皱着眉头没有一点悲痛的表情。

"我现在就去看她,我死也要同她守在一起!"陈氏歇斯底里般地迸出哭声说。

"今天太晏了,不好去。明早晨去是一样的,横竖有杨嫂陪她,"周伯涛在旁边阻止道。

"我不去看她,我今晚上放心不下。我亲生的女儿交给别人去管,我真不放心! 想起来真是值不得!"陈氏怨愤地哭道。

"我看蕙儿的病就是气出来的。要是她不嫁到郑家去,也不会有这种结果,"周老太太气愤地说。

"其实亲家太太待蕙儿也很好,伯雄还是当代奇才,只怪蕙儿自己福薄,"周伯涛不大高兴地分辩道。

"我不要听你这种话!亏得你也读过书做过官!一点人情也不懂!"周老太太生气地骂道。她站起来一个人颤巍巍地走开了。

蕙进了医院的第二天上午,觉新和周氏记挂着蕙的病,便差袁成到医院去探问。袁成回来报告:蕙小姐现在稍微好了一点,早晨七点钟以后就没有吐泻了,不过时常嚷着"肚痛",据医生说,这倒是好的现象。他们也就略微放了心。

觉新吃过早饭先到公司去。他打算在三点钟以前赶到医院。两点钟光景,他正坐在写字台前面拨算盘,忽然看见周贵揭了门帘进来,垂头丧气地说:"老太太喊我来请大少爷。大小姐生了半截就不动了。"

"有这种事情?我立刻就去!"觉新惊惶地说,他马上把帐簿收起,走到商业场后门口,坐上自己的轿子,吩咐轿夫抬起飞跑。

觉新到了医院,看见周老太太、陈氏、徐氏、周氏、郑太太聚在另一个房间里面谈话。他向她们询问。周老太太愁容满面地对他说:"蕙儿小产了,是祝医官接出来的。祝医官说很危险,因为蕙儿体气太虚,收束不住,才有小产的事。他打了一针,说是过了今天再说。"

"我去问问祝医官,看蕙表妹的病状究竟会不会有变化,"觉新慌忙地说。他也不再问什么,便出去找祝医官。

祝医官回到寓所里去了,要四点钟才到医院来。觉新不能等待,立刻坐轿子到祝医官的寓所去。

祝医官客气地接待着觉新,他用不纯熟的中国话告诉觉新:这种事情他也万料不到;胎儿忽然坠落,不要说蕙的身体不好,还在病中,便是没有生病的人像蕙这样地生产,恐怕也难保全生命;因为心脏衰弱达到极点,心机停止,胎儿才会自行坠落。他又说:"我今天还要来看她六次:四点钟、八点钟、十点钟、十二点钟。明天上午三点钟,六点钟。现在没有危险,我已经打了一针救命针。请你回去注意她的脉搏和呼吸数。我四点钟再来。"

觉新回到医院把祝医官的话对周老太太们说了。这时蕙的病势没有什么变化。她迷迷糊糊地睡着。众人关心地在旁边守着她,每一点钟要她吃一次药。

到了四点钟祝医官果然来了。他看过病人,他的脸上并没有不愉快的颜色。他对觉新、国光两人说:这时病势很平稳,不过体温下降。现在可以用热水袋包围病人来保护体温。他还要到别处去看病,八点钟才可以再来。

祝医官去了以后,蕙的病势还是十分平稳。众人渐渐地放了心。过了五点钟,觉新正要回家,蕙忽然醒过来了。她的脸色变得非常难看,呼吸很急促,神志昏迷,四肢冰冷。众人急得不得了,望着蕙不知道应该怎样办。祝医官不在医院,这里又没有别的医生。郑国光便主张临时请中医来看。

王云伯请来了。他看了脉也说病势很危险,随便开了一个方子,嘱咐和西药搀杂着吃。但是蕙服了这副药,病势丝毫不减。觉新看见这情形,知道事情不妙,觉得单留杨嫂一个人陪蕙过夜不大妥当,便同周老太太们商量,陈氏决定留在医院里。周氏也愿意留着陪陈氏,她要徐氏陪周老太太先回去。觉新也预备在医院里过夜。

这样决定了以后,觉新便先回家去取东西。他再到医院时,看见蕙平稳地沉睡着,才知道祝医官已经来过,给蕙打了三针救命针,所以她现在还能够熟睡。觉新的心里稍微安静一点。

过了半点钟光景,蕙忽然醒了,于是开始喘气,先前的种种病象完全发出来了。众人惊惶失措,商量许久,便要觉新去请祝医官。觉新也不推辞,匆忙地去了,等一会儿他陪了祝医官走进病房来。

祝医官把病人略微看一下,便摇摇头说:药量已经多得不能再多,也只有片刻的效力,可见药已经无能为力。国光央求他再打一针。他耸耸两肩,摊开手,摇头说:"没有法子。现在不能够再打针。再打,立刻就死。"

国光绝望地恳求祝医官设法,觉新也请求他另外用别的药救治。祝医官没有办法,只得把各种强心剂、兴奋剂的用法和效力告诉他们,并且坦白地说:"现在实在没有法子。你们一定要我打针,就是要病人早点死。"

　　祝医官出去的时候,觉新把他送到门外。他看见旁边没有别人,便低声对觉新说:她活不到一两点钟。如果不愿意死在医院,最好立刻送她回家。

　　这两句话像一个晴天的响雷打在觉新的头上。他茫然地点着头,眼泪抑制不住地淌了出来。他回到房里便同陈氏、周氏和国光商量。

　　"我看万不能搬动。如果路上震动使她气脱,那么怎样办?"周氏第一个表示意见道。众人都赞成这个见解。他们只得袖手等着死神的降临。这时是十点半钟,医院已经关了大门。蕙在床上发出微弱的呼吸声。周氏和觉新两人时时在调药。陈氏和杨嫂静静地坐在病榻旁边守护病人,不肯把眼睛离开蕙的瘦得见骨头的脸。国光坐在椅子上打瞌睡。

　　正是十一点钟,蕙刚刚服过药睡了。她没有什么可怕的病象,似乎仍旧静静地睡着。众人稍微放了一点心,以为可以平安地度过这一夜了。国光仍然在打瞌睡。周氏有事情到外面去了。杨嫂轻轻地在屋角翻寻箱子里的东西。陈氏和觉新两人默默地对望着。窗外一阵风吹过,把沙土卷起飞舞,使屋里的人略吃一惊。国光睁开眼睛一看,看见床上没有变动,便又疲倦地垂下眼皮。觉新抬起头去看蕙。蕙闭着眼睛平稳地睡在那里。脸色比纸还要白,嘴唇也枯萎了。两颊的陷入使颧骨显得很高。他注意地看这张脸,眼睛里不觉浮出了泪水。他疑惑这是在做梦,他不能相信这张脸就是蕙的美丽的面庞,他不能相信眼前的一切都是真实。他的泪眼模糊了。他仿佛看见那张脸从枕上抬起来,眼睛微微睁开,求助地向他凝视。他伸手揉了揉眼睛,再定眼去看。那张脸仍旧放在枕上,并不曾移动一下。他又注意地看它。他觉得蕙没有声息。他很奇怪,惊恐地低声对陈氏说:"大舅母,怎么蕙表妹睡得连一点声气也没有？"

陈氏连忙走到床前伸手去摸蕙的脸颊和手，完全冷了！她便惊惶地唤道："大少爷，你快来，快来！"

"什么事？什么事？"国光从梦中惊醒低声惊呼道。他也走到床前去。周氏刚走进来，便跟着众人站在床前。蕙的呼吸已经停止。她静静地死了。陈氏第一个放声哭起来。

众人围着尸首哭了一阵。觉新站在旁边，眼泪只管流着，却哭不出声。他心上痛得厉害。他躲在屋角过了一会儿，后来便止了泪走到床前对陈氏、周氏说："大舅母、妈，不要伤心了。给蕙表妹办理后事要紧。你们快点照料杨嫂给蕙表妹净身。我出去打发人到郑府和大舅那里报信。"

国光看见觉新要出去，连忙将他的膀子抓住，张惶失措地含泪说道："大表哥，你不要走。请你看在她的面上帮点忙罢。我简直不晓得应该怎样办了。"

觉新略带憎厌地看了国光一眼。那个宽大的方脸无力地摆动着。他鄙夷地想："这就是所谓奇才！"他又愤恨地想："要不是为了你的缘故，她怎么会有这样的结局？你现在也来哭她了！"但是他立刻又把这一切的感情埋藏在心里，爽快地答道："你不要着急。我尽力帮忙就是了。我并不走，我现在出去打发人到你府上报信去。"他说罢生气似地甩脱了国光的手，大步走出病房去了。

三十一

　　晚上八点钟光景觉新一个人在房里枯坐无聊,便焚了一盒檀香,捡出一束信笺,想把他的满腹的悲愤寄托在纸上。他一面写一面流泪。觉民和琴、芸、淑英、淑华姊妹来看他(芸是这天下午来的,周氏害怕芸一个人闷在家里哀痛成病,便把她请到高家来同表妹们一起游玩散心)。他们看见这情形,很觉诧异。他们也猜到他在给觉慧写信。淑华便向他要信来看。觉新并不拒绝,就把写好的信笺递给淑华。淑华看后又递给淑英,淑英递给芸,芸给琴,琴再给觉民,这样地轮流传观。

　　觉民读着觉新的信,仿佛看见一个年轻的生命渐渐地在纸上枯萎。觉新的温和的哀伤的调子刺痛他的心,激起他的更大的悲愤。他不能忍耐地想起来:一件一件的事情,一个一个的生命,这样的悲剧要到什么时候才完结呢?那个摧残青春、摧残爱的旧势力要到什么时候才消灭呢?这么一个可爱的牺牲品!那张美丽的脸一两个月前还在这个房间里吐出绝望婉转的呻吟。如今一具薄棺就把一切的希望都掩埋了。他们不能援救她,让她被人逼着一步一步地走向深渊,现在却要在她的灵前哀吊了。他不能忍耐这沉闷的空气,他不能忍耐他们的温和的话。他便用悲愤的调子把信大声读出来,他要宣泄胸中的郁闷,他要激起别人的愤怒。他读着:

　　……时已十时半,医院已闭门。母与兄不时为蕙表姐调药。正十一时,服药甫毕,声息即无,虚脱而死。呜呼痛哉!当即命人至郑府及外祖母家报信,料理衣物;又命杨嫂等为蕙表姐净身移正。诸事略备,痛哭不已。此夜大家守至天明,泪眼相对,回视蕙表姐,瘦不盈把,伤心惨目未有如今夜之甚者。兄当时神经受刺激过甚,头痛欲裂。天明时即出院。兄返家时家人尚酣睡未醒。兄服药即眠,八时后至医院,则不过泪眼相对而已。外祖母、大舅父及亲友均至。二时入棺,二时半大殓,三时出院,三时半抬至东门外普慈寺暂寄。郑府事事推诿,对蕙表姐后事极其冷淡。大舅父软弱无能而刚愎自用。兄当时气极矣,伤心极矣,故送至中途即自行返家。不意普慈寺又有军队驻扎。兄与外祖母、舅母、母亲恐其骚扰力主迁移,乃看定莲花庵,大约三数日后方能迁移也。现定下月初二日在浙江会馆成服。三叔代兄拟挽联一副,抄录如下:

归妹曾几时、舅姑称顺、戚郦钦贤、岂期草萎宜男、仅闻片语遗留、遽舍仙郎生净土。……

觉新的信写到这里为止。众人等着读下面的句子,但是他却放下笔不再写了。芸一边读一边流泪,读到后来她悲痛到了极点,便把信笺递给琴,一个人走到方桌旁边坐下,把头俯在桌上伤心地哭起来。

淑华打算过去安慰芸,然而觉新却在旁边拦阻道:“三妹,你就让芸表姐哭一会儿。她要哭一会儿心才会畅快的。”他说着不觉得自己也是泪水满眶了。

“大哥,你不能够送这样的对子! 这明明是假话!”觉民不满地说。

“假话,我自己也晓得,”觉新痛苦地答道。“所以我写到这里再也没有勇气写下去。在我们这种环境里遇着什么事情都只能够说假话。”

“哼,‘舅姑称顺’,‘戚郦钦贤’。只要少折磨蕙表姐一点就好了,”觉民气愤地说。

“你没有看见大舅送的那副对子,那才气死人! 大舅还好意思说什么‘群夸夫婿多才,应无遗恨留天壤’! 恐怕也只有他一个人夸奖伯雄是奇才,"觉新说着,也有点生气。

"我倒有一副对子送去,八个字:'临死无言,在生可想。'大哥,你看怎样?"觉民正色说道。

"这倒痛快!"淑华接嘴说。

"二弟,你快不要这样做。你又会给我招惹麻烦的,"觉新着急起来,连忙挥手说。

"你怕什么?我不过说说罢了。我不会送去的。我又不是傻子,不会干对牛弹琴的事情,"觉民冷笑道。

"不要再谈这件事情了。你们看,芸妹多么伤心,你们还不好好地劝劝她?"琴看见芸俯在桌上嘤嘤啜泣,很可怜,她觉得不忍,便插嘴道。她自己的心也为怀念、悲愤、悔恨所苦恼着。她不能不思念蕙;她不能不为蕙的惨死感到不平。蕙的这样的结局是她预料到的,蕙的死讯并不使她惊奇,但是唯其她早就料到蕙迟早会落进这个深渊,她现在倒因为自己不能在事前将蕙救拔出来而感到悔恨了。

"我没有伤心!我没有伤心,"芸抬起头,泪痕满面地分辩道。

"你还说没有伤心!你看你的眼睛都哭肿了,"琴怜惜地说。她看见绮霞在旁边,便吩咐道:"绮霞,你去给芸小姐打盆洗脸水来。"绮霞答应一声,立刻走出去了。

芸听见琴的亲切温柔的声音,不觉又想起蕙,她伤心地带哭声说:"我不相信姐姐就会死,这好像是在做梦。好像她昨天还同我在一起一样。"

"我也觉得,没有多久以前蕙表姐就在这间屋里,我们大家有说有笑,就像是昨天的事情。想不到她会死得这样快,"淑华惋惜地说,但是这惋惜马上就被怨愤赶走了。她想到蕙的病情,她想到蕙在郑家所过的那些日子,她不能不感到极大的愤怒。

"我也记得有一次在晚上我同她一起到大哥屋里来,大哥还说:'我们三个人落在同样的命运里了……'现在想不到她一个人先离开了我们。唉……"淑英感动地说,她很想忍住眼泪,但是说到后来她终于发出了带哭的呻吟。

"蕙表姐是被人害死的。应当有人出来给她报仇,"淑华气恼不堪地嚷道。

"三妹,轻声点。你少乱说些。你说哪个人来报仇?又向哪个报仇?"觉新好像觉得有烈火在熬煎他的心,他一面揩眼泪,烦躁地警告淑华道。绮霞捧了脸盆进来放在方桌上。她绞了脸帕递给芸。芸揩了脸,仍旧坐在那里听他们讲话。

"三妹的话也很有道理。我们应当替蕙表姐报仇。不是向人报仇,是向制度报仇,"觉民忽然带着严肃的表情说。

觉新惊恐地看觉民。淑英惊愕地看觉民。琴在旁边暗暗地点头。淑华不大了解觉民的话,她还愤懑不平地质问道:

"报仇?恐怕也只是空话!我总看见好人吃亏,坏人得志。二姐的亲事还不是一样?你又有什么办法?陈家不见得比郑家好。我听说陈文治比郑国光更坏!"

"陈文治?怎么你连名字都晓得?"觉民惊讶地说。

"你以为就只有你一个人才晓得?你把文德喊来问一下,陈文治是个什么样的人!"淑华半得意、半生气地说。她没有提到婉儿讲的话。

"这才怪!哪儿有小姨子打听姐夫事情的道理!……"觉民故意激怒她。

"二表哥!"琴看见淑英红着脸埋下头那种可怜的样子,便大声打断了觉民的话。觉民省悟地看了琴一眼,也就闭了嘴。

"二哥,我不怕你气我。我倒要激你一激,看你有没有法子帮忙二姐?"淑华昂着头,追逼似地对觉民说。

"到那时候再说罢,现在还早勒!"觉民逃避似地答道。其实他已经胸有成竹,而且连实行的步骤也多少确定了。不过他不愿意在淑华们的面前泄露出来。

"你说还早?我看不会早了。陈家已经来催过下定,"觉新心里很苦闷,他听见觉民的话,不加注意,就顺口把他想隐瞒的消息透露了出来。

觉新的话使得众人都吃了一惊。这个消息他们还不曾听说过。觉民虽然时常担心到这一层,但是他还不知道陈家已经来催过了。觉新的话给他一个确实的证据:战斗就要开始了。他必须准备去应战。这一次他不能失败,因此他不能失去时机。他用了含有深意的眼光去看琴,琴会意地对他点头。

淑英听见觉新的话,在旁边失声吐出一个"啊"字,便坐下埋头不响了。还是觉民镇静地问道:

"你什么时候晓得的?为什么不告诉我们?三爸究竟答应没有?"

觉新看见不能再隐瞒了,便据实地说:"我有天到三爸屋里去,三爸正在看黄历。他要择个吉日给二妹下定。后来我东说西劝,他才把下定日期改在明年春天……"

"那么究竟改没有改?"觉民急急地插嘴问道。

"你听我说,不要打岔我,"觉新也着急地说,"三爸倒答应了。他托媒人向陈家交涉。今天下午我从医院回来碰见三爸,他告诉我:陈家还是希望早点下定,早点接人。三爸也打算早点办了这件喜事。"

"那么日期不会久的,"琴焦急地说。

"不过我很奇怪,你为什么早不告诉我这个消息?你记不记得你从前答应过我的话?你说你要尽力给二妹帮忙,现在你预备怎样办?"觉民惊疑地抱怨觉新道。

"我吗?你想我有什么办法呢?我是心有余而力不足,"觉新垂头丧气地答道。

"你不管也好,省得给你招惹是非,"觉民赌气似地说,"我不见得就想不到办法。"

这时觉英忽然揭起门帘进来,顽皮地大声嚷道:"二姐,三姐,剑云来了,他喊你们去读书。不要逃学啦!"

"我就来,"淑英懒洋洋地说,她并不站起来。

琴看见淑英的神情,知道觉新的话在淑英的心上产生了不好的影响。她要扫除它,便亲切地安慰淑英道:"二表妹,你还是去读英文罢。你的事情我们会给你设法。"她带着鼓舞的眼光看淑英。

"琴姐,"淑英亲热地唤了一声。她也回看琴一眼。琴的眼光给了她一个凭证。她略微安心了。她接下去说:"好,三妹,我们就去。"她又吩咐绮霞到后面去找翠环把她的英文课本送来。

觉英看见他一进来众人都闭了嘴不大说话,他只听见琴对淑英说:"你的事情,"便好奇地问道:"琴姐,你说的什么事情?"

淑华正要推开门帘出去,听见觉英的话,头也不掉地代琴答道:"四弟,你少管闲事!"

觉英并不理睬淑华,却缠住琴问道:"琴姐,究竟什么事情?……是不是爹不准二姐读英文?"

"四表弟,真的没有这样的事,你听见哪个说的?"琴压住嫌厌的感情敷衍地答道。

"我听见爹骂过二姐,说不准她读英文;不过爹后来又忘记了。爹的脾气,我慢慢地摸得准了。爹也说过不准我喂鸽子。我却尽管喂我的,只要不给他看见,他也就不再提了,"觉英得意地说。

"你真聪明,"觉民挖苦道。

"不是我夸口,小聪明我倒是有的,"觉英以为觉民在夸奖他,更加得意起来,便笑嘻嘻地对觉民说:"不说别的,现在连四爸也有点害怕我,"他说着便把右手的一根大拇指翘起来。

"你'冲壳子',我不相信,"觉民摇头哂笑道。

"你不相信?我给你说,"觉英正正经经地说道。"有天我找五弟去耍,跑到四婶屋里头去。四婶不在家。我看见四爸——"他忽然闭了嘴掉头四顾,过后连忙接下去:"抱着杨奶妈摸奶奶,杨奶妈胸口敞开的……"

"四弟,你当着表姐面前说这种话!我看你真该挨打了!"觉新听着不顺耳,厌恶地喝道。

"他们做得我就说不得!"觉英理直气壮地答道。他只顾兴高采烈地说下去:"七妹在床上睡着了。屋里头没有别人。我故意站住不走,四爸给了我两块钱,喊我不要告诉人,我才走了。以后他常常给我点心吃。"他说到这里忽然发觉别人都板起面孔不理他,便收起他的话匣子,自得其乐地跑出去了。

"真正是个traitor[1]!"觉民望着觉英的背影厌恶地骂道,"说不定他有天会到四婶面前翻是非的。"

"那么四爸、四婶又会大闹一场,"觉新担心地说。

"也好,横竖不干我们的事,"觉民毫不关心地说。他又加一句:"也许又会请三爸来断公道。"

"你不晓得,四婶不像五婶那样好对付。事情也许会闹大的。我只担心爷爷的名声,我们高家的名声,"觉新焦虑地说。

"看不出大哥倒记得'扬名声,显父母'[2]!惜乎高家子孙太不给你争气了。请你数一数高家究竟有几个像样的人!"觉民从容自若地嘲讽道,仿佛他自己并不是高家的子弟。

"二表哥!"琴拦阻地唤了一声。她觉得他的话有点过火,恐怕会刺伤觉新的心,便瞪了他一眼,要他不再往下说。"你总说这种叫人不高兴的话。芸妹在这儿,你也不睬她,她究竟是客人,我们不该这样冷落她。"

"琴姐,你怎么说这种话?二表哥他们哪儿冷落过我?"芸连忙客气地分辩道。

"是我不好,我只顾自己说话就忘记别人了。芸表妹不会在意的,"觉民道歉似地说。这一来就把话题完全改变了。

---

[1]traitor(英文):即叛徒。

[2]"扬名声,显父母":从前小孩在私塾读的《三字经》里的句子。

三十二

　　淑英和淑华在觉民的房里读英文。剑云已经把这天的功课讲解完毕,在旁边听她们朗读,随时纠正她们的错误的拼音。淑英在诵读的时候忽然听见她父亲的鞋底声。克明从窗下走过往外面去了。她心里陡然一惊。她略略停了一下,又继续读下去。但是克明的脚步声又渐渐地近了。显然他走到中途又转身回来。她一面读书一面听那鞋底声。声音愈来愈近。克明的脚似乎踏上了石阶。她吃惊地抬头看门外。她只看见蓝布门帘。

　　然而克明揭起门帘进来了。淑英马上站起来。淑华和剑云也站起来招呼他。

　　克明似理非理地动一下头。他就站在门口,板起脸向淑英吩咐道:"二女,你跟我去,我有话说。"

　　淑英害怕地答应了一声。她立刻拿起书跟着克明走出房去。

　　"什么事情?"剑云悄然问道,他等克明的鞋底声听不见了才敢开口说话。

　　"多半不是好事情,又该二姐倒楣! 我去告诉大哥他们,"淑华激动地答道。她也匆匆地将书收起,和剑云同往觉新的房里去了。

　　淑英怀着恐惧的心跟在克明的后面。她知道她的父亲不是为了寻常的事情来找她的,她从他的带怒的面容上也可以猜到他要对她说的话。她的父亲一定会给她一个打击,这个打击一定会伤害她。她害怕这个打击,但是她准备防卫自己。

克明引着淑英往桂堂旁边他的书房走去。一路上他不说一句话。这沉闷的等待使淑英心里非常难过，但是她没有勇气来打破沉默。她低着头在阴暗的灯光下慢慢地移动脚步，心里盘算着应对的言语。

　　克明跨进了自己的房门，便往书房走去。淑英在后面跟着。她在饭厅里遇见翠环。翠环亲热地唤了一声"二小姐"。淑英连忙给翠环示意，叫她不要说话。翠环忽然注意到克明脸上神色不对，又看见淑英垂头丧气的样子，知道克明又在为难淑英了。她替淑英捏了一把汗。她等到克明的影子闪进了书房里面，连忙去给张氏报信。

　　克明在写字台前面那把有椅垫的藤椅上坐下，淑英就站在写字台旁边。克明忽然正言厉色地斥责淑英道："我说过不准你读英文。你居然不听我的话。你年纪也不小了，还不学点规矩！现在虽说不比从前，然而男女究竟有别。你'老人公'是当代宏儒，又是省城有名律师。我跟他常常见面，也很谈得来。我们的事务所又设在一个地方。我们家里的事情难保不传到他的耳朵里去。他平日很称羡我们高家的家风。如果他知道你天天跟年轻男人在一起读什么英文，他就会看轻我，说我没有家教，说你失了大家闺范。我万不能丢这个脸！听见没有？从明天起如果我再看见你跟剑云在一起，我就不要你做我的女儿！"

　　"陈先生教我读书，这也是寻常的事情，还有三妹在一起……"淑英气得眼泪都流出来了，但是她还忍耐住，仍旧埋下头低声分辩道。

　　克明不等淑英说完话，忽然把手在桌上一拍，恼怒地喝道："我问你究竟听不听我的话？"他接着又唤道："翠环！翠环！"

　　"什么事？三老爷，你这样生气，"张氏慌忙地从门外进来，柔声劝道。

　　"什么事？你问你生的好女儿！"克明赌气地说。

　　"原来是那件小事情，也值不得这样生气。三老爷，你看二女也很可怜。让她去罢，"张氏在门外早已听见克明骂淑英的话，知道是怎么一回事情，这时便陪笑地劝解道。

　　"你不要多嘴！你女人家懂得什么？"克明憎厌地责备张氏说。他看见翠环走进房来，便高声吩咐道："翠环，你去把大少爷立刻请来。"翠环巴不得克明这样命令，便趁着这个机会去向觉新们求帮助。

觉新正在房里同淑华们谈论淑英的事，忽然看见翠环气咻咻地跑进来，惊惶地说："大少爷，我们老爷请你去！"

"翠环，什么事？"琴关心地问道。

"不得了，老爷又在跟二小姐生气，"翠环结结巴巴地答道。过后她又央求觉新："大少爷，你快去劝解一下。"

觉新匆匆地跟着翠环走了。淑华叹息地自语道："二姐近来运气真不好，偏偏常常碰到这种事情。"剑云惊恐地掉头看淑华。觉民咬了咬嘴唇皮，忽然投了一瞥含有深意的眼光到琴的脸上去。琴也用同样的表情回看他。觉民慢慢地把头掉开。他笑了笑，安慰淑华道："这是不要紧的，你放心。"

觉新走进克明的书房，看见克明板起脸坐在藤椅上，淑英垂着头靠了写字台站着。张氏碰了一个钉子，气青着脸坐在沙发上赌气般地不作声。觉新勉强做出笑容，唤了一声"三爸"，他想打破房里的沉闷空气。

克明微微点一点头。他并不笑，却正言厉色地说："明轩，我嘱咐你，我不准二女再跟剑云读英文。你去对剑云说一声，请他以后不要理二女，他的束修我按月照数送给他。"

觉新恭敬地应了一声："是。"

"大哥，你不要去对陈先生说，人家也要面子，"淑英忽然抬起头呜咽地央求道。

"你还要袒护他！你连我也反对起来了！"克明气得脸色大变，喘吁吁地指着淑英骂道。接着他又瞅着张氏责备道："三太太，你教的好女儿！现在越弄越不成体统了。我看还是早点把她送到陈家去，省得将来闹出什么事情。"

"三老爷，你这个人近来究竟怎样了？对自己的女儿会说这种话！真亏你说得出口！二女好好地又不曾做错什么事，你何苦这样使她难堪!"张氏非常气恼,她不肯在觉新的面前丢脸,同时又有点怜悯淑英,便鼓起勇气替淑英辩护几句。

"你不要管,"克明轻蔑地挥手说。"我管教她,是要她学好。二女年纪轻不懂事,需要人好好管教才行。你不会管教,我才来管的。"他又严厉地吩咐道:"好,我把二女就交给你。以后我再要看见她跟剑云在一起,我就问你!"

"大哥,"淑英忽然哭着唤道。她也不说什么便掉转身子急急地走出房去了。

"问我?哼。我哪儿还配管教人?我女人家不懂得事情,"张氏噘起嘴赌气地说。

"明轩,剑云还没有走罢?你就去对他说清楚,"克明并不理睬张氏,他的怒气还没有消除,他还不放心地对觉新再吩咐一次。

觉新恭敬地站在克明的面前。他听见了克明和张氏说的话,不曾漏掉一个字。淑英的短短的哀求也进了他的心里。这个少女的受着委屈的可怜姿态获得了他的同情,而且触动了他的哀愁。他站在那里不大说话,可是他的思想却在许多痛心的往事上面跑。他看见一股力量把淑英拖着一步一步地走近了深渊。他知道那同样的悲剧就要开幕重演。他不能够再安静地做一个观众了。医院里的景象,蕙弥留时的情形,到现在还像针一样刺痛他的脑子。他的心上刚刚划了一道新的伤痕,他再不能忍受任何的打击了。他的伤口在发痛,克明的话刺激着它。他想:又是一个周伯涛,又是一个蕙。这样的悲剧似乎就没有终结的时候。但是他觉得这应该终结了。他不能够再挤在中间做一个帮凶。他虽然在克明的面前不敢做出什么举动,他虽然在表面上恭敬地听克明讲话,但是他的心反抗起来了。杀人不见血的办法甚至会激怒最温良、最懦弱的心。他先前不久还想到维护高家的名声,现在不仅对旧礼教起了憎恨,他对克明也起了厌恶之心。他不能够再忍耐地静听克明的重复的言语和陈腐的议论,他也受不了克明的那种傲慢的态度。他终于带着不满意的口气说:"我去对剑云说就是了。不过送束修一层倒可不必。他虽然家境不宽裕,不过要他白白拿钱他也不肯的。他也不在乎这一点钱。"

"好,就由你去办,"克明不知道觉新的话有刺,倒爽快地吩咐道。他看见觉新转身走了,便又唤住觉新,说道:"啊,我忘记对你说,二女下定的日期我已经看好了,冬月初十,是个好日子。陈克家要明年春天接人,我也答应了。你看好不好?"

觉新勉强做出笑容说了两句敷衍的话。他嘴里说"好",心里却诅咒这个决定。他害怕克明再挽留他,因此他把话说完便逃避似地慌忙走了。在路上他仿佛听见淑英的凄惨的哭声。其实淑英的声音并不能够达到他的耳边,这是他的幻觉。他的良心在折磨他。

回到自己的房间,觉新发见众人还在那里等他。他们恳切地问起淑英的消息。觉新把他所知道的一切完全告诉了他们。他不先发表自己的意见,却等着众人说话。他知道他们会发表种种的议论。

"想不到三爸会讨厌我。我自然只有听从三爸的话。我不来也可以,不过二小姐这样下去是不行的,"剑云绝望地低声呻吟道。

"陈先生,你不要不来。我还要读英文,我是不怕的!"淑英赌气地大声对剑云说。

"三爸并没有说讨厌你,"觉新看见剑云的痛苦的表情,觉得不忍,就这样辩明道。

"这也是一样的。总之二小姐要被送进火坑去了。我从前总以为事情还有转机。现在才晓得是一场空。我昨天还听说陈克家的儿子为了争一个女人跟别人打架。太不成话了!"剑云摇摇头说。

"你也晓得这件事情?"觉民气恼地问。

"我这个消息是可靠的,"剑云痛苦地答道。他忽然把眼光停留在觉民和觉新的脸上,带了一点希望地问道:"难道你们真的就想不到一个法子?"

觉民和觉新都不说话。觉民脸色阴沉,好像在跟别人生气;觉新无力地摇着头,唉声叹气。淑华受不住这种沉默,她又想起淑英。她看见芸在这屋里没有事情,便拉着芸的膀子说:"芸表姐,我们到后面看二姐去。她不晓得哭成什么样子了?"芸听说是去看淑英,她也愿意,便立刻答应了。淑华还要拉琴同去。琴却推辞说有事情,等一会儿才去。淑华只得同芸一起推开门帘走了。

"大表哥,你看这件事情还有挽回的余地没有?"琴等淑华们走远了,忽然正色地问觉新道。

"没有了,"觉新苦恼地摇头答道。"这回事弄得很糟。四爸又在旁边说过话。而且下定日期已经择定了,又说明年春天要接人。纵使三爸回心转意允许二妹读书,也只有几个月工夫,有什么用处? 我也想不到别的办法。"觉新伸起手去搔他的头发,从他的头上落下少许头屑来。他正因为想不到拯救淑英的办法而苦恼。

"那么我们应该动手了,"觉民果断地插嘴道。

"是的,再不能迟疑了,"琴会意地点头答道。

"你们在说什么?"觉新惊问道。剑云也不明白那两句话的意义。

"你不记得三弟的办法?"觉民提醒觉新道。

"啊,"觉新猛省地吐出了一个字。他后来又沉吟地说:"这个办法恐怕行不通。女人比男人困难得多。"

"不管困难不困难,我们已经预备好了,"觉民骄傲地说。

"真的?"剑云忽然惊喜地问道。

"我想我们不会失败的,"琴镇静地微笑道。

"而且今天知道了蕙表姐的结局以后,即使会失败,我们也要试一试。总之,我们并不是任人宰割的猪羊,"觉民激动地说,近似残酷的微笑在他的嘴边露了一下,马上就消失了。

"轻声点,会给人听见的,我们到里面屋里去说罢,"觉新担心地说。众人果然依他的话转入内房去了。他等大家坐定后便低声问觉民道:"真的到三弟那儿去?"

觉民点点头低声答道:"我已经同三弟商量好了。这里一动身就打电报给他。"

"还是坐船？一个人怎么走？"觉新不放心地追问道。

"船随时都可以包到的。我们本来预备让她明年春天涨水的时候走，但是现在来不及了。我们临时会找人送她到重庆，"觉民很有把握地说。

"我看同路的人成问题。万一事情办不好，那倒把二妹害了。总之，先要有个可靠的人，才能够实行你们的办法，"觉新仍然不放心地说。

"大表哥的话也有点道理。我们应该找一个很可靠的人把她送到上海，三表弟会来接她。这个人现在还没有找到。可惜我一时又走不了；不然我同她一起走倒很好，"琴点头说。她也想不出一个适当的人来。

"你万不能陪二妹走。这样姑妈以后就过不到清静的日子了，"觉新连忙提醒琴道。

"送二妹到上海去的人倒是不容易找的，好些朋友都有事情，一时抽不出身来，"觉民沉思地自语道。

"那么我送二小姐去好不好？我在省城里横竖没有什么事情，"剑云忽然红着脸自告奋勇地说。他畏缩地望着觉民，心里十分激动，他害怕觉民会把这个他盼望了好久的机会拿走。

"陈先生，你真的愿意？"琴不等觉民说话便惊喜地问道。

"琴小姐，只是不晓得你们肯不肯相信我？不晓得我配不配？"剑云胆怯地说。他害怕一下子他就会落进黑暗的深渊里去。

"陈先生，你为什么这样客气？你肯去，那是再好没有的了。我晓得你会把二表妹当作自己的妹妹看待的，"琴感动地说。她欣慰地微笑了。

"好，这件事情就拜托剑云罢。我们信得过你，"觉民恳切地说。

"我不晓得应该怎样感谢你们才好，"剑云感激得差不多要掉下泪来，声音颤抖地说。"那么让我赌个咒。"

"陈先生，快不要这样，我们信得过你，"琴连忙阻止道。

"剑云送二妹去也好。不然，若是二妹走了，三爸一定会找剑云的麻烦,"觉新插嘴说。

"觉民,你们的办法固然好。但是二小姐不比觉慧。万一她一走,三爸追问起来,又怎样办?他报告到官厅去,他会打发人四处寻找我们,说不定会在半路上把我们找到的。那岂不是更糟吗?"剑云听见觉新的话,忽然收敛了喜色担心地说。他的决心有点动摇了。

"你放心,三爸跟四爸他们不同,他不会这样做。他平素最爱面子,自己又是个有名的律师,而且他常常在外面吹他的家风如何如何,如果遇到这种事情,他绝不会声张出去。你想要是外面的人都晓得高家二小姐逃走了,三爸以后哪儿还有脸面见人?即使把人找了回来,陈克家也不会要这样的媳妇了。那岂不是更丢脸的事?我可以断定三爸不会做这种傻事情,"觉民很有把握地说。这个问题已经被他反复地思索过了。

"那么三爸又怎样办呢?他不会白白地让二小姐走掉就算了,"剑云疑惑地问道。

"不会?哼!"觉民忽然捏紧拳头站起来,他的脸上又一次露出了残酷的微笑,他嘲讽地说,"我看他至多不过大发几顿脾气,跟三婶吵几次架,对外面说死了一个女儿就完了。难道他还有别的办法?"

"你这个想法真不错。我万料不到你一个人悄悄地想得这样周到,看得这样清楚。三爸的脾气的确如此。他如果知道剑云同二妹一路走,我也会挨他几顿骂。不过也不要紧。剑云也用不着怀疑了,"觉新钦佩地称赞觉民道。他的憔悴的愁颜忽然开展地笑了,他感到一阵复了仇似的痛快。

"并不是我一个人想出来的,我早同朋友们商量好了。而且这一年来我天天在想,我天天在看,那许许多多的事情也够把人教得聪明了。到了现在我可以说把他们都看得很清楚。我受的那些气,你受的那些气,都不是徒然的!"觉民用低沉的声音回答觉新道。他举起捏紧的拳头在空中猛然地劈下来,好像在打击什么东西一般。

三十三

芸在高家住了两天。芸回去以后,琴便邀淑英到她的家里去玩。淑英这天刚吃过早饭就出门,一直到晚上九点多钟才回家。在张家她坐在琴的房间里跟琴谈了许多话。琴把那个计划详细地对她说了。琴的话并不带一点夸张,却很雄辩。琴把潜伏在淑英心里的阴云完全驱散了,却给她种植了一个坚强的信念,使她怀着快乐的心情回到自己的家,去见那个古板而寡情的父亲。

淑英笑吟吟地走进克明的书房,给克明请了一个安,温和地说:"爹,我回来了。"

克明埋着头在读《春秋左传》,看见淑英进来给他请安,他抬起脸瞪了她一眼,冷冷地说道:"你到现在才回来。"

这一股冷风把淑英脸上的笑容吹走了。淑英勉强低声解释道:"姑妈留我——"

克明不容她说完,便板起面孔斥责道:"你去看看现在几点钟了?你记不记得你将来要做陈家的媳妇?陈家是最讲究规矩的,你应当小心。下次你出门去再这样晏回来,我就吩咐你妈,不给你进屋!听见没有?"

淑英并不分辩,只是静静地听着。等到克明说完了,她才勉强答应一句,埋着头走出了克明的书房。她走出房门抬起头来,两眼充满了泪水。她再也控制不住,就让泪珠一颗接连一颗地流下她的脸颊。她并没有悲哀。她有的只是气愤。她不往自己的房里去,却走到桂堂,向角门那面走了。

觉民在房里同剑云、觉新两人谈话,忽然看见淑英带着满脸泪水走进来,他们不知道为了什么事情,正要开口询问。

"二哥,我再住不下去了。我一天也住不下去了,"淑英走进觉民的房间,就烦厌地说。她的两只水汪汪的眼睛恳切地望着他,好像在哀求:你救救我罢。

"今天又发生了什么事情? 二妹,你坐下来对我说明白,"觉民激动地问道。他站起来把他的座位让了给淑英。

淑英坐下,把方才的事情一五一十地对众人叙述了。

"二小姐的意思不错。我看如果日子久了,三爸万一起疑心,恐怕走都走不动,"剑云带着严肃的表情沉吟地说。

"你预备好了没有?"觉民忽然没头没脑地问剑云道。

"我?"剑云惊讶地说。他停了一下才接下去:"我是无所谓预备的。我随时都可以走。而且我还可以对伯父说,我找到一个事情,要住在别人家里。他也不会起疑心的。"

"那么我们决定后天走!"觉民严肃地说。

"后天?"淑英惊喜地问道,她有点不相信自己的耳朵。剑云和觉新听见这句意外的话,也惊疑地望着觉民,还有点疑心觉民在跟他们开玩笑。

"我想好了,后天,"觉民点头答道。他沉静地、果断地低声说下去:"后天是蕙表姐的成服的日子。二妹,你可以正大光明地对三婶说,你要到浙江会馆去一趟。你就在早晨十点钟左右去。你到了会馆就把雇的轿子打发回来。剑云在那儿等你。你从会馆出来,便坐上剑云给你预备好的轿子。你们两乘轿子一直抬到黄存仁家里。琴姐在那儿等你。她帮忙你换上女学生装束。衣服由琴姐给你预备。存仁、剑云两人陪着你另外雇轿子到城外船码头去。我在船上等你们。你需要的衣服铺盖等等东西,我们都会给你预备好。你自己不必从家里带什么东西走。你空手出来,一个包袱也不带,家里的人是不会起疑心的。万一你有什么东西要带走，可以先交给我。只要船一开，就不要紧了。三爸不会把你追回来的。我各处都有通过信的好朋友。我写了些介绍信给剑云带去，他们会尽力帮忙的。沿途有剑云照料。在路上你们就假装做两兄妹，别人也不会起疑心。到了上海，三哥会到码头上接你们……"

"怎么你想得这样周到？我不是在做梦罢，居然会有这一天！"淑英两眼亮晶晶地望着觉民，好像在望一个美丽的梦景，她忍不住赞叹道。

"还有，我还没有说完勒，"觉民继续说道，"款子由大哥筹。大哥已经答应过了。万一大哥筹的不够，我的几个朋友还可以筹一点。我给你们留一半在身边，兑一半到重庆去。这些事情都归剑云管，用不着你操心。以后我们按时给你兑款子去。你写信给我们可以寄到黄存仁家里。这回的准备，黄存仁他们也帮了不少的忙。不然我一个人也没有办法。"

"款子是没有问题的，二妹，你们在路上尽管放心地用，"觉新亲密地看了淑英一眼，慷慨地接下去说。

"觉民，我真正佩服你。我想不到你果真有办法。而且办得这样周到！"剑云十分激动，不觉崇拜地称赞觉民道。

"现在不是说这种话的时候。剑云，只要你好好地把二妹送到上海，我们都感激你，"觉民听见剑云称赞他，也颇为得意，但是他极力收藏起得意的笑容，谦虚地对剑云说。

"这是我应当做的事。我想我总能够不负你们的重托，而且这是我最高兴做的事情，"剑云感激涕零地说。他恨不得把心剖出来给众人看。

淑英的脸上刚才还带着满意的笑容，这时忽然现出了痛苦的表情，声音颤动地说："我不晓得应当怎样感谢你们。你们对我这样好……这样好……"她的两只眼睛里又浮起了泪水，她呜咽地继续说下去："我舍不得你们，……我舍不得琴姐、三妹、四妹……我舍不得芸表姐,我舍不得翠环……她们都还陷在苦海里头……"她的咽喉好像被什么东西堵塞了,她不能够再吐出一句话来。她埋下头,从怀里摸出一方手帕慢慢地揩眼泪。

"到现在也顾不得这许多了。你自己的前程要紧!"觉民教训似地说。

"二小姐,觉民的话很对。你也用不着难过了。等你一个人先逃出去再说,"剑云温和地劝道。

"我晓得,"淑英取开手帕点头说。

"那么你记住后天早晨,"觉民恳切地叮嘱道。

淑英沉吟一下,过后毅然答道:

"后天早晨,我记得!"

她抬起头勇敢地望着觉民,微微一笑。她的眼睛里还有泪珠在发亮。

尾　声

　　第二年的春天终于来了。大地渐渐地变了颜色。春天带来的是生命,是欢乐,是花香,是鸟鸣,是温暖,是新绿,以及别的许多许多的东西。

　　一天午后琴在这里接到淑英从上海寄来的信:

　　………

　　春天又来了。我还记得蕙表姐的话。我和蕙表姐一样,也是喜欢春天的。可是只有在这一个春天我才真正觉得快乐。我现在是自由的了。连眼前的景物也变了一种样子。我想起从前的一切仿佛在做梦一般。琴表姐,我至今还想念你们。我永远不能够忘记你们,我更不能忘记你们这次的帮助。如果没有你们,我不会逃出家庭的。爹说过春天里要把我送到陈家去。如果没有你们帮助,那么我现在过的什么日子,真不堪设想了。亲爱的姐姐(容许我叫你做姐姐),你不知道你的表妹是何等地感激你啊。我在这里时常得到三哥的指教。他很喜欢我,他说要帮助我成为一个有用的人。姐姐,想来你也会替我欢喜的。

　　啊,亲爱的姐姐,请你原谅我,我要告诉你一件不幸的事:陈先生上前天因肺病死于红十字医院。他终于因肺病死去了!他临死时似乎没有痛苦。他也没有遗言。脸上仿佛还带着笑容。他是平静地死去的。不过前几天他住在医院里,我去看他,他向我说了许多话。他说这次他能够把我平安地送到上海,他能够为我的事情尽一点力,他很高兴。他又说这是他一生最大的幸福。他以为你或许会因此看得起他。姐姐,我看他对你怀着深的好感呢! 姐姐,你或许会为他伤心罢,为他洒几滴眼泪罢。他想不到自己会死得这样快,我们也想不到。可是他连这个春天也不曾过完,便寂寞地死去了。我记得他从前对我说过他愿意为我牺牲,我还以为是一句戏言。现在却真的应验了。他这次送我出川,一路上的焦虑和辛苦对他那样的身体很不相宜。他到了上海,人已经困顿不堪。这至少是使他早死的一个原因。我昨天跟着三哥到他的坟上去过。我想起他生前对我的种种好处,又想到他怎样为我牺牲,我在坟地上哭了一场。后来还是三哥把我劝好的。三哥待我真好。他很喜欢我。他这两天不断地安慰我。他要我忘记剑云的事。他怕我伤心,还说要带我去杭州旅行。姐姐,亲爱的姐姐,如果没有三哥,我这几天还不知道怎样度过呢! 姐姐,你可以放心,我现在有这样的哥哥指导我、爱护我,你也该替我欢喜罢。姐姐,我真高兴,我想告诉你:春天是我们的……

琴读完信,抬起头来,两手托着腮痴痴地望着窗外。窗外一片阳光,一群蜜蜂在盛开的桃花周围飞舞。一阵风轻轻吹过,几片花瓣随着风飘落下来。一只小鸟从树枝上飞走了。鸟在飞,花在飞,蜜蜂在飞。琴的思想也跟着飞起来。这思想飞得远远的,飞到了上海,飞到了淑英的身边。

"春天是我们的,"琴亲切地低声念着,她忽然微微地笑了。

窗外起了一阵皮鞋声。这熟习的声音把琴的思想从上海唤了回来。琴连忙放下手等待着。她知道是觉民来约她到黄存仁的家里去。